영국 민담 모음집

English Fairy Tales

조지프 제이콥스 엮음 · 김차산 옮김

시커뮤니케이션

이 책으로 들어가는 법

문의 손잡이를 두드려라.
문가의 종을 당겨라-.

그리고 나서 조용히 기다리면, 창살을 통해 나오는 작은 목소리가
들릴 것이다.

'열쇠를 집어. 열쇠는 뒤에 있다. 찾을 수 있다. J.J라고 쓰여 있으니
까. 열쇠를 자물쇠 구멍에 끼우면, 잘 맞을 것이다. 문을 열고 안으로 들어오
라.'

사랑하는 어린 메이에게

　영국엔 고유한 동화(fairy tales)가 없다고 말한 사람은 누구인가? 이 책에는 내가 이 나라에서 흔적을 발견한 140개의 이야기 중에서 고른 이야기를 담았다. 더 많은 이야기가 있을수도 있다.

　이 책에 나오는 이야기의 1/4은 지난 10년간 수집된 것이고, 일부는 그때까지 출판된 적이 없는 이야기였다. 1870년 까지는 프랑스와 이탈리아도 마찬가지였다. 즉 그들 나라엔 민담이 없었다는 말이다. 그런데도 그해부터 15년 만에 두 나라에서는 1천 편이 넘는 이야기가 수집되었다. 나는 이 책이 영국에서도 동일한 활동을 낳기를 기대하고 있다. 그래서 이 책을 읽은 독자가 유사한 이야기를 아는 게 있다면, 그들이 이야기를 들은 그대로 기록하여 내게 알려주길 진심으로 청한다. 그런 이야기들이 아직 밝혀지지 않은 단 한 가지 이유는 이 나라의 관리, 즉 기록하는 계급과 침묵하는 노동 계급 사이의 통탄할만한 간극 때문이다. 타인에게는 침묵하고 자기들끼리는 유창하다. 영국 모든 계급의 아동 문학에 기금을 제공함으로써 이 심연을 연결하는데 도움을 주는 일은 애국이다. 어쨌든, 국가에 단순한 즐거움을 더하는 일은 해로운 일이 아니다.

　제목에 관해 약간의 설명은 필요해 보인다. 이 책에 나온 이야기 중에 요정이 등장하는 이야기가 거의 없음에도 동화(Fairy Tales)라고 제목을 붙였다. 그림 형제의 이야기와 유럽의 다른 이야기 모음집에도 같은 평가를 적용할 수 있는데, 이 모음집들 역시 우리 책에 담긴 것과 똑같은 이야기를 담고 있다. 그런데도 우리 이야기는 어린아이들이 '요정이야기 해주세요.'라고 외칠 수 있는 것들이고, 그래서 이런 제목을 붙일 수밖에 없었다. 우리는 어느 어린이가 '유모, 민담(folk tale)을 이야기 해주세요.' 라거나 '할머니, 다른 옛날 이야기(nursery tale) 해주세요.'라고 말하는 것을 상상할 수 없다. 이 책은 어린 아이들을 위해 만든 것이기 때문에, 목차를 그들이 사용하는 말로 표기했다. 따라서 요정 이야기(Fairy Tales)라는 단어는 뭔가 환상적인 것이 발생하는 이야기, 뭔가 특이한 것들, 말하자면, 요정, 거인들, 난장이, 말하는 동물을 포함하는 것이어야 한다. 이것은 또한 등장하는 인물의 어리석음을 다루는 특이한 글을 포함해야 한다. 이 책의 많은 이야기들은, 다른 유럽 국가의 유사한 모음집에서처럼, 민담전문가들이 '어릿광대 이야기(Drolls)'라고 부르는 것들이다. 이런 것은 간혹 붙여지는, '즐거운 영국'이라는 타이틀을 정당화시켜 준다. 문자를 모르는 계급에 즐거움과 유머 능력이 있다는 것을 보여주는 것이다. 이 책의 첫 이야기인 <톰 팃 탓>의 이야기는 유머감각과 극적인 힘 때문에 내가 아는 다른 민담과 비교할 수 없을 만큼 훌륭하다.

이 책의 첫 형용사도 비슷하게 의미 확장이 필요하다. 나는 몰리에르의 원칙에 따라 행동했고, 좋은 것을 발견할 수 있는 곳에선 어디든 좋은 것을 가져왔다. 그렇게, 이 이야기 중 두 개는 미국으로 이민 간 영국인 후손들 중에서 발견되었다. 또 다른 이야기 두 개는 내가 호주에 살던 어린 시절에 들었던 이야기다. 가장 멋진 이야기 중 하나는 영국계 집시 사이에서 전해져 내려온 이야기다. 로우랜드 스코틀랜드 방언에서 발견된 이야기도 몇 개 포함하였다. 내가 이것을 정당하다고 느끼는 이유는, 체임버스의 '스코틀랜드의 인기 있는 운문'에 포함된 21편의 민담 중에 16편 정도는 영어 형식으로 발견되기 때문이다. 발라드와 마찬가지로 민담도 로우랜드 스코틀랜드 방언은 영어의 사투리로 여기지기도 하며, 민담이 한 가지 언어, 혹은 다른 언어, 혹은 그두 가지 언어로 현존하는 것은 단지 우연이다.

나는 민요(ballad) 형식으로 요즘 존재하는 요정 이야기 몇 개를 찾아 다시 이야기 했다. 영국 동화의 '보편적인 형식'은 'cante-fable(칸테-우화)'로 이야기와 시가 혼합된 것인데, 그중에 가장 본보기가 되는 것은 '오카신과 니콜레트'이다. 한 이야기에서 나는 이야기가 발생하는 대로 이 형식을 유지하려고 노력을 하였고, '로우랜드 귀공자'는 세익스피어가 '리어왕'에서 언급하였고, 아마도, 밀튼의 '코무스'의 재료가 되었을 가능성이 높다. 뒤늦게 수집이 되었지만 수십 편의 이야기들은 16세기까지 거슬러 올라가며, 그중 두 개의 이야기는 세익스피어도 인용을 하였다.

'귀공자 로우랜드'를 포함하여 많은 이야기를 나는 다시 썼고, 특히 사투리로 된 것은 더욱 그러했다.[1] 'Dass der Austruck und die Ausfuhrung des Einzeinen grossentheils von uns herruhrt, verstenht sich selbst. (우리가 많은 부분을 다시 썼다)'라고 그들은 서문에서 말한다. 그림형제의 많은 이야기들은 인쇄된 것에서 가져온 것이라는 것을 덧붙이고 싶다. 훈트 부인의 첫 권 번역에서 12, 18, 19, 23, 32, 35, 42, 43, 44, 69, 77, 78, 83, 89 번이 그렇게 이용되었다. 어린이들과, 가끔은 성인들도, 사투리를 읽지는 않을 것이다. 나는 또한 18세기 통속소설의 과장된 어법을 줄이고, 영국 '문학'에 현존하는 단순한 이야기체로 다시 썼다. 하지만 저속한 사람들의 입에서 나오는 몇 가지 속뒤 표현을 삭려누었다. 성인들과 마찬가지로 어린이들도 이런 표현의 극적인 속성을 이해한다. 말하자면, 나의 목표는 나이든 훌륭한 유모가 요정

---

1 그림형제도 그들의 이야기에 동일한 작업을 한 것은 언급할 가치가 있다.-저자주

이야기를 할 때처럼 쓰는 것이었다. 나는 내가 구어체로 낭만적인 어조를 표현한 것이 그런 이야기에 적절했는지 장담은 못하지만, 내가 꼭 이루고 싶었던 핵심 목적, 영국 어린이들을 위한 영국의 요정이야기를 담은 책을 만들자, 라는 것은 이루어지지 않았는지도 모른다. 이 책은 소리 내서 읽도록 나온 것이지 그저 눈으로 읽도록 만들어진 것이 아니다.

마지막으로, 이들 이야기의 권리를 포기한 사람들의 친절에 감사를 드린다. 그들 덕에 이 책을 완성할 수 있었다. 친구 E. Clodd, Hindes Grooms, Andrew Lang은 다음에 소개되는 가장 흥미있는 이야기들 중 몇 편을 내게 양도해주었다. 영국협의회(Councils of English)와 미국민담학회, 여러 명의 신사들, 롱맨 또한 관대하였다. 친구인 J. O. 배튼은 이 책자를 장식한 뛰어난 디자인으로 이들 이야기들을 빛나게 해주었다. '헤니-페니'와 '팍스 씨'의 깔끔한 첫머리장식은 오랜 친구인 헨리 라일랜드가 해주었다.

이야기란 대체 무엇일까요

'이야기가 없는 사람'이라는 제목의 아일랜드 민담이 있습니다. 주인공은 식물의 줄기를 잘라 바구니를 만들어 파는 사람인데, 어느 날 줄기를 찾아 요정들이 사는 계곡까지 들어갔습니다. 그러다 갑자기 안개에 갇히고, 돌풍에 날려, 캄캄한 밤에 낯선 곳, 낯선 집에 닿았습니다. 그곳에서 노인 부부를 만났는데, 주인 노인은 느닷없이 재미난 이야기나 하나 해보라고 말합니다.

낯선 곳에 가서 이런 말을 들으면, 이 글을 읽는 독자 여러분은 어떻게 하실 건가요.

이야기의 주인공은 이렇게 대답합니다. 저는 그런 걸 해본 적이 없어요. 이야기 하는 것 말고 다른 것은 다 할게요, 라고. 그 사람이 거기서 무엇이든 해야 하는 이유는 밤을 지낼 곳이 필요하고, 먹을 것도 필요해서입니다. 그러자 노파는 그럼 우물에 가서 물이나 길어오라고 말하며 빈 양동이를 건넵니다.

우물에서 물을 긷던 남자는 다시 돌풍에 날려 수십 명의 남자들과, 심부름하는 여자아이가 있는 낯선 곳에 떨어집니다. 무리에서 가장 덩치 큰 남자가 여자아이에게 너무 심심하니, 악기 연주자를 데려오라고 말합니다. 그러자 여자아이는 세상에서 가장 훌륭한 깡깡이 연주자가 여기 있다고 말하며, 우리의 주인공을 지목합니다. 당연히 남자는 '나는 노래도 모르고, 음악도 모르

8

고, 악기라는 걸 연주해본 적도 없어요.'라고 말합니다. 그런데, 그 순간 그의
두 손은 악기를 들고 있었습니다. 그는 자기도 모르게 연주를 하고 갈채를 받
습니다.

　연주가 끝나자 덩치 큰 남자는 여기 죽어있는 시체를 치워야하니 가서 목사
님을 모셔오라고 여자아이에게 말합니다. 그러자 아이는 세상에서 가장 훌륭
하신 목사님이 여기 계시다며 다시 우리의 주인공을 지목합니다. 주인공은
너무 놀라, 난 그런 거 모른다고 말하지만, 어느새 제단에 올라 예배를 진행
하고, 너무나 멋진 기도를 하는 성직자가 되었습니다.

　예배가 끝나고 사람들은 시체를 관에 담았고, 네 명의 관지기가 어깨에 관
을 메고 나가고 있었습니다. 그런데 그중에 한 사람이 키가 너무 커서 관이
기울자, 덩치 큰 남자가 다시 말했습니다. '가서 의사를 데려와. 큰 놈의 다리
를 잘라 키를 맞추게.' 그러자 여자아이는 여기 최고의 의사가 있다면서 다시
주인공을 지목했습니다. 놀란 남자는 난 그런 거 모른다고 말했지만, 어느새
손에 수술도구를 들고 키 큰 남자의 다리를 잘라 관지기 네 명의 키를 맞추었
고, 그들은 관을 묘지로 가져갔습니다. 묘지에 도착한 이들은 차례차례 묘지
의 담을 넘었고, 우리의 주인공은 네 번째로 담을 넘다 바람에 날려 다시 낯
선 곳에 떨어졌습니다.

　정신을 차려보니 그곳은 자기가 물 긷던 우물이었습니다. 그는 물을 길어
노파의 집으로 갔는데, 노파는 또다시 '재미난 이야기 하나 해줄 수 있어?'라
고 물었습니다. 그러자 주인공은 이번엔 자신있게 대답했습니다. '할 수 있어
요. 저는 할 이야기가 있는 사람이에요.' 주인공은 자기가 방금 겪은 이야기
를 했고, 노인은 앞으로 언제든, 어딜 가든, 누가 이야기를 해달라고 청하면
이 이야기를 하라고 말했습니다. 그날 밤 주인공은 노부부의 집에서 좋은 식
사를 대접받고 편안한 밤을 보냈습니다. 그런 대접이 이야기의 덕이었는지
그건 모르겠습니다.

아일랜드 사람들은 왜 이런 이야기를 만들었을까요? 이런 궁금증에 대한 대답은 꼭 필요한 것은 아닐지도 모릅니다. 그렇다면 이런 질문을 꼭 할 필요도 없겠죠. 하지만 다시 생각해 보면 이 민담은 아주 많은 이야기를 담고 있습니다. 생각나는 대로 적어 볼까요?

이야기는 누구나 할 수 있습니다. 우리의 주인공처럼 이야깃거리가 없는 남자도 결국은 이야기를 하게 되니까요. 물론 그 사이에 기이한 경험을 해서 가능해졌지만요. 이야깃거리가 될만한 경험이 없다면 다른 방법도 있습니다. 아일랜드 민담의 주인공이 악기 연주자도 되고, 목사도 되고, 의사도 되고, 관지기도 되듯이, 이야기에서 우린 아무거나 될 수 있습니다. 그냥 되는 것도 아니고 아주 최고의 존재가 됩니다. 누구 마음대로? 당연히, 우리 마음대로지요. 그래서 남을 즐겁게 하고, 문제 해결도 하고, 수술도 합니다. 이런 것을 전문 용어로 '상상'이라고 부르던 시절도 있었습니다. 제가 이것을 과거형 시제로 표현한 이유는, 요즘은 이런 상상력을 발휘하는 일이 특정 분야의 전문가들만의 일이 아닌 시대가 되었기 때문입니다. 지금은 누구라도 즐거운 것을 상상하고 말하고, 표현하는 시대입니다. 상상엔 한계가 없고, 안될 것이 없습니다. 그러니 누구나 이런 상상을 하고, 즐기며, 서로 나눌 수 있다면, 그런 세상은 어떤 세상일까요?

민담 속의 노인은 왜 이야기가 없는 남자에게 이야깃거리를 만들어주었을까요? 그리고 왜 사람들이 원하면 이야기를 해주라고 말했을까요? 대체 이야기가 뭐길래….

굳이 답이 필요 없는 질문을 다시 하는 것은, 익숙한 것도 있고 생소한 것도 있는 이 영국 민담집을 즐겁게 읽어보시라는 뜻이죠. 이런 이야기를 읽으면 즐거운가요? 상상력이 자라날까요? 물으신다면, 저는 분명히, 예, 라고 대답합니다. 이야기 속의 노인처럼, 저도 세상 사람들이 모두, 할 이야기가 있는 사람들이 되었으면 좋겠습니다.

2020년, 1월 역자 김차산

목차

12

영국 민담 모음집

펴낸날   2020년 4월 30일 초판 1쇄

엮은이   조지프 제이콥스
옮긴이   김차산
펴낸이   최지윤
펴낸곳   시커뮤니케이션
            www.seenstory.co.kr   www.facebook.com/seeseesay
            T 031)871-7321   F 0303)3443-7211
            seenstory@naver.com

찍은곳   현문자현
서점관리   하늘유통

ISBN   979-11-88579-47-1 (03840)

영국 민담 모음집

English Fairy Tales

조지프 제이콥스 엮음 · 김차산 옮김

시커뮤니케이션

TOM TIT TOT

Once upon a time there was a woman, and she baked five pies. And when they came out of the oven, they were that overbaked the crusts were too hard to eat. So she says to her daughter:

"Darter," says she, "put you them there pies on the shelf, and leave 'em there a little, and they'll come again."--She meant, you know, the crust would get soft.

But the girl, she says to herself: "Well, if they'll come again, I'll eat 'em now." And she set to work and ate 'em all, first and last.

Well, come supper-time the woman said: "Go you, and get one o' them there pies. I dare say they've come again now."

The girl went and she looked, and there was nothing but the dishes. So back she came and says she: "Noo, they ain't come again."

"Not one of 'em?" says the mother.

"Not one of 'em." says she.

"Well, come again, or not come again," said the woman "I'll have one for supper."

"But you can't, if they ain't come," said the girl.

"But I can," says she. "Go you, and bring the best of them."

"Best or worst," says the girl, "I've ate them all, and you can't have one till that's come again."

Well, the woman she was done, and she took her spinning to the door

톰 팃 탓

옛날에 한 여인이 파이를 다섯 개 구웠습니다. 그 파이를 오븐에서 꺼냈을 때는 너무 딱딱해서 먹을 수 없을 정도였습니다. 그래서 여자는 딸을 불렀습니다.

"딸! 파이를 선반 위에 올려 놔. 거기 잠시 놔두면, 파이가 다시 올거야."

아시다시피 이 말은 파이를 잠시 놔두면, 파이 껍질이 부드러워질 거라는 뜻이었습니다.

하지만 아이는 속으로 생각했습니다. "음, 파이가 다시 온다니, 지금 내가 파이를 먹어야지."

딸은 다섯 개의 파이를 다 먹었습니다.

저녁 식사 시간이 되자 엄마가 딸에게 말했습니다. "가서, 파이 하나 가져오렴. 내가 파이가 다시 온다고 말했었지."

여자아이는 파이가 있던 선반을 올려다보았습니다. 거긴 빈 접시만 남아있었습니다. 아이는 돌아와 말했습니다. "없어요. 파이 안 왔어요."

"한 개도 없어?" 엄마가 말했습니다.

"한 개도 없어요." 아이는 말했습니다.

"파이가 다시 오든 말든, 난 저녁으로 파이 하나를 먹어야겠다."

"하지만 파이가 다시 오지 않으면 엄만 파이 못 먹어요."

"먹을 수 있다. 가서 제일 좋은 걸로 하나 가져와." 엄마가 말했습니다.

"제일 좋은 거든 나쁜 거든, 내가 파이를 다 먹어서, 파이가 다시 오지 않으

17

to spin, and as she span she sang:

"My darter ha' ate five, five pies to-day. My darter ha' ate five, five pies to-day."

The king was coming down the street, and he heard her sing, but what she sang he couldn't hear, so he stopped and said:

"What was that you were singing, my good woman?"

The woman was ashamed to let him hear what her daughter had been doing, so she sang, instead of that:

"My darter ha' spun five, five skeins to-day. My darter ha' spun five, five skeins to-day."

"Stars o' mine!" said the king, "I never heard tell of any one that could do that."

Then he said: "Look you here, I want a wife, and I'll marry your daughter. But look you here," says he, "eleven months out of the year she shall have all she likes to eat, and all the gowns she likes to get, and all the company she likes to keep; but the last month of the year she'll have to spin five skeins every day, and if she don't I shall kill her."

"All right." says the woman; for she thought what a grand marriage that was. And as for the five skeins, when the time came, there'd be plenty of ways of getting out of it, and likeliest, he'd have forgotten all about it.

Well, so they were married. And for eleven months the girl had all she liked to eat, and all the gowns she liked to get, and all the company she liked to keep.

But when the time was getting over, she began to think about the skeins and to wonder if he had 'em in mind. But not one word did he

면 엄만 먹을 수 없어요."

이제서야 사태를 파악한 엄마는, 하릴없이 실 뽑는 기계를 문가로 가져가 노래 부르며 실을 뽑았습니다.

"딸이 다섯 개, 다섯 개의 파이를 오늘 다 먹었네. 내 딸이 다섯 개, 다섯 개나 되는 파이를 오늘 다 먹었네."

그때 왕이 길을 지나다 여자의 노래를 들었으나, 제대로 알아듣지 못해 걸음을 멈추고 말했습니다.

"지금 부르는 건 무슨 노래요, 부인?"

여자는 딸의 행동을 왕에게 말하기가 창피해서 이렇게 말했습니다.

"제 딸이 다섯, 다섯 개나 되는 실타래를 오늘 뽑았어요. 제 딸이 다섯, 다섯 개나 되는 실타래를 오늘 뽑았어요."

"나의 별이로다!" 왕은 말했습니다.

"나는 지금까지 누구도 그런 일을 할 수 있다는 소리를 들어본 적이 없다."

그는 말을 이어갔습니다. "자, 들어봐. 나는 아내가 필요하다. 나는 당신의 딸과 결혼할 것이다. 1년 중 열한 달 동안, 그녀는 먹고 싶은 것을 마음껏 먹고, 입고 싶은 옷을 마음껏 입고, 원하는 벗들과 함께 있을 것이다. 하지만 마지막 달엔 매일 다섯 개의 실타래를 뽑아야 한다. 만일 그렇게 하지 않으면 난 네 딸을 죽일 것이다."

"좋아요." 여자는 말했습니다. 왜냐하면 왕과의 결혼이 얼마나 대단한 일인지 알고 있었기 때문입니다. 그리고 다섯 개의 실타래는 다른 많은 방법으로 얻을 수 있으며, 가장 가능성이 높은 것은 왕이 그걸 잊는 거라고 생각했기 때문입니다.

딸과 왕은 결혼을 했습니다. 열한 달 동안 딸은 먹고 싶은 것을 마음껏 먹었

say about 'em, and she thought he'd wholly forgotten 'em.

However, the last day of the last month he takes her to a room she'd never set eyes on before. There was nothing in it but a spinning-wheel and a stool. And says he: "Now, my dear, here you'll be shut in to-morrow with some victuals and some flax, and if you haven't spun five skeins by the night, your head'll go off." And away he went about his business.

Well, she was that frightened, she'd always been such a gatless girl, that she didn't so much as know how to spin, and what was she to do to-morrow with no one to come nigh her to help her? She sat down on a stool in the kitchen, and law! how she did cry!

However, all of a sudden she heard a sort of a knocking low down on the door. She upped and oped it, and what should she see but a small little black thing with a long tail. That looked up at her right curious, and that said:

"What are you a-crying for?"

"What's that to you?" says she.

"Never you mind." that said, "but tell me what you're a-crying for."

"That won't do me no good if I do," says she.

"You don't know that," that said, and twirled that's tail round.

"Well," says she, "that won't do no harm, if that don't do no good," and she upped and told about the pies, and the skeins, and everything.

"This is what I'll do," says the little black thing, "I'll come to your window every morning and take the flax and bring it spun at night."

"What's your pay?" says she.

고, 입고 싶은 옷을 마음껏 입었으며, 가장 좋은 친구들을 곁에 두고 지냈습니다.

그 기간이 끝날 때 딸은 실타래 생각을 하며, 왕이 그 생각을 하고 있을지 아닐지가 궁금해졌습니다. 하지만 왕은 실타래에 관해 한 마디도 하지 않았습니다. 그래서 그녀는 왕이 그 일을 완전히 잊었다고 생각했습니다.

하지만 열한 달의 마지막 날, 왕은 부인을 그녀가 한 번도 본 적이 없던 방으로 데려갔습니다. 그 방에는 물레와 의자 외에는 아무것도 없었습니다. 왕은 말했습니다. "여보, 당신에게 먹을 음식과 아마를 줄 테니 내일부터 여기 머무시오. 만일 밤까지 실 다섯 타래를 뽑지 못하면 당신 목을 칠 것이오." 그리고 왕은 일을 하러 나갔습니다.

여자는 끔찍하게 겁이 났습니다. 그녀는 실속이 없는 사람이어서 실 뽑는 일 같은 것은 할 줄도 몰랐으며, 가까운 누군가가 도우러 오지 않는 한 아무 것도 할 수 없었습니다. 그녀는 부엌 의자에 앉아, 저런! 울고 있었습니다!

그런데, 갑자기 아래쪽에서 문 두드리는 소리가 들렸습니다. 의자에서 일어나 문을 열자, 그녀 눈앞엔 꼬리가 긴, 작고 검은 도깨비가 있었습니다. 그것은 호기심에 그녀를 똑바로 올려다보며 말했습니다.

"왜 울어?"

"알아서 뭐하게?" 그녀는 말했습니다.

"신경 쓰는 거 아니야. 근데 왜 울고 있었는지 말해 봐."

"말해도 소용 없을 거야." 여자는 말했습니다.

"그거 모르지." 꼬리를 흔들며 도깨비가 말했습니다.

"그래, 말해봤자 소용없는 일이니까 말해도 아무 일도 없을 거야."

여자는 자리에서 일어나 파이와, 실타래, 그리고 그동안 있었던 일을 전부

That looked out of the corner of that's eyes, and that said: "I'll give you three guesses every night to guess my name, and if you haven't guessed it before the month's up you shall be mine."

Well, she thought she'd be sure to guess that's name before the month was up. "All right," says she, "I agree."

"All right," that says, and law! how that twirled that's tail.

Well, the next day, her husband took her into the room, and there was the flax and the day's food.

"Now there's the flax," says he, "and if that ain't spun up this night, off goes your head." And then he went out and locked the door.

He'd hardly gone, when there was a knocking against the window. She upped and she oped it, and there sure enough was the little old thing sitting on the ledge.

"Where's the flax?" says he.

"Here it be," says she. And she gave it to him.

Well, come the evening a knocking came again to the window. She upped and she oped it, and there was the little old thing with five skeins of flax on his arm.

"Here it be," says he, and he gave it to her.

"Now, what's my name?" says he.

"What, is that Bill?" says she.

"Noo, that ain't," says he, and he twirled his tail.

"Is that Ned?" says she.

"Noo, that ain't," says he, and he twirled his tail.

"Well, is that Mark?" says she.

말했습니다.

"내가 할 일이 이거구나." 작고 검은 것이 말했습니다. "내가 매일 아침 너의 창문으로 와서 아마를 받아서, 실을 뽑아서 저녁에 가져다줄게."

"너는 뭘 원해?" 여자는 물었습니다.

도깨비는 잠시 생각하더니 말했습니다.

"매일 밤 너에게 내 이름을 맞출 수 있는 기회를 세 번 줄게. 하지만 마지막 날까지 내 이름을 못 맞추면 너는 내 거야."

여자는 그 달이 지나가기 전에 그것의 이름을 맞출 수 있을 거라고 생각하며 이렇게 말했습니다.

"그래, 그렇게 하자."

"좋아." 그것도 자신의 꼬리를 휘두르며 말했습니다.

다음 날, 남편은 여자를 실 잣는 방으로 데려갔습니다. 방에는 아마와 그날 먹을 음식이 있었습니다. "자, 여기 아마가 있어요. 오늘 밤까지 실을 다 못 뽑으면 당신 목이 달아날 거요." 남편은 문을 잠그고 나가버렸습니다.

그가 나가자마자 창문을 두드리는 소리가 들렸습니다. 그녀가 일어나 문을 열자, 창틀에 작고 늙은 것이 앉아있었습니다.

"아마 어디있어?" 그것이 말했습니다.

"여기 있어." 여자는 아마를 그에게 주었습니다.

저녁이 되자 다시 창문 두드리는 소리가 들렸습니다. 여자가 일어나 창문을 열었보니, 작고 늙은 것은 다섯 개의 실타래를 들고 있었습니다.

"여기 있다," 그는 실타래를 건네며 말했습니다.

"자, 내 이름이 뭘까?"

"네 이름은 뭘까? 빌?" 여자가 말했습니다.

"Noo, that ain't," says he, and he twirled his tail harder, and away he flew.

Well, when her husband came in, there were the five skeins ready for him. "I see I shan't have to kill you to-night, my dear," says he;

"you'll have your food and your flax in the morning," says he, and away he goes.

Well, every day the flax and the food were brought, and every day that there little black impet used to come mornings and evenings. And all the day the girl sat trying to think of names to say to it when it came at night. But she never hit on the right one. And as it got towards the end of the month, the impet began to look so maliceful, and that twirled that's tail faster and faster each time she gave a guess.

At last it came to the last day but one. The impet came at night along with the five skeins, and that said,

"What, ain't you got my name yet?"

"Is that Nicodemus?" says she.

"Noo, t'ain't," that says.

"Is that Sammle?" says she.

"Noo, t'ain't," that says.

"A-well, is that Methusalem?" says she.

"Noo, t'ain't that neither," that says.

Then that looks at her with that's eyes like a coal o' fire, and that says: "Woman, there's only to-morrow night, and then you'll be mine!" And away it flew.

Well, she felt that horrid. However, she heard the king coming along

"땡, 그거 아니야." 그가 말했습니다

"그럼 네드?" 여자가 말했습니다.

"땡, 그것도 아니야." 그가 말했습니다. 그는 꼬리를 휘둘렀습니다.

"그럼, 네 이름은 마크일까?"

"땡, 아니야." 그는 말했습니다. 그리고는 자기 꼬리를 더 세게 휘두르다 사라졌습니다.

남편이 방으로 들어왔을 땐, 다섯 개의 실타래가 준비되어 있었습니다.

"오늘 밤, 당신을 죽이면 안될 것 같아." 남편은 말했습니다. "내일 밤 당신 식사와 아마를 준비해 둘게." 이렇게 말하고 그는 사라졌습니다.

매일 그녀 방엔 음식과 아마가 들어왔고, 그리고 매일 그녀의 방으로 작고 검은 도깨비가 아침저녁으로 찾아왔습니다. 그리고 종일 여자는 그의 이름이 뭘까를 생각하며 보냈습니다. 하지만 그녀는 그의 이름을 맞출 수 없었습니다. 한 달이 끝날 무렵 도깨비의 표정은 무시무시해졌고, 여자가 틀린 이름을 말할 때마다 자신의 꼬리를 빠르게, 더 빠르게 흔들었습니다.

마침내 약속한 날이 하루 남았습니다. 도깨비는 그날 밤 다섯 개의 실타래를 가져와서는 말했습니다.

"뭐야, 아직도 내 이름을 모르겠어?"

"혹시 니코디무스?" 여자가 말했습니다.

"아니. 아니야." 그가 말했습니다.

"그럼, 새물?" 여자가 말했습니다.

"아니 아니야"

"그럼. 메투살렘?"

"아니, 그것도 아니야." 그는 말했습니다.

the passage. In he came, and when he sees the five skeins, he says, says he,

"Well, my dear," says he, "I don't see but what you'll have your skeins ready to-morrow night as well, and as I reckon I shan't have to kill you, I'll have supper in here to-night." So they brought supper, and another stool for him, and down the two sat. Well, he hadn't eaten but a mouthful or so, when he stops and begins to laugh.

"What is it?" says she.

"A-why," says he, "I was out a-hunting to-day, and I got away to a place in the wood I'd never seen before And there was an old chalk-pit. And I heard a kind of a sort of a humming. So I got off my hobby, and I went right quiet to the pit, and I looked down. Well, what should there be but the funniest little black thing you ever set eyes on. And what was that doing, but that had a little spinning-wheel, and that was spinning wonderful fast, and twirling that's tail. And as that span that sang:

"NIMMY NIMMY NOT, YOUR NAME'S TOM TIT TOT!"

Well, when the girl heard this, she felt as if she could have jumped out of her skin for joy, but she didn't say a word.

Next day that there little thing looked so maliceful when he came for the flax. And when night came, she heard that knocking against the window panes. She oped the window, and that come right in on the ledge.

That was grinning from ear to ear, and Oo! that's tail was twirling

그의 눈은 불붙은 석탄처럼 이글거렸습니다. 그는 말했습니다. "여자야, 내일 하룻 밤 남았다. 내일이면 넌 내 거야." 그리고 그는 날아갔습니다.

그녀는 너무 끔찍했습니다. 그 순간 그녀는 왕이 복도를 걸어오는 소리를 들었습니다. 왕은 방으로 왔고, 다섯 개의 실타래를 보자 말했습니다.

"음, 여보, 내가 보진 못하지만 당신은 내일 밤도 실 다섯 타래를, 물론, 뽑아 놓겠지. 그리고 나는 당신을 죽이지 않을 것 같아. 오늘 밤엔 여기서 저녁 식사를 하겠어."

그래서 사람들은 저녁을 가져왔고, 의자를 하나 더 가져왔으며, 둘은 함께 앉았습니다. 음식을 한 입 정도 먹었을 때 왕은 갑자기 자리에서 일어나 웃었습니다.

"왜 그래요?" 여자는 말했습니다.

"왜 그러냐고? 나 오늘 사냥 갔다 왔어. 내가 한 번도 가보지 못한 숲 속으로 말이야. 거기엔 작은 백악광이 있었지. 거기서 무슨 흥얼거리는 소리 같은 걸 들어서, 조랑말에서 내려 조용히 구덩이로 가보았지. 구덩이를 내려다보았더니, 세상에서 가장 우스꽝스러운 작고 검은 것이 거기 있었어. 그게 거기서 뭘 하고 있었는지 알아? 그것은 작은 물레를 가지고선 엄청 빠르게 실을 잣고 있었어. 꼬리를 흔들면서 말이야. 그리고 그것은 실을 뽑으며 노래를 불렀어."

"니미, 니미는 아니다. 네 이름은 톰 팃 탓이다."

여자는 이 말을 듣고 펄쩍 뛸듯이 기뻤어요. 하지만 왕에게 아무 말도 하지 않았어요.

round so fast.

"What's my name?" that says, as that gave her the skeins.

"Is that Solomon?" she says, pretending to be afeard.

"Noo, t'ain't," that says, and that came further into the room.

"Well, is that Zebedee?" says she again.

"Noo, t'ain't," says the impet. And then that laughed and twirled that's tail till you couldn't hardly see it.

"Take time, woman," that says; "next guess, and you're mine." And that stretched out that's black hands at her.

Well, she backed a step or two, and she looked at it, and then she laughed out, and says she, pointing her finger at it:

"NIMMY NIMMY NOT, YOUR NAME'S TOM TIT TOT!"

Well, when that heard her, that gave an awful shriek and away that flew into the dark, and she never saw it any more.

다음 날 아마를 가지러 온 작은 것은 아주 무서운 표정을 지었어요. 밤이 오자 그녀는 창문 틀 두드리는 소리를 들었어요. 그녀가 문을 열자 그것은 문틀 위에 바로 나타났어요. 도깨비는 입이 찢어져라 웃고 있었고, 아, 무섭게도 그의 꼬리는 너무나 빠르게 돌고 있었어요.

"내 이름은 뭘까?" 실타래를 건네며 그는 말했어요.

"솔로몬?" 그녀는 겁먹은 척하며 말했어요.

"아니, 아니야." 말하며, 그는 방으로 더 들어왔어요.

"그럼, 지브디?" 그녀는 다시 말했어요.

"아니, 아니래도." 도깨비는 말했어요. 그리곤 웃으며 너무 빨라 꼬리가 눈에 보이지 않을 때까지 꼬리를 돌렸어요.

"천천히 생각해 봐. 마지막이다. 못 맞추면 넌 내 것이 되는 거다." 이렇게 말하며 그는 검은 손을 여자에게 뻗었습니다.

여자는 한두 걸음 뒷걸음질 친 다음, 그것을 바라보다 웃음을 터뜨렸습니다. 그리고 나서는 손가락으로 그를 가리키며 말했습니다.

"니미 니미는 아니야. 네 이름은 톰 팃 탓."

그 말을 듣자, 그것은 무시무시한 비명을 지르고서는 어둠 속으로 사라졌습니다. 그리고 다시는 나타나지 않았습니다.

THE THREE SILLIES

Once upon a time there was a farmer and his wife who had one daughter, and she was courted by a gentleman. Every evening he used to come and see her, and stop to supper at the farmhouse, and the daughter used to be sent down into the cellar to draw the beer for supper.

So one evening she had gone down to draw the beer, and she happened to look up at the ceiling while she was drawing, and she saw a mallet stuck in one of the beams. It must have been there a long, long time, but somehow or other she had never noticed it before, and she began a-thinking. And she thought it was very dangerous to have that mallet there, for she said to herself:

"Suppose him and me was to be married, and we was to have a son, and he was to grow up to be a man, and come down into the cellar to draw the beer, like as I'm doing now, and the mallet was to fall on his head and kill him, what a dreadful thing it would be!" And she put down the candle and the jug, and sat herself down and began a-crying.

Well, they began to wonder upstairs how it was that she was so long drawing the beer, and her mother went down to see after her, and she found her sitting on the settle crying, and the beer running over the floor. "Why, whatever is the matter?" said her mother. "Oh, mother!" says she, "look at that horrid mallet! Suppose we was to be married, and

세 바보

옛날에 외동딸을 둔 농부 부부가 살았습니다. 부부의 딸은 성장해서 한 신사의 구애를 받았습니다. 신사는 매일 저녁 그녀를 만나러 농부의 집에 와서 함께 저녁 식사를 했습니다. 그럴 때면 딸은 저녁 식사 시간에 마실 맥주를 가지러 지하실로 내려가곤 했습니다.

그러던 어느 날 저녁이었습니다. 맥주를 가지러 지하로 내려간 딸은 맥주를 따르며 위를 보다가, 천장 기둥에 박혀있는 나무망치를 하나 보았습니다. 그 망치는 아주 오래, 오랫동안 거기 박혀있었던 것 같았는데, 그녀는 한 번도 그걸 알아채지 못했다고 생각했습니다. 그녀는 망치가 거기 박혀있는 게 아주 위험할 거란 생각에 중얼거렸습니다.

"만일 그 사람과 내가 결혼을 해서 아들을 낳으면, 그 아이가 자라 어른이 될 거고, 그 아인 맥주를 받으러 지하로 내려오겠지. 지금 나처럼. 그때 그 아이 머리 위로 망치가 떨어져 죽으면, 얼마나 끔찍한 일이야!"

그녀는 양초와 술병을 내려놓고 앉아 울었습니다.

위층에선 맥주 받아오는데 왜 이렇게 시간이 걸리나 궁금해졌습니다. 엄마가 그녀를 찾으러 내려왔습니다. 엄마는 바닥에 맥주가 흥건히 흐르고, 딸이 혼자 앉아 울고 있는 광경을 보았습니다.

"왜 그래? 무슨 일이야?"

"아, 엄마, 내가 무시무시한 망치를 봤어. 생각해 봐. 우리가 결혼해서 아들을 낳았다고 생각해 봐. 그 아이가 자라서 맥주를 받으러 이리 내려왔다가 그

was to have a son, and he was to grow up, and was to come down to the cellar to draw the beer, and the mallet was to fall on his head and kill him, what a dreadful thing it would be!"

"Dear, dear! what a dreadful thing it would be!" said the mother, and she sat her down aside of the daughter and started a-crying too.

Then after a bit the father began to wonder that they didn't come back, and he went down into the cellar to look after them himself, and there they two sat a-crying, and the beer running all over the floor. "Whatever is the matter?" says he. "Why,"

says the mother, "look at that horrid mallet. Just suppose, if our daughter and her sweetheart was to be married, and was to have a son, and he was to grow up, and was to come down into the cellar to draw the beer, and the mallet was to fall on his head and kill him, what a dreadful thing it would be!" "Dear, dear, dear! so it would!" said the father, and he sat himself down aside of the other two, and started a-crying.

Now the gentleman got tired of stopping up in the kitchen by himself, and at last he went down into the cellar too, to see what they were after; and there they three sat a-crying side by side, and the beer running all over the floor. And he ran straight and turned the tap. Then he said: "Whatever are you three doing, sitting there crying, and letting the beer run all over the floor?"

"Oh!" says the father, "look at that horrid mallet! Suppose you and our daughter was to be married, and was to have a son, and he was to grow up, and was to come down into the cellar to draw the beer, and

아이 머리 위로 망치가 떨어져서 아이가 죽으면 얼마나 끔찍해."

"오, 애야! 얼마나 끔찍한 일이니!"

엄마는 딸 옆에 앉아 함께 울었습니다.

잠시 후에 그들이 돌아오지 않는 것을 이상하게 여기고 아빠가 지하실로 내려왔습니다. 지하실에선 맥주가 바닥에 흐르고, 모녀가 앉아서 울고 있었습니다.

"무슨 일이야?"

"무슨 일이냐고? 저쪽에 있는 무서운 망치를 봤어. 생각해 봐. 우리 딸이 결혼을 해서 아들을 낳았어. 그 아들이 자라 어른이 되어서 맥주를 받으러 여기 내려왔다가 머리에 저 망치를 맞으면 죽게 되겠지. 얼마나 끔찍한 일이야."

"여보, 여보, 여보! 정말 그러네."

아버지도 그들 옆에 앉아 울었습니다.

이제 신사는 부엌에 혼자 있기 지쳐 지하로 내려와, 그들을 보았습니다. 세 사람은 나란히 앉아 울고 있었고, 바닥엔 맥주가 흥건하게 흐르고 있었습니다. 그는 곧장 달려가 맥주통의 마개를 닫았습니다. 그리고 나서 말했습니다.

"세 사람이 뭘 하길래, 울며 앉아서, 맥주가 흘러내리게 합니까?"

아버지가 말했습니다.

"오, 저기 무시무시한 망치를 봐. 자네와 내 딸이 결혼해서 아들을 낳았고, 그 아이가 어른이 되었어. 그 애가 맥주를 받으러 지하로 내려왔는데, 저 망치가 그 아이 머리 위로 떨어져서 그 애가 죽는다네. 얼마나 끔찍한 일인가."

그렇게 말하고 그들은 전보다 더 크게 울었습니다. 하지만 신사는 웃음을 터뜨리며 손을 뻗어 나무망치를 잡아 뺀 다음 말했습니다.

"나는 여기저기 여행을 많이 했지만, 당신들처럼 엄청난 바보는 만나본 적

the mallet was to fall on his head and kill him!" And then they all started a-crying worse than before. But the gentleman burst out a-laughing, and reached up and pulled out the mallet, and then he said: "I've travelled many miles, and I never met three such big sillies as you three before; and now I shall start out on my travels again, and when I can find three bigger sillies than you three, then I'll come back and marry your daughter." So he wished them good-bye, and started off on his travels, and left them all crying because the girl had lost her sweetheart.

Well, he set out, and he travelled a long way, and at last he came to a woman's cottage that had some grass growing on the roof. And the woman was trying to get her cow to go up a ladder to the grass, and the poor thing durst not go. So the gentleman asked the woman what she was doing. "Why, lookye." she said, "look at all that beautiful grass. I'm going to get the cow on to the roof to eat it. She'll be quite safe, for I shall tie a string round her neck, and pass it down the chimney, and tie it to my wrist as I go about the house, so she can't fall off without my knowing it." "Oh, you poor silly!" said the gentleman, "you should cut the grass and throw it down to the cow!" But the woman thought it was easier to get the cow up the ladder than to get the grass down, so she pushed her and coaxed her and got her up, and tied a string round her neck, and passed it down the chimney, and fastened it to her own wrist.

And the gentleman went on his way, but he hadn't gone far when the cow tumbled off the roof, and hung by the string tied round her neck, and it strangled her. And the weight of the cow tied to her wrist pulled the woman up the chimney, and she stuck fast half-way and was

34

이 없어요. 난 다시 여행을 할거고, 당신들 보다 더 바보를 만나면 돌아와 당신 딸과 결혼하겠소."

남자는 작별 인사를 하고 떠났습니다. 딸의 애인을 잃어, 세 사람은 또다시 울었습니다.

어쨌든, 신사는 멀리 여행을 했습니다. 그러다가 어떤 여인 소유의, 지붕에서 풀이 자라는 오두막에 도착했습니다.

그 여인은 지붕 위에 난 풀을 뜯어 먹이기 위해 자신이 키우는 암소를 사다리로 끌어올리려고 애를 쓰고 있었고, 가여운 소는 거기 오르지 않으려고 발버둥을 쳤습니다.

신사는 여인에게 무얼 하는 거냐고 물었습니다.

"왜요, 나그네 양반, 저기 아름다운 풀을 보세요. 나는 소한테 저 풀을 먹이려고 노력하는 중이에요. 소는 안전할 거에요. 왜냐하면 소의 목에 줄을 묶고 그걸 굴뚝 아래로 내려, 그 줄을 내 손목에 묶고 집 주위를 돌거니까요. 그러면 소가 떨어져도 내가 알 수 있어요."

"에이, 바보 같으니! 당신이 풀을 베서 아래로 던져주면 되잖아요."

신사가 정답을 알려주었지만, 여자는 풀을 베는 일보다 소가 사다리를 타고 올라가 풀을 뜯어 먹는 게 더 쉬운 일이라 생각했습니다. 그래서 소를 밀고 달래며 지붕 위로 밀어올리고, 소목에 줄을 묶은 다음, 줄을 굴뚝으로 내려 자기 손목에 감았습니다.

신사는 제 갈 길을 갔습니다. 그러나 얼마 지나지 않아 소가 지붕에서 떨어졌고, 목에 묶인 줄 때문에 소는 굴뚝에 매달려 결국 질식했습니다. 손목에 묶인 소의 무게 때문에 여자는 지붕 위로 끌려올라가, 검댕이를 뒤집어 쓰고,

smothered in the soot.

Well, that was one big silly.

And the gentleman went on and on, and he went to an inn to stop the night, and they were so full at the inn that they had to put him in a double-bedded room, and another traveller was to sleep in the other bed.

The other man was a very pleasant fellow, and they got very friendly together; but in the morning, when they were both getting up, the gentleman was surprised to see the other hang his trousers on the knobs of the chest of drawers and run across the room and try to jump into them, and he tried over and over again, and couldn't manage it; and the gentleman wondered whatever he was doing it for. At last he stopped and wiped his face with his handkerchief.

"Oh dear," he says, "I do think trousers are the most awkwardest kind of clothes that ever were. I can't think who could have invented such things. It takes me the best part of an hour to get into mine every morning, and I get so hot! How do you manage yours?" So the gentleman burst out a-laughing, and showed him how to put them on; and he was very much obliged to him, and said he never should have thought of doing it that way.

So that was another big silly.

Then the gentleman went on his travels again; and he came to a village, and outside the village there was a pond, and round the pond was a

중간에 걸려버렸습니다.

 맞아요. 이것은 첫 번째 큰 어리석음이었습니다.

 신사는 계속 길을 걸었습니다. 신사는 밤을 보내기 위해 여관에 들어갔습니다. 손님이 너무 많아 침대가 두 개 있는 방에 묵게 되었습니다. 그리고 그가 묵게된 방의 다른 침대엔 한 낯선 여행자도 묵게 되었지요.

 그와 한 방을 쓰게된 낯선 여행자는 아주 유쾌한 사람이어서 둘은 쉽게 친해졌습니다. 하지만 아침에 잠에서 깨었을 때, 신사는 놀라게 되었습니다. 다른 여행자가 자신의 바지를 옷장 손잡이에 걸어놓고 방을 가로질러 바지 속으로 뛰어드는 것을 보았기 때문이지요.

 낯선 여행자는 여러 번 바지에 달려들었으나 성공하지 못했습니다. 신사는 그가 대체 왜 그러는지 궁금했습니다. 마침내 여행자는 멈추었고, 손수건으로 얼굴의 땀을 닦으며 말했습니다.

 "아, 젠장, 바지는 세상에서 제일 이상한 옷이야. 이런 걸 누가 만들었는지. 아침마다 내 바지에 들어가는데 한 시간씩 걸리니 너무 더워. 당신은 바지 어떻게 입어요?"

 신사는 웃음을 터뜨렸습니다. 그리곤 앞에서 바지를 입어보았습니다. 어리석은 여행자는 신사에게 크게 감사 인사를 하고선 바지를 그렇게 입는 것인 줄 생각 못했다고 말하는 것이었습니다.

 그렇습니다. 이것 또한 크게 어리석은 일이었습니다.

 신사는 다시 여행을 떠나 어떤 마을에 도착했습니다. 그 마을 외곽에는 연못이 하나 있었습니다. 연못 주변에는 마을 사람들이 많이 모여 있었습니다.

crowd of people. And they had got rakes, and brooms, and pitchforks, reaching into the pond; and the gentleman asked what was the matter. "Why," they say, "matter enough! Moon's tumbled into the pond, and we can't rake her out anyhow!" So the gentleman burst out a-laughing, and told them to look up into the sky, and that it was only the shadow in the water. But they wouldn't listen to him, and abused him shamefully, and he got away as quick as he could.

So there was a whole lot of sillies bigger than them three sillies at home. So the gentleman turned back home again and married the farmer's daughter, and if they didn't live happy for ever after, that's nothing to do with you or me.

사람들은 손에 갈퀴, 빗자루, 쇠스랑을 들고서는 연못 안을 휘저었고, 신사는 무슨 일이냐고 물었습니다.

"문제가 있지요. 달이 연못으로 떨어졌는데, 아무리 갈퀴질을 해도 건져지지 않아요."

신사는 웃음을 터뜨렸습니다. 사람들에게 하늘을 보라고 손으로 가리키며, 물에 비친 것은 달의 그림자일 뿐이라고 말해 주었습니다. 하지만 사람들은 그의 말을 귀담아 듣지 않고, 오히려 그를 비난했습니다. 지혜로운 신사는 재빨리 그곳을 벗어났습니다.

그렇습니다. 세상엔 그가 두고온 세 바보들보다 더 어리석은 이들이 너무 많았습니다. 신사는 가던 길을 돌아, 농부의 딸과 결혼했습니다. 만일 그들이 그 후로 행복하게 살지 못했다면 당신이나 나도 마찬가지겠지요.

THE ROSE-TREE

There was once upon a time a good man who had two children: a girl by a first wife, and a boy by the second. The girl was as white as milk, and her lips were like cherries. Her hair was like golden silk, and it hung to the ground. Her brother loved her dearly, but her wicked stepmother hated her. "Child," said the stepmother one day, "go to the grocer's shop and buy me a pound of candles." She gave her the money; and the little girl went, bought the candles, and started on her return. There was a stile to cross. She put down the candles whilst she got over the stile. Up came a dog and ran off with the candles.

She went back to the grocer's, and she got a second bunch. She came to the stile, set down the candles, and proceeded to climb over. Up came the dog and ran off with the candles.

She went again to the grocer's, and she got a third bunch; and just the same happened. Then she came to her stepmother crying, for she had spent all the money and had lost three bunches of candles.

The stepmother was angry, but she pretended not to mind the loss. She said to the child: "Come, lay your head on my lap that I may comb your hair." So the little one laid her head in the woman's lap, who proceeded to comb the yellow silken hair. And when she combed the hair fell over her knees, and rolled right down to the ground.

Then the stepmother hated her more for the beauty of her hair; so she

장미나무

옛날에 첫 번째 부인에게서는 여자아이를, 두 번째 부인에게서는 사내아이를 얻어 자식이 둘 있던 착한 사람이 살았습니다. 딸은 우유처럼 하얗고 입술은 버찌같았습니다. 딸의 황금빛 머리카락은 땅에 닿을 만큼 길었습니다. 남동생은 누나를 몹시 사랑했지만 마음씨 나쁜 계모는 딸을 미워했습니다.

어느 날 계모는 딸에게 말했습니다. "얘야, 가게 가서 양초를 한 덩이 사오너라." 계모는 딸에게 돈을 주었고, 어린 여자아이는 가게로 가 양초를 사서는 집으로 돌아오고 있었습니다. 오는 도중에 넘어야할 디딤돌이 있어, 아이는 양초를 내려놓고 돌을 넘었습니다. 그때 개 한 마리가 나타나 양초를 물고 달아났습니다.

아이는 가게로 돌아가, 양초 한 다발을 다시 샀습니다. 아이는 또 디딤돌에 도착해 양초를 내려놓고 디딤돌을 기어올랐습니다. 그때 또다시 개가 나타나 양초를 물고 달아났습니다.

아이는 다시 가게로 가서는 세 번째로 양초 한 꾸러미 샀고, 같은 일이 또 일어났습니다. 아이는 계모가 준 돈을 다 쓰고서도 양초를 모두 잃어버렸기에 울며 계모에게로 갔습니다.

계모는 화가 났지만 괜찮은 척 했습니다. 계모는 말했습니다. "이리 온. 내가 머리 빗겨줄 테니 내 무릎에 누워." 그래서 아이는 계모의 무릎에 누웠고, 계모는 아이의 부드러운 금발을 빗겨주었습니다. 아이의 머리를 빗기자 머리카락이 무릎에 떨어졌다가 바로 바닥으로 굴렀습니다.

said to her, "I cannot part your hair on my knee, fetch a billet of wood." So she fetched it. Then said the stepmother, "I cannot part your hair with a comb, fetch me an axe." So she fetched it.

"Now," said the wicked woman, "lay your head down on the billet whilst I part your hair."

Well! she laid down her little golden head without fear; and whist! down came the axe, and it was off. So the mother wiped the axe and laughed.

Then she took the heart and liver of the little girl, and she stewed them and brought them into the house for supper. The husband tasted them and shook his head. He said they tasted very strangely. She gave some to the little boy, but he would not eat. She tried to force him, but he refused, and ran out into the garden, and took up his little sister, and put her in a box, and buried the box under a rose-tree; and every day he went to the tree and wept, till his tears ran down on the box.

One day the rose-tree flowered. It was spring, and there among the flowers was a white bird; and it sang, and sang, and sang like an angel out of heaven. Away it flew, and it went to a cobbler's shop, and perched itself on a tree hard by; and thus it sang,

"My wicked mother slew me,
My dear father ate me,
My little brother whom I love
Sits below, and I sing above
Stick, stock, stone dead."

계모는 아이의 아름다운 머릿결 때문에 아이를 더욱 미워했습니다. 그래서 계모는 말했습니다. "나는 무릎 위에서 네 머리 가르마를 탈 수가 없구나. 나무토막을 가져오렴." 아이는 나무토막을 가져왔습니다. 그러자 계모가 말했습니다. "나는 빗으로 네 가르마를 탈 수가 없다. 그러니 도끼를 가져와." 아이는 도끼를 가져왔습니다.

"자, 내가 가르마를 타줄 테니 나무토막을 베고 누우렴."

물론 아이는 아무 두려움 없이 나무토막 위에 머리를 두었습니다. 계모는 그녀의 머리를 도끼로 내리쳤습니다. 계모는 도끼를 치우고 큰소리로 웃었습니다.

계모는 여자아이의 심장과 간을 삶아 저녁 식사로 내놓았습니다. 남편은 그 탕을 먹고 고개를 저었습니다. 남편은 음식 맛이 이상하다고 말했습니다. 아내는 그 음식을 남자아이에게도 주었으나 아이는 먹지 않았습니다. 남자아이에게 음식을 억지로 먹이려하자 아이는 정원으로 달려 나갔습니다. 아이는 누나를 찾아내어서는 작은 상자에 담아 장미나무 아래 묻었습니다. 그리곤 매일 나무를 찾아가 눈물이 상자에 닿을 때까지 울었습니다.

어느 날 장미나무에 꽃이 피었습니다. 때는 봄이었고, 꽃 사이에 하얀 새가 앉았습니다. 새는 하늘에서 내려온 천사처럼 노래하고, 노래하고, 노래했습니다. 새는 구두수선공 가게로 날아가 가게 옆에 있는 나무에 앉아 노래했습니다.

미운 새기 이쁜 계모가 난 죽였어.
다정한 아버지는 날 먹었어.
사랑하는 남동생은
나무 아래 앉았고 나는 하늘에서 노래하네.

"Sing again that beautiful song," asked the shoemaker. "If you will first give me those little red shoes you are making." The cobbler gave the shoes, and the bird sang the song; then flew to a tree in front of a watchmaker's, and sang:

"My wicked mother slew me,
My dear father ate me,
My little brother whom I love
Sits below, and I sing above
Stick, stock, stone dead."

"Oh, the beautiful song! sing it again, sweet bird," asked the watchmaker.

"If you will give me first that gold watch and chain in your hand." The jeweller gave the watch and chain. The bird took it in one foot, the shoes in the other, and, after having repeated the song, flew away to where three millers were picking a millstone. The bird perched on a tree and sang:

"My wicked mother slew me,
My dear father ate me,
My little brother whom I love
Sits below, and I sing above Stick!"

막대기, 나뭇조각, 완전한 죽음.

"그 아름다운 노래를 다시 불러보렴." 구두수선공이 말했습니다.
"당신이 만드는 빨간 구두를 내게 주면…."
구두수선공은 구두를 주었습니다. 새는 노래를 부르고는 시계공의 가게로
날아갔습니다.

마음씨 나쁜 계모가 날 죽였어.
다정한 아버지는 날 먹었어.
사랑하는 남동생은
나무 아래 앉았고 나는 하늘에서 노래하네.
막대기, 나뭇조각, 완전한 죽음.

"오, 아름다운 노래군. 다시 한 번 불러다오. 사랑스러운 새야." 시계공은 말
했습니다.
"당신 손에 있는 줄 달린 황금시계를 내게 주면…." 시계공은 줄 달린 시계
를 주었습니다. 새는 한 발로 그것을 받았고, 다른 발엔 구두를 갖고선, 노래
를 한 번 더 부른 후 세 명의 방앗간장이가 맷돌을 돌리고 있는 곳으로 날아
갔습니다. 새는 나무에 앉아 노래 불렀습니다.

"마음씨 나쁜 계모가 날 죽였어.
다정한 아버지는 날 먹었어.
사랑하는 남동생은
나무 아래 앉았고 나는 막대기 위에서 노래하네!"

Then one of the men put down his tool and looked up from his work, "Stock!"

Then the second miller's man laid aside his tool and looked up, "Stone!"

Then the third miller's man laid down his tool and looked up, "Dead!"

Then all three cried out with one voice: "Oh, what a beautiful song! Sing it, sweet bird, again."

"If you will put the millstone round my neck," said the bird. The men did what the bird wanted and away to the tree it flew with the millstone round its neck, the red shoes in one foot, and the gold watch and chain in the other.

It sang the song and then flew home.

It rattled the millstone against the eaves of the house, and the stepmother said: "It thunders."

Then the little boy ran out to see the thunder, and down dropped the red shoes at his feet. It rattled the millstone against the eaves of the house once more, and the stepmother said again: "It thunders." Then the father ran out and down fell the chain about his neck.

In ran father and son, laughing and saying, "See, what fine things the thunder has brought us!" Then the bird rattled the millstone against the eaves of the house a third time; and the stepmother said: "It thunders again, perhaps the thunder has brought something for me," and she ran out; but the moment she stepped outside the door, down fell the millstone on her head; and so she died.

그때 한 사람이 연장을 내려놓고는 위를 올려다보았습니다.

"나뭇조각"

두 번째 남자도 연장을 내려놓고 위를 봤습니다.

"돌"

그러자 세 번째 남자도 연장을 내려놓고 위를 올려다보았습니다.

"죽음"

그리고 나서 세 남자는 동시에 소리 질렀습니다. "오, 너무 멋진 노래야. 사랑스러운 새야, 그 노래 다시 한 번 불러다오."

"여러분이 그 맷돌을 내 목에 걸어준다면….." 새는 말했습니다. 사람들은 새가 원하는 대로 해주었습니다. 새는 목에는 맷돌을 달고, 한 발에는 빨간 구두를, 다른 발에는 줄 달린 시계를 걸고 나무로 날아갔습니다.

새는 노래 부르고, 노래 부르고, 노래 부르다 집으로 돌아갔습니다.

새가 맷돌로 집 처마를 치자, 계모가 말했습니다. "천둥치네."

그러자 사내아이가 천둥을 보려고 밖으로 달려 나왔고, 새는 아이 발치에 빨간 구두를 떨어뜨렸습니다. 새는 다시 한 번 맷돌로 집 처마를 쳤습니다.

계모가 말했습니다. "천둥치네." 그러자 아버지가 달려 나왔고, 새는 아버지 발치에 줄 달린 시계를 떨어뜨렸습니다.

아버지와 아들은 즐겁게 이야기를 나누며 집 안으로 들어갔습니다.

"이것 봐. 천둥이 아주 멋진 걸 가져왔어."

새는 다시 한 번 맷돌로 집의 처마를 쳤고, 계모가 말했습니다.

"또 천둥치네. 어쩌면 이번 천둥은 내 선물을 가져왔을지도 몰라."

계모는 집 밖으로 나섰습니다. 계모가 문 밖으로 발을 내딛는 순간, 그 머리 위로 맷돌이 떨어졌습니다. 계모는 그렇게 죽었습니다.

THE OLD WOMAN AND HER PIG

An old woman was sweeping her house, and she found a little crooked sixpence. "What," said she, "shall I do with this little sixpence? I will go to market, and buy a little pig."

As she was coming home, she came to a stile: but the piggy wouldn't go over the stile.

She went a little further, and she met a dog. So she said to the dog:

"Dog! bite pig; piggy won't go over the stile; and I shan't get home to-night." But the dog wouldn't.

She went a little further, and she met a stick. So she said:

"Stick! stick! beat dog! dog won't bite pig; piggy won't get over the stile; and I shan't get home to-night." But the stick wouldn't.

She went a little further, and she met a fire. So she said:

"Fire! fire! burn stick; stick won't beat dog; dog won't bite pig; piggy won't get over the stile; and I shan't get home to-night." But the fire wouldn't.

She went a little further, and she met some water. So she said:

"Water, water! quench fire; fire won't burn stick; stick won't beat dog; dog won't bite pig; piggy won't get over the stile; and I shan't get home to night." But the water wouldn't.

She went a little further, and she met an ox. So she said:

"Ox! ox! drink water; water won't quench fire; fire won't burn stick;

노파와 돼지

노파가 집 안을 쓸다가 찌그러진 6펜스짜리 동전을 하나 발견했습니다.

"이 동전으로 뭘 할까? 음, 시장에 가서 작은 돼지를 한 마리 사야지."

시장에 가서 돼지를 사고, 집으로 돌아오는 길에 노파와 돼지는 디딤돌이 있는 길을 지나게 되었습니다. 돼지는 그걸 넘으려 하지 않았습니다.

노파는 조금 머뭇거리다 개를 만났습니다. 노파는 개에게 말했습니다.

"개야! 저 돼지를 물어라. 돼지가 디딤돌을 안 넘으려 해서 내가 오늘 밤 집에 갈 수가 없어." 하지만 개는 돼지를 물지 않았습니다.

노파는 조금 머뭇거리다 막대기를 만났습니다.

"막대기야! 막대기야! 개를 쳐라. 개는 돼지를 물지 않을 거야, 돼지는 디딤돌을 넘지 않을 거고. 그러면 나는 오늘 밤 집에 못 가." 하지만 막대기는 말을 듣지 않았습니다.

노파는 조금 머뭇거리다 불을 만나 말했습니다.

"불아! 불아! 막대기를 태워라. 막대기는 개를 때리지 않을 거고, 개는 돼지를 물지 않을 거야. 돼지는 디딤돌을 넘지 않을 거고, 그러면 내가 오늘 밤 집에 못 간다." 하지만 불은 노파의 말을 듣지 않았습니다.

노파는 조금 더 머뭇거리다 물을 만났습니다. 그녀는 말했습니다.

"물아! 물아! 불을 꺼라. 불은 막대기를 태우지 않을 거고, 막대기는 개를 때리지 않을 거야. 개는 돼지를 물지 않을 거고, 돼지는 디딤돌을 넘지 않을 거야. 그러면 내가 오늘 밤 집에 못 간다." 하지만 물은 말을 들으려 하지 않았

stick won't beat dog; dog won't bite pig; piggy won't get over the stile; and I shan't get home to-night." But the ox wouldn't.

She went a little further, and she met a butcher. So she said:

"Butcher! butcher! kill ox; ox won't drink water; water won't quench fire; fire won't burn stick; stick won't beat dog; dog won't bite pig; piggy won't get over the stile; and I shan't get home to-night." But the butcher wouldn't.

She went a little further, and she met a rope. So she said:

"Rope! rope! hang butcher; butcher won't kill ox; ox won't drink water; water won't quench fire; fire won't burn stick; stick won't beat dog; dog won't bite pig; piggy won't get over the stile; and I shan't get home to-night." But the rope wouldn't.

She went a little further, and she met a rat. So she said:

"Rat! rat! gnaw rope; rope won't hang butcher; butcher won't kill ox; ox won't drink water; water won't quench fire; fire won't burn stick; stick won't beat dog; dog won't bite pig; piggy won't get over the stile; and I shan't get home to-night." But the rat wouldn't.

She went a little further, and she met a cat. So she said:

"Cat! cat! kill rat; rat won't gnaw rope; rope won't hang butcher; butcher won't kill ox; ox won't drink water; water won't quench fire; fire won't burn stick; stick won't beat dog; dog won't bite pig; piggy won't get over the stile; and I shan't get home to-night."

But the cat said to her, "If you will go to yonder cow, and fetch me a saucer of milk, I will kill the rat."

습니다.

　노파는 조금 더 머뭇거리다, 황소를 만나 말했습니다.

　"황소야! 황소야! 물을 마셔버려. 물은 불을 끄지 않을 거야, 불은 막대기를 태우지 않을 거고, 막대기는 개를 때리지 않을 거야. 개는 돼지를 물지 않을 거고, 돼지는 디딤돌을 넘지 않을 거야. 그러면 내가 오늘 밤 집에 못 간다." 하지만 황소는 말을 들으려 하지 않았습니다.

　머뭇거리다 노파는 푸줏간 주인을 만났습니다. 그래서 노파는 밀했습니다.

　"푸줏간 주인! 푸줏간 주인! 황소를 죽여. 황소는 물을 마시지 않을 거고, 물은 불을 끄지 않을 거야. 불은 막대기를 태우지 않을 거고, 막대기는 개를 때리지 않을 거야. 개는 돼지를 물지 않을 거고, 돼지는 디딤돌을 넘지 않을 거야. 그러면 내가 오늘 밤 집에 못가." 하지만 푸줏간 주인은 말을 들으려 하지 않았습니다.

　길을 가다 노파는 밧줄을 만나 말했습니다.

　"밧줄아! 밧줄아! 푸줏간 주인을 목매달아라. 그는 황소를 죽이지 않을 거고, 황소는 물을 마시지 않을 거야. 물은 불을 끄지 않을 거고, 불은 막대기를 태우지 않을 거야. 막대기는 개를 치지 않을 거고, 개는 돼지를 물지 않을 거야. 돼지는 디딤돌을 넘지 않을 거고, 그러면 나는 오늘 밤 집에 못 간다." 하지만 밧줄은 말을 들으려 하지 않았습니다.

　노파는 길을 가다 들쥐를 만나 말했습니다.

　"들쥐야! 들쥐야! 밧줄을 갉아 먹어. 밧줄은 푸줏간 주인을 목매달지 않을 거고, 푸줏간 주인은 황소를 죽이지 않을 거야, 황소는 물을 마시지 않을 거고, 물은 불을 끄지 않을 거야. 불은 막대기를 태우지 않을 거고, 막대기는 개를 치지 않을 거야. 개는 돼지를 물지 않을 거고, 돼지는 디딤돌을 넘지 않을

So away went the old woman to the cow.

But the cow said to her: "If you will go to yonder hay-stack, and fetch me a handful of hay, I'll give you the milk." So away went the old woman to the haystack and she brought the hay to the cow.

As soon as the cow had eaten the hay, she gave the old woman the milk; and away she went with it in a saucer to the cat.

As soon as the cat had lapped up the milk, the cat began to kill the rat; the rat began to gnaw the rope; the rope began to hang the butcher; the butcher began to kill the ox; the ox began to drink the water; the water began to quench the fire; the fire began to burn the stick; the stick began to beat the dog; the dog began to bite the pig; the little pig in a fright jumped over the stile, and so the old woman got home that night.

거야. 그러면 나는 오늘 밤에 집에 못 간다." 하지만 들쥐는 말을 들으려 하지 않았습니다.

노파는 길을 가다 고양이를 만났습니다. 노파는 말했습니다.

"고양아! 고양아! 들쥐를 죽여라. 들쥐는 밧줄을 갉아먹지 않을 거고, 밧줄은 푸줏간 주인을 목매달지 않을 거야. 푸줏간 주인은 황소를 죽이지 않을 거고, 황소는 물을 마시지 않을 거야. 물을 불을 끄지 않을 거고, 불은 막대기를 태우지 않을 거야. 막대기는 개를 치지 않을 거고, 개는 돼지를 물지 않을 거야. 돼지는 디딤돌을 넘지 않을 거고, 그러면 오늘 밤 내가 집에 못 간다."

고양이는 노파에게 말했습니다. "당신이 저기 소한테 가서, 우유가 담긴 접시를 가져오면, 쥐를 죽여주지." 그래서 노파는 소에게로 갔습니다.

그러자 암소가 노파에게 말했습니다. "당신이 저기 건초더미에 가서 마른 풀을 가져오면 우유를 줄게." 그래서 노파는 건초더미로 가서 마른 풀을 가져다 소에게 주었습니다.

건초를 먹자마자 소는 노파에게 우유를 주었고, 노파는 그것을 접시에 담아 고양이에게 가져다 주었습니다. 고양이는 우유를 다 먹자마자 쥐를 죽이려 했고, 쥐는 밧줄을 갉아대기 시작했으며, 밧줄은 푸줏간 주인을 목매달려 들었고, 푸줏간 주인은 황소를 죽이려 했습니다. 그러자 황소는 물을 마셔댔고, 물은 불을 끄려 들었고, 불은 막대기를 태우려 들었습니다. 막대기는 개를 때렸고, 개는 돼지를 물려 들었습니다. 작은 돼지는 무서워 디딤돌을 뛰어넘었습니다. 그래서 노파는 그날 밤 집에 갈 수 있었습니다.

HOW JACK WENT TO SEEK HIS FORTUNE

Once on a time there was a boy named Jack, and one morning he started to go and seek his fortune.

He hadn't gone very far before he met a cat.

"Where are you going, Jack?" said the cat.

"I am going to seek my fortune."

"May I go with you?"

"Yes," said Jack, "the more the merrier."

So on they went, jiggelty-jolt, jiggelty-jolt. They went a little further and they met a dog.

"Where are you going, Jack?" said the dog.

"I am going to seek my fortune."

"May I go with you?"

"Yes," said Jack, "the more the merrier."

So on they went, jiggelty-jolt, jiggelty-jolt. They went a little further and they met a goat.

"Where are you going, Jack?" said the goat.

"I am going to seek my fortune."

"May I go with you?"

"Yes," said Jack, "the more the merrier."

So on they went, jiggelty-jolt, jiggelty-jolt.

They went a little further and they met a bull.

잭은 어떻게 인생을 개척했나

옛날에 잭이라는 아이가 있었습니다. 어느 날 아침 잭은 자신의 인생을 개척하러 나섰습니다.

얼마 안 가 잭은 고양이를 만났습니다.

"잭! 어디 가?" 고양이가 물었습니다.

"인생을 개척하러 가."

"같이 갈까?"

"그래, 동행이 많으면 더 즐거울 거야." 잭이 말했습니다.

그래서 그들은 즐겁게, 즐겁게 길을 걸었습니다. 길을 걷던 그들은 개를 만났습니다.

"잭! 어디 가?" 개가 물었습니다.

"인생을 개척하러."

"같이 가줄까?"

"그래. 동행이 많으면 더 즐거울 거야." 잭은 말했습니다.

그렇게 그들은 즐겁게, 즐겁게 길을 갔습니다. 얼마쯤 가다 그들은 염소를 만났습니다.

"잭! 어디 가?" 염소가 물었습니다.

"인생을 개척하러."

"같이 갈까?"

"그래. 동행이 많을수록 즐거울 거야." 잭은 말했습니다.

"Where are you going, Jack?" said the bull.

"I am going to seek my fortune."

"May I go with you?"

"Yes," said Jack, "the more the merrier."

So on they went, jiggelty-jolt, jiggelty-jolt.

They went a little further and they met a rooster.

"Where are you going, Jack?" said the rooster.

"I am going to seek my fortune."

"May I go with you?"

"Yes," said Jack, "the more the merrier."

So on they went, jiggelty-jolt, jiggelty-jolt.

Well, they went on till it was about dark, and they began to think of some place where they could spend the night. About this time they came in sight of a house, and Jack told them to keep still while he went up and looked in through the window. And there were some robbers counting over their money. Then Jack went back and told them to wait till he gave the word, and then to make all the noise they could. So when they were all ready Jack gave the word, and the cat mewed, and the dog barked, and the goat bleated, and the bull bellowed, and the rooster crowed, and all together they made such a dreadful noise that it frightened the robbers all away.

And then they went in and took possession of the house. Jack was afraid the robbers would come back in the night, and so when it came time to go to bed he put the cat in the rocking-chair, and he put the dog under the table, and he put the goat upstairs, and he put the bull down

그렇게 그들은 길을 걸었습니다. 즐겁게, 즐겁게.

얼마 안 가 그들은 황소를 만났습니다.

"잭, 어디 가니?" 황소가 물었습니다.

"나는 내 인생을 개척하러 가."

"같이 갈까?"

"그래, 동행이 많으면 많을수록 좋지." 잭은 말했습니다.

그래서 그들은 함께 걸었습니다. 즐겁게, 즐겁게.

조금 더 가다 그들은 수탉을 만났습니다.

"잭, 어디 가?" 수탉이 말했습니다.

"응, 내 인생을 개척하러 가."

"같이 가도 되니?"

"그래, 동행이 많으면 많을수록 좋지." 잭은 말했습니다.

그렇게 그들은 함께 길을 걸었습니다. 즐겁게, 즐겁게.

이들은 함께 걸었습니다. 이윽고 저녁이 되자, 어디서 잠을 자야할지 생각하게 되었습니다. 그들은 집 한 채를 발견했고, 잭은 동물들에게 자신이 집 안을 살펴볼 동안 조용히 있으라고 당부했습니다. 잭이 창문으로 집 안을 들여다보니, 안에선 도둑들이 돈을 세고 있었습니다. 잭은 돌아와 그들에게 자신이 신호를 줄 때까지 기다렸다가 최대한 크게 소란을 피워달라고 말했습니다. 그래서 그들은 잭이 신호를 줄 때까지 기다렸다가 고양이는 야옹, 개는 멍멍, 염소는 매에에, 황소는 음매, 수탉은 꼬꼬댁, 모두가 함께 너무 끔찍한 소리를 끌리 도둑들은 달아니비렸습니다.

그들은 안으로 들어가 집을 차지했지만, 잭은 도둑이 밤에 돌아오지 않을까 겁이났습니다. 잠 잘 시간이 되자, 잭은 고양이는 흔들의자에, 개는 탁자 밑

cellar, and the rooster flew up on to the roof, and Jack went to bed.

By-and-by the robbers saw it was all dark and they sent one man back to the house to look after their money. Before long he came back in a great fright and told them his story.

"I went back to the house," said he, "and went in and tried to sit down in the rocking-chair, and there was an old woman knitting, and she stuck her knitting-needles into me." That was the cat, you know.

"I went to the table to look after the money and there was a shoemaker under the table, and he stuck his awl into me." That was the dog, you know.

"I started to go upstairs, and there was a man up there threshing, and he knocked me down with his flail." That was the goat, you know.

"I started to go down cellar, and there was a man down there chopping wood, and he knocked me up with his axe." That was the bull, you know.

"But I shouldn't have minded all that if it hadn't been for that little fellow on top of the house, who kept a-hollering, 'Chuck him up to me-e! Chuck him up to me-e!'" Of course that was the cock-a-doodle-do.

에, 염소는 위층에, 황소는 지하실에, 수탉은 지붕 위로 날려 보내고 잠이 들었습니다.

얼마 후 도둑들은 깜깜한 틈을 타 돈이 무사한지 알아보도록 한 놈을 집으로 보냈습니다. 잠시 후 헐레벌떡 돌아온 그는 다음과 같이 말했습니다.

"안으로 들어가 흔들의자에 앉으려고 했더니 노파가 뜨개질을 하고 있다가 뜨개질 바늘로 나를 찔렀어." 독자분들은 이거 고양이인 거 알지요?

"돈을 찾으러 탁자로 갔더니 탁자 아래 구두장이가 앉아있다가 송곳으로 나를 찌르는 거야." 아시다시피, 그건 개입니다.

"놀라 이층으로 갔어. 그랬더니 도리깨질을 하는 남자가 도리깨로 나를 내리치는 거야." 그것은 염소였습니다. 아시겠지만.

"나는 지하로 내려갔어. 거기에선 장작을 패던 남자가 도끼로 나를 넘어뜨렸어." 그것은 황소였어요. 아시겠지만.

"하지만 지붕 위에 있던 작은 놈이, 저 놈을 내게 던져, 저놈을 내게 던져, 계속 고함만 지르지 않았더라도, 나는 그런 건 전혀 신경 쓰지 않았을 거야." 물론 그것은 수탉이 꼬꼬댁¹거리는 소리였어요.

---

*수탉 울음 소리 'cock a doodle-do'를 '저 자를 내게 던져 Chuck him up to me-e'로 잘못 들었다.

MR. VINEGAR

Mr. and Mrs. Vinegar lived in a vinegar bottle. Now, one day, when Mr. Vinegar was from home, Mrs. Vinegar, who was a very good housewife, was busily sweeping her house, when an unlucky thump of the broom brought the whole house clitter-clatter, clitter-clatter, about her ears. In an agony of grief she rushed forth to meet her husband.

On seeing him she exclaimed, "Oh, Mr. Vinegar, Mr. Vinegar, we are ruined, I have knocked the house down, and it is all to pieces!" Mr. Vinegar then said: "My dear, let us see what can be done. Here is the door; I will take it on my back, and we will go forth to seek our fortune."

They walked all that day, and at nightfall entered a thick forest. They were both very, very tired, and Mr. Vinegar said: "My love, I will climb up into a tree, drag up the door, and you shall follow." He accordingly did so, and they both stretched their weary limbs on the door, and fell fast asleep.

In the middle of the night Mr. Vinegar was disturbed by the sound of voices underneath, and to his horror and dismay found that it was a band of thieves met to divide their booty.

"Here, Jack," said one, "here's five pounds for you; here, Bill, here's ten pounds for you, here, Bob, here's three pounds for you."

Mr. Vinegar could listen no longer; his terror was so great that he trembled and trembled, and shook down the door on their heads. Away

비니거 씨

비니거 부부는 식초병 안에서 살았습니다. 어느 날, 비니거 씨가 외출을 한 사이, 현모양처였던 비니거 부인이 부지런히 빗자루질을 하였습니다. 그러다 빗자루로 집을 쿵, 치는 바람에, 집 안 전체가 달그락거렸습니다. 그 소리가 그녀 귀에 너무나 거슬렸습니다. 너무 괴로워 그녀는 남편을 찾으러 뛰쳐나 갔습니다.

남편을 보자마자 부인은 소리쳤습니다. "여보! 여보! 우리 망했어. 내가 집을 무너뜨렸어. 집이 폭삭 무너져버렸어." 그러자 남편이 말했습니다. "여보. 무엇을 해야 할지 한번 생각해 봅시다. 여기 문이 있고, 내가 문을 등에 질게. 우리 같이 살 길을 찾아봅시다."

그들은 하루종일 걸었습니다. 밤이 되어 숲에 도착했을 때, 그들은 너무 지쳤었습니다. 남편은 말했습니다. "여보! 내가 나무 위로 올라가서 문을 끌어올릴 테니, 당신도 따라 올라와."

나무 위로 올라간 그들은, 문짝 위에 지친 몸을 눕힌 다음 곤하게 잠이 들었습니다. 한밤 중에 비니거 씨는 나무 아래서 들리는 목소리 때문에 잠에서 깼는데, 무시무시하게도 훔친 물건을 서로 나누는 도둑들의 목소리였습니다.

"이봐, 잭, 네 몫은 5파운드다. 빌, 네 몫은 10파운드다. 밥, 네 몫 3파운드다." 한 도둑이 말했습니다.

비니거 씨는 더 이상 들을 수가 없었습니다. 너무 무서운 나머지 그는 벌벌 떨다가, 도둑들 머리 위로 지니고 있던 문을 떨어뜨렸습니다. 도둑들은 혼

scampered the thieves, but Mr. Vinegar dared not quit his retreat till broad daylight.

He then scrambled out of the tree, and went to lift up the door. What did he see but a number of golden guineas. "Come down, Mrs. Vinegar," he cried; "come down, I say; our fortune's made, our fortune's made! Come down, I say."

Mrs. Vinegar got down as fast as she could, and when she saw the money she jumped for joy. "Now, my dear," said she, "I'll tell you what you shall do. There is a fair at the neighbouring town; you shall take these forty guineas and buy a cow. I can make butter and cheese, which you shall sell at market, and we shall then be able to live very comfortably."

Mr. Vinegar joyfully agrees, takes the money, and off he goes to the fair. When he arrived, he walked up and down, and at length saw a beautiful red cow. It was an excellent milker, and perfect in every way. "Oh," thought Mr. Vinegar, "if I had but that cow, I should be the happiest, man alive."

So he offers the forty guineas for the cow, and the owner said that, as he was a friend, he'd oblige him. So the bargain was made, and he got the cow and he drove it backwards and forwards to show it.

By-and-by he saw a man playing the bagpipes--Tweedle-dum tweedle-dee. The children followed him about, and he appeared to be pocketing money on all sides. "Well," thought Mr. Vinegar, "If I had but that beautiful instrument I should be the happiest man alive--my fortune would be made."

비백산해 달아났으나, 비니거 씨는 대낮이 될 때까지도 나무에서 내려올 수 없었습니다.

비니거 씨는 문을 들어올리려고 나무에서 내려왔다가 많은 금화를 발견했습니다. "여보! 내려 와봐." 그는 소리쳤습니다. "내려오라고 말하잖아! 우리의 행운은 이루어졌어. 우리의 행운은 이루어졌어! 내려와, 얼른."

비니거 부인은 재빨리 나무에서 내려왔고, 돈을 보자 기뻐 펄쩍펄쩍 뛰었습니다. "여보, 이제 당신은 옆 마을 시장으로 가서, 이 동전 40개로 암소를 한 마리 사 와. 나는 버터와 치즈를 만들고, 당신은 그걸 시장에 내다 파는 거야. 그러면 우린 아주 편안하게 살 수 있을 거야." 부인은 남편에게 말했습니다.

비니거 씨는 기꺼이 부인 말을 따라 시장으로 갔습니다. 시장에 도착한 그는 여기저기를 둘러보다 마침내 예쁘게 생긴 붉은 암소를 한 마리 보았습니다. 암소는 우유가 아주 잘 나왔고, 모든 면에서 완벽했습니다. "아, 저 소가 내 거라면, 나는 세상에서 가장 행복한 사람이 될텐데." 그는 생각습니다.

그래서 그는 소 주인에게 40기니를 주었습니다. 소 주인은 자신이 그의 친구이기 때문에, 기꺼운 마음으로 소를 건네주겠다고 말했습니다. 그렇게 거래가 성사되었습니다. 비니거 씨는 소를 자랑하고 싶어 이리저리 끌고 다녔습니다.

비니거 씨는 쿵짝쿵짝 백파이프를 연주하는 사람을 보게 되었습니다. 아이들이 그를 따라다녔고, 연주자는 사방에서 돈을 거두어들이는 것처럼 보였습니다.

"아, 내가 마일 저 아름다운 백파이프를 가지게 된다면, 나는 세상에서 가장 행복한 사람이 될거야, 돈도 저절로 벌리고." 비니거 씨는 생각했습니다.

그래서 비니거 씨는 그 남자에게 갔습니다. "여보시게, 그 악기 정말 아름다

So he went up to the man. "Friend," says he, "what a beautiful instrument that is, and what a deal of money you must make." "Why, yes," said the man, "I make a great deal of money, to be sure, and it is a wonderful instrument." "Oh!" cried Mr. Vinegar, "how I should like to possess it!" "Well," said the man, "as you are a friend, I don't much mind parting with it; you shall have it for that red cow." "Done!" said the delighted Mr. Vinegar. So the beautiful red cow was given for the bagpipes.

He walked up and down with his purchase; but it was in vain he tried to play a tune, and instead of pocketing pence, the boys followed him hooting, laughing, and pelting.

Poor Mr. Vinegar, his fingers grew very cold, and, just as he was leaving the town, he met a man with a fine thick pair of gloves. "Oh, my fingers are so very cold," said Mr. Vinegar to himself. "Now if I had but those beautiful gloves I should be the happiest man alive." He went up to the man, and said to him, "Friend, you seem to have a capital pair of gloves there." "Yes, truly," cried the man; "and my hands are as warm as possible this cold November day." "Well," said Mr. Vinegar, "I should like to have them." "What will you give?" said the man; "as you are a friend, I don't much mind letting you have them for those bagpipes."

"Done!" cried Mr. Vinegar. He put on the gloves, and felt perfectly happy as he trudged homewards.

At last he grew very tired, when he saw a man coming towards him with a good stout stick in his hand.

"Oh," said Mr. Vinegar, "that I had but that stick! I should then be the

운데. 돈은 얼마나 법니까?"

"나는 정말 돈을 많이 벌지요. 그래요. 이건 놀라운 악기거든요." 남자가 말했습니다. "아, 나도 저 악기 갖고 싶다!" 비니거 씨는 소리 질렀습니다.

"그러면, 당신은 친구니까, 나는 이 놈과 작별해도 좋아요. 저 빨간 암소와 이걸 바꿉시다." 남자는 말했습니다.

"거래 끝!" 비니거 씨가 기뻐하며 말했습니다. 그래서 아름다운 빨간 암소와 백파이프를 교환하였습니다.

그는 백파이프를 들고 이리저리 돌아다녔으나 아무리 애를 써도 소리를 낼 수 없었습니다. 아이들은 그의 주머니에 돈을 넣어주기는커녕, 그를 놀리고, 웃고, 그에게 돌을 던졌습니다.

손가락이 너무 시렸던 가여운 비니거 씨는, 마을을 떠날 무렵에 두툼한 장갑을 한 켤레 갖고 있는 사람을 만났습니다. 비니거 씨는 생각했습니다. '손가락이 너무 차가워. 저 장갑이 내 거라면 나는 세상에서 가장 행복한 사람이 될텐데.' 비니거 씨는 남자에게 다가가 말했습니다. "여보시게, 당신 장갑 정말 좋아 보여."

"물론이지, 이 장갑 덕분에 나는 이 추운 11월이 아주 아주 따뜻하다네." 남자는 큰소리로 말했습니다. "그래서 말인데, 나 그 장갑 갖고 싶네." 비니거 씨는 말했습니다.

"내게는 무엇을 줄 생각인가? 자네는 내 친구니까, 그 백파이프를 내게 주어도 난 괜찮아."

"거래 끝!" 비니거 씨는 소리 질렀습니다. 장갑을 끼고 집으로 돌아오는 내내 그는 몹시 행복했습니다.

마침내 그는 지쳤고, 그를 향해 다가오는 남자의 손에 튼튼한 막대기가 들

happiest man alive." He said to the man: "Friend! what a rare good stick you have got." "Yes," said the man; "I have used it for many a long mile, and a good friend it has been; but if you have a fancy for it, as you are a friend, I don't mind giving it to you for that pair of gloves." Mr. Vinegar's hands were so warm, and his legs so tired, that he gladly made the exchange.

As he drew near to the wood where he had left his wife, he heard a parrot on a tree calling out his name: "Mr. Vinegar, you foolish man, you blockhead, you simpleton; you went to the fair, and laid out all your money in buying a cow. Not content with that, you changed it for bagpipes, on which you could not play, and which were not worth one-tenth of the money.

You fool, you--you had no sooner got the bagpipes than you changed them for the gloves, which were not worth one-quarter of the money; and when you had got the gloves, you changed them for a poor miserable stick; and now for your forty guineas, cow, bagpipes, and gloves, you have nothing to show but that poor miserable stick, which you might have cut in any hedge."

On this the bird laughed and laughed, and Mr. Vinegar, falling into a violent rage, threw the stick at its head. The stick lodged in the tree, and he returned to his wife without money, cow, bagpipes, gloves, or stick, and she instantly gave him such a sound cudgelling that she almost broke every bone in his skin.

려있는 걸 보았습니다.

"아, 저 막대기가 내 거라면 나는 세상에서 가장 행복한 남자가 될텐데." 비니거 씨는 말했습니다. 그는 남자에게 말했습니다.

"친구여. 자네가 들고 있는 건 아주 귀한 막대기가 아닌가."

"맞아, 나는 이걸 짚고 먼 길을 왔고, 아주 좋은 벗이 되어 주었지. 하지만 자네가 이걸 가지고 싶다면, 자넨 내 친구니까, 이 막대기를 자네 장갑과 바꿔도 난 아무렇지도 않네." 남자는 말했습니다. 비니거 씨의 손은 따뜻했고 다리는 너무 지쳐서 그는 기꺼운 마음으로 교환을 했습니다.

아내를 두고 떠나왔던 숲에 가까워질 때 그는 앵무새 한 마리가 나무 위에서 자기 이름을 부르는 소리를 들었습니다.

"비니거 씨! 바보같은 사람, 천지, 바보. 당신은 시장에 가서 소 한 마리 사겠다고 돈을 다 썼어. 그것에 만족하지 못하고 불 줄도 모르는 백파이프와 소를 바꿨잖아. 그건 네 돈의 1할 가치도 없는 거였어. 그러더니 백파이프를 얻자마자 그걸 장갑으로 바꿨고, 그걸 다시 보기에도 민망한 형편없는 막대기와 바꿨어. 네 돈 40기니가 암소로, 백파이프로 장갑으로 바뀌었다가, 지금은 아무 울타리에서나 꺾을 수 있는 아주 궁색한 막대기 밖에 없네."

이 말을 듣자 비니거 씨는 너무 화가 나 막대기를 새한테 던졌습니다. 막대기는 나무에 걸렸고, 그는 돈도, 소도, 백파이프도, 장갑도, 막대기도 없이 아내에게 돌아갔습니다. 아내는 그를 보자마자 그의 뼈가 산산조각이 나도록 곤봉으로 두들겨 팼습니다.

NIX NOUGHT NOTHING

There once lived a king and a queen as many a one has been. They were long married and had no children; but at last a baby-boy came to the queen when the king was away in the far countries.

The queen would not christen the boy till the king came back, and she said, "We will just call him _Nix Nought Nothing_ until his father comes home."

But it was long before he came home, and the boy had grown a nice little laddie. At length the king was on his way back; but he had a big river to cross, and there was a whirlpool, and he could not get over the water. But a giant came up to him, and said "I'll carry you over."

But the king said: "What's your pay?"

"O give me Nix, Nought, Nothing, and I will carry you over the water on my back." The king had never heard that his son was called Nix Nought Nothing, and so he said: "O, I'll give you that and my thanks into the bargain."

When the king got home again, he was very happy to see his wife again, and his young son. She told him that she had not given the child any name, but just Nix Nought Nothing, until he should come home again himself. The poor king was in a terrible case.

He said: "What have I done? I promised to give the giant who carried me over the river on his back, Nix Nought Nothing."

닉스 넛 너씽

옛날에 왕과 왕비가 살았습니다. 그들은 결혼한 지 오래 되었지만 자식이 없었습니다. 그러다 왕이 먼 나라로 가있는 동안 왕비는 아들 하나를 얻었습니다. 왕비는 왕이 돌아올 때까지 세례식을 하지 않으면서 말했습니다.

"남편이 집에 올 때까지 이 아이를 그냥 닉스 넛 너씽이라고 부를 거야."

하지만 왕은 아주 오랫동안 돌아오지 않았고, 아기는 결국 소년이 되었습니다. 그러던 어느 날, 마침내 왕이 돌아올 수 있게 되었습니다. 돌아오는 길에 왕은 커다란 강을 건너야만 했는데, 그 강엔 위험한 소용돌이가 있어 그는 물을 건널 수가 없었습니다. 그때 거인이 다가와 말했습니다.

"내가 강을 건너게 해줄게."

왕은 물었습니다. "그럼 네겐 무엇을 주어야 하지?"

"아, 내게 닉스 넛 너씽을 줘. 그럼 나는 당신을 내 등에 업고 강을 건너게 해줄거야."

왕은 그게 자기 아들의 이름이라는 걸 몰랐기 때문에 흔쾌히 대답했습니다.

"그래. 내가 그걸 자네에게 주지. 그리고 이 거래 고맙네."

집에 돌아온 왕은 아내와 어린 아들을 보자 몹시 기뻤습니다. 아내는 그가 돌아올 때까지 아들의 이름을 짓지 않고 그냥 닉스 넛 너씽이라고 부르고 있다고 말했습니다. 불쌍한 왕은 너무나 끔찍한 일에 휘말린 것이었습니다.

왕은 말했습니다. "내가 무슨 짓을 한 거야? 등에 나를 업고 강을 건넌 거인한테 닉스 넛 너씽을 주기로 했다오."

The king and the queen were sad and sorry, but they said: "When the giant comes we will give him the hen-wife's boy; he will never know the difference." The next day the giant came to claim the king's promise, and he sent for the hen-wife's boy; and the giant went away with the boy on his back. He travelled till he came to a big stone, and there he sat down to rest. He said,

"Hidge, Hodge, on my back, what time of day is that?"

The poor little boy said: "It is the time that my mother, the hen-wife, takes up the eggs for the queen's breakfast."

The Giant was very angry, and dashed the boy's head on the stone and killed him. So he went back in a tower of a temper and this time they gave him the gardener's boy. He went off with him on his back till they got to the stone again when the giant sat down to rest. And he said:

"Hidge, Hodge, on my back, what time of day do you make that?"

The gardener's boy said: "Sure it's the time that my mother takes up the vegetables for the queen's dinner." Then the giant was right wild and dashed his brains out on the stone.

Then the giant went back to the king's house in a terrible temper and said he would destroy them all if they did not give him Nix Nought Nothing this time. They had to do it; and when he came to the big stone, the giant said: "What time of day is that?" Nix Nought Nothing said:

"It is the time that my father the king will be sitting down to supper."
The giant said: "I've got the right one now," and took Nix Nought Nothing to his own house and brought him up till he was a man.

The giant had a bonny daughter, and she and the lad grew very fond

왕과 왕비는 슬펐고 안타까웠지만 이렇게 말했습니다.

"거인이 오면 닭치는 여자의 아들을 그에게 줍시다. 그는 둘을 분간하지 못할거요."

다음 날 거인이 약속을 지키라며 찾아왔고, 왕은 닭치는 여자의 아들을 그에게 보냈습니다. 거인은 그를 등에 업고 떠났습니다. 거인은 큰 돌이 있는 데까지 와서 잠시 쉬려고 앉았습니다. 그는 말했습니다,

"내 등에 타고 있는 히찌야, 호찌야, 지금 몇 시쯤 되었니?"

불쌍한 아이가 말했습니다. "지금은 닭치는 우리 엄마가 왕비의 아침 식사를 위해 닭을 가져올 시간이지."

거인은 매우 화가 나서 아이의 머리를 돌에 내리쳐 죽였습니다. 그는 머리 끝까지 화가 나 왕에게 되돌아갔습니다. 왕과 왕비는 이번엔 거인에게 정원사의 아이를 주었습니다. 거인은 아이를 등에 업고 길을 떠났고, 다시 그 돌에 도착했습니다. 그는 말했습니다.

"히찌야, 호찌야. 지금 몇 시니?"

"지금은 우리 엄마가 왕비의 저녁 식사를 위해 채소를 뽑을 시간이지." 소년은 말했습니다. 거인은 너무 화가 나 아이의 머리를 돌에 내리쳐 죽였습니다.

불같이 화가 난 거인은 다시 돌아가 닉스 넛 너씽을 주지 않으면 다 부숴버리겠다고 말했습니다. 왕은 할 수 없이 아들을 내주어야 했습니다. 거인은 큰 돌에 도착해서는 말했습니다.

"지금은 몇 시나 되었지?"

"지금은 내 아버지이신 왕이 저녁 식사를 하실 시간이지 "

"이제야 제대로 된 놈을 가졌네."

거인은 그를 집으로 데려와 어른이 될 때까지 키웠습니다.

of each other. The giant said one day to Nix Nought Nothing: "I've work for you to-morrow. There is a stable seven miles long and seven miles broad, and it has not been cleaned for seven years, and you must clean it to-morrow, or I will have you for my supper."

The giant's daughter went out next morning with the lad's breakfast, and found him in a terrible state, for always as he cleaned out a bit, it just fell in again. The giant's daughter said she would help him, and she cried all the beasts in the field, and all the fowls of the air, and in a minute they all came, and carried away everything that was in the stable and made it all clean before the giant came home. He said: "Shame on the wit that helped you; but I have a worse job for you to-morrow."

Then he said to Nix Nought Nothing: "There's a lake seven miles long, and seven miles deep, and seven miles broad, and you must drain it to-morrow by nightfall, or else I'll have you for my supper."

Nix Nought Nothing began early next morning and tried to lave the water with his pail, but the lake was never getting any less, and he didn't know what to do; but the giant's daughter called on all the fish in the sea to come and drink the water, and very soon they drank it dry. When the giant saw the work done he was in a rage, and said:

"I've a worse job for you to-morrow; there is a tree, seven miles high, and no branch on it, till you get to the top, and there is a nest with seven eggs in it, and you must bring down all the eggs without breaking one, or else I'll have you for my supper." At first the giant's daughter did not know how to help Nix Nought Nothing; but she cut off first her fingers and then her toes, and made steps of them, and he clomb the tree and

거인에게는 아름다운 딸이 있었습니다. 왕의 아들과 거인의 딸은 서로 좋아하게 되었습니다. 어느 날 거인은 닉스 넛 너씽에게 말했습니다. "내일 네가 할 일이 하나 있다. 가로 세로 7마일 되는 마구간이 하나 있는데, 7년 동안 청소를 안했어. 내일 거길 청소하거라. 안 그러면 널 내 저녁거리로 쓰겠다."

다음 날 거인의 딸은 총각의 아침 식사를 들고 집을 나갔다가 그가 처한 아주 끔찍한 상황을 보았습니다. 그가 청소를 조금만 하면, 마구간이 다시 더러워지는 광경이었습니다. 거인의 딸은 그에게 일을 도와주겠다고 말하고선, 큰 소리로 들에 있는 짐승들, 하늘을 나는 모든 맹금류를 불러 모았습니다. 순식간에 동물들이 모였고, 그들은 마구간에 있는 것들을 모두 치워 거인이 집에 돌아오기 전에 마구간을 깨끗하게 만들었습니다.

"누군가 널 도와준 걸 안다. 창피한줄 알라. 내일은 더 험한 일을 시킬 것이다." 거인은 말했습니다. "가로, 세로 길이가 7마일에, 깊이가 7마일 되는 호수가 있다. 내일 밤까지 그 호수의 물을 모두 퍼내라. 그러지 않으면 너는 내 저녁거리가 될 것이다."

다음 날 아침 닉스 넛 너씽은 일찍 집을 나서 양동이로 물을 퍼내었습니다. 하지만 호수물은 줄어들지 않았습니다. 그는 어찌할 바를 몰랐습니다. 이것을 본 거인의 딸은 바다에 있는 물고기들을 모두 불러 물을 마시게 했고, 호수는 말라버렸습니다. 거인은 화가 나 말했습니다.

"나는 내일 너에게 더 어려운 일을 주겠다. 높이가 7마일 되는 나무가 한 그루 있다. 꼭대기에 올라갈 때까지 나뭇가지라곤 하나도 없다. 그 나무 끝에 있는 둥지에 7개의 새알이 있으니 그 알을 모두 가져와라 하나도 깨뜨리지 말고. 안 그러면 너는 내 저녁거리가 될 것이다."

처음에 거인의 딸은 어떻게 왕자를 도와야할지 몰랐습니다. 그러다 그녀는

got all the eggs safe till he came just to the bottom, and then one was broken.

So they determined to run away together and after the giant's daughter had tidied up her hair a bit and got her magic flask they set out together as fast as they could run. And they hadn't got but three fields away when they looked back and saw the giant walking along at top speed after them. "Quick, quick," called out the giant's daughter, "take my comb from my hair and throw it down." Nix Nought Nothing took her comb from her hair and threw it down, and out of every one of its prongs there sprung up a fine thick briar in the way of the giant.

You may be sure it took him a long time to work his way through the briar bush and by the time he was well through Nix Nought Nothing and his sweetheart had run on a tidy step away from him. But he soon came along after them and was just like to catch 'em up when the giant's daughter called out to Nix Nought Nothing, "Take my hair dagger and throw it down, quick, quick."

So Nix Nought Nothing threw down the hair dagger and out of it grew as quick as lightning a thick hedge of sharp razors placed criss-cross.

The giant had to tread very cautiously to get through all this and meanwhile the young lovers ran on, and on, and on, till they were nearly out of sight. But at last the giant was through, and it wasn't long before he was like to catch them up. But just as he was stretching out his hand to catch Nix Nought Nothing his daughter took out her magic flask and dashed it on the ground. And as it broke out of it welled a big, big wave that grew, and that grew, till it reached the giant's waist and then

처음에는 자신의 손가락을, 그다음엔 자신의 발가락을 모두 잘라 그것으로 계단을 만들었습니다. 그는 나무꼭대기에 올라 새알을 모두 가지고 내려왔으나, 하나가 깨지고 말았습니다. 그래서 그들은 함께 달아나기로 마음을 먹었고, 거인의 딸은 잠시 머리를 가다듬고 마법의 병을 챙긴 다음, 그들은 최대한 빠르게 그곳을 떠났습니다. 하지만 그들이 세 개의 들판을 채 달아나기도 전에, 거인이 아주 빠른 속도로 그들을 뒤쫓아오고 있었습니다.

"빨리, 빨리, 내 머리에서 빗을 꺼내 던져." 거인의 딸은 말했습니다.

닉스 넛 너씽은 그녀의 머리에서 빗을 잡아 던졌고, 그러자 빗의 모든 빗살이 무성한 들장미가 되어 거인의 길을 막았습니다. 거인이 그 들장미를 벗어나는 데는 긴 시간이 걸렸고, 거인이 그걸 빠져나왔을 때 닉스 넛 너씽과 그의 애인은 거인으로부터 상당히 멀어져 있었습니다. 하지만 거인은 곧 그들을 뒤쫓아왔고, 거인이 그들을 잡으려는 찰나에 거인의 딸은 닉스 넛 너씽에게 소리쳤습니다.

"내 머리 단검[2]을 하나 뽑아 던져! 얼른, 얼른!"

닉스 넛 너씽은 그것을 던졌습니다. 그러자 거기서 번개처럼 빠르게 날카로운 면도날 같은 울타리가 얼기설기 만들어졌습니다. 거인은 이걸 넘어서려고 아주 조심스럽게 걸어야했고, 그동안 젊은 연인들은 달리고 달리고 달렸습니다. 하지만 거인은 결국 그 울타리를 지났고, 그들을 따라 잡았습니다. 거인이 닉스 넛 너씽을 잡으려고 하는 찰나, 거인의 딸은 자신의 마법의 병을 땅으로 던졌습니다. 병이 깨지고 그 안에서 나온 물은 거대한 파도가 되어 거인이 허리와 목까지 차올랐다가 결국 거인의 머리를 덮어, 거인은 익사했습니다. 거인은 정말로 죽었습니다. 그래서 그는 이야기에서 사라지게 되었어요.

하지만 닉스 넛 너씽은 계속 달아났어요. 그는 어디로 갔을까요? 그래요. 그

---

2 사전에 없는 단어이지만, 전후 문맥 상 여인의 머리카락 사이에 꼽은 단도를 말하는 것으로 보인다.

his neck, and when it got to his head, he was drowned dead, and dead, and dead indeed. So he goes out of the story.

But Nix Nought Nothing fled on till where do you think they came to?

Why, to near the castle of Nix Nought Nothing's father and mother. But the giant's daughter was so weary that she couldn't move a step further. So Nix Nought Nothing told her to wait there while he went and found out a lodging for the night. And he went on towards the lights of the castle, and on the way he came to the cottage of the hen-wife whose boy had had his brains dashed out by the giant. Now she knew Nix Nought Nothing in a moment, and hated him because he was the cause of her son's death.

So when he asked his way to the castle she put a spell upon him, and when he got to the castle, no sooner was he let in than he fell down dead asleep upon a bench in the hall. The king and queen tried all they could do to wake him up, but all in vain. So the king promised that if any lady could wake him up she should marry him. Meanwhile the giant's daughter was waiting and waiting for him to come back. And she went up into a tree to watch for him.

The gardener's daughter, going to draw water in the well, saw the shadow of the lady in the water and thought it was herself, and said; "If I'm so bonny, if I'm so brave, why do you send me to draw water?" So she threw down her pail and went to see if she could wed the sleeping stranger. And she went to the hen-wife, who taught her an unspelling catch which would keep Nix Nought Nothing awake as long as the gardener's daughter liked. So she went up to the castle and sang her

의 아버지와 어머니가 사는 성 가까이 왔어요. 하지만 거인의 딸은 너무 지쳐 한 발짝도 더 움직일 수 없었어요. 그래서 닉스 넛 너씽은 그녀에게 밤에 묵을 곳을 찾아보겠으니 잠시 기다려보라고 말했습니다.

그는 성의 불빛을 따라 걸었고, 도중에 거인이 그 아들을 던져 죽인, 닭치는 부인의 오두막에 도착했습니다. 부인은 닉스 넛 너씽을 바로 알아보았습니다. 그 때문에 아들이 죽은 걸 알기에, 부인은 닉스 넛 너씽을 미워했습니다. 그가 성으로 가는 길을 물었을 때, 그녀는 그에게 주문을 걸었습니다. 그래서 그가 성에 도착해 안으로 들어서자마자, 기절해 궁전 벤치에서 죽은 듯이 깊은 잠에 빠졌습니다.

왕과 왕비는 그를 깨우기 위해[3] 온갖 시도를 다 해보았지만 아무 소용이 없었습니다. 그래서 왕은 누구든 그를 깨어나게 하는 여인이 있다면 그와 결혼을 시키겠다고 약속했습니다.

그 사이 거인의 딸은 그가 돌아오기만을 하염없이 기다리고 있었습니다. 거인의 딸은 그를 찾아보려고 나무 위로 올라갔습니다. 우물에서 물을 긷던 정원사의 딸은 물속에 비친 여인의 그림자를 보고 그게 자기 자신이라고 생각하고는 말했습니다.

"내가 이렇게 아름다운데, 내가 이렇게 용감한데, 왜 나를 물이나 뜨러 보내?" 그녀는 양동이를 던지고는 자신이 잠들어있는 이방인과 결혼할 수 있을지 알아보려고 자리를 떠났습니다. 여자는 닭치는 부인에게 갔고, 부인은 정원사의 딸이 원하는 만큼 그를 깨어있게 할 수 있는 마법을 가르쳐주었습니다. 정원사의 딸은 성으로 가서, 마법의 노래를 불러 닉스 넛 너씽을 잠시 동안만 깨어나게 했습니다. 그래서 왕과 왕비는 정원사의 딸에게 그와의 결혼을 약속했습니다.

---

3 이들은 아직 아들을 알아보지 못하고, 이방인 정도로 생각했다.

catch and Nix Nought Nothing was wakened for a bit and they promised to wed him to the gardener's daughter. Meanwhile the gardener went down to draw water from the well and saw the shadow of the lady in the water. So he looks up and finds her, and he brought the lady from the tree, and led her into his house. And he told her that a stranger was to marry his daughter, and took her up to the castle and showed her the man: and it was Nix Nought Nothing asleep in a chair. And she saw him, and cried to him: "Waken, waken, and speak to me!" But he would not waken, and soon she cried:

"I cleaned the stable, I laved the lake, and I clomb the tree, And all for the love of thee, And thou wilt not waken and speak to me."

The king and the queen heard this, and came to the bonny young lady, and she said:

"I cannot get Nix Nought Nothing to speak to me for all that I can do."

Then were they greatly astonished when she spoke of Nix Nought Nothing, and asked where he was, and she said: "He that sits there in the chair."

Then they ran to him and kissed him and called him their own dear son; so they called for the gardener's daughter and made her sing her charm, and he wakened, and told them all that the giant's daughter had done for him, and of all her kindness. Then they took her in their arms and kissed her, and said she should now be their daughter, for their son should marry her. But they sent for the hen-wife and put her to death. And they lived happy all their days.

78

그사이 정원사는 우물에 물을 길으러 갔다가 물속에 비친 여인의 그림자를 보았습니다. 정원사는 그녀를 자신의 집으로 데려갔습니다. 그리고 자신의 딸이 낯선 사람과 결혼하게 된 이야기를 해주었습니다. 정원사는 그녀를 성으로 데려가 딸과 결혼할 남자를 보여주었습니다. 그는 닉스 넛 너씽이었습니다. 그는 의자에 앉아 잠들어 있었습니다. 그녀는 그를 보며 소리쳤습니다. "일어나, 일어나, 내게 말을 해." 하지만 그는 깨어나지 않았습니다. 그녀는 다시 소리쳤습니다. "나는 마구간을 청소했고, 호수의 물을 빼냈고, 나무 위에 올라갔어. 모두 당신을 사랑해서 그런 거야. 그런데 당신은 깨어나 내게 말하려하지 않네." 왕과 왕비는 이 말을 듣고, 아름다운 여인에게 왔습니다. 아름다운 여인은 말했습니다,

"무얼 해도 나는 닉스 넛 너씽이 말하게 할 수가 없어요."

그녀가 닉스 넛 너씽이라는 말을 할 때, 그들은 너무 놀라 그가 어디에 있는지 물었습니다. 그녀는 말했습니다. "저기 의자에 앉아 있잖아요."

그들은 그에게 달려가 그에게 입 맞추고 사랑스런 아들이라고 불렀습니다. 그들은 정원사의 딸을 불러 그녀의 주문을 노래하게 했고, 그는 잠시 깨어나, 거인의 딸이 자신을 위해 한 일, 그에게 베푼 모든 친절을 다 말했습니다. 왕과 왕비는 거인의 딸을 그러안고 입 맞추었으며, 이제 그녀가 자신들의 딸이라고 말했습니다. 왜냐하면 아들이 그녀와 결혼을 할 것이기 때문이지요. 그들은 닭치는 부인을 데려와 처형했습니다.

그들은 여생을 행복하게 보냈습니다.

JACK HANNAFORD

There was an old soldier who had been long in the wars--so long, that he was quite out-at-elbows, and he did not know where to go to find a living. So he walked up moors, down glens, till at last he came to a farm, from which the good man had gone away to market. The wife of the farmer was a very foolish woman, who had been a widow when he married her; the farmer was foolish enough, too, and it is hard to say which of the two was the more foolish. When you've heard my tale you may decide.

Now before the farmer goes to market says he to his wife: "Here is ten pounds all in gold, take care of it till I come home." If the man had not been a fool he would never have given the money to his wife to keep.

Well, off he went in his cart to market, and the wife said to herself: "I will keep the ten pounds quite safe from thieves;" so she tied it up in a rag, and she put the rag up the parlour chimney.

"There," said she, "no thieves will ever find it now, that is quite sure."

Jack Hannaford, the old soldier, came and rapped at the door.

"Who is there?" asked the wife.

"Jack Hannaford."

"Where do you come from?"

"Paradise."

"Lord a' mercy! and maybe you've seen my old man there," alluding to

잭 하나포드

늙은 군인이 있었습니다. 그는 너무나 오랫동안 전쟁에 다녀와 행색은 초라하고, 어디로 가서 살아할지조차 모르고 있었습니다. 그는 늪과 골짜기를 어슬렁거리다 마침내 어느 농장에 닿았는데, 때마침 농장 주인은 시장에 가고 없었습니다. 농부의 아내는 아주 어리석은 여자였는데, 농부는 홀아비였을 때 그녀를 만나 결혼했습니다. 농부도 바보이기는 마찬가지였고, 둘 중에 누가 더 바보인지를 가늠하는 일은 어려웠습니다. 내 이야기를 듣고 한번 결정해 보세요.

어느날 농부는 시장에 가기 전에 부인에게 말했습니다.

"여기 금화 10파운드가 있으니 내가 집에 돌아올 때까지 잘 간직해." 남자가 바보가 아니었다면 그는 부인에게 돈을 맡기지 않았을 거예요. 어쨌든 그는 마차를 타고 시장으로 갔고, 아내는 중얼거렸습니다.

"이 10파운드를 도둑한테서 잘 지켜야지." 그래서 그녀는 돈을 누더기에 싸서는 거실 굴뚝에 걸어놨습니다.

"저기라면 어떤 도둑도 돈을 찾지 못할 거야. 정말이야."

늙은 군인 잭 하나포드가 와서 문을 두드렸습니다.

"누구세요?" 부인은 물었습니다.

"잭 하나포드."

"어디서 오셨어요?"

her former husband.

"Yes, I have."

"And how was he a-doing?" asked the goody.

"But middling; he cobbles old shoes, and he has nothing but cabbage for victuals."

"Deary me!" exclaimed the woman. "Didn't he send a message to me?"

"Yes, he did," replied Jack Hannaford. "He said that he was out of leather, and his pockets were empty, so you were to send him a few shillings to buy a fresh stock of leather."

"He shall have them, bless his poor soul!" And away went the wife to the parlour chimney, and she pulled the rag with the ten pounds in it from the chimney, and she gave the whole sum to the soldier, telling him that her old man was to use as much as he wanted, and to send back the rest.

It was not long that Jack waited after receiving the money; he went off as fast as he could walk.

Presently the farmer came home and asked for his money. The wife told him that she had sent it by a soldier to her former husband in Paradise, to buy him leather for cobbling the shoes of the saints and angels of Heaven. The farmer was very angry, and he swore that he had never met with such a fool as his wife. But the wife said that her husband was a greater fool for letting her have the money.

There was no time to waste words, so the farmer mounted his horse and rode off after Jack Hannaford. The old soldier heard the horse's hoofs clattering on the road behind him, so he knew it must be the

"천국."

"자비의 신이이여! 당신은 거기서 내 늙은 남자를 보셨을지도 모르겠네요." 여자는 전남편을 언급하며 말했습니다.

"그럼요, 보았습니다."

"그 사람 잘 지내고 있나요?" 착한 부인은 물었습니다.

"그럭저럭. 그 사람은 구두수선을 하고 있고, 양배추 외엔 먹을 것도 별로 없어요."

"저런, 그 사람이 제게 편지를 보내지는 않았나요?" 여자는 물었습니다.

"보냈습니다. 그는 가죽이 떨어졌고, 주머니는 텅 비었습니다. 그러니 당신이 돈을 보내서 그가 새 가죽을 사도록 하십시오." 그는 말했습니다.

"그는 가죽을 살 수 있을 거예요. 불쌍한 사람 같으니."

그는 거실 굴뚝으로 가 10파운드가 들어있는 누더기를 가져다가, 가죽을 마음껏 사고 나머지를 돌려달라고 전해달라며, 그 돈을 전부 군인에게 주었습니다.

잭은 그 돈을 받자마자 재빨리 그곳을 떠났습니다.

농부는 곧 집에 돌아왔고, 돈을 잘 간직하고 있느냐고 물었습니다. 부인은 천국에 있는 전 남편이 천국에 사는 성인들과 천사들의 신을 만들 가죽을 마음껏 살 수 있도록 군인에게 그 돈을 전해 주었다고 말했습니다. 농부는 몹시 화가 나 이런 바보는 처음이라고 욕을 했습니다. 그러자 아내는 남편에게 그런 돈을 자신에게 맡겼으니, 너는 더 바보라고 말했습니다.

그들은 말다툼에 낭비할 시간이 없었습니다. 농부는 말을 타고 잭 하나포드를 쫓아갔습니다. 늙은 군인은 뒤에서 들리는 말발굽 소리를 듣고는 농부가 자신을 쫓아오는 것을 알았습니다. 그는 바닥에 누워, 한손으로 눈을 가리고,

farmer pursuing him. He lay down on the ground, and shading his eyes with one hand, looked up into the sky, and pointed heavenwards with the other hand.

"What are you about there?" asked the farmer, pulling up.

"Lord save you!" exclaimed Jack: "I've seen a rare sight."

"What was that?"

"A man going straight up into the sky, as if he were walking on a road."

"Can you see him still?"

"Yes, I can."

"Where?"

"Get off your horse and lie down."

"If you will hold the horse." Jack did so readily.

"I cannot see him," said the farmer.

"Shade your eyes with your hand, and you'll soon see a man flying away from you."

Sure enough he did so, for Jack leaped on the horse, and rode away with it. The farmer walked home without his horse.

"You are a bigger fool than I am," said the wife; "for I did only one foolish thing, and you have done two."

다른 한 손으로는 하늘을 가리키며 올려다 보았습니다.

"거기서 뭐 하는 거요?"

농부는 다가와 묻자, 잭은 소리쳤습니다.

"신의 가호가 있기를, 나는 아주 특이한 광경을 보았소."

"그게 뭐요?"

"한 사람이 곧장 천국으로 올라가오. 마치 길을 걷듯이 말이오."

"지금도 보이오?"

"그렇소."

"어디?"

"말에서 내려서 누워 보시오."

"내 말을 잡아 주면….'

잭은 기꺼이 그의 말을 잡았습니다.

"안 보입니다." 농부가 말했습니다.

"손으로 눈을 가리시오. 그러면 당신은 여기서 날아가는 사람을 볼 수 있을 것이오."

농부는 시키는대로 했고, 잭은 말을 타고 달아났습니다. 농부는 말을 잃어 버리고 집으로 걸어왔습니다.

아내는 말했습니다. "당신이 더 바보네. 나는 한 가지 바보짓을 했지만, 당신은 두 가지 바보짓을 했잖아."

BINNORIE

Once upon a time there were two king's daughters lived in a bower near the bonny mill-dams of Binnorie. And Sir William came wooing the eldest and won her love and plighted troth with glove and with ring. But after a time he looked upon the youngest, with her cherry cheeks and golden hair, and his love grew towards her till he cared no longer for the eldest one. So she hated her sister for taking away Sir William's love, and day by day her hate grew upon her, and she plotted and she planned how to get rid of her.

So one fine morning, fair and clear, she said to her sister, "Let us go and see our father's boats come in at the bonny mill-stream of Binnorie." So they went there hand in hand. And when they got to the river's bank the youngest got upon a stone to watch for the coming of the boats. And her sister, coming behind her, caught her round the waist and dashed her into the rushing mill-stream of Binnorie.

"O sister, sister, reach me your hand!" she cried, as she floated away, "and you shall have half of all I've got or shall get."

"No, sister, I'll reach you no hand of mine, for I am the heir to all your land. Shame on me if I touch the hand that has come 'twixt me and my own heart's love."

"O sister, O sister, then reach me your glove!" she cried, as she floated further away, "and you shall have your William again."

비노리

옛날에 비노리라는 아름다운 물레방아 저수지가 있었고, 그 근처에 살던 왕의 두 딸이 있었습니다. 어느 날 큰 딸에게 청혼을 하려고 찾아온 윌리엄경은 장갑과 반지로 사랑의 맹세를 하고선 큰 딸의 사랑을 얻었습니다. 하지만 잠시 후 그는 작은 딸을 보게 되었고, 발그레한 두 뺨과 황금빛 머리카락에 반해 큰 딸에게 관심을 두지 않았습니다. 동생이 윌리엄경의 사랑을 빼앗아가자 큰 딸은 동생을 미워하게 되었습니다. 날이 갈수록 그 미움이 자라, 결국 동생을 죽일 계획을 짰습니다.

어느 맑은 아침에 언니는 동생에게 말했습니다. "동생아, 우리 아름다운 비노리 저수지로 들어오는 아버지의 배를 보러 가자."

둘은 손을 잡고 비노리로 갔습니다. 강둑에 도착해, 둘째는 배가 오는 것을 보려고 돌 위에 올라갔습니다. 언니는 둘째 뒤에서 따라 오다가 그녀의 허리를 잡아 그대로 비노리의 저수지로 밀었습니다.

"언니, 언니, 손을 뻗어 나를 잡아 줘. 그러면 내가 가진 것과 앞으로 내 것이 되는 것의 절반을 언니에게 줄게." 물에 떠내려가는 둘째가 소리쳤습니다.

"아니. 난 널 구하지 않을 거야. 왜냐하면 나는 그 모든 것의 상속인이 될 테니까. 만일 내가 손을 뻗어 내 사랑을 빼앗은 너를 구한다면 난 망해도 싸." 언니는 말했습니다

"언니, 언니, 장갑을 내밀어 줘. 그러면 언니의 윌리엄을 다시 얻게 될거야." 조금씩 멀어지며 동생은 말했습니다.

"Sink on," cried the cruel princess, "no hand or glove of mine you'll touch. Sweet William will be all mine when you are sunk beneath the bonny mill-stream of Binnorie." And she turned and went home to the king's castle.

And the princess floated down the mill-stream, sometimes swimming and sometimes sinking, till she came near the mill. Now the miller's daughter was cooking that day, and needed water for her cooking. And as she went to draw it from the stream, she saw something floating towards the mill-dam, and she called out, "Father! father! draw your dam.

There's something white--a merry maid or a milk-white swan--coming down the stream." So the miller hastened to the dam and stopped the heavy cruel mill-wheels. And then they took out the princess and laid her on the bank.

Fair and beautiful she looked as she lay there. In her golden hair were pearls and precious stones; you could not see her waist for her golden girdle; and the golden fringe of her white dress came down over her lily feet. But she was drowned, drowned!

And as she lay there in her beauty a famous harper passed by the mill-dam of Binnorie, and saw her sweet pale face. And though he travelled on far away he never forgot that face, and after many days he came back to the bonny mill-stream of Binnorie. But then all he could find of her where they had put her to rest were her bones and her golden hair. So he made a harp out of her breast-bone and her hair, and travelled on up the hill from the mill-dam of Binnorie, till he came to the castle of the

"물에 가라앉아. 내 손이든 장갑이든 널 위해 내밀지 않을 거야. 네가 아름다운 저수지 바닥에 가라앉으면 사랑스러운 윌리엄은 내 차지가 될 거야."

공주는 소리질렀습니다. 공주는 왕의 궁전으로 돌아갔습니다.

둘째는 물가를 따라 떠내려가면서 가끔은 헤엄을 치고 또 가끔은 가라앉기를 번갈아하다 물레방아 근처까지 도달했습니다. 그 때 요리를 하던 물레방아지기의 딸은 물을 길으러 나왔습니다. 냇가에서 물을 길을 때 그녀는 물레방아 둑을 향해 떠내려오는 무언가를 보고는 소리쳤습니다.

"아버지! 아버지! 방아를 멈추세요. 물 속에 하얀 게 있어요! 사람이거나 고니일 거에요. 그게 물을 따라 내려와요."

물레방아지기는 서둘러 댐으로 나가서는 무시무시한 물레방아를 멈췄어요. 그들은 공주를 물에서 꺼내 둑 위에 눕혔습니다.

강둑에 누워있는 공주는 희고, 아름다웠습니다. 황금빛 머리카락에는 진주와 보석이 달려있었고, 허리엔 황금 띠를 둘렀고, 백합처럼 고운 발에는 금테가 달린 하얀색 드레스가 걸쳐있었습니다.

아름다운 모습으로 공주가 거기 누워있었을 때, 유명한 하프 연주가가 비노리 물레방아를 지나다, 그녀의 사랑스럽고도 창백한 얼굴을 보게 되었습니다. 이후로 그는 긴 여행을 하면서도 그 얼굴을 잊을 수 없었습니다.

한참 후에 그는 아름다운 비노리의 물레방아로 다시 왔습니다. 하지만 그녀가 누워있던 곳에는 그녀의 백골과 황금빛 머리카락만 남아있었습니다. 그래서 그는 그녀의 가슴뼈와 머리카락으로 하프를 만들었습니다. 그는 여행을 하며, 비노리의 물레방아 언덕에서 공주의 아버지인 왕이 사는 궁전까지 왔습니다.

그날 밤 궁전에선 위대한 하프연주자의 연주를 듣기 위해 모든 사람들이 다

king her father.

That night they were all gathered in the castle hall to hear the great harper--kin g and queen, their daughter and son, Sir William and all their Court. And first the harper sang to his old harp, making them joy and be glad or sorrow and weep just as he liked. But while he sang he put the harp he had made that day on a stone in the hall. And presently it began to sing by itself, low and clear, and the harper stopped and all were hushed. And this was what the harp sung:

"O yonder sits my father, the king,

Binnorie, O Binnorie;

And yonder sits my mother, the queen;

By the bonny mill-dams o' Binnorie,

  "And yonder stands my brother Hugh,

Binnorie, O Binnorie;

And by him, my William, false and true;

By the bonny mill-dams o' Binnorie."

Then they all wondered, and the harper told them how he had seen the princess lying drowned on the bank near the bonny mill-dams o' Binnorie, and how he had afterwards made this harp out of her hair and breast-bone. Just then the harp began singing again, and this was what it sang out loud and clear:

"And there sits my sister who drownèd me

모였습니다. 왕과 왕비, 그들의 딸과 아들, 윌리엄경, 그리고 궁전의 모든 신하들까지. 처음에 연주자는 오래 들고 다니던 하프를 연주하며, 사람들을 자기가 원하는 대로 즐겁게, 기쁘게, 슬프게 또 눈물을 흘리게도 만들었습니다. 노래를 부를 때 하프연주자는 그날 자신이 만든 하프를 궁전 홀의 돌 위에 올려놓았습니다. 갑자기 하프는 낮고 분명한 소리를 내며 저절로 연주하기 시작했습니다. 연주자는 연주를 멈추었습니다. 모든 이들도 숨죽인 듯 조용해졌습니다. 하프는 이렇게 노래했습니다.

아 저기 왕이신 아버지가 앉아계시네,
비노리, 오 비노리
오 저기 왕비인 어머니가 앉아계시네,
비노리의 아름다운 물레방아 옆에.

그리고 저기 내 남동생 휴가 일어나네,
비노리, 비노리,
그리고 그 옆에, 나의 윌리엄이 있어, 어리석고 진실한,
비노리의 아름다운 물레방아 옆에.

그들은 모두 놀랐습니다. 하프연주자는 그가 아름다운 비노리 물레방아 근처 둑에서 익사한 채 누워있던 공주를 보고, 후에 공주의 가슴뼈와 머리카락으로 이 하프를 만들었다는 이야기를 했습니다. 바로 그때 하프는 다시 연주되기 시작했고, 이번엔 모든 사람들이 들을 수 있는 크고 분명한 소리로 이렇게 노래했습니다.

By the bonny mill-dams o' Binnorie."

And the harp snapped and broke, and never sang more.

그리고 저기 나를 물에 빠뜨린 언니가 앉아있네
비노리의 아름다운 물레방아 옆에.

그런 다음 하프는 끊어져 부서졌고, 다시는 노래 부르지 않았습니다.

MOUSE AND MOUSER

The Mouse went to visit the Cat, and found her sitting behind the hal door, spinning.

MOUSE. What are you doing, my lady, my lady, What are you doing, my lady?

CAT (_sharply_). I'm spinning old breeches, good body, good body I'm spinning old breeches, good body.

MOUSE. Long may you wear them, my lady, my lady, Long may you wear them, my lady.

CAT (_gruffly_). I'll wear' em and tear 'em, good body, good body. I'll wear 'em and tear 'em, good body.

MOUSE. I was sweeping my room, my lady, my lady, I was sweeping my room, my lady.

CAT. The cleaner you'd be, good body, good body, The cleaner you'd be, good body.

MOUSE. I found a silver sixpence, my lady, my lady, I found a silver sixpence, my lady.

CAT. The richer you were, good body, good body, The richer you were, good body.

MOUSE. I went to the market, my lady, my lady, I went to the market, my lady.

CAT. The further you went, good body, good body The further you

쥐와 쥐잡이

생쥐가 고양이를 찾아갔습니다. 고양이는 문 뒤에 앉아 졸고 있었습니다.

생쥐 고양이 부인, 뭐하세요? 부인, 뭐하고 계세요?

고양이 (날카롭게) 낡은 반바지 실을 풀고 있어요. 좋은 거죠, 좋은 거. 낡은 반바지 실을 풀고 있어요. 좋은 거죠, 좋은 거.

생쥐 오래오래 입으세요. 부인, 부인. 오래오래 입으세요. 부인, 부인.

고양이 (퉁명스럽게) 입었다 풀었다 할거예요. 좋은 거죠, 좋은 거. 입었다 풀었다 할거예요. 좋은 거죠.

생쥐 나는 방청소를 하고 있어요. 부인, 부인. 나는 방청소를 하고 있어요. 부인, 부인.

고양이 더 깨끗해지겠네요. 좋은 거죠, 좋은 거. 더 깨끗해지겠네요. 좋은 거죠, 좋은 거.

생쥐 6펜스짜리 은화를 찾았어요. 부인, 부인. 6펜스짜리 은화를 찾았어요. 부인, 부인.

고양이 더 부자가 되었군요. 좋은 거죠, 좋은 거. 더 부자가 되었군요. 좋은 거죠, 좋은 거.

생쥐 시장에 갔어요. 부인, 부인. 시장에 갔어요. 부인 부인.

고양이 더 멀리 가봐요. 좋은 거죠, 좋은 거. 더 멀리 가봐요. 좋은 거죠, 좋은 거.

생쥐 푸딩을 샀어요. 부인, 부인. 푸딩을 샀어요. 부인.

went, good body.

MOUSE. I bought me a pudding, my lady, my lady, I bought me a pudding, my lady.

CAT (_snarling_). The more meat you had, good body, good body, The more meat you had, good body.

MOUSE. I put it in the window to cool, my lady, I put it in the window to cool.

CAT. (_sharply_). The faster you'd eat it, good body, good body, The faster you'd eat it, good body.

MOUSE (_timidly_). The cat came and ate it, my lady, my lady, The cat came and ate it, my lady.

CAT (_pouncingly_). And I'll eat you, good body, good body, And I'll eat you, good body.

(_Springs upon the mouse and kills it._)

고양이 (혀를 내밀며) 고기[4]를 많이 먹을수록 좋은 거죠, 좋은 거. 고기를 많이 먹을수록 좋은 거죠, 좋은 거.

생쥐 시원하게 하려고 창가에 두었어요, 부인. 시원하게 하려고 창가에 두었어요.

고양이 (날카롭게) 빨리 먹을수록 좋은 거죠, 좋은 거죠. 빨리 먹을수록 좋은 거죠.

생쥐 (애매하게) 고양이가 와서 먹었어요. 부인, 부인. 고양이가 와서 먹었어요. 부인.

고양이 (활발하게) 난 널 잡아먹을 거야. 좋은 거지, 좋은 거. 내가 널 잡아먹을 거야. 좋은 거지.

(고양이는 쥐를 덮쳐 죽인다.)

---

4 영국식 푸딩에는 육즙이 다량 들어간다.

CAP O' RUSHES

Well, there was once a very rich gentleman, and he'd three daughters, and he thought he'd see how fond they were of him. So he says to the first, "How much do you love me, my dear?"

"Why," says she, "as I love my life."

"That's good," says he.

So he says to the second, "How much do _you_ love me, my dear?"

"Why," says she, "better nor all the world."

"That's good," says he.

So he says to the third, "How much do _you_ love me, my dear?"

"Why, I love you as fresh meat loves salt," says she.

Well, he was that angry. "You don't love me at all," says he, "and in my house you stay no more." So he drove her out there and then, and shut the door in her face.

Well, she went away on and on till she came to a fen, and there she gathered a lot of rushes and made them into a kind of a sort of a cloak with a hood, to cover her from head to foot, and to hide her fine clothes. And then she went on and on till she came to a great house.

"Do you want a maid?" says she.

"No, we don't," said they,

"I haven't nowhere to go," says she; "and I ask no wages, and do any sort of work," says she.

골풀 모자

옛날에 아주 부자 신사가 살았습니다. 그는 세 딸을 두었고, 딸들이 자신을 얼마나 좋아하는지 알고 싶었습니다. 그래서 그는 맏딸에게 물었습니다. "얘야, 너는 아버지를 얼마나 좋아하니?"

"왜 그러세요?" 딸은 말했습니다. "내 목숨만큼 좋아해요."

"좋아." 그는 말했습니다.

그는 둘째 딸에게 갔습니다. "너는 아버지를 얼마나 좋아하니?"

"하늘 만큼 땅 만큼 좋아해요." 둘째는 대답했습니다.

"좋아." 그는 말했습니다.

그는 셋째에게 말했습니다. "얘야, 너는 아버지를 얼마나 좋아하니?"

"저는 신선한 고기가 소금을 사랑하는 만큼 아버지를 좋아해요." 그녀는 말했습니다.

아 글쎄, 아버지는 이 말에 화가 났습니다. "너는 나를 전혀 사랑하지 않는구나. 더 이상 내 집에서 살 수 없다." 아버지는 그 자리에서 딸을 내쫓고는 문을 걸어잠갔습니다.

그녀는 집을 떠나 늪지대에 닿았고, 거기서 골풀을 모아 그걸로 모자 달린 외투를 짜서는 머리에서 발끝까지 걸쳐, 자신의 좋은 옷을 가렸습니다. 그녀는 골풀 차림을 하고 건다 대저택에 도착했습니다

"하녀가 필요하세요?" 그녀는 말했습니다.

"아니요. 필요 없어." 그들은 말했습니다.

"Well," says they, "if you like to wash the pots and scrape the saucepans you may stay," said they.

So she stayed there and washed the pots and scraped the saucepans and did all the dirty work. And because she gave no name they called her "Cap o' Rushes."

Well, one day there was to be a great dance a little way off, and the servants were allowed to go and look on at the grand people. Cap o' Rushes said she was too tired to go, so she stayed at home. But when they were gone she offed with her cap o' rushes, and cleaned herself, and went to the dance. And no one there was so finely dressed as her.

Well, who should be there but her master's son, and what should he do but fall in love with her the minute he set eyes on her. He wouldn't dance with any one else.

But before the dance was done Cap o' Rushes slipt off, and away she went home. And when the other maids came back she was pretending to be asleep with her cap o' rushes on.

Well, next morning they said to her, "You did miss a sight, Cap o' Rushes!"

"What was that?" says she.

"Why, the beautifullest lady you ever see, dressed right gay and ga'. The young master, he never took his eyes off her."

"Well, I should have liked to have seen her," says Cap o' Rushes.

"Well, there's to be another dance this evening, and perhaps she'll be there."

But, come the evening, Cap o' Rushes said she was too tired to go with

"저는 갈 곳이 없어요. 돈을 안 주서도 돼요. 무슨 일이든 할 수 있어요." 그녀는 말했습니다.

"그럼, 솥단지 닦고 양념냄비를 닦을 수 있으면, 여기 있어도 좋다."

그래서 그녀는 그 집에 머물며 솥을 닦고, 양념냄비를 닦고, 온갖 궂은 일을 다 했습니다. 그녀가 자기 이름을 말하지 않았기 때문에 사람들은 그녀를 '골풀 모자'라고 불렀습니다.

어느 날, 거기서 조금 떨어진 곳에서 엄청난 무도회가 열렸습니다. 하인들도 그곳에 가서 지체 높은 사람들을 구경하는 것이 허락되었습니다. 골풀 모자는 너무 피곤해 가지 않겠다고 말하고 집에 있었었습니다.

사람들이 모두 무도회에 간 사이 그녀는 골풀 옷을 벗고 몸을 씻은 다음 무도회에 갔습니다. 그곳에 모인 그 누구도 그녀만큼 멋진 옷을 입은 사람이 없었습니다.

그곳에 와있던 주인 아들은 그녀를 처음 본 순간 사랑에 빠졌습니다. 그는 다른 누구와도 춤을 추려고 하지 않았습니다.

하지만 무도회가 끝나기 전에 골풀 모자는 그곳을 빠져나와 집으로 갔습니다. 다른 하녀들이 집으로 돌아왔을 때, 그녀는 골풀 옷을 입고 자는 척을 했습니다.

다음 날 아침 하녀들은 그녀에게 말했습니다. "넌 좋은 구경거리를 놓쳤어. 골풀 모자야."

"그게 뭔데?" 그녀는 물었습니다.

"세상에서 가장 아름다운 여자가 멋진 옷을 입고 있었는데, 젊은 주인님이 잠시도 그녀에게서 눈을 떼지 못하더라."

"나도 그녀를 봤으면 좋았을 걸." 골풀 모자는 말했습니다.

them. Howsoever, when they were gone, she offed with her cap o' rushes and cleaned herself, and away she went to the dance.

The master's son had been reckoning on seeing her, and he danced with no one else, and never took his eyes off her. But, before the dance was over, she slipt off, and home she went, and when the maids came back she, pretended to be asleep with her cap o' rushes on.

Next day they said to her again, "Well, Cap o' Rushes, you should ha' been there to see the lady. There she was again, gay and ga', and the young master he never took his eyes off her."

"Well, there," says she, "I should ha' liked to ha' seen her."

"Well," says they, "there's a dance again this evening, and you must go with us, for she's sure to be there."

Well, come this evening, Cap o' Rushes said she was too tired to go, and do what they would she stayed at home. But when they were gone she offed with her cap o' rushes and cleaned herself, and away she went to the dance.

The master's son was rarely glad when he saw her. He danced with none but her and never took his eyes off her. When she wouldn't tell him her name, nor where she came from, he gave her a ring and told her if he didn't see her again he should die.

Well, before the dance was over, off she slipped, and home she went, and when the maids came home she was pretending to be asleep with her cap o' rushes on.

Well, next day they says to her, "There, Cap o' Rushes, you didn't come last night, and now you won't see the lady, for there's no more dances."

"오늘 밤에도 무도회가 있대. 그녀가 또 올지도 몰라."

하지만 저녁이 되자 골풀 모자는 너무 피곤해서 무도회에 같이 가지 못하겠다고 말했습니다. 그들이 다 떠난 후, 그녀는 골풀 옷을 벗고 몸을 씻은 다음 무도회장으로 갔습니다.

그녀를 알아본 주인집 아들은 다른 누구하고도 춤을 추지 않았고, 그녀에게서 한 순간도 눈을 떼지 못했습니다. 하지만 무도회가 끝나기 전에 그녀는 그곳을 빠져나와 집으로 갔습니다. 그리고 하녀들이 돌아왔을 때, 골풀 옷을 입고 잠들어있는 척 했습니다.

다음 날 그들은 그녀에게 또다시 말했습니다. "골풀 모자야. 그 숙녀를 너도 봤어야했는데. 그녀가 다시 왔어. 멋진 모습으로. 젊은 주인이 한시도 눈을 떼지 못하더라."

"그랬구나. 나도 그녀를 보았으면 좋았을 걸."

"그래. 오늘 밤에도 무도회가 열린대. 우리랑 같이 가자. 그녀가 또 올거야." 그들은 말했습니다.

저녁이 되자 골풀 모자는 너무 피곤해서 무도회에 갈 수 없으며, 집에 남아 일을 하겠다고 말하고는, 그들이 떠나자 골풀 옷을 벗고 몸을 씻고는 무도회장으로 갔습니다.

하지만 그녀를 본 주인집 아들은 반가운 기색을 보이지 않았습니다. 그는 그녀하고만 춤을 추었고, 그녀에게서 한시도 눈을 떼지 않았습니다. 그녀가 자신의 이름도 말하지 않고, 어디서 왔는지도 말하지 않자, 그는 그녀에게 반지를 주면서, 그녀를 다시 보지 못한다면 죽어버리겠다고 말했습니다.

물론, 그녀는 무도회가 끝나기 전에 그곳을 빠져나와 집으로 왔고, 하녀들이 집으로 돌아왔을 때 골풀 옷을 입고 잠들어있는 척 했습니다.

"Well I should have rarely liked to have seen her," says she.

The master's son he tried every way to find out where the lady was gone, but go where he might, and ask whom he might, he never heard anything about her. And he got worse and worse for the love of her till he had to keep his bed.

"Make some gruel for the young master," they said to the cook. "He's dying for the love of the lady." The cook she set about making it when Cap o' Rushes came in.

"What are you a-doing of?" says she.

"I'm going to make some gruel for the young master," says the cook, "for he's dying for love of the lady."

"Let me make it." says Cap o' Rushes.

Well, the cook wouldn't at first, but at last she said yes, and Cap o' Rushes made the gruel. And when she had made it she slipped the ring into it on the sly before the cook took it upstairs.

The young man he drank it and then he saw the ring at the bottom.

"Send for the cook," says he. So up she comes.

"Who made this gruel here?" says he.

"I did," says the cook, for she was frightened.

And he looked at her, "No, you didn't," says he. "Say who did it, and you shan't be harmed."

"Well, then, 'twas Cap o' Rushes," says she.

"Send Cap o' Rushes here," says he.

So Cap o' Rushes came.

"Did you make my gruel?" says he.

또다시, 다음날 하녀들은 그녀에게 말했습니다.

"골풀 모자야! 너 어젯밤에 안 왔지? 더 이상 무도회가 열리지 않는대. 그러니까 너는 그 여자를 볼 수가 없어."

"그래. 나도 그 여자를 보았으면 좋았을 걸." 그녀는 말했습니다.

주인집 아들은 그녀가 어디로 갔는지 알아내려고 갖은 방법을 다 써보고, 갈 수 있는 곳을 다 가보고, 물어볼만한 사람들에게 전부 물어보았지만, 그녀에 관해 아무것도 들을 수가 없었습니다. 그는 사랑 때문에 하루하루 쇠약해졌고, 결국 병들어 누웠습니다.

"젊은 주인이 먹을 죽을 쑤도록 해라. 그는 사랑 때문에 죽어가고 있다." 사람들은 요리사에게 말했습니다.

요리사가 죽을 쑤려고 할 때 골풀 옷이 들어왔습니다.

"뭐하세요?" 골풀 모자는 물었습니다.

"젊은 주인이 먹을 죽을 쑬거야. 그는 사랑 때문에 죽어가고 있거든." 요리사는 말했습니다.

"제가 만들게요." 골풀 옷은 말했습니다.

처음에 요리사는 허락하지 않았으나, 결국 골풀 옷이 죽을 쑤도록 했습니다. 죽을 다 쑤고 나서 골풀 옷은 요리사가 위층으로 죽을 가져가기 전에 반지를 죽 그릇에 넣었습니다.

젊은 주인은 죽을 마시고나서 죽 그릇에 있던 반지를 발견했습니다.

"요리사를 데려와라." 그는 말했습니다.

요리사가 올라왔습니다

"이 죽을 누가 쑤었느냐?" 그는 물었습니다.

"제가 쑤었습니다." 그녀는 대답했습니다. 무서웠기 때문이지요.

"Yes, I did," says she.

"Where did you get this ring?" says he.

"From him that gave it me," says she.

"Who are you, then?" says the young man.

"I'll show you," says she. And she offed with her cap o' rushes, and there she was in her beautiful clothes.

Well, the master's son he got well very soon, and they were to be married in a little time. It was to be a very grand wedding, and every one was asked far and near. And Cap o' Rushes' father was asked. But she never told anybody who she was. But before the wedding she went to the cook, and says she:

"I want you to dress every dish without a mite o' salt."

"That'll be rare nasty," says the cook.

"That doesn't signify," says she.

"Very well," says the cook.

Well, the wedding-day came, and they were married. And after they were married all the company sat down to the dinner. When they began to eat the meat, that was so tasteless they couldn't eat it. But Cap o' Rushes' father he tried first one dish and then another, and then he burst out crying.

"What is the matter?" said the master's son to him.

"Oh!" says he, "I had a daughter. And I asked her how much she loved me. And she said 'As much as fresh meat loves salt.' And I turned her from my door, for I thought she didn't love me. And now I see she loved me best of all. And she may be dead for aught I know."

그는 요리사를 바라보았습니다.

"아니다. 네가 하지 않았어. 누가 했는지 말해라. 너한테는 아무런 해가 없을 것이다." 젊은 주인은 말했습니다.

"골풀 모자가 만들었습니다." 요리사는 말했습니다.

"그녀를 이리 데려오너라." 그는 말했습니다.

골풀 모자는 그의 방으로 올라왔습니다.

"내 죽을 쑨 게 너냐?" 젊은 주인은 물었습니다

"예. 제가 끓였습니다." 그녀가 말했습니다.

"이 반지는 어디서 났느냐?" 그는 물었습니다.

"그걸 제게 준 사람에게서요." 그녀는 말했습니다.

"너는 누구냐?" 그는 물었습니다.

"보여드리겠습니다." 이렇게 말하고 그녀는 골풀 옷을 벗었습니다. 그러자 그녀의 아름다운 옷이 드러났습니다.

주인집 아들은 곧 회복되었습니다. 그리고 얼마 후 그들은 결혼했습니다. 결혼식은 아주 성대해서 근방과 멀리에서도 손님들을 초대했습니다. 골풀 모자의 아버지도 초대를 받았습니다. 하지만 그녀는 자신의 정체를 그 누구에게도 말하지 않았습니다.

결혼식이 시작되기 전에 그녀는 요리사에게 말했습니다. "모든 고기 요리에 소금을 치지 말고 준비해주세요."

"맛이 없을텐데요." 요리사는 말했습니다.

"괜찮아요." 그녀가 말했습니다.

"그래요." 요리사는 말했습니다.

결혼식 날이 되어 그들은 결혼을 했습니다. 식이 끝나고 모든 사람들이 식

"No, father, here she is!" says Cap o' Rushes. And she goes up to him and puts her arms round him. And so they were happy ever after.

사를 하기 위해 자리에 앉았습니다. 고기 요리가 나왔지만, 사람들은 맛이 없어서 음식을 먹을 수 없었습니다. 하지만 골풀아버지는 첫 번째 접시를 먹고, 또 한 접시를 먹고 나서, 울음을 터뜨렸습니다.

"무슨 일입니까?" 주인의 아들이 그에게 물었습니다.

"내겐 딸이 하나 있었소. 나는 그 애한테 아버지를 얼마나 사랑하느냐고 물었어요. 그 앤 '신선한 고기가 소금을 사랑하는 것만큼' 사랑한다고 말했다오. 그런 아이를 내가 내쫓았어요. 왜냐하면 그 애가 나를 사랑하시 않는다고 생각했기 때문이지요. 그런데 지금 나는 깨달았어요. 그 애가 나를 제일 많이 사랑했다는 것을요. 그 아이는 죽었을지도 몰라요." 그는 말했습니다.

"아니에요. 아버지." 골풀 모자가 말했습니다. 그리곤 아버지에게 다가가 두 팔로 아버지를 안았습니다.

그 후 그들은 행복하게 살았습니다.

TEENY-TINY

Once upon a time there was a teeny-tiny woman lived in a teeny-tiny house in a teeny-tiny village.

Now, one day this teeny-tiny woman put on her teeny-tiny bonnet, and went out of her teeny-tiny house to take a teeny-tiny walk. And when this teeny-tiny woman had gone a teeny-tiny way she came to a teeny-tiny gate; so the teeny-tiny woman opened the teeny-tiny gate, and went into a teeny-tiny churchyard. And when this teeny-tiny woman had got into the teeny-tiny churchyard, she saw a teeny-tiny bone on a teeny-tiny grave, and the teeny-tiny woman said to her teeny-tiny self, "This teeny-tiny bone will make me some teeny-tiny soup for my teeny-tiny supper." So the teeny-tiny woman put the teeny-tiny bone into her teeny-tiny pocket, and went home to her teeny-tiny house.

Now when the teeny-tiny woman got home to her teeny-tiny house she was a teeny-tiny bit tired; so she went up her teeny-tiny stairs to her teeny-tiny bed, and put the teeny-tiny bone into a teeny-tiny cupboard.

And when this teeny-tiny woman had been to sleep a teeny-tiny time, she was awakened by a teeny-tiny voice from the teeny-tiny cupboard, which said:

"Give me my bone!"

And this teeny-tiny woman was a teeny-tiny frightened, so she hid her teeny-tiny head under the teeny-tiny clothes and went to sleep again.

아주 작은

옛날옛날에 아주 작은 여자가 아주 작은 마을에 있는 아주 작은 집에서 살았습니다.

어느 날 작은 여자는 아주 작은 모자를 쓰고, 작은 산책을 하기 위해 삭은 집에서 나왔습니다. 이 작은 여자는 작은 길을 걸어가다 작은 문에 다달았습니다. 그래서 작은 여자는 작은 문을 열고, 작은 교회 묘지로 들어갔습니다. 작은 여자는 거기서 작은 무덤 위에 있는 작은 뼈를 발견했습니다. 여자는 작은 자신에게 말했습니다.

"이 작은 뼈로 나의 작은 저녁 식사를 위한 작은 수프를 끓일 수 있을 거야."

작은 여자는 작은 뼈를 작은 주머니에 넣고 작은 집으로 돌아왔습니다.

작은 여자가 작은 집으로 돌아왔을 때, 그녀는 조금 피곤했습니다. 그래서 그녀는 작은 계단을 올라 작은 침대로 갔고, 작은 뼈를 작은 찬장에 넣어두었습니다. 그리곤 이 작은 여자는 아주 작은 시간 잠이 들었지요. 그러다 작은 찬장에서 나오는 작은 소리에 잠을 깼는데, 그 소리는 다음과 같았습니다.

"내 뼈를 돌려 줘!"

이 작은 여자는 조금 무서워서, 작은 머리를 작은 이불 속에 두고 다시 잠을 잤습니다. 그녀가 다시 작은 시간 잠을 잘 때, 작은 목소리가 작은 찬장에서 좀 더 그게 말했습니다,

"내 뼈를 돌려 줘."

그러자 작은 여자는 조금 더 겁이 났고, 작은 머리를 작은 이불 아래로 조금

And when she had been to sleep again a teeny-tiny time, the teeny-tiny voice again cried out from the teeny-tiny cupboard a teeny-tiny louder,

"Give me my bone!"

This made the teeny-tiny woman a teeny-tiny more frightened, so she hid her teeny-tiny head a teeny-tiny further under the teeny-tiny clothes.

And when the teeny-tiny woman had been to sleep again a teeny-tiny time, the teeny-tiny voice from the teeny-tiny cupboard said again a teeny-tiny louder,

"Give me my bone!"

And this teeny-tiny woman was a teeny-tiny bit more frightened, but she put her teeny-tiny head out of the teeny-tiny clothes, and said in her loudest teeny-tiny voice, "TAKE IT!"

더 깊이 묻었습니다. 작은 여자가 조금 더 작은 시간을 잠잘 때 찬장에서 들려오는 작은 목소리가 조금 더 크게 들렸습니다,

"내 뼈를 돌려 줘!"

그리고 이번에 작은 여자는 조금 더 겁이 나 작은 이불 밖으로 작은 머리를 꺼내, 가장 큰, 그러나 작은 목소리로 말했습니다.

"가져 가!"

JACK AND THE BEANSTALK

There was once upon a time a poor widow who had an only son named Jack, and a cow named Milky-white. And all they had to live on was the milk the cow gave every morning which they carried to the market and sold. But one morning Milky-white gave no milk and they didn't know what to do.

"What shall we do, what shall we do?" said the widow, wringing her hands.

"Cheer up, mother, I'll go and get work somewhere," said Jack.

"We've tried that before, and nobody would take you," said his mother;

"we must sell Milky-white and with the money do something, start shop, or something."

"All right, mother," says Jack; "it's market-day today, and I'll soon sell Milky-white, and then we'll see what we can do."

So he took the cow's halter in his hand, and off he starts. He hadn't gone far when he met a funny-looking old man who said to him: "Good morning, Jack."

"Good morning to you," said Jack, and wondered how he knew his name.

"Well, Jack, and where are you off to?" said the man

"I'm going to market to sell our cow here."

"Oh, you look the proper sort of chap to sell cows," said the man; "I

114

잭과 콩줄기[5]

옛날에 잭이라는 외동 아들과 '우윳빛'이라는 이름의 암소를 키우며 살던 가난한 과부가 있었습니다. 그들은 아침마다 우유를 짜서 시장에 내다 팔며 먹고 살았습니다. 그러던 어느 날 우유빛은 우유를 만들어내지 못하게 되었습니다. 잭과 어머니는 어찌해야할지를 몰랐습니다.

"어떡하지? 어떡하지?" 두 손을 배배 꼬며 여자가 말했습니다.

"힘 내세요, 어머니. 제가 일자리를 찾아볼게요." 잭은 말했습니다.

"전에도 그래봤잖니. 아무도 너를 쓰지 않을 거야. 소를 팔자. 그래서 그 돈으로 뭐라도 하자꾸나. 가게를 하던가, 아니면 뭐 다른 일이라도." 엄마는 말했습니다.

"좋아요, 어머니. 오늘이 장날이네요. 제가 곧 소를 팔게요. 그러고나면 무엇을 해야할지 생각이 떠오르겠죠."

잭은 소의 고삐를 쥐고 길을 떠났습니다. 얼마쯤 가다가 그는 우스꽝스럽게 생긴 노인을 만났습니다. 노인은 말했습니다.

"안녕, 잭."

"안녕하세요." 잭은 노인에게 인사하면서도, 노인이 어떻게 자신의 이름을 알고 있는지 궁금했습니다.

"그래. 잭. 어디 가니?" 노인은 물었습니다

"소를 팔러 시장에 가요."

"오, 너야말로 소를 팔기 적당한 녀석 같구나. 그런데 콩이 몇 개나 있어야 5

---

5 많은 번역서에서 어감을 위해 '콩나무'로 번역하였지만, 여기서는 원어를 살려 '콩줄기'로 번역하였다.

wonder if you know how many beans make five."

"Two in each hand and one in your mouth," says Jack, as sharp as a needle.

"Right you are," said the man, "and here they are the very beans themselves," he went on pulling out of his pocket a number of strange-looking beans. "As you are so sharp," says he, "I don't mind doing a swop with you--your cow for these beans."

"Walker!" says Jack; "wouldn't you like it?"

"Ah! you don't know what these beans are," said the man; "if you plant them over-night, by morning they grow right up to the sky."

"Really?" says Jack; "you don't say so."

"Yes, that is so, and if it doesn't turn out to be true you can have your cow back."

"Right," says Jack, and hands him over Milky-white's halter and pockets the beans.

Back goes Jack home, and as he hadn't gone very far it wasn't dusk by the time he got to his door.

"What back, Jack?" said his mother; "I see you haven't got Milky-white, so you've sold her. How much did you get for her?"

"You'll never guess, mother," says Jack.

"No, you don't say so. Good boy! Five pounds, ten, fifteen, no, it can't be twenty."

"I told you you couldn't guess, what do you say to these beans, they're magical, plant them over-night and----"

"What!" says Jack's mother, "have you been such a fool, such a dolt,

가 되는지 궁금하다." 노인은 말했습니다.

"양 손에 두 개씩, 그리고 할아버지 입에 하나요." 잭은 아주 영리하게 대답했습니다.

"옳거니. 여기 그 콩이 있다." 노인은 주머니에서 이상하게 생긴 콩을 몇 개 꺼냈습니다.

"네가 아주 예리하니, 너랑 물건을 바꿔도 난 아무렇지도 않다. 네 소랑 이 콩이랑 말이다." 노인은 말했습니다.

"할아버지. 이 콩이 마음에 안 드세요?" 잭은 물었습니다.

"아, 넌 아직 이 콩이 뭔지 몰라. 이 콩을 밤에 심으면 아침에 하늘까지 자란다." 노인은 말했습니다.

"정말이요? 그런 말씀 하지 마세요." 잭은 말했습니다.

"맞아. 정말 그래. 정말 그렇게 되지 않으면 네 소를 돌려주마." 노인은 말했습니다.

"좋아요."

잭은 소의 고삐를 노인에게 주고, 콩을 받아 주머니에 넣었습니다.

잭은 집으로 발길을 돌렸습니다. 하지만 잭이 그리 멀리까지 가지 않았었기에, 해가 지기 전에 집에 도착했습니다.

"잭, 왔니? 소가 없는 걸 보니 팔았구나. 얼마나 받았니?" 엄마는 잭에게 말했습니다.

"절대 못 맞추실 거에요." 잭은 말했습니다.

"얼마 받았는지 말해야지 착한 잭아 5파운드, 10파운드, 15파운드, 20파운드까지는 안 될거야."

"말했잖아요. 어머니는 못 알아 맞춘다고요. 이 콩 보고 뭐라고 말씀하실 거

such an idiot, as to give away my Milky-white, the best milker in the parish, and prime beef to boot, for a set of paltry beans. Take that! Take that! Take that! And as for your precious beans here they go out of the window. And now off with you to bed. Not a sup shall you drink, and not a bit shall you swallow this very night."

So Jack went upstairs to his little room in the attic, and sad and sorry he was, to be sure, as much for his mother's sake, as for the loss of his supper.

At last he dropped off to sleep.

When he woke up, the room looked so funny. The sun was shining into part of it, and yet all the rest was quite dark and shady. So Jack jumped up and dressed himself and went to the window. And what do you think he saw? why, the beans his mother had thrown out of the window into the garden, had sprung up into a big beanstalk which went up and up and up till it reached the sky. So the man spoke truth after all.

The beanstalk grew up quite close past Jack's window, so all he had to do was to open it and give a jump on to the beanstalk which was made like a big plaited ladder. So Jack climbed and he climbed and he climbed and he climbed and he climbed and he climbed and he climbed till at last he reached the sky. And when he got there he found a long broad road going as straight as a dart. So he walked along and he walked along and he walked along till he came to a great big tall house, and on the doorstep there was a great big tall woman.

"Good morning, mum," says Jack, quite polite-like. "Could you be so kind as to give me some breakfast." For he hadn't had anything to eat,

118

예요? 이 콩은 마법의 콩이라고요. 밤에 심으면….”

“뭐야!” 잭의 엄마는 화를 내었습니다.

“너! 우유빛 소를 남한테 줄만큼 바보였어? 이 동네에서 제일 질 좋은 우유를 만들고 게다가 최상급 소고기가 될 그런 소를 하찮은 콩 몇 개와 바꾸는 그런 천지, 백치였냐고! 이 콩 다 가져 가, 가져 가, 가져 가. 네 귀한 콩 다 창밖으로 버리고 가서 잠이나 자. 오늘 밤은 아무것도 먹지도 마시지도 말아!”

잭은 다락방에 있는 작은 방으로 올라갔습니다. 잭은 저녁을 못 먹은 것이나 엄마 때문에 몹시 슬프고 속상했습니다.

잭은 그렇게 잠이 들었습니다.

아침에 잠에서 깨어났을 때 잭의 방은 우스꽝스러워 보였습니다. 해는 방의 일부만 비추고 나머지는 아주 캄캄하거나 그늘이 져있었습니다. 그래서 잭은 벌떡 일어나 옷을 갈아입고 창가로 갔습니다. 잭은 뭘 봤을까요? 그의 엄마가 지난 밤 창밖으로 내던진 콩이 싹을 틔워 밤새 거대한 콩줄기로 자라서는 하늘까지 닿아있었어요. 그러니 할아버지가 한 말은 진실이었던 것이지요.

콩줄기는 잭의 방 창문 가까이에서 자라 있었습니다. 잭은 창문을 열고 길게 땋은 머리 모양의 사다리같은 콩줄기에 뛰어올랐습니다. 잭은 그 콩줄기를 오르고 오르고 오르고 오르고 오르고 오르고 올라 마침내 하늘에 닿았습니다. 하늘에 닿은 그는 다트처럼 곧게 난 길고 넓은 길을 보았어요. 그는 길을 따라 걷고 걷고 걷다가 지붕이 아주 높은 거대한 집에 다달았는데, 집 앞에 덩치가 산만한 키 큰 여자가 서있었습니다.

“안녕하세요, 부인, 제게 아침 식사 좀 주실 수 있나요?” 잭은 아주 예의바른 아이처럼 말했습니다. 왜냐하면 아시다시피 잭은 지난 밤에도 밥을 못 먹어 사냥꾼만큼이나 배가 고팠기 때문이죠.

you know, the night before and was as hungry as a hunter.

"It's breakfast you want, is it?" says the great big tall woman, "it's breakfast you'll be if you don't move off from here. My man is an ogre and there's nothing he likes better than boys broiled on toast. You'd better be moving on or he'll soon be coming."

"Oh! please mum, do give me something to eat, mum. I've had nothing to eat since yesterday morning, really and truly, mum," says Jack. "I may as well be broiled, as die of hunger."

Well, the ogre's wife wasn't such a bad sort, after all. So she took Jack into the kitchen, and gave him a junk of bread and cheese and a jug of milk. But Jack hadn't half finished these when thump! thump! thump! the whole house began to tremble with the noise of someone coming.

"Goodness gracious me! It's my old man," said the ogre's wife, "what on earth shall I do? Here, come quick and jump in here." And she bundled Jack into the oven just as the ogre came in.

He was a big one, to be sure. At his belt he had three calves strung up by the heels, and he unhooked them and threw them down on the table and said: "Here, wife, broil me a couple of these for breakfast.
Ah what's this I smell?

Fee-fi-fo-fum, I smell the blood of an Englishman,
Be he alive, or be he dead
I'll have his bones to grind my bread."

"Nonsense, dear," said his wife, "you're dreaming. Or perhaps you

"아침밥이 먹고 싶다는 말이지, 그렇지? 네가 여기서 당장 나가지 않으면 넌 아침밥이 되고 말거야. 내 남편은 거인 도깨비인데, 그는 불 위에 구운 아이를 제일 좋아한단다. 넌 이곳을 떠나는 게 좋아. 그가 곧 돌아올 테니까." 여자는 말했습니다.

"부인, 제발, 제발, 먹을 것 좀 주세요. 어제 아침부터 아무 것도 못 먹었어요. 정말이에요. 부인, 배고파 죽으나 구이가 되어 죽으나 마찬가지잖아요." 잭은 말했습니다.

거인 도깨비의 아내는 그리 나쁜 종자가 아니어서, 그녀는 잭을 부엌으로 데려가 빵 한 덩이, 치즈, 우유 한 병을 주었습니다. 하지만 잭이 그 음식을 절반도 먹기 전에 쿵!쿵!쿵! 소리가 나며 집이 흔들렸습니다.

"오, 제발, 내 남편이다. 어쩌지? 얼른 저리로 들어가." 도깨비의 아내가 말했습니다. 도깨비가 집 안으로 막 들어오는 찰나에 그녀는 잭을 오븐 속으로 밀어 넣었습니다.

그는 거대했습니다. 그는 허리에 묶여 발끝까지 매달려 있던 세 마리 송아지를 풀어 바닥에 내던지고는 말했습니다.

"부인, 여기 송아지 두 마리를 끓여 아침 식사로 준비해주시오.

근데 이게 무슨 냄새야?

흠… 흐… 흐… 흠 영국 남자의 피 냄새가 난다.
살아있든 죽은 것이든
그의 뼈를 갈아 빵을 만들 거야."

"말도 안돼요. 여보, 당신 꿈꾸는 거죠. 아니면 어제 저녁 식사로 먹은 그 어린 사내아이 냄새를 맡는 거죠. 자, 가서 씻고 단장을 하세요. 아침 준비 해놓

smell the scraps of that little boy you liked so much for yesterday's dinner. Here, go you and have a wash and tidy up, and by the time you come back your breakfast'll be ready for you."

So the ogre went off, and Jack was just going to jump out of the oven and run off when the woman told him not. "Wait till he's asleep," says she; "he always has a snooze after breakfast."

Well, the ogre had his breakfast, and after that he goes to a big chest and takes out of it a couple of bags of gold and sits down counting them till at last his head began to nod and he began to snore till the whole house shook again.

Then Jack crept out on tiptoe from his oven, and as he was passing the ogre he took one of the bags of gold under his arm, and off he pelters till he came to the beanstalk, and then he threw down the bag of gold which of course fell in to his mother's garden, and then he climbed down and climbed down till at last he got home and told his mother and showed her the gold and said: "Well, mother, wasn't I right about the beans. They are really magical, you see."

So they lived on the bag of gold for some time, but at last they came to the end of that so Jack made up his mind to try his luck once more up at the top of the beanstalk. So one fine morning he got up early, and got on to the beanstalk, and he climbed and he climbed and he climbed and he climbed and he climbed and he climbed till at last he got on the road again and came to the great big tall house he had been to before. There, sure enough, was the great big tall woman a-standing on the door-step.

"Good morning, mum," says Jack, as bold as brass, "could you be so

을 테니."

도깨비는 자리를 떠났고, 잭은 오븐에서 뛰쳐나와 도망가려했지만, 여자가 말렸습니다. "그가 잠들 때까지 기다려. 그는 아침 식사를 마치면 항상 잠을 잔단다."

도깨비 거인은 아침 식사를 하고 나서는 거대한 서랍장으로 가서 금자루를 두 개 꺼내었습니다. 그는 금화를 헤아리다 마침내 고개를 끄덕이며 온 집이 흔들릴 정도로 큰 소리로 코를 골았습니다.

오븐에서 나온 잭은 까치걸음을 하며 걷다 거인 옆을 지날 때 금자루를 하나 들어 겨드랑이에 끼고는 콩나무 줄기를 향해 내달렸습니다. 그는 금자루를 아래로 던졌고 그것은 어머니 집 정원에 떨어졌습니다. 그는 콩줄기를 타고 내려와 내려와 마침내 집에 도착해서는, 어머니에게 금을 보여주며 말했습니다.

"자 보세요, 어머니! 내 말이 맞았죠. 콩나무는 정말로 마법이라니까요."

그들은 한동안 그 금을 가지고 살았지만, 결국 금이 다 떨어졌습니다. 잭은 다시 한번 콩줄기를 타고 올라 자신의 행운을 시험해보기로 했습니다.

어느 화창한 아침, 그는 일찍 잠에서 깨, 콩줄기를 타고 올라 올라 올라 올라 올라 올라 큰 도로에 닿았습니다. 곧이어 잭은 그가 한 번 와봤던 큰 집에 도착했습니다. 문 앞에는 덩치가 거대한 여자가 서있었습니다.

"안녕하세요, 부인. 먹을 것 좀 주시겠어요?" 잭은 말했습니다.

"가거라. 안 그러면 내 남편이 널 아침 식사로 먹어버릴거야. 그런데 너 지난 번에 왔던 ㄱ 애 아니냐? 그 날 우리 남편이 금자루를 하나 잃어버렸는데, 너 아니?" 덩치 큰 여자가 말했습니다.

"이상한 일이네요. 부인. 그것에 대해서라면 제가 할 말이 있는데, 근데 지

good as to give me something to eat?"

"Go away, my boy," said the big, tall woman, "or else my man will eat you up for breakfast. But aren't you the youngster who came here once before? Do you know, that very day, my man missed one of his bags of gold."

"That's strange, mum," says Jack, "I dare say I could tell you something about that but I'm so hungry I can't speak till I've had something to eat."

Well the big tall woman was that curious that she took him in and gave him something to eat. But he had scarcely begun munching it as slowly as he could when thump! thump! thump! they heard the giant's footstep, and his wife hid Jack away in the oven.

All happened as it did before. In came the ogre as he did before, said:

"Fee-fi-fo-fum," and had his breakfast off three broiled oxen. Then he said: "Wife, bring me the hen that lays the golden eggs." So she brought it, and the ogre said: "Lay," and it laid an egg all of gold. And then the ogre began to nod his head, and to snore till the house shook.

Then Jack crept out of the oven on tiptoe and caught hold of the golden hen, and was off before you could say "Jack Robinson." But this time the hen gave a cackle which woke the ogre, and just as Jack got out of the house he heard him calling: "Wife, wife, what have you done with my golden hen?"

And the wife said: "Why, my dear?"

But that was all Jack heard, for he rushed off to the beanstalk and climbed down like a house on fire. And when he got home he showed his mother the wonderful hen and said "Lay," to it; and it laid a golden

금은 너무 배가 고파서 뭘 먹기 전까진 말을 할 수가 없어요."

덩치 큰 여자는 호기심이 생겨 잭을 안으로 데려가서는 먹을 것을 주었습니다. 하지만 그가 음식을 미처 씹기도 전에 쿵! 쿵! 쿵! 거인의 발걸음 소리가 들렸습니다. 거인의 아내는 잭을 오븐에 숨겼습니다.

지난 번과 똑같은 일이 일어났습니다. 도깨비 거인이 들어와 "흐… 흐흐흠." 소리를 내고는 세 마리 황소쯤 아침 식사를 마쳤습니다. 그리고 나서 그는 말했습니다.

"부인! 황금 알을 낳는 닭을 가져오시오."

부인이 닭을 가져오자 그는 닭에게 말했습니다.

"알을 낳아라."

그러자 닭은 황금알을 낳았고, 거인은 고개를 끄덕이다가 집이 흔들릴만큼 큰 소리로 코를 골았습니다.

그때 잭은 오븐에서 나와 까치발을 들고 걷다, 황금 암탉을 집어 들고 누가 "잭 로빈슨!"이라고 말하기도 전에 그곳을 나왔습니다. 그러나 이번엔 암탉이 꼬꼬댁거렸고, 거인이 잠에서 깨어나 잭이 거인의 집을 나오던 그 순간 거인은 소리쳤습니다.

"부인, 부인, 내 암탉을 가지고 무슨 짓을 한 거요?"

"왜요, 여보?"

잭이 들은 건 그게 다였습니다. 왜냐하면 그는 잽싸게 콩줄기로 와서 불에 데인 말처럼 아래로 내려왔기 때문입니다. 잭은 집에 와서 어머니에게 놀라운 암탉을 보여주며 말했습니다,

"낳아라!"

닭은 잭이 "낳아라!"라고 말할 때마다 황금 알을 낳았습니다.

egg every time he said "Lay."

Well, Jack was not content, and it wasn't very long before he determined to have another try at his luck up there at the top of the beanstalk. So one fine morning, he got up early, and went on to the beanstalk, and he climbed and he climbed and he climbed and he climbed till he got to the top. But this time he knew better than to go straight to the ogre's house. And when he got near it he waited behind a bush till he saw the ogre's wife come out with a pail to get some water, and then he crept into the house and got into the copper. He hadn't been there long when he heard thump! thump! thump! as before, and in come the ogre and his wife.

"Fee-fi-fo-fum, I smell the blood of an Englishman," cried out the ogre; "I smell him, wife, I smell him."

"Do you, my dearie?" says the ogre's wife. "Then if it's that little rogue that stole your gold and the hen that laid the golden eggs he's sure to have got into the oven." And they both rushed to the oven. But Jack wasn't there, luckily, and the ogre's wife said: "There you are again with your fee-fi-fo-fum. Why of course it's the laddie you caught last night that I've broiled for your breakfast. How forgetful I am, and how careless you are not to tell the difference between a live un and a dead un."

So the ogre sat down to the breakfast and ate it, but every now and then he would mutter: "Well, I could have sworn ——" and he'd get up and search the larder and the cupboards, and everything, only luckily he didn't think of the copper.

하지만 잭은 만족할 줄 몰랐습니다. 얼마 지나지 않아 잭은 콩줄기 끝에서 자신의 운을 다시 한번 시험해 보자는 결심을 했습니다. 그래서 어느 맑은 아침 일찍 잠에서 깬 잭은 콩줄기를 타고 올라 올라 올라 올라 꼭대기에 닿았습니다.

하지만 이번에 잭은 도깨비 거인의 집으로 곧장 가지 않았습니다. 거인의 집 근처에 닿은 잭은 도깨비 거인의 부인이 물을 길러 동이를 들고 나올 때까지 작은 나무 덩굴 뒤에서 기다렸다가 집으로 몰래 들어간 다음 구리 통 속으로 들어갔습니다. 곧이어 그는 전처럼 쿵! 쿵! 쿵! 거인의 발소리를 들었고 도깨비 거인과 아내가 들어왔습니다.

거인은 말했습니다.

"쿵쿵쿵쿵, 영국 남자의 피냄새가 나. 여보, 그 놈 냄새야. 그 놈 냄새."

"그래요, 여보?" 부인이 말했습니다.

"그렇다면 그건 그 작은 악동이네요. 당신의 황금과 황금 알을 낳는 닭을 훔쳐간 놈 말이에요. 그렇다면 그 아이는 오븐 속에 있을 거예요."

그들은 오븐으로 달려갔으나, 다행히도 잭은 거기에 없었습니다. 도깨비의 부인은 말했습니다.

"당신이 냄새를 잘못 맡았네요. 이 냄새는 당신이 어제 잡아 내가 아침 식사로 끓여준 사내아이 냄새네요. 아휴, 그걸 잊어버리다니. 그런데 당신은 어째서 살아있는 놈과 죽은 놈 냄새를 분간 못해요?"

도깨비는 아침 식사를 하였습니다. 하지만 그는 간간이 중얼거렸습니다.

"아, 확신한데…."

거인은 자리에서 일어나 창고와 찬장, 그리고 사방을 다 찾아보았으나, 구리통은 미처 생각하지 못했습니다.

After breakfast was over, the ogre called out: "Wife, wife, bring me my golden harp." So she brought it and put it on the table before him. Then he said: "Sing!" and the golden harp sang most beautifully. And it went on singing till the ogre fell asleep, and commenced to snore like thunder.

Then Jack lifted up the copper-lid very quietly and got down like a mouse and crept on hands and knees till he got to the table when he got up and caught hold of the golden harp and dashed with it towards the door. But the harp called out quite loud: "Master! Master!" and the ogre woke up just in time to see Jack running off with his harp.

Jack ran as fast as he could, and the ogre came rushing after, and would soon have caught him only Jack had a start and dodged him a bit and knew where he was going. When he got to the beanstalk the ogre was not more than twenty yards away when suddenly he saw Jack disappear like, and when he got up to the end of the road he saw Jack underneath climbing down for dear life. Well, the ogre didn't like trusting himself to such a ladder, and he stood and waited, so Jack got another start. But just then the harp cried out:

"Master! master!" and the ogre swung himself down on to the beanstalk which shook with his weight. Down climbs Jack, and after him climbed the ogre. By this time Jack had climbed down and climbed down and climbed down till he was very nearly home. So he called out:

"Mother! mother! bring me an axe, bring me an axe." And his mother came rushing out with the axe in her hand, but when she came to the beanstalk she stood stock still with fright for there she saw the ogre just

아침 식사가 끝나자 도깨비 거인은 소리쳤습니다.

"여보! 여보! 황금 하프를 가져오시오." 그래서 부인은 황금 하프를 가져다 도깨비 앞에 있는 테이블 위에 올려 두었습니다. 도깨비는 말했습니다.

"노래를 하거라."

그러자 황금 하프는 세상에서 가장 아름다운 노래를 불렀습니다. 하프는 도깨비가 잠이 들며 천둥같이 코를 골 때까지 노래를 불렀습니다.

잭은 조용히 구리통 뚜껑을 열고 생쥐처럼 기어 나와 탁자에 닿을 때까지 네 발로 살금살금 기다 몸을 일으키고는 황금 하프를 잡아채고 문을 향해 달렸습니다. 그러나 하프가 요란하게 울어대었습니다.

"주인님! 주인님!"

그 소리에 잠에서 깬 거인은 잭이 하프를 들고 달아나는 것을 보았습니다.

잭은 있는 힘껏 달렸습니다. 도깨비 거인은 그 뒤를 따라 곧 잭을 잡을듯 잡을듯 했으나 그때마다 잭은 간신히 그를 피하며 목적지를 향해 달렸습니다. 잭을 20 미터 뒤에서 따라오던 도깨비는 잭이 콩나물 줄기에 닿자, 그를 놓친 듯했습니다. 그러다 그 길의 끝에 다다르고 나서야, 콩줄기를 타고 목숨을 건지려고 달아나는 잭을 자신의 발 아래서 보았습니다.

도깨비는 사다리같은 걸 믿지 못해 거기 서서 기다렸고, 그 사이 잭은 더 달아났습니다. 그때 하프가 또 한 번 소리쳤습니다.

"주인님, 주인님!"

도깨비는 몸을 한 번 돌렸습니다. 도깨비는 콩줄기를 타고 내려왔습니다. 잭은 이미 콩줄기를 내려와 내려와 내려와 집 가까이에 다달았습니다 잭은 소리쳤습니다.

"어머니! 어머니! 도끼주세요, 도끼주세요!"

coming down below the clouds.

But Jack jumped down and got hold of the axe and gave a chop at the beanstalk which cut it half in two. The ogre felt the beanstalk shake and quiver so he stopped to see what was the matter. Then Jack gave another chop with the axe, and the beanstalk was cut in two and began to topple over. Then the ogre fell down and broke his crown, and the beanstalk came toppling after.

Then Jack showed his mother his golden harp, and what with showing that and selling the golden eggs, Jack and his mother became very rich, and he married a great princess, and they lived happy ever after.

어머니는 손에 도끼를 들고 나타났으나, 구름 아래로 막 내려오는 도깨비를 보고는 공포에 굳어버렸습니다.

잭은 콩줄기에서 뛰어내려 도끼로 콩줄기를 내리쳐서, 절반이나 잘라버렸습니다. 도깨비는 콩줄기가 흔들리는 것을 느끼고 무슨 일인가 알아보려고 하강을 멈추었습니다. 그때 잭은 다시 한 번 콩줄기를 내리쳤고, 콩줄기는 둘로 갈라져 쓰러졌습니다. 도깨비는 아래로 떨어져 정수리가 깨졌고, 그 위로 나머지 콩줄기가 무너져내리며 그를 덮쳤습니다.

잭은 어머니에게 황금 하프를 보여주었습니다. 그들은 사람들에게 그걸 보여주고, 황금알을 팔아 부자가 되었습니다.

잭은 어마어마한 공주와 결혼해 행복하게 살았습니다.

THE STORY OF THE THREE LITTLE PIGS

Once upon a time when pigs spoke rhyme

And monkeys chewed tobacco,

And hens took snuff to make them tough,

And ducks went quack, quack, quack, O!

There was an old sow with three little pigs, and as she had not enough to keep them, she sent them out to seek their fortune. The first that went off met a man with a bundle of straw, and said to him: "Please, man, give me that straw to build me a house."

Which the man did, and the little pig built a house with it. Presently came along a wolf, and knocked at the door, and said: "Little pig, little pig, let me come in."

To which the pig answered: "No, no, by the hair of my chiny chin chin."

The wolf then answered to that: "Then I'll huff, and I'll puff, and I'll blow your house in."

So he huffed, and he puffed, and he blew his house in, and ate up the little pig.

The second little pig met a man with a bundle of furze, and said: "Please, man, give me that furze to build a house."

Which the man did, and the pig built his house. Then along came the

세 마리 아기 돼지 이야기

옛날, 돼지들이 말하고
원숭이가 담배 피우고
암탉이 강해지려고 코담배를 피우고
오리는 꽥꽥거리던 시절에, 오!

아기 돼지 세 마리를 키우던 늙은 암돼지가 있었습니다. 늙은 돼지는 더 이상 아기 돼지 세 마리를 키울 힘이 없어졌습니다. 늙은 돼지는 그들을 집 밖으로 내보내며 알아서 살라고 말했습니다.

첫째 돼지는 지푸라기를 한 다발 갖고 있는 남자를 만나 말을 걸었습니다.

"아저씨! 집을 짓게 제게 그 지푸라기를 주세요."

남자는 아기 돼지에게 지푸라기를 주었고, 돼지는 지푸라기집을 지었습니다. 그때 늑대가 나타나 문을 두드리며 말했습니다.

"아기 돼지야, 아기 돼지야, 나 좀 들어갈게."

그러자 돼지가 말했습니다.

"안 돼, 안 돼, 네 털 하나도 못 들어와."

그 말에 늑대가 대답했습니다.

"그럼 나는 후 할거야, 불어버릴 거야, 그리고 네 집으로 쳐들어갈 거야."

결국 늑대는 화가 나, 숨을 내뿜고, 그의 집으로 늘어가 아기 돼지늘 집아먹었습니다.

두 번째 돼지는 가시금작화를 한 다발 들고 있는 사람을 만나 말했습니다.

wolf, and said: "Little pig, little pig, let me come in."

"No, no, by the hair of my chiny chin chin."

"Then I'll puff, and I'll huff, and I'll blow your house in."

So he huffed, and he puffed, and he puffed, and he huffed, and at last he blew the house down, and he ate up the little pig.

The third little pig met a man with a load of bricks, and said: "Please, man, give me those bricks to build a house with."

So the man gave him the bricks, and he built his house with them. So the wolf came, as he did to the other little pigs, and said: "Little pig, little pig, let me come in."

"No, no, by the hair of my chiny chin chin."

"Then I'll huff, and I'll puff, and I'll blow your house in."

Well, he huffed, and he puffed, and he huffed and he puffed, and he puffed and huffed; but he could _not_ get the house down. When he found that he could not, with all his huffing and puffing, blow the house down, he said:

"Little pig, I know where there is a nice field of turnips."

"Where?" said the little pig.

"Oh, in Mr. Smith's Home-field, and if you will be ready tomorrow morning I will call for you, and we will go together, and get some for dinner."

"Very well," said the little pig, "I will be ready. What time do you mean to go?"

"Oh, at six o'clock."

Well, the little pig got up at five, and got the turnips before the wolf

"아저씨! 집 짓게, 그 금작화를 제게 주세요."

남자는 금작화를 주었습니다.

둘째는 집을 지었으며, 곧바로 늑대가 나타나 말했습니다.

"아기 돼지야, 아기 돼지야, 나 좀 들어갈게."

"안 돼, 안 돼, 네 털 한 가닥도 못 들어와." 돼지가 말했습니다.

"그럼 난 후 할거야, 불어버릴 거야. 네 집으로 쳐들어갈 거야."

늑대는 화를 내고, 후, 후, 후 입김을 불어 집을 무너뜨리고 아기 돼지를 잡아먹었습니다.

세 번째 아기 돼지는 벽돌을 잔뜩 가지고 있는 사람을 만나 말했습니다.

"아저씨, 집 짓게 벽돌 좀 주세요."

그러자 남자는 아기 돼지에게 벽돌을 주었고, 돼지는 벽돌집을 지었습니다. 늑대가 와서 다른 돼지에게 했던 것처럼 말했습니다.

"아기 돼지야, 아기 돼지야, 나 좀 들어갈게."

"안 돼, 안 돼. 절대 안 돼."

"그럼 후 할거야, 불어버릴거야. 집에 쳐들어갈거야."

늑대는 거칠게 숨을 몰아쉬고 후, 후, 후, 후, 후 숨을 불었습니다. 하지만 그는 집을 무너뜨릴 수 없었습니다. 거칠게 숨을 부는 것으로는 집을 무너뜨릴 수 없다는 것을 알게 된 늑대는 말했습니다,

"아기 돼지야! 나는 맛있는 무가 있는 들판을 알아."

"어딘데?" 아기 돼지가 물었습니다.

"아, 스미쓰 씨네 밭이지, 너두 내일 아침 거기 갈 거면 내가 널 데리러 오게. 우리 가서 함께 저녁 식사를 하자."

"좋아, 가자. 몇 시에 가려고?" 아기 돼지가 말했습니다.

came (which he did about six) and who said:

"Little Pig, are you ready?"

The little pig said: "Ready! I have been and come back again, and got a nice potful for dinner."

The wolf felt very angry at this, but thought that he would be up to the little pig somehow or other, so he said:

"Little pig, I know where there is a nice apple-tree."

"Where?" said the pig.

"Down at Merry-garden," replied the wolf, "and if you will not deceive me I will come for you, at five o'clock tomorrow and get some apples."

Well, the little pig bustled up the next morning at four o'clock, and went off for the apples, hoping to get back before the wolf came; but he had further to go, and had to climb the tree, so that just as he was coming down from it, he saw the wolf coming, which, as you may suppose, frightened him very much. When the wolf came up he said:

"Little pig, what! are you here before me? Are they nice apples?"

"Yes, very," said the little pig. "I will throw you down one."

And he threw it so far, that, while the wolf was gone to pick it up, the little pig jumped down and ran home. The next day the wolf came again, and said to the little pig:

"Little pig, there is a fair at Shanklin this afternoon, will you go?"

"Oh yes," said the pig, "I will go; what time shall you be ready?"

"At three," said the wolf. So the little pig went off before the time as usual, and got to the fair, and bought a butter-churn, which he was going home with, when he saw the wolf coming. Then he could not tell what

"아, 여섯 시에."

아기 돼지는 다섯 시에 일어나 늑대가 오기 전에 무를 먹었습니다. 늑대가 말했습니다.

"아기 돼지야! 준비됐니?"

아기 돼지는 말했습니다. "물론 준비됐지. 나는 밭에 갔다 왔어. 그래서 저녁에 먹을 무가 아주 많아."

늑대는 화가 났습니다. 하지만 무슨 수를 써서라도 아기 돼지에게 접근해야 한다는 생각을 했습니다.

"아기 돼지야! 나는 맛있는 사과나무가 있는 곳을 알아."

"어디?" 돼지가 물었습니다.

"메리네 정원 아래쪽이야. 네가 나를 속이지 않는다면, 내일 다섯 시에 널 데리러 올게. 가서 사과 먹자." 늑대는 말했습니다.

다음 날 아기 돼지는 새벽 4시에 일어나서는 늑대가 오기 전 집에 도착하기 위해서 서둘러 사과를 따러 갔습니다. 하지만 길은 더 멀었고, 나무를 올라야 했으며, 그래서 사과나무에서 내려올 때 그를 무척이나 겁먹게 만드는 늑대가 다가오는 것을 보았습니다. 늑대는 말했습니다.

"아기 돼지야, 뭐야? 나보다 먼저 여기 온거야? 저거 다 사과니?"

"그래, 너한테 하나 던질게." 돼지는 말했습니다.

아기 돼지는 사과를 하나 멀리 던졌고, 그러자 늑대는 사과를 집으러 달려갔습니다. 그 사이 아기 돼지는 사과 나무에서 뛰어내려 집으로 달려왔습니다. 다음 날 늑대는 아기 돼지를 다시 찾아와 말했습니다

"아기 돼지야, 오늘 오후에 샹클린에서 시장이 열려. 갈래?"

"그래, 가자. 너는 몇 시에 갈 수 있어?" 아기 돼지는 물었습니다.

to do. So he got into the churn to hide, and by so doing turned it round, and it rolled down the hill with the pig in it, which frightened the wolf so much, that he ran home without going to the fair. He went to the little pig's house, and told him how frightened he had been by a great round thing which came down the hill past him. Then the little pig said:

"Hah, I frightened you, then. I had been to the fair and bought a butter-churn, and when I saw you, I got into it, and rolled down the hill."

Then the wolf was very angry indeed, and declared he _would_ eat up the little pig, and that he would get down the chimney after him. When the little pig saw what he was about, he hung on the pot full of water, and made up a blazing fire, and, just as the wolf was coming down, took off the cover, and in fell the wolf; so the little pig put on the cover again in an instant, boiled him up, and ate him for supper, and lived happy ever afterwards.

"세 시."라고 늑대는 말했습니다. 아기 돼지는 평소처럼 먼저 시장에 갔습니다. 버터 만드는 기계를 사서 집으로 돌아오는 도중에 늑대가 오는 것을 보았습니다. 아기 돼지는 어찌해야할지 몰랐습니다. 아기 돼지는 버터 기계 속에 몸을 숨기고 기계를 한 바퀴 돌려, 언덕 아래로 굴렸습니다.

그 모습을 본 늑대는 너무 놀라 시장에 가지 못하고 집으로 달려갔습니다. 아기 돼지의 집으로 간 늑대는 엄청나게 크고 둥근 게 굴러내려와 자기 옆을 지나, 너무 무서웠다는 이야기를 했습니다. 그러자 아기 돼지가 말했습니다.

"하, 내가 널 무섭게 했구나. 나 시장에 가서 버터 기계를 하나 샀어. 그리고 내가 너를 보고 그 안으로 들어가 언덕 아래로 굴렀지."

늑대는 화가 나서, 굴뚝을 타고 내려가 아기 돼지를 먹어버리겠다고 선언했습니다. 아기 돼지는 늑대의 동정을 살피다 물이 가득 든 냄비를 걸어 불을 피웠습니다. 마침내 늑대가 굴뚝에서 내려오자, 아기 돼지는 뚜껑을 열었고, 늑대는 냄비 안으로 떨어졌습니다. 늑대가 물에 빠지자 아기 돼지는 즉각 냄비 뚜껑을 닫아, 늑대를 끓여 저녁으로 먹었습니다.

그 후 아기 돼지는 행복하게 살았습니다.

THE MASTER AND HIS PUPIL

There was once a very learned man in the north-country who knew all the languages under the sun, and who was acquainted with all the mysteries of creation. He had one big book bound in black calf and clasped with iron, and with iron corners, and chained to a table which was made fast to the floor; and when he read out of this book, he unlocked it with an iron key, and none but he read from it, for it contained all the secrets of the spiritual world. It told how many angels there were in heaven, and how they marched in their ranks, and sang in their quires, and what were their several functions, and what was the name of each great angel of might. And it told of the demons, how many of them there were, and what were their several powers, and their labours, and their names, and how they might be summoned, and how tasks might be imposed on them, and how they might be chained to be as slaves to man.

Now the master had a pupil who was but a foolish lad, and he acted as servant to the great master, but never was he suffered to look into the black book, hardly to enter the private room.

One day the master was out, and then the lad, as curious as could be, hurried to the chamber where his master kept his wondrous apparatus for changing copper into gold, and lead into silver, and where was his mirror in which he could see all that was passing in the world, and

스승과 제자

옛날에 북쪽 지방에, 태양 아래 있는 모든 언어를 알고 있는 아주 학식이 높은 사람이 있었습니다. 그는 창조세계의 모든 비밀을 잘 알고 있었습니다.

그는 책을 한 권 가지고 있었는데, 그 책은 검성색 송아지 가죽에 쇠줄로 잠겨있고, 모서리도 쇠로 마감되었으며, 바닥과 붙어있는 책상에 쇠사슬이 걸려있었습니다. 학자가 책을 읽을 땐, 쇠열쇠로 책의 잠금을 풀었고, 그 책은 그 외에는 아무도 읽을 수 없었습니다. 왜냐하면 거기엔 영혼에 관한 모든 비밀이 다 들어있었기 때문이었습니다. 그 책에는 천국엔 천사가 몇 명이나 있는지, 그들은 어떻게 줄을 맞춰 행진을 하는지, 어떻게 노래를 하는지, 각 천사의 이름은 무엇인지 등에 관한 내용이 들어있었습니다. 그리고 책엔 악마에 관한 이야기도 들어있는데, 악마는 몇 명이나 되는지, 그들이 어떤 힘을 갖고 있는지, 그들이 하는 일은 무엇인지, 그들의 이름과, 그들을 어떻게 불러내는지, 그들에겐 어떤 임무가 주어지는지, 그들이 인간의 노예가 될 땐 어떻게 사슬에 묶이는지에 관한 비밀도 들어있었습니다.

이 학자에게는 멍청한 제자가 있었습니다. 그는 제자라기보다는 학자의 하인처럼 행동했습니다. 그는 한 번도 책을 들여다보지 않았고, 학자의 서재엔 거의 들어가지 않았습니다.

어느 날 학자가 외출하였습니다. 그 사이 제자는 호기심이 발동하였습니다. 구리를 금으로 바꾸고 납은 은으로 바꾸는, 신기한 장치를 보관하는 방으로 들어갔습니다.

where was the shell which when held to the ear whispered all the words that were being spoken by anyone the master desired to know about. The lad tried in vain with the crucibles to turn copper and lead into gold and silver--he looked long and vainly into the mirror; smoke and clouds passed over it, but he saw nothing plain, and the shell to his ear produced only indistinct murmurings, like the breaking of distant seas on an unknown shore. "I can do nothing," he said; "as I don't know the right words to utter, and they are locked up in yon book."

He looked round, and, see! the book was unfastened; the master had forgotten to lock it before he went out. The boy rushed to it, and unclosed the volume. It was written with red and black ink, and much of it he could not understand; but he put his finger on a line and spelled it through.

At once the room was darkened, and the house trembled; a clap of thunder rolled through the passage and the old room, and there stood before him a horrible, horrible form, breathing fire, and with eyes like burning lamps. It was the demon Beelzebub, whom he had called up to serve him.

"Set me a task!" said he, with a voice like the roaring of an iron furnace.

The boy only trembled, and his hair stood up.

"Set me a task, or I shall strangle thee!"

But the lad could not speak. Then the evil spirit stepped towards him, and putting forth his hands touched his throat. The fingers burned his flesh. "Set me a task!"

"Water yon flower," cried the boy in despair, pointing to a geranium

그 방 안에는 세상에서 일어나는 모든 일들을 바라볼 수 있는 거울이 있었고, 귀에 대면 주인이 알고 싶어하는 누군가의 말소리를 들을 수 있는 조개껍질도 있었습니다. 총각은 구리와 납을 금과 은으로 바꾸려는 무모한 짓을 하다, 한참을 멍하니 거울을 들여다보았습니다. 연기와 구름이 그것을 지나갔으나 그는 별다른 것을 보지 못했고, 조개껍질을 귀에 대 보았으나 먼 바다의 이름 모를 해안에서 들려오는 파도소리처럼 알아들을 수 없는 웅얼거림만 들렸습니다.

"뭐라고 말을 해야하는지 확실하게 모르니까 할 수 있는 일이 없구나. 저기 있는 책에 비밀이 있는 것 같아."

방을 둘러보던 그는 책의 잠금이 풀려있는 것을 발견하였습니다. 스승님이 외출하기 전에 책을 잠그는 것을 잊었던 것입니다. 제자는 달려가 책을 펼쳤습니다. 책은 붉은 잉크와 검은 잉크로 씌여져 있었습니다. 그는 그 뜻을 대부분 이해할 수 없었습니다. 하지만 그는 책의 행을 손가락으로 짚어가며 천천히 글자를 읽어갔습니다.

갑자기 방이 어두워지고 집이 흔들렸습니다. 오래된 방과 복도에 천둥소리가 울렸고, 소년 앞에는 활활 타오르는 등불같은 눈을 가진 무시무시한, 끔찍한, 불을 뿜어내는 형체가 서있었습니다. 그것은 악마 벨지법이었는데, 소년이 그를 소환한 것이었습니다.

"분부를 내려 주시오!" 강철 용광로의 울림 같은 목소리로 그가 말했습니다.

소년은 부들부들 떨었고, 머리카락은 삐죽 섰습니다.

"분부를 내려 주시오, 안 그러면 목 졸라 죽일 거야."

소년은 아무 말도 할 수 없었습니다. 그러자 악령이 그에게 다가와 손을 뻗어 그의 목을 잡았습니다. 악마의 손가락은 그의 살을 태웠습니다. "나한테

which stood in a pot on the floor. Instantly the spirit left the room, but in another instant he returned with a barrel on his back, and poured its contents over the flower; and again and again he went and came, and poured more and more water, till the floor of the room was ankle-deep.

"Enough, enough!" gasped the lad; but the demon heeded him not; the lad didn't know the words by which to send him away, and still he fetched water.

It rose to the boy's knees and still more water was poured. It mounted to his waist, and Beelzebub still kept on bringing barrels full. It rose to his armpits, and he scrambled to the table-top. And now the water in the room stood up to the window and washed against the glass, and swirled around his feet on the table. It still rose; it reached his breast. In vain he cried; the evil spirit would not be dismissed, and to this day he would have been pouring water, and would have drowned all Yorkshire. But the master remembered on his journey that he had not locked his book, and therefore returned, and at the moment when the water was bubbling about the pupil's chin, rushed into the room and spoke the words which cast Beelzebub back into his fiery home.

일을 시키라고!"

"저기 꽃에 물을 줘."

소년은 방바닥에 있는 제라늄 화분을 가리키며 필사적으로 말했습니다. 악마는 순식간에 방을 나가더니 곧바로 등에 물통을 지고 돌아와서는 꽃에 물을 쏟아 부었습니다. 그리고는 방을 들락거리며 물이 발목에 찰 때까지 계속해서 물을 부었습니다.

"그만, 그만!" 소년은 소리쳤으나 악마는 전혀 신경 쓰지 않았습니다. 소년은 어떤 말로 악마를 돌려보낼 수 있는지 몰랐고, 악마는 계속 물을 길어 왔습니다.

물은 소년의 무릎까지 차올랐고, 악마는 계속 물을 부어댔습니다. 이제 물은 소년의 허리까지 올라왔고, 벨지법은 계속해서 통에 물을 가득 담아 왔습니다. 이제 물은 소년의 겨드랑이까지 차, 그는 테이블 위로 올라갔습니다. 물은 창문까지 올라 유리에 부딪혔고, 테이블 위에 있는 그의 발을 휘감아 돌았습니다. 물은 계속 불어 마침내 소년의 가슴까지 찼습니다. 소년은 소리쳤으나 아무 소용이 없었고, 악마는 사라지지 않았습니다.

만일 외출 중이던 주인이 자신이 책을 잠그고 오지 않았다는 것을 깨닫고는 집으로 돌아와, 불어나던 물이 소년의 뺨까지 올랐을 때 벨지법을 불타는 자신의 집으로 돌아가게 하지 않았다면, 악마는 오늘 날까지도 계속 물을 부어 요크서 전체가 물 아래 가라앉아 버렸을지도 모릅니다.

TITTY MOUSE AND TATTY MOUSE

Titty Mouse and Tatty Mouse both lived in a house, Titty Mouse went a leasing and Tatty Mouse went a leasing, So they both went a leasing.

Titty Mouse leased an ear of corn, and Tatty Mouse leased an ear of corn, So they both leased an ear of corn.

Titty Mouse made a pudding, and Tatty Mouse made a pudding, So they both made a pudding.

And Tatty Mouse put her pudding into the pot to boil, But when Titty went to put hers in, the pot tumbled over, and scalded her to death.

Then Tatty sat down and wept; then a three-legged stool said: "Tatty, why do you weep?" "Titty's dead," said Tatty, "and so I weep;" "then," said the stool, "I'll hop," so the stool hopped.

Then a broom in the corner of the room said, "Stool, why do you hop?"

"Oh!" said the stool, "Titty's dead, and Tatty weeps, and so I hop;" "then," said the broom, "I'll sweep," so the broom began to sweep.

"Then," said the door, "Broom, why do you sweep?" "Oh!" said the broom, "Titty's dead, and Tatty weeps, and the stool hops, and so I sweep;" "Then," said the door, "I'll jar," so the door jarred.

"Then," said the window, "Door, why do you jar?" "Oh!" said the door, "Titty's dead, and Tatty weeps, and the stool hops, and the broom sweeps, and so I jar."

"Then," said the window, "I'll creak," so the window creaked. Now

티티 생쥐와 태티 생쥐

티티 생쥐와 태티 생쥐가 한 집에 살았습니다. 티티 생쥐는 빌리러 갔고 태티생쥐도 빌리러 갔습니다. 그래서 그들은 둘 다 빌리러 갔습니다.

티티 생쥐는 옥수수 하나를 빌렸습니다. 태티 생쥐도 옥수수를 빌렸습니다. 그래서 그들은 둘 다 옥수수 하나를 빌렸습니다.

티티 생쥐는 푸딩을 만들었고, 태티 생쥐도 푸딩을 만들었습니다. 그래서 그들은 둘 다 푸딩을 만들었습니다.

태티 생쥐는 푸딩을 냄비에 넣었습니다. 하지만 티티 생쥐가 자기 푸딩을 냄비에 넣으러 갔을 때 냄비가 넘어졌습니다. 결국 그녀는 화상을 입고 죽었습니다.

태티 생쥐는 앉아서 울었습니다. 다리가 세 개 달린 의자가 태티에게 물었습니다. "태티, 왜 우니?"

"티티가 죽었어. 그래서 우는 거야."

"그럼, 내가 깡충 뛸게." 이렇게 말하고 의자는 뛰었습니다.

그러자 방구석에 있던 빗자루가 말했습니다. "의자야, 왜 뛰었어?"

"아, 티티가 죽었어. 태티가 울어. 그래서 뛴거야.

"그럼 나는 빗자루질을 할래." 빗자루는 방을 쓸었습니다.

"그런데, 빗자루야, 너는 왜 비질을 해?" 문짝이 말했습니다.

"아, 그건 티티는 죽었고, 태티는 울어, 의자는 깡충 뛰고, 그래서 내가 비실하는 거야." 빗자루가 말했습니다.

there was an old form outside the house, and when the window creaked, the form said: "Window, why do you creak?" "Oh!" said the window, "Titty's dead, and Tatty weeps, and the stool hops, and the broom sweeps, the door jars, and so I creak."

"Then," said the old form, "I'll run round the house;" then the old form ran round the house. Now there was a fine large walnut-tree growing by the cottage, and the tree said to the form: "Form, why do you run round the house?" "Oh!" said the form, "Titty's dead, and Tatty weeps, and the stool hops, and the broom sweeps, the door jars, and the window creaks, and so I run round the house."

"Then," said the walnut-tree, "I'll shed my leaves," so the walnut-tree shed all its beautiful green leaves. Now there was a little bird perched on one of the boughs of the tree, and when all the leaves fell, it said: "Walnut-tree, why do you shed your leaves?" "Oh!" said the tree, "Titty's dead, and Tatty weeps, the stool hops, and the broom sweeps, the door jars, and the window creaks, the old form runs round the house, and so I shed my leaves."

"Then," said the little bird, "I'll moult all my feathers," so he moulted all his pretty feathers. Now there was a little girl walking below, carrying a jug of milk for her brothers and sisters' supper, and when she saw the poor little bird moult all its feathers, she said:

"Little bird, why do you moult all your feathers?" "Oh!" said the little bird, "Titty's dead, and Tatty weeps, the stool hops, and the broom sweeps, the door jars, and the window creaks, the old form runs round the house, the walnut-tree sheds its leaves, and so I moult all my

148

"그럼 나는 삐걱거릴게."라고 말하고 문짝은 삐걱거렸습니다.

"그런데 문짝아, 너는 왜 삐걱거리니?" 창문이 물었습니다.

"아, 티티는 죽었고, 태티는 울어. 의자는 깡총 대고, 빗자루는 방을 쓸어. 그래서 나도 삐걱거리는 거야." 문이 말했습니다.

"그럼 나는 끼긱 소리 낼게." 이렇게 말하고 창문은 끼긱거렸습니다. 문 밖에 늙어 보이는 무엇인가가 서성이다가 창문이 끼긱거리자 말했습니다.

"창문아, 왜 끼긱거리니?"

그러자 창문이 말했습니다. "티티는 죽었고, 태티는 울어. 의자는 깡총거리고, 빗자루는 쓸어. 문은 삐걱거리고 그래서 나는 끼긱대는 거야."

"그러면 나는 집 주변을 돌거야." 그러더니 나이 든 무언가는 집 주변을 달리기 시작했습니다. 오두막 주변에는 아주 크고 멋진 호두나무가 한 그루 자라고 있었는데, 호두나무가 늙은 무언가에게 말했습니다.

"너는 왜 집 주변을 달려?" 그러자 나이든 무언가가 말했습니다.

"티티가 죽었어. 태티는 울고, 의자는 깡총대고, 빗자루는 비질을 해. 문은 삐걱거리고 창문은 끼긱거려. 그래서 나는 달리는 거야."

"그러면 나는 나뭇잎을 떨굴게." 그러더니 호두나무는 아름다운 초록 잎사귀를 떨어내기 시작했습니다. 작은 새 한 마리가 나뭇가지에 앉아있다 잎사귀들이 모두 떨어지자 말했습니다. "호두나무야, 왜 잎사귀를 모두 떨구니?"

"아, 티티가 죽고, 태티가 울어, 의자는 깡총대고, 빗자루는 쓸어, 문은 삐걱거리고, 창문은 끼긱거리고, 늙은 것은 집을 돌고, 나는 잎을 떨어뜨리지."

"그러면 나는 내 깃털을 모두 갈아야지." 라온 새기 말했고, 그는 자신이 예쁜 깃털을 모두 뽑아버렸습니다.

이제 나무 아래는 저녁에 형제자매가 마실 우유통을 들고 어린 여자아이가

feathers."

"Then," said the little girl, "I'll spill the milk," so she dropt the pitcher and spilt the milk. Now there was an old man just by on the top of a ladder thatching a rick, and when he saw the little girl spill the milk, he said: "Little girl, what do you mean by spilling the milk, your little brothers and sisters must go without their supper." Then said the little girl: "Titty's dead, and Tatty weeps, the stool hops, and the broom sweeps, the door jars, and the window creaks, the old form runs round the house, the walnut-tree sheds all its leaves, the little bird moults all its feathers, and so I spill the milk."

"Oh!" said the old man, "then I'll tumble off the ladder and break my neck," so he tumbled off the ladder and broke his neck; and when the old man broke his neck, the great walnut-tree fell down with a crash, and upset the old form and house, and the house falling knocked the window out, and the window knocked the door down, and the door upset the broom, and the broom upset the stool, and poor little Tatty Mouse was buried beneath the ruins.

걸어가다가 불쌍한 작은 새가 자기 털을 모두 뽑는 것을 보고는 말했습니다. "아, 작은 새야, 왜 깃털을 모두 뽑고 있니?"

그러자 어린 새가 대답했습니다. "티티가 죽어서 태티가 울어. 의자는 깡총대고, 빗자루는 쓸어, 문은 삐걱거리고, 창문은 끼긱대고, 이상한 형체는 집을 돌아, 호두나무는 잎을 떨구고, 그래서 나는 내 깃털을 다 뽑는 거야."

"그렇다면 나는 우유를 쏟을게." 이렇게 말하고 그녀는 주전자를 떨어뜨려 우유를 쏟았습니다.

사다리 꼭대기에서 새로운 건초 지붕을 만들던 노인이 어린 소녀가 우유를 쏟는걸 보고는 말했습니다. "우유는 왜 길 바닥에 쏟는 거니? 네 동생들이 저녁을 못 먹잖아." 그러자 어린 소녀가 말했씁니다. "티티가 죽어서 태티가 울어요. 의자는 깡총대고, 빗자루는 비질을 해요. 문은 삐걱거리고 창문은 끼긱대요. 늙은 형체는 집을 돌고, 호두나무는 잎을 떨궈요. 작은 새는 깃털을 고르고, 그래서 나는 우유를 쏟아요."

"오, 그럼 나는 사다리에서 굴러 목을 부러뜨리마."

노인은 사다리에서 굴러 목을 부러뜨렸습니다. 노인이 목을 부러뜨릴 때 거대한 호두나무는 쿵 소리를 내며 무너졌고. 집과 늙은 형체를 놀라게 해, 무너지던 집은 창을 부수고, 창은 문을 부쉈습니다. 부서지던 문은 빗자루를 건드리고 빗자루는 의자를 건드렸으며, 불쌍한 어린 태티 생쥐는 잔해 속에 묻혀버렸습니다.

JACK AND HIS GOLDEN SNUFF-BOX

Once upon a time, and a very good time it was, though it was neither in my time nor in your time nor in any one else's time, there was an old man and an old woman, and they had one son, and they lived in a great forest. And their son never saw any other people in his life, but he knew that there was some more in the world besides his own father and mother, because he had lots of books, and he used to read every day about them. And when he read about some pretty young women, he used to go mad to see some of them; till one day, when his father was out cutting wood, he told his mother that he wished to go away to look for his living in some other country, and to see some other people besides them two. And he said, "I see nothing at all here but great trees around me; and if I stay here, maybe I shall go mad before I see anything." The young man's father was out all this time, when this talk was going on between him and his poor old mother.

The old woman begins by saying to her son before leaving, "Well, well, my poor boy, if you want to go, it's better for you to go, and God be with you."--(The old woman thought for the best when she said that.)-- "But stop a bit before you go. Which would you like best for me to make you, a little cake and bless you, or a big cake and curse you?"

"Dear, dear!" said he, "make me a big cake. Maybe I shall be hungry on the road." The old woman made the big cake, and she went on top of

잭과 황금 코담배 갑

옛날 정말 아주 옛날에, 내가 살았던 때도 아니고 당신이 살았던 때도 아니며, 세상 그 누구도 살아본적 없던 그 좋은 시절에, 거대한 숲 속에 할머니, 할아버지가 아들 하나와 살았습니다.

그 아들은 평생에 다른 사람을 한 번도 본적이 없었으나 그는 이 세상에는 자신의 부모 외에 다른 사람들이 살고 있다는 것을 알았습니다. 왜냐하면 그는 책을 많이 가지고 있었고, 매일 그 책들을 읽었기 때문입니다. 그는 아름다운 여자들에 관한 이야기를 읽으면서 미치도록 그들을 만나보고 싶어졌습니다.

그러던 어느 날 그의 아버지가 나무를 베러 나갔을 때, 그는 어머니에게 다른 곳으로 가서 아버지와 어머니 외에 다른 사람들을 만나 살고 싶다고 말했습니다. 그는 말했습니다.

"제가 여기서 보는 건 커다란 나무뿐이에요. 만일 내가 여기 계속 살면 미쳐버릴지도 몰라요." 가난하고 늙은 어머니와 아들 사이에 이런 이야기가 오가는 동안 아버지는 내내 밖에 나가 있었습니다.

노파는 아들이 집을 떠나기 전에 다음과 같이 말했습니다. "그래, 그래, 얘야, 가고 싶으면 가야지. 신께서 너와 함께 하실 거다." (노파는 이 말을 할 때 가장 정신이 맑았습니다.)

"떠나기 전에 잠깐 기다려라. 내가 너한테 뭘 만들어 주었으면 좋겠니? 작은 케이크를 주고 널 축복할까, 아니면 큰 케이크를 주고 너를 저주할까."

the house, and she cursed him as far as she could see him.

He presently meets with his father, and the old man says to him: "Where are you going, my poor boy?" when the son told the father the same tale as he told his mother. "Well," says his father, "I'm sorry to see you going away, but if you've made your mind to go, it's better for you to go."

The poor lad had not gone far, when his father called him back; then the old man drew out of his pocket a golden snuff-box, and said to him:

"Here, take this little box, and put it in your pocket, and be sure not to open it till you are near your death." And away went poor Jack upon his road, and walked till he was tired and hungry, for he had eaten all his cake upon the road; and by this time night was upon him, so he could hardly see his way before him. He could see some light a long way before him, and he made up to it, and found the back door and knocked at it, till one of the maid-servants came and asked him what he wanted. He said that night was on him, and he wanted to get some place to sleep. The maid-servant called him in to the fire, and gave him plenty to eat, good meat and bread and beer; and as he was eating his food by the fire, there came the young lady to look at him, and she loved him well and he loved her. And the young lady ran to tell her father, and said there was a pretty young man in the back kitchen; and immediately the gentleman came to him, and questioned him, and asked what work he could do. Jack said, the silly fellow, that he could do anything. (He meant that he could do any foolish bit of work, that would be wanted about the house.)

"Well," says the gentleman to him, "if you can do anything, at eight

"어머니, 큰 케이크를 주세요. 가다가 배가 고플지도 몰라요."

노파는 큰 케이크를 만들고, 지붕 위로 올라가서 아들이 보이지 않을 때까지 그를 저주했습니다.

아들은 곧바로 아버지를 만났고, 노인은 아들에게 말했습니다.

"아들아, 어디 가니?"

아들이 어머니에게 했던 말을 똑같이 했을 때, 아버지가 말했습니다.

"그래, 네가 떠나니 유감이구나. 하지만 가기로 마음을 먹었다면 가는 것이 더 좋겠지."

불쌍한 아들이 멀리 가지 않았을 때 아버지가 그를 불렀습니다. 아버지는 자기 주머니에서 황금 코담배갑을 꺼내 던지며 말했습니다.

"이거 받아. 주머니에 넣으럼. 죽음에 이르기 전엔 절대 열지 마."

불쌍한 잭은 길을 떠났습니다. 그는 배고프고 지칠 때까지 걸었습니다. 그는 가져온 케이크를 다 먹었습니다. 밤이 되었고, 어두워져 거의 앞이 보이지 않았습니다. 그러다 그는 멀리 앞에서 반짝이는 불빛을 보고 그곳으로 갔고, 뒷문을 발견하고는 문을 두드렸습니다. 그가 계속 문을 두드리자 하녀가 나와, 원하는 것이 무엇이냐고 물었습니다. 잭은 밤이 되었으니, 잠자리가 필요하다고 말했습니다. 하녀는 그를 화로가로 안내했고, 좋은 고기와 좋은 빵, 좋은 맥주를 듬뿍 주었습니다.

그가 난로 옆에서 음식을 먹고 있을 때 그를 보러 젊은 숙녀가 나왔고, 여자는 남자를, 남자는 여자를 보고 사랑에 빠졌습니다. 젊은 숙녀는 아버지에게로 달려가 뒤쪽 부엌에 꽤 젊은 남자가 있다고 말했습니다. 그 말은 듣자마자 아버지는 그를 보러 와서는 이것저것 묻기 시작하다, 무슨 일을 할 수 있는지 물어보았습니다.

o'clock in the morning I must have a great lake and some of-the largest man-of-war vessels sailing before my mansion, and one of the largest vessels must fire a royal salute, and the last round must break the leg of the bed where my young daughter is sleeping. And if you don't do that, you will have to forfeit your life."

"All right," said Jack; and away he went to his bed, and said his prayers quietly, and slept till it was near eight o'clock, and he had hardly any time to think what he was to do, till all of a sudden he remembered about the little golden box that his father gave him. And he said to himself: "Well, well, I never was so near my death as I am now;"

and then he felt in his pocket, and drew the little box out. And when he opened it, out there hopped three little red men, and asked Jack: "What is your will with us?" "Well," said Jack, "I want a great lake and some of the largest man-of-war vessels in the world before this mansion, and one of the largest vessels to fire a royal salute, and the last round to break one of the legs of the bed where this young lady is sleeping."

"All right," said the little men; "go to sleep."

Jack had hardly time to bring the words out of his mouth, to tell the little men what to do, but what it struck eight o'clock, when Bang, bang went one of the largest man-of-war vessels; and it made Jack jump out of bed to look through the window; and I can assure you it was a wonderful sight for him to see, after being so long with his father and mother living in a wood.

By this time Jack dressed himself, and said his prayers, and came down laughing; for he was proud, he was, because the thing was done

멍청한 잭은 무슨 일이든지 할 수 있다고 대답했습니다.(그가 이렇게 말한 것은 집에서 필요한 허드렛 일을 어설프게 할 수 있다는 뜻이었습니다.)

"좋아, 자네가 무슨 일이든 할 수 있다면, 아침 8시에 나는 거대한 호수와 내 저택 앞으로 항해해 다가오는 여러 척의 군함을 가져야겠네. 그 배 가운데 한 척은 왕에 대한 예포를 발사해야하고, 마지막엔 내 젊은 딸이 잠을 자고 있는 침대의 다리를 부러뜨려야하네. 만일 자네가 그렇게 하지 못하면 목숨을 내 놓아야 할걸세." 남자는 말했습니다.

"좋아요." 잭은 대답했습니다.

잭은 잠자리로 가서 조용히 기도한 다음 아침 8시가 다 될 때까지 잠을 잤습니다. 그는 무슨 일을 해야 할지 생각조차 할 수 없었습니다. 그때 그는 갑자기 아버지가 준 작은 황금 상자가 떠올랐습니다. 그는 혼잣말을 했습니다.

"좋아, 좋아, 지금처럼 죽음이 가깝다고 느껴져본 적이 없었어."

그는 주머니에 손을 넣어 작은 담배갑을 꺼냈습니다. 담배갑을 열자 그 안에서 작은 빨간 세 남자가 튀어나와 잭에게 물었습니다.

"우리와 함께 뭘 하려고?"

"나는 이 저택 앞에 거대한 호수와 세상에서 가장 큰 전함이 몇 척 있었으면 해. 그 배 중 하나는 왕을 위한 예포를 쏘고, 마지막엔 이 집의 젊은 딸이 자 고있는 침대 다리 하나를 부러뜨렸으면 해." 잭이 말했습니다.

"좋아, 가서 잠이나 자." 세 난장이는 말했습니다.

잭이 작은 남자들한테 무슨 일을 해야 하는지 말을 하기 전에 시계는 8시를 쳤고, 세상에서 가장 거대한 전함 한척이 땡, 땡, 소리를 울렸습니다. 잭은 벌 떡 일어나 창문을 내다보았습니다. 낭신도 아시셌지만 무모님과 오랜 시간을 숲에서 살았던 잭에게 이것은 그야말로 놀라운 광경이었습니다.

so well. The gentleman comes to him, and says to him: "Well, my young man, I must say that you are very clever indeed. Come and have some breakfast." And the gentleman tells him, "Now there are two more things you have to do, and then you shall have my daughter in marriage." Jack gets his breakfast, and has a good squint at the young lady, and also she at him.

The other thing that the gentleman told him to do was to fell all the great trees for miles around by eight o'clock in the morning; and, to make my long story short, it was done, and it pleased the gentleman well. The gentleman said to him: "The other thing you have to do"-- (and it was the last thing)--"you must get me a great castle standing on twelve golden pillars; and there must come regiments of soldiers and go through their drill. At eight o'clock the commanding officer must say, 'Shoulder up.'" "All right," said Jack; when the third and last morning came the third great feat was finished, and he had the young daughter in marriage. But, oh dear! there is worse to come yet.

The gentleman now makes a large hunting party, and invites all the gentlemen around the country to it, and to see the castle as well. And by this time Jack has a beautiful horse and a scarlet dress to go with them. On that morning his valet, when putting Jack's clothes by, after changing them to go a hunting, put his hand in one of Jack's waistcoat-pockets, and pulled out the little golden snuffbox, as poor Jack left behind in a mistake. And that man opened the little box, and there hopped the three little red men out, and asked him what he wanted with them. "Well," said the valet to them, "I want this castle to be moved from this place far

158

잭은 기도를 한 후에 웃으며 내려왔습니다. 그는 일이 너무 잘되어서 자신이 자랑스러웠습니다. 신사가 다가와 말했습니다.

"오 젊은이, 나는 자네가 매우 영리한 자라는 걸 말하지 않을 수 없네. 이리와서 함께 아침 식사를 하게나. 이제 자네가 해주어야할 일이 두 개 더 있네. 이 일을 해내면 자네는 내 딸과 결혼을 할거야."

잭은 아침 식사를 하였고, 어여쁜 처자를 곁눈으로 보았으며, 그건 그녀도 마찬가지였습니다.

신사가 시킨 다른 한 가지 일은 아침 8시까지 주변 수 마일 안에 있는 숲의 큰 나무들을 모두 넘어뜨리는 것이었습니다. 빨리 이야기를 끝내자면, 그 일은 그렇게 이루어졌고, 주인은 기뻐하며 말했습니다.

"네 마지막 일은, 12개의 황금 기둥 위에 서 있는 성을 내게 만들어주는 것이다. 그리로 연대병력이 와서 훈련을 받아야지. 8시에 사령관이 이렇게 말해야지. 어깨를 쭉 펴!"

"좋아." 잭이 말했습니다.

세 번째이자 마지막 날이 찾아왔을 때 세 번째 성대한 잔치가 끝났습니다. 잭은 신사의 딸과 결혼했습니다. 그러나, 아, 이런! 그런데 끔찍한 일은 아직 일어나지 않았어요.

신사는 이제 사냥꾼 무리를 조직하며 그 나라에 사는 모든 신사들을 초대하였는데, 신사는 성을 자랑하고 싶은 마음도 있었습니다.

이때쯤 잭은 멋진 말이 생겼고, 그들과 어울리게 보라색 옷을 입게 되었습니다. 사냥을 나가는 날 아침, 그의 시종은 사냥복을 갈아입고 벗어 놓은 잭의 옷 주머니에 손을 넣었다가 잭이 실수로 남겨둔 작은 황금담배갑을 꺼냈습니다. 시종이 담배갑을 열자 그 안에서 작은 세 명의 빨간 사람들이 나와,

and far across the sea." "All right," said the little red men to him; "do you wish to go with it?" "Yes," said he.

"Well, get up," said they to him; and away they went far and far over the great sea.

Now the grand hunting party comes back, and the castle upon the twelve golden pillars had disappeared, to the great disappointment of those gentlemen as did not see it before. That poor silly Jack is threatened by taking his beautiful young wife from him, for taking them in in the way he did. But the gentleman at last made an agreement with him, and he is to have a twelvemonths and a day to look for it; and off he goes with a good horse and money in his pocket.

Now poor Jack goes in search of his missing castle, over hills, dales, valleys, and mountains, through woolly woods and sheepwalks, further than I can tell you or ever intend to tell you. Until at last he comes up to the place where lives the King of all the little mice in the world. There was one of the little mice on sentry at the front gate going up to the palace, and did try to stop Jack from going in. He asked the little mouse: "Where does the King live? I should like to see him."

This one sent another with him to show him the place; and when the King saw him, he called him in. And the King questioned him, and asked him where he was going that way. Well, Jack told him all the truth, that he had lost the great castle, and was going to look for it, and he had a whole twelvemonths and a day to find it out. And Jack asked him whether he knew anything about it; and the King said: "No, but I am

무엇을 원하냐고 물었습니다.

"좋아, 나는 이 성이 바다 건너 아주 멀리 옮겨졌으면 좋겠어." 하인은 말했습니다.

"좋아, 그럼 너도 같이 갈래?" 빨간 요정들이 말했습니다.

"응."

"그럼 일어나."

그들은 바다 건너 먼 곳으로 사라졌습니다.

거대한 사냥대가 돌아왔습니다. 그런데 12개의 황금 기둥 위에 세워져있던 성이 사라졌고, 전에 그것을 본 적이 없던 신사들은 실망했습니다. 불쌍한 바보 잭은 이제 아내를 빼앗길 위험에 처해졌습니다.

신사는 잭과 협정을 맺었고, 잭은 열두 달 하루 동안 성을 찾기로 약속했습니다. 잭은 주머니에 풍족한 돈과 멋진 말 한 필을 가지고 성을 찾으러 언덕, 계곡, 협곡, 산, 버드나무 숲과 목양장을 지나 떠돌았습니다. 마침내 그는 세상의 모든 작은 쥐들의 왕이 사는 곳까지 왔습니다. 그곳에서 궁전 대문 앞에 보초를 서있던 작은 생쥐가 잭을 막아섰습니다. 잭은 생쥐에게 물었습니다.

"왕은 어디 사시오? 왕을 만나고 싶소."

보초는 그를 다른 생쥐와 함께 안으로 들여보냈고, 마침 왕이 그를 보고서는 안으로 불렀습니다. 왕은 그에게 어디로 가는 중인지 물었습니다. 잭은 사실대로 다 말했습니다. 그가 거대한 성을 잃어버렸고, 그걸 찾으러 가는 중이며, 그것을 찾는 기간은 열두달 하고 하루라는 이야기까지. 잭은 왕에게 그 점에 대해서 뭐 알고 있는 것이 있는지 물었고, 왕은 대답했습니다.

"아니오. 하지만 나는 이 세상에 있는 모든 쥐들의 왕이오. 아침에 그들을 모두 불러 모을 것이오. 어쩌면 그들이 무언가 알고 있는 것이 있을지도 모르

thc King of all the little mice in the world, and I will call them all up in the morning, and maybe they have seen something of it."

Then Jack got a good meal and bed, and in the morning he and the King went on to the fields; and the King called all the mice together, and asked them whether they had seen the great beautiful castle standing on golden pillars. And all the little mice said, No, there was none of them had seen it. The old King said to him that he had two other brothers:

"One is the King of all the frogs; and my other brother, who is the oldest, he is the King of all the birds in the world. And if you go there, may be they know something about the missing castle." The King said to him: "Leave your horse here with me till you come back, and take one of my best horses under you, and give this cake to my brother; he will know then who you got it from. Mind and tell him I am well, and should like dearly to see him." And then the King and Jack shook hands together.

And when Jack was going through the gates, the little mouse asked him, should he go with him; and Jack said to him: "No, I shall get myself into trouble with the King." And the little thing told him: "It will be better for you to let me go with you; maybe I shall do some good to you some time without you knowing it." "Jump up, then." And the little mouse ran up the horse's leg, and made it dance; and Jack put the mouse in his pocket.

Now Jack, after wishing good morning to the King and pocketing the little mouse which was on sentry, trudged on his way; and such a long way he had to go and this was his first day. At last he found the place;

니까 말이오."

그리고 나서 잭은 좋은 식사와 잠자리를 얻었습니다. 아침에 잭과 왕은 들판으로 나갔습니다. 왕은 모든 생쥐를 불러 모은 다음 그들에게 12개의 황금 기둥 위에 세워진, 거대하고 멋진 성을 혹시 본 적 있는지 물었습니다. 생쥐들은 모두 못 봤다고 말했습니다. 그들 중에 그런 걸 본 쥐는 없다면서 늙은 왕은 자신에게는 두 명의 형제가 있다고 잭에게 말했습니다.

"하나는 개구리의 왕이고, 큰형은 세상 모든 새들의 왕이지. 만일 네가 그들을 찾아가면 어쩌면 그들이 사라진 성에 대해 뭔가 알고 있을지도 몰라." 왕은 말했습니다.

"돌아올 때까지 말은 여기에 남겨두고 내 말 중에 제일 좋은 말을 하나 가져가게. 그리고 이 케이크를 내 형제에게 전해주게. 그러면 그는 네가 누구한테서 이 케이크를 받았는지 알게 될 것이오. 그에게 나는 잘 지내고 있으니 걱정 말라고, 그를 정말로 보고 싶다고 전해 주시오."

왕과 잭은 악수를 했습니다.

잭이 문을 지나려할 때, 작은 생쥐는 따라가도 되냐고 물었습니다. 잭은 쥐에게 말했습니다. "안 돼. 왕과 나 사이에 문제가 생길 거야." 그러자 생쥐가 말했습니다.

"나를 데려가는 게 좋을 텐데. 어쩌면 나는 네가 모르는 사이에 너를 위해 뭔가 도움이 되는 일을 할수도 있어."

"올라 타."

그렇게 생쥐는 말의 다리에 올랐고, 말은 다리를 흔들었으며, 잭은 쥐를 자기 주머니에 넣었습니다.

이제 잭은 왕에게 좋은 하루를 보내시라고 인사를 하고 보초 서던 작은 생

163

and there was one of the frogs on sentry, and gun upon his shoulder, and did try to hinder Jack from going in; but when Jack said to him that he wanted to see the King, he allowed him to pass; and Jack made up to the door. The King came out, and asked him his business; and Jack told him all from beginning to end. "Well, well, come in." He gets good entertainment that night; and in the morning the King made such a funny sound, and collected all the frogs in the world. And he asked them, did they know or see anything of a castle that stood upon twelve golden pillars; and they all made a curious sound, _Kro-kro, kro-kro_, and said, No.

Jack had to take another horse, and a cake to this King's brother, who is the King of all the fowls of the air; and as Jack was going through the gates, the little frog that was on sentry asked John should he go with him. Jack refused him for a bit; but at last he told him to jump up, and Jack put him in his other waistcoat pocket. And away he went again on his great long journey; it was three times as long this time as it was the first day; however, he found the place, and there was a fine bird on sentry. And Jack passed him, and he never said a word to him; and he talked with the King, and told him everything, all about the castle. "Well," said the King to him, "you shall know in the morning from my birds, whether they know anything or not." Jack put up his horse in the stable, and then went to bed, after having something to eat. And when he got up in the morning the King and he went on to some field, and there the King made some funny noise, and there came all the fowls that were in all the world. And the King asked them; "Did they see the fine castle?"

쥐를 주머니에 넣은 채 길을 나섰습니다. 그는 첫 날 아주 먼 길을 걸었습니다. 마침내 그는 한 지역을 발견했습니다. 거기엔 개구리 한 마리가 어깨에 총을 메고 보초를 서고 있었고, 잭이 들어가는 것을 막아섰습니다. 잭이 왕을 만나려 한다는 말을 하자, 그는 잭을 통과시켰습니다.

잭은 왕의 성문으로 갔습니다. 왕을 만난 잭은 그날 밤 융숭한 대접을 받았습니다. 아침에 왕이 재미난 소리를 내자, 세상에 있는 모든 개구리들이 다 모였습니다. 왕은 개구리들에게 12개의 황금 기둥 위에 있는 성을 본 적이 있는지 물었습니다. 그들은 모두 개굴개굴 이상한 소리를 내고는, 보지 못했다고 말했습니다.

잭은 다른 말을 타고 세상 모든 새들의 왕인, 이 왕의 다른 형제에게 갔습니다. 잭이 문을 들어서려 할 때 보초 서던 개구리가 자신도 따라가야 한다고 말했습니다. 잭은 잠시 그를 거절하다 마침내 그에게 올라타라고 말했고, 잭은 개구리를 외투의 다른 주머니에 넣었습니다.

잭은 다시 멀고 먼 여행을 떠났습니다. 이번엔 첫 날보다 세 배나 더 길었습니다. 그러나 그는 어떤 지역을 발견했고, 그곳에선 아름다운 새 한 마리가 보초를 서고 있었습니다. 잭이 그를 지나칠 때 그는 잭에게 아무 말도 하지 않았습니다.

잭은 왕과 이야기를 나누었고, 자신이 거기 오게 된 이야기를 전부 다 말했습니다.

"좋아. 아침에 새들이 오면, 새들이 그것에 대해 아는지 모르는지 알게 될 것이다." 왕은 말했습니다.

잭은 말을 마구간에 두고 식사를 마친 후에 잠이 들었습니다. 아침에 잠이 깼을 때 그는 왕과 함께 들판으로 나갔고, 왕이 우스꽝스러운 소리를 내자 이

and all the birds answered, No. "Well," said the King, "where is the great bird?" They had to wait then for a long time for the eagle to make his appearance, when at last he came all in a perspiration, after sending two little birds high up in the sky to whistle on him to make all the haste he possibly could. The King asked the great bird, Did he see the great castle? and the bird said: "Yes, I came from there where it now is." "Well," says the King to him; "this young gentleman has lost it, and you must go with him back to it; but stop till you get a bit of something to eat first."

They killed a thief, and sent the best part of it to feed the eagle on his journey over the seas, and had to carry Jack on his back. Now when they came in sight of the castle, they did not know what to do to get the little golden box. Well, the little mouse said to them: "Leave me down, and I will get the little box for you." So the mouse stole into the castle, and got hold of the box; and when he was coming down the stairs, it fell down, and he was very near being caught. He came running out with it, laughing his best. "Have you got it?" Jack said to him; he said: "Yes;" and off they went back again, and left the castle behind.

As they were all of them (Jack, mouse, frog, and eagle) passing over the great sea, they fell to quarrelling about which it was that got the little box, till down it slipped into the water. (It was by them looking at it and handing it from one hand to the other that they dropped the little box to the bottom of the sea.) "Well, well," said the frog, "I knew that I would have to do something, so you had better let me go down in the water." And they let him go, and he was down for three days and three nights; and up he comes, and shows his nose and little mouth out of the water;

세상에 존재하는 모든 새들이 모였습니다. 왕은 새들한테 물었습니다.

"멋진 성을 본적이 있느냐?"

새들은 모두 본 적이 없다고 말했습니다.

"좋아. 큰 새는 어디 있느냐?" 왕이 물었습니다.

그리고 나서 그들은 두 마리 작은 새가 하늘 높이 올라 땀에 흠뻑 적은 독수리를 불러올 때까지 기다려야 했습니다. 왕은 큰 새한테 물었습니다.

"거대한 성을 보았느냐?"

"예, 저는 지금 그 성이 있는 곳에서 오는 중입니다." 새가 대답했습니다.

"그래. 이 젊은 신사가 그 성을 잃어버렸다. 너는 이 사람과 함께 다시 그리 가라. 하지만 우선 잠시 쉬면서 음식을 먹도록 하라." 왕이 말했습니다.

그들은 도둑을 죽여 가장 맛있는 부위를 잘라, 그 고기를 잭을 등에 태우고 먼 바다를 건너는 비행을 하게 될 큰새에게 가져다 주었습니다. 마침내 그들 눈에 성이 보일 즈음에, 그들은 어떻게 해야 황금담배갑을 되찾을 수 있을지 몰랐습니다. 그때 작은 생쥐가 말했습니다.

"내려 줘. 그러면 작은 황금담배갑을 찾아다 줄게."

생쥐는 성 안으로 숨어들어가 담배갑을 집어 계단을 내려오다, 떨어트려 잡힐뻔했습니다. 그러나 그는 껄껄 웃으며 성을 달려나왔습니다.

"찾았어?" 잭이 물었습니다.

"응." 쥐는 말했습니다.

그들은 함께 그곳을 빠져나왔습니다.

그득 모두(잭, 생쥐, 개구리, 독수리)가 거대한 바다 위를 날 때 그들은 누가 황금갑을 가질 것인지를 두고 다투다 그만 갑을 바다 속에 빠뜨렸습니다. (그들은 황금갑을 내려다보고 한 손에서 다른 손으로 그걸 건네다 그만 바다에

and all of them asked him, Did he get it? and he told them, No. "Well, what are you doing there, then?" "Nothing at all," he said, "only I want my full breath;" and the poor little frog went down the second time, and he was down for a day and a night, and up he brings it.

And away they did go, after being there four days and nights; and after a long tug over seas and mountains, arrive at the palace of the old King, who is the master of all the birds in the world. And the King is very proud to see them, and has a hearty welcome and a long conversation. Jack opens the little box, and told the little men to go back and to bring the castle here to them; "and all of you make as much haste back again as you possibly can."

The three little men went off; and when they came near the castle they were afraid to go to it till the gentleman and lady and all the servants were gone out to some dance. And there was no one left behind there only the cook and another maid with her; and the little red men asked them which would they rather--go, or stop behind? and they both said: "I will go with you;" and the little men told them to run upstairs quick.

They were no sooner up and in one of the drawing-rooms than here comes just in sight the gentleman and lady and all the servants; but it was too late. Off the castle went at full speed, with the women laughing at them through the window, while they made motions for them to stop, but all to no purpose.

They were nine days on their journey, in which they did try to keep the Sunday holy, when one of the little men turned to be the priest, the other the clerk, and third presided at the organ, and the women were

빠뜨린 것입니다).

"자, 자. 내가 할 일이 무엇인지 알았어. 그러니 나를 물 속으로 보내 줘." 개구리가 말했습니다.

그들은 개구리를 물 속으로 보냈습니다. 개구리는 사흘 낮 사흘 밤을 내려갔다가 물 위로 올라와 코와 입을 물 밖으로 내밀었습니다. 그들은 모두 갑을 찾았는지 물었고, 개구리는 못 찾았다고 말했습니다.

"그럼 거기서 뭘 하고 있었어?"

"아무 것도 안했어." 개구리는 대답했습니다.

"나는 심호흡을 하고 싶어."

개구리는 다시 물 속으로 들어갔습니다. 개구리는 하루 낮 하루 밤을 내려갔다가, 드디어 갑을 들고 올라왔습니다.

거기서 나흘 밤과 나흘 낮을 머물렀던 그들은 그곳을 떠났고, 오랫동안 바다와 산을 넘어 세상 모든 새들의 주인인 늙은 왕의 궁전에 도달했습니다. 왕은 그들을 보자 몹시도 자랑스러워했고, 그들을 열렬히 환영했으며, 긴 대화를 나누었습니다. 잭은 작은 담배갑을 열고, 세 명의 작은 남자들에게 가서 성을 찾아오라고 말했습니다. "최대한 빨리 서두르거라." 잭은 말했습니다.

세 명의 작은 남자는 그곳을 떠났습니다. 성에 가까워지자 그들은 신사와 숙녀 하인들이 무도회에 가느라 성을 비울 때까지 성에 닿는 것을 두려워했습니다. 드디어 성안이 텅텅 비고, 성 안에는 요리사와 요리사의 시녀만 남아있었습니다. 빨간 남자 세 명은 그들에게 함께 갈 것인지 아니면 뒤에 남아있을 것인지를 물었습니다

"너랑 갈게."

작은 남자들은 그들에게 얼른 위로 올라가라고 말했습니다. 그들이 위층에

the singers, for they had a grand chapel in the castle already. Very remarkable, there was a discord made in the music, and one of the little men ran up one of the organ-pipes to see where the bad sound came from, when he found out it only happened to be that the two women were laughing at the little red man stretching his little legs full length on the bass pipes, also his two arms the same time, with his little red night-cap, which he never forgot to wear, and what they never witnessed before, could not help calling forth some good merriment while on the face of the deep. And poor thing! through them not going on with what they begun with, they very near came to danger, as the castle was once very near sinking in the middle of the sea.

At length, after a merry journey, they come again to Jack and the King.

The King was quite struck with the sight of the castle; and going up the golden stairs, went to see the inside.

The King was very much pleased with the castle, but poor Jack's time of a twelvemonths and a day was drawing to a close; and he, wishing to go home to his young wife, gives orders to the three little men to get ready by the next morning at eight o'clock to be off to the next brother, and to stop there for one night; also to proceed from there to the last or the youngest brother, the master of all the mice in the world, in such place where the castle shall be left under his care until it's sent for. Jack takes a farewell of the King, and thanks him very much for his hospitality.

Away went Jack and his castle again, and stopped one night in that place; and away they went again to the third place, and there left the

있는 응접실에 올라가자마자 신사와 숙녀, 하인들이 모두 돌아왔습니다. 하지만 너무 늦었습니다. 성은 전속력으로 날아갔고, 아래서 그들이 멈추라고 속절없이 손짓을 하는 동안 여자들은 구름 속에서 웃음을 터뜨렸습니다.

그들은 9일간 여행을 했습니다. 그동안 그들은 한 사람은 성직자, 한 사람은 서기, 한 사람은 오르간을 담당하고, 여자들은 노래를 부르며 일요일을 거룩하게 지켰습니다. 왜냐하면 성 안엔 이미 교회가 한 채 있었기 때문이지요.

그러던 중에 매우 놀랍게도 음악에 불협화음이 생겨, 그 나쁜 소리가 어디서 나오는지 알아보려고 작은 남자들 중의 하나가 오르간 파이프에 올라갔습니다. 그는 그 소리가 나는 이유를 알아냈는데, 두 여자가 빨간색 작은 수면모자를 쓰고 베이스 파이프 위에 두 다리와 두 팔을 죽 뻗고 있는 빨간 남자를 보고 웃음을 터뜨린 것 때문이었습니다. 여자들은 그런 모습을 한 번도 본 적이 없었기에 진지한 와중에도 웃음을 참을 수가 없었습니다. 이럴수가! 그들은 더 이상 예배를 진행하지 못하고, 위험에 처했습니다. 성이 바다 한가운데서 물에 빠질 뻔했기 때문입니다.

즐거운 여행 후에, 마침내 그들은 다시 잭과 왕에게 돌아왔습니다. 왕은 성을 보고 몹시 놀랐고, 성의 내부를 보기 위해 황금 계단을 올라갔습니다.

왕은 성을 보고 매우 만족했습니다. 그러나 불쌍한 잭의 시간인 열두 달과 하루는 점점 가까워지고 있었습니다. 그리고 그는 젊은 아내에게 가고 싶어 세 명의 작은 남자들에게 다음 날 아침 8시에 다음 형제를 찾아가 거기서 하루를 묵을 수 있도록 출발 준비를 하라고 명령했습니다. 잭은 세상 모든 쥐의 주인이 막내 형제네로 갈 것이고, 자신이 성을 부르러 올 때까지 그곳의 왕이 성을 관리할 것이라고 말했습니다. 잭은 왕에게 작별 인사를 하며 왕의 환대에 크게 감사를 표했습니다.

171

castle under his care. As Jack had to leave the castle behind, he had to take to his own horse, which he left there when he first started.

Now poor Jack leaves his castle behind and faces towards home; and after having so much merriment with the three brothers every night, Jack became sleepy on horseback, and would have lost the road if it was not for the little men a-guiding him. At last he arrived weary and tired, and they did not seem to receive him with any kindness whatever, because he had not found the stolen castle; and to make it worse, he was disappointed in not seeing his young and beautiful wife to come and meet him, through being hindered by her parents. But that did not stop long.

Jack put full power on and despatched the little men off to bring the castle from there, and they soon got there.

And off they went, and were not long before they reached their journey's end, when out comes the young wife to meet him with a fine lump of a young SON, and they all lived happy ever afterwards.

잭과 그의 성은 다시 출발했습니다. 그리고 도착한 곳에서 하루를 묵었습니다. 그들은 다시 떠나면서, 성의 관리를 그곳의 왕에게 맡겼습니다. 잭이 성을 뒤로 두고 떠나야했을 때, 그는 처음에 거기에 남겨두었던 자기 말을 탔습니다.

불쌍한 잭은 이제 성을 남겨두고 집으로 향했습니다. 매일 밤 삼형제와 너무나 즐거운 시간을 보냈던 잭은 말 위에서 졸다가, 그를 안내하는 작은 사람이 아니었다면 길을 잃을 뻔도 했습니다. 마침내 그는 녹초가 되어 돌아왔습니다. 그러나 그가 잃어버린 성을 가지고 오지 못했기 때문에, 아내의 가족들은 그를 전혀 반기지 않는 눈치였습니다.

또한 아무리 부모의 방해가 있다고 해도, 자신의 젊고 아름다운 아내가 자신을 만나러 나타나지 않아 그는 실망했습니다. 하지만 그는 멈추지 않았습니다. 잭은 힘을 충전하고 작은 남자들을 보내, 성을 다시 가져오게 했습니다. 그들은 즉시 떠났고, 얼마 지나지 않아 여행의 목적지에 도착했습니다.

그리고 그때쯤 젊은 아내는 통통한 아들을 데리고 잭 앞에 나타났습니다. 그 후 그들은 모두 행복하게 살았습니다.

THE STORY OF THE THREE BEARS

Once upon a time there were Three Bears, who lived together in a house of their own, in a wood. One of them was a Little, Small Wee Bear; and one was a Middle-sized Bear, and the other was a Great, Huge Bear. They had each a pot for their porridge, a little pot for the Little, Small, Wee Bear; and a middle-sized pot for the Middle Bear, and a great pot for the Great, Huge Bear. And they had each a chair to sit in; a little chair for the Little, Small, Wee Bear; and a middle-sized chair for the Middle Bear; and a great chair for the Great, Huge Bear. And they had each a bed to sleep in; a little bed for the Little, Small, Wee Bear; and a middle-sized bed for the Middle Bear; and a great bed for the Great, Huge Bear.

One day, after they had made the porridge for their breakfast, and poured it into their porridge-pots, they walked out into the wood while the porridge was cooling, that they might not burn their mouths, by beginning too soon to eat it. And while they were walking, a little old Woman came to the house. She could not have been a good, honest old Woman; for first she looked in at the window, and then she peeped in at the keyhole; and seeing nobody in the house, she lifted the latch. The door was not fastened, because the Bears were good Bears, who did nobody any harm, and never suspected that anybody would harm them.

So the little old Woman opened the door, and went in; and well pleased

174

곰 세 마리 이야기

옛날옛날에 어떤 숲 속에 자신들의 집에서 함께 살던 곰 세 마리가 있었습니다. 그중 하나는 작고 어린 곰 위베어였고, 다른 하나는 중간 크기의 미들베어였으며, 나머지는 거대한 큰 곰 휴즈베어였습니다.

그들은 각자 죽을 담아먹는 그릇이 있었는데, 작은 곰은 그릇이 작았고, 중간 곰은 그릇이 중간 크기였으며, 큰 곰은 큰 그릇을 갖고 있었습니다. 그들은 앉는 의자도 있었는데, 작은 곰에겐 작은 의자가, 중간 곰에겐 중간 크기의 의자가, 큰 곰에겐 아주 큰 의자가 있었습니다. 그들은 침대도 있었는데, 작은 곰에겐 작은 침대가, 중간 곰에겐 중간 침대가, 큰 곰에겐 큰 침대가 있었습니다.

어느 날 곰 세 마리는 아침 식사로 죽을 만들었습니다. 그 죽을 자신들의 국그릇에 담고는, 뜨거운 음식에 입을 데지 않기 위해 죽을 식히기로 했습니다. 그들은 산책하러 숲으로 나갔습니다.

그들이 숲길을 산책하는 동안 작은 노파가 집으로 들어왔습니다.

노파는 한 번도 착하고 정직한 적이 없던 사람이었습니다. 노파는 우선 창문으로 안을 들여다보고, 그다음엔 열쇠구멍을 들여다보고선, 안에 아무도 없는 걸 알고 걸쇠를 젖혔어요.

곰들은 한 번도 누군가를 해친 적도 없고, 누군가 자신들을 해칠 수 있다는 의심을 해본 적도 없는 착한 곰들이었기 때문에 문을 잠그지 않았어요.

노파는 문을 열고 안으로 들어갔어요. 그리고는 너무나 반갑게도 식탁 위

she was when she saw the porridge on the table. If she had been a good little old Woman, she would have waited till the Bears came home, and then, perhaps, they would have asked her to breakfast; for they were good Bears--a little rough or so, as the manner of Bears is, but for all that very good-natured and hospitable. But she was an impudent, bad old Woman, and set about helping herself.

So first she tasted the porridge of the Great, Huge Bear, and that was too hot for her; and she said a bad word about that. And then she tasted the porridge of the Middle Bear, and that was too cold for her; and she said a bad word about that too. And then she went to the porridge of the Little, Small, Wee Bear, and tasted that; and that was neither too hot, nor too cold, but just right; and she liked it so well, that she ate it all up: but the naughty old Woman said a bad word about the little porridge-pot, because it did not hold enough for her.

Then the little old Woman sate down in the chair of the Great, Huge Bear, and that was too hard for her. And then she sate down in the chair of the Middle Bear, and that was too soft for her. And then she sate down in the chair of the Little, Small, Wee Bear, and that was neither too hard, nor too soft, but just right. So she seated herself in it, and there she sate till the bottom of the chair came out, and down she came, plump upon the ground. And the naughty old Woman said a wicked word about that too.

Then the little old Woman went upstairs into the bed-chamber in which the three Bears slept. And first she lay down upon the bed of the Great, Huge Bear; but that was too high at the head for her. And next she lay

에 놓인 죽그릇을 발견했어요. 만일 노파가 착한 사람이었다면 그녀는 곰들이 돌아오길 기다렸을 거예요. 그러면 곰들이 그녀에게 아침 식사를 함께 하자고 말을 했겠지요. 왜냐하면 그 곰들은 착한 천성과 남을 반기는 마음이 있는, 곰들이 다 그러하듯 조금 거칠기는 했지만, 어쨌든 착한 곰이었으니까요. 하지만 그녀는 무례하고 나쁜 사람이어서 혼자서 식사를 했어요.

노파는 먼저 큰 곰의 죽을 먹었고, 죽이 너무나 뜨거워서 욕을 했어요. 그다음 그녀는 중간 곰의 죽을 먹었고, 그건 그녀가 먹기엔 너무 차가웠어요. 그래서 노파는 또 욕을 했어요. 그다음 노파는 아기 곰의 죽을 먹었는데, 너무 뜨겁지도 않고 너무 차갑지도 않고, 딱 맞았어요. 노파는 그 죽이 너무 좋아 다 먹어버렸어요. 하지만 그 죽을 먹고나서도 욕을 했는데, 이유는 죽이 많지 않았기 때문이지요.

노파는 큰 곰의 의자에 앉았는데, 의자는 너무 딱딱했어요. 그다음 노파는 중간 곰의 노파에 앉았지만, 그것은 너무 푹신푹신했어요. 그런 다음 노파는 작은 곰 위베어의 의자에 앉았어요. 그것은 딱딱하지도 푹신하지도 않고, 딱 맞았어요. 그래서 노파는 의자 바닥이 꺼져 바닥에 쿵 떨어질 때까지 그 의자에 앉아있었어요. 사악한 노파는 그것에 대해서도 욕을 했어요.

그런 다음 작은 노파는 위층으로 올라갔는데, 거기엔 세 마리 곰이 잠을 자는 곳이 있었어요. 첫 번째로 그녀는 큰 곰 휴즈베어의 침대에 누웠어요. 하지만 노파에겐 머리 부분이 너무 높았어요. 그다음 노파는 중간 곰 미들베어의 침대에 누웠어요. 하지만 그것은 발 부분이 너무 높았어요. 그다음 노파는 아기곰의 침대에 누웠는데, 그것은 머리 부분도 다리 부분도 높지 않고 딱 맞았어요. 그래서 노파는 이불을 덮고 누워 잠에 골아떨어졌어요.

이즈음 세 마리 곰은 죽이 적당히 식었을 거로 생각하고 아침을 먹으러 집

down upon the bed of the Middle Bear; and that was too high at the foot for her. And then she lay down upon the bed of the Little, Small, Wee Bear; and that was neither too high at the head, nor at the foot, but just right. So she covered herself up comfortably, and lay there till she fell fast asleep.

By this time the Three Bears thought their porridge would be cool enough; so they came home to breakfast. Now the little old Woman had left the spoon of the Great, Huge Bear, standing in his porridge.

"Somebody has been at my porridge!"

said the Great, Huge Bear, in his great, rough, gruff voice. And when the Middle Bear looked at his, he saw that the spoon was standing in it too. They were wooden spoons; if they had been silver ones, the naughty old Woman would have put them in her pocket.

"Somebody has been at my porridge!"

said the Middle Bear in his middle voice.

Then the Little, Small, Wee Bear looked at his, and there was the spoon in the porridge-pot, but the porridge was all gone.

"Somebody has been at my porridge, and has eaten it all up!"

said the Little, Small, Wee Bear, in his little, small, wee voice.

Upon this the Three Bears, seeing that some one had entered their house, and eaten up the Little, Small, Wee Bear's breakfast, began to look about them. Now the little old Woman had not put the hard cushion straight when she rose from the chair of the Great, Huge Bear.

"Somebody has been sitting in my chair!"

said the Great, Huge Bear, in his great, rough, gruff voice.

으로 왔어요. 작은 노파는 휴즈베어의 스푼을 그의 죽 그릇에 놓아두었어요.

"누가 내 죽에 손댔어."

휴즈 베어는 크고, 거칠고, 퉁명스러운 목소리로 말했습니다. 그때 미들베어는 자기 죽을 보았고, 스푼이 죽 그릇 안에 있는 것을 보았습니다. 그것들은 나무 스푼이었습니다. 만일 그들이 은수저를 갖고 있었다면 나쁜 노파는 그 수저들을 자기 주머니에 넣었겠지요.

"누가 내 죽에 손댔어."

미들베어는 중간 크기의 목소리로 말했습니다. 그때 어리고 작은 위베어는 자기 그릇을 보았고, 스푼이 죽 그릇에 들어있는 것을 보았습니다. 하지만 죽은 다 사라졌어요.

"누가 내 죽에 손대고 다 먹었어."

작고 어린 위베어는 아주 작은 목소리로 말했습니다.

세 마리 곰은 누가 자기 집에 들어와 위베어의 죽을 먹은 것을 보고, 주변을 살폈습니다. 노파는 큰 곰의 의자에서 일어날 때 단단한 쿠션을 똑바로 두지 않아, 휴즈베어는 크고, 거칠고, 퉁명스러운 목소리로 말했습니다.

"누가 내 의자에 앉았어."

그리고 노파가 미들베어의 의자에 쪼그리고 앉았었기에, "누가 내 의자에 앉았어." 라고 미들베어가 중간 목소리로 말했습니다.

그리고 여러분은 노파가 세 번째 의자에 무슨 짓을 했는지 아시지요?

"누가 내 의자에 앉았다가 의자를 망가뜨렸어."

작은 위베어는 작은 목소리로 말했습니다. 그때 세 마리 곰은 집 안을 더 살펴보아야 한다는 생각을 했습니다. 그래서 그들은 위층 침실로 갔습니다. 노파는 큰 휴즈베어의 침대에서 베개를 치워놨지요.

179

And the little old Woman had squatted down the soft cushion of the Middle Bear.

"Somebody has been sitting in my chair!"

said the Middle Bear, in his middle voice.

And you know what the little old Woman had done to the third chair.

"Somebody has been sitting in my chair and has sate the bottom out of it!"

said the Little, Small, Wee Bear, in his little, small, wee voice.

Then the Three Bears thought it necessary that they should make farther search; so they went upstairs into their bedchamber. Now the little old Woman had pulled the pillow of the Great, Huge Bear, out of its place.

"Somebody has been lying in my bed!"

said the Great, Huge Bear, in his great, rough, gruff voice.

And the little old Woman had pulled the bolster of the Middle Bear out of its place.

"Somebody has been lying in my bed!" said the Middle Bear, in his middle voice.

And when the Little, Small, Wee Bear came to look at his bed, there was the bolster in its place; and the pillow in its place upon the bolster; and upon the pillow was the little old Woman's ugly, dirty head,--which was not in its place, for she had no business there.

"Somebody has been lying in my bed,--and here she is!"

said the Little, Small, Wee Bear, in his little, small, wee voice.

The little old Woman had heard in her sleep the great, rough, gruff

"누가 내 침대에 누웠어."

휴즈베어는 크고, 거칠고, 퉁명스러운 목소리로 말했습니다.

노파가 미들베어의 침대에서 길다란 베개를 치웠다는 것을 우리는 알고 있지요.

"누가 내 침대에서 잠을 잤어." 미들베어가 중간 목소리로 말했습니다.

어리고 작은 위베어가 자기 침대로 왔을 때 긴 베개는 제 자리에 있었고, 작은 베개도 긴 베개 위 제 자리에 있었으며, 베개 위에는 노파의 추하고 더러운 머리가 놓여있었습니다.

"누가 내 침대 위에서 잠을 잤고 지금도 자고 있어." 작고 어린 위베어는 작은 목소리로 말했습니다.

작은 노파는 잠을 자는 동안 큰 곰 휴즈베어의 크고, 거칠고, 퉁명스러운 목소리를 들었습니다. 하지만 그녀는 너무 깊이 잠들어서 그 소리는 바람 소리나 천둥 소리 정도로 밖에는 들리지 않았습니다. 그녀가 미들베어의 목소리를 들었을 때, 그 소리는 누군가 꿈 속에서 말하는 것처럼 들렸습니다. 그녀가 어린 곰 위베어의 목소리를 들었을 때, 그 목소리는 너무 날카롭고 뾰족해서 그녀는 즉시 깨어났습니다.

침대에서 몸을 일으킨 그녀는 침대 한 쪽에 서있는 세 마리 곰을 보고는 놀라 반대쪽으로 굴러떨어진 다음, 창 쪽으로 달아났습니다. 창문은 열려있었습니다. 왜냐하면 그들은 아침에 일어나면 항상 침실의 창문을 열어놓는 착하고 정돈을 잘하는 곰이었으니까요.

작은 노파는 창문을 넘어 달아났고, 떨어질 때 목이 부러졌는지 아니면 숲으로 달아나 길을 잃었는지, 아니면 노파는 떠돌이였기에 숲을 벗어나는 길을 찾아 순경한테 잡혀 교정원에 들어가게 되었는지 모릅니다. 하지만 세 마

voice of the Great, Huge Bear; but she was so fast asleep that it was no more to her than the roaring of wind, or the rumbling of thunder. And she had heard the middle voice, of the Middle Bear, but it was only as if she had heard some one speaking in a dream.

But when she heard the little, small, wee voice of the Little, Small, Wee Bear, it was so sharp, and so shrill, that it awakened her at once. Up she started; and when she saw the Three Bears on one side of the bed, she tumbled herself out at the other, and ran to the window. Now the window was open, because the Bears, like good, tidy Bears, as they were, always opened their bedchamber window when they got up in the morning. Out the little old Woman jumped; and whether she broke her neck in the fall; or ran into the wood and was lost there; or found her way out of the wood, and was taken up by the constable and sent to the House of Correction for a vagrant as she was, I cannot tell. But the Three Bears never saw anything more of her.

리 곰은 다시는 그녀를 본 적이 없었답니다.

JACK THE GIANT-KILLER

When good King Arthur reigned, there lived near the Land's End of England, in the county of Cornwall, a farmer who had one only son called Jack. He was brisk and of a ready lively wit, so that nobody or nothing could worst him.

In those days the Mount of Cornwall was kept by a huge giant named Cormoran. He was eighteen feet in height, and about three yards round the waist, of a fierce and grim countenance, the terror of all the neighbouring towns and villages. He lived in a cave in the midst of the Mount, and whenever he wanted food he would wade over to the mainland, where he would furnish himself with whatever came in his way. Everybody at his approach ran out of their houses, while he seized on their cattle, making nothing of carrying half-a-dozen oxen on his back at a time; and as for their sheep and hogs, he would tie them round his waist like a bunch of tallow-dips. He had done this for many years, so that all Cornwall was in despair.

One day Jack happened to be at the town-hall when the magistrates were sitting in council about the Giant. He asked: "What reward will be given to the man who kills Cormoran?" "The giant's treasure," they said, "will be the reward." Quoth Jack: "Then let me undertake it."

So he got a horn, shovel, and pickaxe, and went over to the Mount in the beginning of a dark winter's evening, when he fell to work,

거인을 죽인 잭

아써왕 시절에, 영국 땅 끝 근처 콘월에 잭이라는 이름의 외아들을 둔 농부가 살았습니다. 그는 활달했고, 언제나 생생한 유머가 준비되어 있어서 그 누구도 그 무엇도 그를 함부로 대하지 않았습니다.

그 당시 코모란이라는 이름의 거인이 콘월산을 지키고 있었습니다. 거인은 키가 5미터가 넘었고, 허리둘레가 3미터나 되었습니다. 게다가 사납고 으스스한 표정이어서 주변 도시와 마을 사람들이 모두 그를 두려워했습니다. 그는 산 한가운데에 있는 동굴에 살았고, 배가 고플 땐 동굴에서 나와 걷다가, 길 앞에 있는 것은 무엇이든 먹어치웠습니다. 그가 나타나면 사람들은 모두 그를 피해 달아났습니다. 그는 소떼를 잡아 한 번에 황소 여섯 마리를 등에 졌고, 양과 돼지는 고깃덩어리를 묶듯, 허리를 서로 묶어 한 다발로 만들었습니다. 거인은 몇 년을 이런 짓을 했고, 콘월 전체가 절망에 빠졌습니다.

어느 날 우연히 잭이 마을회관에 있을 때 마을 대표들이 모여 거인에 대한 회의를 하고 있었습니다. 잭은 물었습니다.

"코모란을 죽이는 사람에게는 어떤 보상을 해주시나요?"

"거인의 보물이 보상이다."

"그럼 제가 그걸 가져가겠어요." 그는 말했습니다.

그래서 그는 뿔, 삽, 곡괭이를 들고 어둠이 깊드는 겨울 저녁 무렵 산으로 갔고, 일을 시작했으며, 아침이 되기 전에 7미터 깊이의 구덩이를 파고 길다란 막대기와 지푸라기로 입구를 덮었습니다. 그리고 그 위에 흙을 덮어 마치 편

and before morning had dug a pit twenty-two feet deep, and nearly as broad, covering it over with long sticks and straw.

Then he strewed a little mould over it, so that it appeared like plain ground. Jack then placed himself on the opposite side of the pit, farthest from the giant's lodging, and, just at the break of day, he put the horn to his mouth, and blew, Tantivy, Tantivy. This noise roused the giant, who rushed from his cave, crying: "You incorrigible villain, are you come here to disturb my rest? You shall pay dearly for this. Satisfaction I will have, and this it shall be, I will take you whole and broil you for breakfast." He had no sooner uttered this, than he tumbled into the pit, and made the very foundations of the Mount to shake. "Oh, Giant," quoth Jack, "where are you now? Oh, faith, you are gotten now into Lob's Pound, where I will surely plague you for your threatening words: what do you think now of broiling me for your breakfast? Will no other diet serve you but poor Jack?" Then having tantalised the giant for a while, he gave him a most weighty knock with his pickaxe on the very crown of his head, and killed him on the spot.

Jack then filled up the pit with earth, and went to search the cave, which he found contained much treasure. When the magistrates heard of this they made a declaration he should henceforth be termed JACK THE GIANT-KILLER and presented him with a sword and a belt, on which were written these words embroidered in letters of gold:

"Here's the right valiant Cornish man,   Who slew the giant Cormoran."

The news of Jack's victory soon spread over all the West of England,

평한 땅처럼 보이게 만들었습니다. 잭은 거인의 거처에서 아주 멀찍이 구덩이 반대편에 몸을 숨기고, 해가 뜰 무렵 나팔을 입에 대고 불었습니다.

"돌진, 돌진!"

이 소리는 거인을 깨웠고, 그는 동굴에서 뛰쳐나와 소리쳤습니다.

"이 구제불능 악당아, 내 잠을 어지럽히려고 여기 왔니? 너는 톡톡히 대가를 치를 거야. 나는 너를 통째로 잡아 아침 식사로 끓여먹을 거다."

이 말을 하자마자 그는 구덩이로 떨어졌고, 산의 중심이 흔들렸습니다.

"오, 거인아, 너 지금 어디 있니? 너는 지금 롭의 울타리 안에 있구나. 네가 나를 겁줬으니까 이제 내가 너를 괴롭힐 거야. 지금도 나를 끓여 아침으로 먹겠다고 생각해? 불쌍한 잭 말고 다른 먹을거리는 없어?" 잭은 말했습니다.

그렇게 잠시 거인을 괴롭히고 나서 잭은 거인의 정수리에 곡괭이를 내리쳐 그 자리에서 거인을 죽였습니다.

잭은 구덩이를 흙으로 덮고 동굴을 수색하러 갔으며, 그곳에서 엄청난 보물을 발견했습니다. 마을의 대표들이 이 말을 들었을 때 그들은 잭을 '거인을 죽인 잭'으로 불렀습니다. 또 잭에게 검과 벨트를 주었는데, 거기엔 황금 문자로 다음과 같이 새겨져 있었습니다.

여기 콘월의 용감한 남자가 거인 코모란을 죽였다.

잭이 거인을 죽였다는 소식은 영국 서부 전체로 퍼졌습니다. 다른 거인 블런더보어가 그 막을 들고는 잭과 싸울 수만 있다면 복수를 하겠다고 맹세했습니다. 이 거인은 외딴 숲 한가운데 있는 마법에 걸린 성의 군주였습니다.

약 넉 달 후 잭은 웨일즈로 가는 도중에 이 성이 있는 숲 근처를 지나게 되었

so that another giant, named Blunderbore, hearing of it, vowed to be revenged on Jack, if ever he should light on him. This giant was the lord of an enchanted castle situated in the midst of a lonesome wood.

Now Jack, about four months afterwards, walking near this wood in his journey to Wales, being weary, seated himself near a pleasant fountain and fell fast asleep.

While he was sleeping, the giant, coming there for water, discovered him, and knew him to be the far-famed Jack the Giant-killer by the lines written on the belt. Without ado, he took Jack on his shoulders and carried him towards his castle. Now, as they passed through a thicket, the rustling of the boughs awakened Jack, who was strangely surprised to find himself in the clutches of the giant. His terror was only begun, for, on entering the castle, he saw the ground strewed with human bones, and the giant told him his own would ere long be among them. After this the giant locked poor Jack in an immense chamber, leaving him there while he went to fetch another giant, his brother, living in the same wood, who might share in the meal on Jack.

After waiting some time Jack, on going to the window beheld afar off the two giants coming towards the castle. "Now," quoth Jack to himself, "my death or my deliverance is at hand." Now, there were strong cords in a corner of the room in which Jack was, and two of these he took, and made a strong noose at the end; and while the giants were unlocking the iron gate of the castle he threw the ropes over each of their heads. Then he drew the other ends across a beam, and pulled with all his might, so that he throttled them. Then, when he saw they were black in

습니다. 잭은 지쳐 상쾌한 연못 근처에 앉았다가 깊은 잠에 빠졌습니다.

잭이 잠을 자는 동안 거인은 물을 마시러 이곳으로 왔습니다. 거인은 잭의 벨트에 새겨진 글을 보고, 그가 그 유명한 '거인 죽인 잭'이라는 걸 알게 되었습니다. 거인은 잭을 어깨에 걸치고 자신의 성으로 데려갔습니다.

덤불을 지날 때 나뭇가지가 바스락거리는 소리에 잭은 잠에서 깼습니다. 잭은 자신이 거인의 손아귀에 들어있는 것을 깨닫고는 깜짝 놀랐습니다. 잭은 공포에 떨었습니다. 왜냐하면 거인의 성으로 들어가자 바닥엔 사람의 뼈가 흐트러져 있었고, 거인은 잠시 후에 잭의 뼈도 거기 섞이게 될 것이라고 말했기 때문이지요. 거인은 잭을 거대한 방에 가두고, 같은 숲에 살고 있는 자기 형제 거인을 데려올 때까지 그곳에 남겨두었습니다. 그는 형제와 잭을 나눠 먹으려고 생각했습니다.

잠시 기다리던 잭은 창문으로 갔다가 멀리서 두 거인이 성으로 오고 있는 것을 보았습니다.

"아, 사느냐 죽느냐의 순간이 왔구나." 잭은 생각했습니다.

잭이 있던 방 한 구석에는 아주 튼튼한 밧줄이 있었고, 잭은 거기서 두 개를 골라 한 쪽 끝에 단단한 올가미를 만들었습니다. 그리고 거인들이 성의 쇠문을 열 때 밧줄을 그들의 머리 위로 던졌습니다. 그런 다음 잭은 밧줄의 다른 끝을 기둥에 걸쳐지게 던진 다음, 있는 힘을 다해 줄을 잡아당겨 그들을 목졸라 죽였습니다. 잭은 거인들의 얼굴이 시커멓게 변한 걸 보고 줄을 타고 내려와, 검을 뽑아 그들에게 휘둘렀습니다.

그리고 나서 거인의 열쇠로 방문을 열어보니, 세 명의 아름다운 아가씨들이 머리카락이 서로 묶인 채 거의 죽어가고 있었습니다.

"아가씨들, 내가 거인과 그의 형제를 죽이고 여러분을 풀어주게 되었어요."

the face, he slid down the rope, and drawing his sword, slew them both.

Then, taking the giant's keys, and unlocking the rooms, he found three fair ladies tied by the hair of their heads, almost starved to death. "Sweet ladies," quoth Jack, "I have destroyed this monster and his brutish brother, and obtained your liberties." This said he presented them with the keys, and so proceeded on his journey to Wales.

Jack made the best of his way by travelling as fast as he could, but lost his road, and was benighted, and could find any habitation until, coming into a narrow valley, he found a large house, and in order to get shelter took courage to knock at the gate. But what was his surprise when there came forth a monstrous giant with two heads; yet he did not appear so fiery as the others were, for he was a Welsh giant, and what he did was by private and secret malice under the false show of friendship. Jack, having told his condition to the giant, was shown into a bedroom, where, in the dead of night, he heard his host in another apartment muttering these words:

"Though here you lodge with me this night,
You shall not see the morning light
My club shall dash your brains outright!"

"Say'st thou so," quoth Jack; "that is like one of your Welsh tricks, yet I hope to be cunning enough for you." Then, getting out of bed, he laid a billet in the bed in his stead, and hid himself in a corner of the room. At the dead time of the night in came the Welsh giant, who struck several

잭은 말했습니다. 이렇게 말하고 잭은 그들에게 성의 열쇠를 주고 웨일즈로 갔습니다.

잭은 아주 빠르게, 아무런 위험 없이 여행을 했어요. 그러나 길을 잃고 밤이 되어 좁은 계곡에 들어서서 큰 집을 발견했습니다. 그곳에서 하룻밤을 보내게 해달라고 문을 두드리는 데는 큰 용기가 필요했습니다. 하지만 문을 열고 모습을 드러낸 것은 머리가 둘 달린 괴물이었습니다. 이 괴물은 이전에 만났던 거인처럼 불같은 성미는 없는 것처럼 보였습니다. 이유는 그는 웨일즈 거인으로, 그가 하는 짓은 우정이라는 이름 아래 저지르는 사적이고 은밀한 악행이었기 때문이지요.

잭은 거인한테 자신의 사정을 이야기하고 방을 하나 얻었는데, 거기서 잭은 한 밤중에 거인이 다른 건물에서 이렇게 중얼거리는 소리를 들었습니다.

"네가 비록 오늘 밤 나와 여기서 지내지만

너는 여명을 보지 못할 것이다.

내 곤봉으로 네 머리를 부서주마."

"너 비록 이렇게 말하지만, 그것은 네 웨일즈식 속임수에 불과한 것이고, 나는 충분히 너를 속여넘길 수 있길 바란다." 잭은 말했습니다.

잭은 침대에서 나와 자기가 누웠던 자리에 나무토막을 놓아두고는 방구석으로 몸을 피했습니다. 한밤이 되자 웨일즈 거인이 방으로 들어와 곤봉으로 잭의 모든 뼈마디를 부쉈다고 생각할 만큼 여러차례 침대를 내리쳤습니다

다음 날 아침 잭은 속으로 웃으며 밤에 재워주어서 감사하다고 말했습니다.

"지난 밤 잘 보냈어요? 밤에 아무것도 못 느꼈어요?" 거인이 물었습니다.

heavy blows on the bed with his club, thinking he had broken every bone in Jack's skin. The next morning Jack, laughing in his sleeve, gave him hearty thanks for his night's lodging. "How have you rested?" quoth the giant; "did you not feel anything in the night?"

"No," quoth Jack, "nothing but a rat, which gave me two or three slaps with her tail." With that, greatly wondering, the giant led Jack to breakfast, bringing him a bowl containing four gallons of hasty pudding.

Being loth to let the giant think it too much for him, Jack put a large leather bag under his loose coat, in such a way that he could convey the pudding into it without its being perceived. Then, telling the giant he would show him a trick, taking a knife, Jack ripped open the bag, and out came all the hasty pudding. Whereupon, saying, "Odds splutters hur nails, hur can do that trick hurself." the monster took the knife, and ripping open his belly, fell down dead.

Now, it happened in these days that King Arthur's only son asked his father to give him a large sum of money, in order that he might go and seek his fortune in the principality of Wales, where lived a beautiful lady possessed with seven evil spirits.

The king did his best to persuade his son from it, but in vain; so at last gave way and the prince set out with two horses, one loaded with money, the other for himself to ride upon. Now, after several days' travel, he came to a market-town in Wales, where he beheld a vast crowd of people gathered together. The prince asked the reason of it, and was told that they had arrested a corpse for several large sums of money which the deceased owed when he died. The prince replied that

"전혀요. 쥐 한 마리가 꼬리로 나를 두세 번 건드린 것 말고는 아무 일도 없었어요." 잭은 대답했습니다.

이 말을 듣고 당황한 거인은 잭을 아침 식사에 초대하여, 즉석 푸딩을 18리터나 그릇에 담아 내주었습니다. 잭에게는 너무 많은 양이라고, 거인이 생각하는 것이 싫었던 잭은, 느슨한 외투 아래 가죽 가방을 매달았습니다. 잭은 거인이 눈치채지 못하게 푸딩을 그리로 흘려 보냈습니다. 그리고 나서 잭은 거인에게 마술을 보여주겠다고 말하고 그 가방을 칼로 찢었고, 그러사 즉석 푸딩이 쏟아져 나왔습니다.[6]

"어떻게 저럴 수 있지?" 거인은 따라해보려고 칼로 자신의 배를 갈랐고, 당연히 그 자리에서 죽었습니다.

이 즈음 아써 대왕의 외동 아들은 웨일즈의 주권이라는 자신의 운명을 찾아 떠나기 위해 아버지에게 큰 돈을 달라고 요구했습니다.

당시 웨일즈엔 일곱 개의 악령에 사로잡힌 아름다운 여인이 살고 있었습니다. 왕은 아들이 그리로 가지 못하도록 최선을 다해 말렸으나 아무 소용이 없었고, 마침내 그것을 허락했습니다. 왕자는 말 두 필과 함께 길을 떠났는데, 말 한 필에는 돈을 실었고, 다른 한 필은 왕자가 탔습니다.

며칠 후 왕자는 웨일즈에 있는 시장 마을에 도착했고, 그곳에 아주 많은 사람들이 모여있는 것을 보았습니다. 왕자가 이유를 물었더니, 그들은 이 사람이 죽을 때 빚진 돈 때문에 시체를 체포했다고 왕자에게 말했습니다. 왕자는 채권자들이 너무 잔인해서 슬프다고 대답하며 다음과 같이 말했습니다.

"주은 자를 땅에 묻어라. 그리고 채권자들을 내 숙소로 보내라. 내가 그들이 받을 빚을 갚아줄 것이다." 그러자 너무나 많은 사람들이 찾아와, 그에겐 고작 2펜스만 남게 되었습니다.

---

6 거인은 그것이 가방이 아니라 잭의 배라고 생각했다.

it was a pity creditors should be so cruel, and said: "Go bury the dead, and let his creditors come to my lodging, and there their debts shall be paid." They came, in such great numbers that before night he had only twopence left for himself.

Now Jack the Giant-Killer, coming that way, was so taken with the generosity of the prince, that he desired to be his servant. This being agreed upon, the next morning they set forward on their journey together, when, as they were riding out of the town, an old woman called after the prince, saying, "He has owed me twopence these seven years; pray pay me as well as the rest."

Putting his hand to his pocket, the prince gave the woman all he had left, so that after their day's food, which cost what small spell Jack had by him, they were without a penny between them.

When the sun got low, the king's son said: "Jack, since we have no money, where can we lodge this night?"

But Jack replied: "Master, we'll do well enough, for I have an uncle lives within two miles of this place; he is a huge and monstrous giant with three heads; he'll fight five hundred men in armour, and make them to fly before him." "Alas!" quoth the prince, "what shall we do there?

He'll certainly chop us up at a mouthful. Nay, we are scarce enough to fill one of his hollow teeth!"

"It is no matter for that," quoth Jack; "I myself will go before and prepare the way for you; therefore stop here and wait till I return."

Jack then rode away at full speed, and coming to the gate of the castle, he knocked so loud that he made the neighbouring hills resound. The

그쪽으로 오고있던 거인을 죽인 잭은 왕자의 아량에 너무나 감동을 받아 그의 하인이 되고 싶었습니다. 합의가 이루어져 다음 날 아침 그들은 함께 길을 떠났습니다. 그들이 그 도시를 막 벗어나려 할 때 한 노파가 왕자를 부르며 이렇게 말했습니다.

"죽은 자가 나한테 7년 동안 2펜스 빚졌어. 나에게도 돈을 갚아."

왕자는 주머니에 손을 넣어 있는 돈을 노파에게 다 주었습니다. 결국, 잭이 가지고 있던 약간의 돈으로 저녁을 먹은 후 그들은 무일푼이 되었습니다.

해가 기울자 왕자는 말했습니다.

"잭, 우린 돈이 없는데, 오늘 밤 어디서 묵지?"

"주인님, 잘 될 거예요. 이 동네에서 10리 안에 삼촌이 살고계세요. 그는 세 개의 머리를 가진 거대한 괴물 거인인데요, 갑옷 입은 5백 명의 남자와 싸워 그들을 물리칠 수 있어요."

"맙소사! 우리가 거기서 뭘 하게? 괴물이 우릴 토막내 한 입에 먹어버릴 걸. 우린 그 자의 빈 이빨 자리 하나를 채우기에도 충분하지 않을거야." 왕자는 말했습니다.

"그런게 아니고요. 제가 먼저 가서 왕자님 오실 길을 마련해 놓을게요. 그러니 여기서 기다리세요. 제가 돌아올 때까지."

잭은 말을 타고 전속력으로 달려갔어요. 성문 앞에 도달한 잭은 성문을 너무 세게 두드려, 주변의 언덕들이 그 소리로 메아리를 만들었어요. 거인은 이 소리를 듣고 천둥 같은 소리를 질렀어요.

"누구냐?"

잭은 대답했어요. "다름 아닌 불쌍한 사촌 잭입니다."

괴물이 말했어요. "불쌍한 사촌 잭아, 무슨 일이냐?"

giant roared out at this like thunder: "Who's there?"

Jack answered: "None but your poor cousin Jack."

Quoth he: "What news with my poor cousin Jack?"

He replied: "Dear uncle, heavy news, God wot!"

"Prithee," quoth the giant, "what heavy news can come to me? I am a giant with three heads, and besides thou knowest I can fight five hundred men in armour, and make them fly like chaff before the wind."

"Oh, but," quoth Jack, "here's the king's son a-coming with a thousand men in armour to kill you and destroy all that you have!"

"Oh, cousin Jack," said the giant, "this is heavy news indeed! I will immediately run and hide myself, and thou shalt lock, bolt, and bar me in, and keep the keys until the prince is gone." Having secured the giant, Jack fetched his master, when they made themselves heartily merry whilst the poor giant lay trembling in a vault under the ground.

Early in the morning Jack furnished his master with a fresh supply of gold and silver, and then sent him three miles forward on his journey, at which time the prince was pretty well out of the smell of the giant.

Jack then returned, and let the giant out of the vault, who asked what he should give him for keeping the castle from destruction. "Why," quoth Jack, "I want nothing but the old coat and cap, together with the old rusty sword and slippers which are at your bed's head." Quoth the giant:

"You know not what you ask; they are the most precious things I have. The coat will keep you invisible, the cap will tell you all you want to know, the sword cuts asunder whatever you strike, and the shoes

잭이 대답했습니다. "삼촌, 심각한 일이에요. 비밀이에요."

"제발, 무슨 심각한 소식이냐? 나는 머리 셋 달린 거인이고, 갑옷 입은 남자 5백 명과 싸워, 그들을 바람 앞에 쭉정이처럼 날려버릴 수 있다."

"하지만, 지금 왕의 아들이 갑옷 입은 남자 천 명과 함께, 당신을 죽이고 당신이 가진 모든 것을 파괴하러 이리 오고 있어요."

"잭 사촌. 아주 심각한 소식이군. 내가 지금 도망가 숨을 테니 나를 가두고, 자물쇠로 잠궈 가둔 다음 왕자가 사라질 때까지 열쇠를 갖고 있어."

거인이 말했습니다. 이렇게 거인을 속이고 나서, 잭은 주인을 불렀습니다. 그때 그들은 거인이 땅 속 구덩이에서 벌벌 떨며 누워있는 것을 알고 몹시 즐거워했습니다.

다음 날 아침 일찍 잭은 왕자에게 새로 얻은 금과 은을 주었고, 15리 정도 앞서 보냈습니다. 그 거리는 왕자가 거인의 냄새에서 벗어날 수 있는 거리였습니다. 잭은 다시 돌아와 지하 구덩이에서 거인을 꺼내 주었습니다. 거인은 성을 안전하게 지켜준 대가로 무엇을 해주면 좋겠냐고 잭에게 물었습니다.

"저는 낡은 코트와 모자, 그리고 당신 침대 머리맡에 있는 녹슨 검과 슬리퍼를 원해요." 잭은 대답했습니다.

"너는 네가 원하는 것이 무엇인지 잘 모르는구나. 그것들은 내가 가장 소중히 아끼는 것이다. 코트는 널 보이지 않게 만들어주고, 모자는 네가 알고 싶은 전부를 말해 줄거야. 검은 네가 치는 것은 뭐든지 갈라주고, 신발은 엄청난 속도를 내는 것이다. 하지만 네가 내게 큰 은혜를 베풀었으니, 내 마음과 함께 전부 가져가라." 거인은 말했습니다.

잭은 삼촌에게 감사의 인사를 하고, 그것들을 가지고 길을 떠났습니다. 그는 곧 주인을 따라잡았고, 왕자가 찾는 공주의 집에 도착했습니다. 공주는 왕

are of extraordinary swiftness. But you have been very serviceable to me, therefore take them with all my heart." Jack thanked his uncle, and then went off with them. He soon overtook his master and they quickly arrived at the house of the lady the prince sought, who, finding the prince to be a suitor, prepared a splendid banquet for him. After the repast was concluded, she told him she had a task for him. She wiped his mouth with a handkerchief, saying: "You must show me that handkerchief to-morrow morning, or else you will lose your head."

With that she put it in her bosom. The prince went to bed in great sorrow, but Jack's cap of knowledge informed him how it was to be obtained. In the middle of the night she called upon her familiar spirit to carry her to Lucifer. But Jack put on his coat of darkness and his shoes of swiftness, and was there as soon as she was. When she entered the place of the Old One, she gave the handkerchief to old Lucifer, who laid it upon a shelf, whence Jack took it and brought it to his master, who showed it to the lady next day, and so saved his life. On that day, she gave the prince a kiss and told him he must show her the lips to-morrow morning that she kissed last night, or lose his head.

"Ah!" he replied, "if you kiss none but mine, I will."

"That is neither here nor there," said she; "if you do not, death's your portion!"

At midnight she went as before, and was angry with old Lucifer for letting the handkerchief go. "But now," quoth she, "I will be too hard for the king's son, for I will kiss thee, and he is to show me thy lips." Which she did, and Jack, when she was not standing by, cut off Lucifer's head

자가 구혼자인 것을 알고는 그를 위해 화려한 연회를 준비했습니다. 식사를 마치고 왕자가 해줄 일이 있다고 알려주었습니다. 그녀는 손수건으로 입술을 닦으며 이렇게 말했습니다.

"당신은 내일 아침 이 손수건을 나한테 보여줘야해요. 안 그러면 당신 목이 달아날 거예요." 이렇게 말하고 그녀는 손수건을 자신의 가슴 속으로 집어넣었습니다.

왕자는 큰 슬픔에 빠져 잠자리에 들었습니다. 하지만 색이 가진 지식의 모자가 손수건을 얻는 방법을 알려주었습니다. 한밤중에 그녀는 자신을 루시퍼한테 데려다 줄, 알고지내는 혼령을 찾아갔습니다. 하지만 잭은 어둠의 옷을 입고 속도를 내는 신을 신고 그녀만큼 빠르게 그곳으로 갔습니다. 공주가 루시퍼의 집으로 들어갔을 때, 그녀는 손수건을 늙은 루시퍼에게 주었고, 루시퍼는 그것을 선반 위에 올려 놓았습니다. 잭은 그곳에서 손수건을 집어 주인에게 가져다 주었고, 다음 날 아침 손수건을 공주에게 보여준 왕자는 목숨을 건졌습니다. 그날 공주는 왕자에게 입맞춤 하고, 그 입술을 다음 날 아침에 그녀에게 보여줘야하며, 그러지 않으면 목을 잃을 거라고 말했습니다.

"아, 당신이 오직 나하고만 입맞춘다면 그렇게 하리라." 왕자는 말했습니다.

"그건 여기도 없고 저기도 없어요. 만일 그렇게 못하면 당신은 죽음의 독배를 마실거예요." 공주는 말했습니다.

그리고 자정에 그녀는 전처럼 떠났고, 늙은 루시퍼에게 손수건을 잃어버린 일에 대해 화를 냈습니다. 그리곤 "왕의 아들한테 이 문제는 너무 어려울 거야, 왜냐하면 나는 당신에게 입맞출 거니까 그럼 그는 당신의 입술을 내게 보여주어야 되겠지." 공주는 말했습니다.

잭은 공주가 없을 때, 루시퍼의 머리를 잘라 투명 망토를 입고서 주인에게

and brought it under his invisible coat to his master,

who the next morning pulled it out by the horns before the lady. This broke the enchantment and the evil spirit left her, and she appeared in all her beauty. They were married the next morning, and soon after went to the court of King Arthur, where Jack for his many great exploits, was made one of the Knights of the Round Table.

Jack soon went searching for giants again, but he had not ridden far, when he saw a cave, near the entrance of which he beheld a giant sitting upon a block of timber, with a knotted iron club by his side. His goggle eyes were like flames of fire, his countenance grim and ugly, and his cheeks like a couple of large flitches of bacon, while the bristles of his beard resembled rods of iron wire, and the locks that hung down upon his brawny shoulders were like curled snakes or hissing adders. Jack alighted from his horse, and, putting on the coat of darkness, went up close to the giant, and said softly: "Oh! are you there? It will not be long before I take you fast by the beard."

The giant all this while could not see him, on account of his invisible coat, so that Jack, coming up close to the monster, struck a blow with his sword at his head, but, missing his aim, he cut off the nose instead. At this, the giant roared like claps of thunder, and began to lay about him with his iron club like one stark mad. But Jack, running behind, drove his sword up to the hilt in the giant's back, so that he fell down dead.

This done, Jack cut off the giant's head, and sent it, with his brother's also, to King Arthur, by a waggoner he hired for that purpose.

Jack now resolved to enter the giant's cave in search of his treasure,

가져왔습니다. 왕자는 다음 날 아침 공주 앞에서 그것의 뿔을 잡아 루시퍼의
머리를 꺼냈습니다. 이것으로 공주의 마법이 풀려 악령들은 모두 공주를 떠
났습니다. 공주의 본래 아름다운 모습이 다시 나타났습니다. 그들은 다음 날
아침 결혼을 하였고, 그들은 곧 아써 왕의 궁전으로 갔습니다. 그곳에서 잭은
엄청난 용맹 덕에 원탁의 기사가 되었습니다.

 잭은 다시 거인을 찾아갔습니다. 얼마 가지 않아 동굴을 하나 만났는데, 동
굴 입구에서 잭은 옆구리에 혹이 있는 강철곤봉을 들고 통나무 위에 앉아있
는 거인을 보았습니다. 그의 큰 눈은 불꽃처럼 이글거렸고, 그의 안색은 으스
스하고 추했으며, 그의 두 뺨은 커다란 베이컨 조각 같았습니다. 뻣뻣한 그의
턱수염은 철사 가시를 닮았고, 억세 보이는 어깨 위로 흘러내린 머리카락은
똬리 튼 뱀이나 혀를 날름거리는 독사처럼 보였습니다. 잭은 말에서 내려,
어둠의 외투를 입고 거인에게 다가가 작은 목소리로 말했습니다.
"아, 거기 있었니? 내가 곧 네 수염을 잡고 널 데려갈거야."
 그러는 동안 거인은 잭이 입은 투명 외투 때문에 잭을 보지 못했고, 그래서
잭은 괴물한테 다가가 자신의 검으로 그의 머리통을 힘껏 내리쳤습니다. 하
지만 명중시키지 못하고 거인의 코를 잘라냈습니다. 그러자 거인은 천둥소리
같은 괴성을 지르며 으르렁거렸고 미친놈처럼 자신의 쇠곤봉을 휘둘렀습니
다. 하지만 잭은 거인의 뒤를 쫓으며 거인의 등에 칼을 꽂았고 거인은 쓰러져
죽었습니다. 일을 끝내고 잭은 거인의 머리통을 베어 다른 거인의 것과 함께
그가 빌린 수레에 실어 아써 왕에게 보냈습니다.
 이제 잭은 보물을 찾으러 거인의 동굴에 들어가기로 마음을 먹었습니다. 무
수히 많은 굽이길과 골목을 지나 마침내 연석이 깔린 커다란 방에 도착하였

and, passing along through a great many windings and turnings, he came at length to a large room paved with freestone, at the upper end of which was a boiling caldron, and on the right hand a large table, at which the giant used to dine.

Then he came to a window, barred with iron, through which he looked and beheld a vast number of miserable captives, who, seeing him, cried out: "Alas! young man, art thou come to be one amongst us in this miserable den?"

"Ay," quoth Jack, "but pray tell me what is the meaning of your captivity?"

"We are kept here," said one, "till such time as the giants have a wish to feast, and then the fattest among us is slaughtered! And many are the times they have dined upon murdered men!"

"Say you so," quoth Jack, and straightway unlocked the gate and let them free, who all rejoiced like condemned men at sight of a pardon. Then searching the giant's coffers, he shared the gold and silver equally amongst them and took them to a neighbouring castle, where they all feasted and made merry over their deliverance.

But in the midst of all this mirth a messenger brought news that one Thunderdell, a giant with two heads, having heard of the death of his kinsmen, had come from the northern dales to be revenged on Jack, and was within a mile of the castle, the country people flying before him like chaff. But Jack was not a bit daunted, and said: "Let him come! I have a tool to pick his teeth; and you, ladies and gentlemen, walk out into the garden, and you shall witness this giant Thunderdell's death and

습니다. 방의 위쪽 끝에는 펄펄 끓는 용광로가 있었고, 오른쪽에는 거인이 식사를 하던 대형 식탁이 있었습니다. 그리고 잭은 쇠막대 창살이 처진 창가로 갔고, 그 창문으로 거인에게 잡힌 엄청난 숫자의 비참한 포로들을 보았습니다. 포로들은 잭을 보자 소리 질렀습니다.

"아, 젊은이, 당신도 이 비참한 소굴에 우리처럼 살게된 거요?"

"아, 예. 당신은 여기 왜 잡혔는지 말해주세요." 잭은 말했습니다.

"우리는 거인이 잔치를 열고 싶을 때까지 여기 잡혀 있는 기요. 우리 중 가장 살찐 자부터 도살이 되지요. 거인들은 살해된 사람을 먹는 날이 많았어요." 그중 한 포로가 말했습니다.

"그렇군요."

잭은 곧장 문을 열어 그들을 풀어주었습니다. 그들은 모두 저주받았다 사면된 사람들처럼 기뻐했습니다. 잭은 거인의 금고를 찾아 그들에게 금과 은을 공평하게 나누어주었고, 그들을 모두 근처 성으로 데려갔습니다. 성에서 그들은 구조된 것을 즐거워하며 잔치를 열었습니다.

모두가 이렇게 들떠 있을 때였습니다. 전령이 와서 머리가 둘 달린 거인이 인척의 사망 소식을 듣고 잭에게 복수를 하려고 북쪽 소굴에서 나왔으며, 그가 지금 성에서 1마일 안까지 다가왔다는 소식을 전했습니다. 마을 사람들이 모두 왕겨처럼 도망을 가고 있다는 소식도요. 잭은 그 소식에도 꿈적하지 않고 말했습니다.

"그가 다가오게 하라. 나는 그의 이빨을 뽑아낼 연장이 있다. 그리고 여러분 신사 숙녀들은 정원으로 걸어가 이 거인 썬더델의 죽음과 멸망의 증인이 될 것이다."

이 성은 깊이 9미터 너비 6미터이며, 들어올리는 다리가 있는 해자에 둘러

destruction."

The castle was situated in the midst of a small island surrounded by a moat thirty feet deep and twenty feet wide, over which lay a drawbridge. So Jack employed men to cut through this bridge on both sides, nearly to the middle; and then, dressing himself in his invisible coat, he marched against the giant with his sword of sharpness. Although the giant could not see Jack, he smelt his approach, and cried out in these words:

"Fee, fi, fo, fum!

I smell the blood of an Englishman!

Be he alive or be he dead, I'll grind his bones to make me bread!"

"Say'st thou so," said Jack; "then thou art a monstrous miller indeed."

The giant cried out again: "Art thou that villain who killed my kinsmen? Then I will tear thee with my teeth, suck thy blood, and grind thy bones to powder."

"You'll have to catch me first," quoth Jack, and throwing off his invisible coat, so that the giant might see him, and putting on his shoes of swiftness, he ran from the giant, who followed like a walking castle, so that the very foundations of the earth seemed to shake at every step. Jack led him a long dance, in order that the gentlemen and ladies might see; and at last to end the matter, ran lightly over the drawbridge, the giant, in full speed, pursuing him with his club.

Then, coming to the middle of the bridge, the giant's great weight broke it down, and he tumbled headlong into the water, where he rolled and wallowed like a whale. Jack, standing by the moat, laughed

싸인 섬 안에 있었습니다. 그래서 잭은 해자 중앙 양쪽에서 다리를 끊어버릴 사람을 고용했고, 투명 외투를 입고 날카로운 검을 들고 거인을 향해 걸어갔습니다. 거인은 잭을 볼 수 없었기 때문에, 냄새로 그가 다가오는 것을 알고서는 이렇게 외쳤습니다.

"흠, 흐, 흐, 흠.
영국 남자의 피냄새가 난다.
살아있든 죽어있든 뼈를 갈아 내 빵을 만들거야."

"그러니? 그러면 너는 괴물 방앗간장이구나." 잭이 말했습니다.

거인은 다시 소리쳤습니다. "네가 나의 친척을 죽인 악당이냐? 그러면 나는 내 이빨로 너를 찢고, 피를 마시고, 뼈를 갈아 가루로 만들어주마."

"먼저 나를 잡아야할 걸."

잭은 투명 외투를 벗어던졌습니다. 거인이 그를 볼 수 있게 되자, 잭은 빠른 신을 신고 거인에게서 달아났습니다. 거인은 걸어 다니는 성처럼 잭을 뒤쫓았습니다. 거인이 한걸음 한걸음 옮길 때마다 마치 땅이 흔들리는 것 같았습니다. 잭은 신사숙녀들이 그를 볼 수 있도록 오래 거인을 이끌었고, 마침내 해자 중앙에서 다리를 사뿐히 건너뛰었습니다.

전속력으로 달려오던 거인은 곤봉을 갖고 잭을 따라가다가 다리 한가운데에 이르렀습니다. 그때, 거인의 무게 때문에 다리가 무너져 물속으로 빠져 곤두박질을 쳤습니다. 물에 빠진 거인은 구르고 뒹굴었습니다. 잭은 해자 옆에 서서 그를 보고 내내 웃었습니다. 거인은 자신을 성내하는 웃음소리를 듣고 거품을 물었지만 복수하러 물 밖으로 나오지는 못했습니다. 잭은 마침내 수레 밧줄을 가져다 거인의 두 머리 위로 던지고, 밧줄을 말에 묶어 거인을 물

at him all the while; but though the giant foamed to hear him scoff, and plunged from place to place in the moat, yet he could not get out to be revenged. Jack at length got a cart-rope and cast it over the two heads of the giant, and drew him ashore by a team of horses, and then cut off both his heads with his sword of sharpness, and sent them to King Arthur.

After some time spent in mirth and pastime, Jack, taking leave of the knights and ladies, set out for new adventures. Through many woods he passed, and came at length to the foot of a high mountain. Here, late at night, he found a lonesome house, and knocked at the door, which was opened by an aged man with a head as white as snow. "Father," said Jack,

"can you lodge a benighted traveller that has lost his way?" "Yes," said the old man; "you are right welcome to my poor cottage." Whereupon Jack entered, and down they sat together, and the old man began to speak as follows: "Son, I see by your belt you are the great conqueror of giants, and behold, my son, on the top of this mountain is an enchanted castle, this is kept by a giant named Galligantua, and he by the help of an old conjurer, betrays many knights and ladies into his castle, where by magic art they are transformed into sundry shapes and forms. But above all, I grieve for a duke's daughter, whom they fetched from her father's garden, carrying her through the air in a burning chariot drawn by fiery dragons, when they secured her within the castle, and transformed her into a white hind. And though many knights have tried to break the enchantment, and work her deliverance, yet no one could accomplish

밖으로 꺼내, 아써왕에게 보냈습니다.

잠시 즐거운 시간을 보낸 잭은 기사와 숙녀들을 뒤로하고 다시 새로운 모험을 향해 떠났습니다. 많은 숲을 지나고 잭은 높은 산의 언저리에 도착했습니다. 이곳에서 잭은 외로운 집 한 채를 발견하고 문을 두드렸습니다. 그러자 머리가 눈처럼 하얀 노인이 문을 열었습니다.

"아버지, 길 잃은 사람을 하룻밤 묵게해 줄 수 있나요?" 잭은 말했습니다.

"그래. 내 옹색한 오두막에 마침 잘 왔다." 노인은 말했습니다.

잭은 집 안으로 들어갔습니다. 잭과 함께 자리에 앉아 노인은 이렇게 말했습니다.

"아들아, 허리띠를 보니 너는 위대한 거인 정복자구나. 아들아, 봐라, 저기 산꼭대기에 마법에 걸린 성이 있는데, 갈리강투아라는 거인이 늙은 마법사의 도움으로 많은 기사와 숙녀들을 배신하고 그 성으로 몰아넣었다. 그 성에서 그들은 마법에 걸려 여러 모양으로 변신해 있다. 헌데, 그 무엇보다도 나는 공작의 딸 때문에 슬프다. 괴물은 그녀를 아버지의 정원에서 납치해, 불을 내뿜는 용이 끄는 불타는 마차에 태워 하늘을 날아 데려와서는, 그녀를 하얀 암사슴으로 만들어버렸다. 많은 기사들이 그녀의 마법을 풀어보려고 찾아왔으나, 성문 옆에 서있는 무시무시한 두 그리핀이 대문에 다가오는 이는 누구나 죽여버리는 바람에 아무도 뜻을 이루지 못했다. 하지만 아들아, 너는 그들에게 들키지 않고 성문을 통과할지도 몰라. 성문에는 마법을 풀 수 있는 큰 글씨가 새겨져 있단다."

잭은 노인에게 손을 내밀며 아침에 목숨 걸고 숙녀를 구하러 가겠다고 약속했습니다.

아침이 되어 잠에서 깬 잭은 보이지 않는 외투를 입고, 마법의 모자를 쓰고,

it, on account of two dreadful griffins which are placed at the castle gate and which destroy every one who comes near. But you, my son, may pass by them undiscovered, where on the gates of the castle you will find engraven in large letters how the spell may be broken." Jack gave the old man his hand, and promised that in the morning he would venture his life to free the lady.

In the morning Jack arose and put on his invisible coat and magic cap and shoes, and prepared himself for the fray. Now, when he had reached the top of the mountain he soon discovered the two fiery griffins, but passed them without fear, because of his invisible coat. When he had got beyond them, he found upon the gates of the castle a golden trumpet hung by a silver chain, under which these lines were engraved:

"Whoever shall this trumpet blow,

Shall soon the giant overthrow,

And break the black enchantment straight;

So all shall be in happy state."

Jack had no sooner read this but he blew the trumpet, at which the castle trembled to its vast foundations, and the giant and conjurer were in horrid confusion, biting their thumbs and tearing their hair, knowing their wicked reign was at an end. Then the giant stooping to take up his club, Jack at one blow cut off his head; whereupon the conjurer, mounting up into the air, was carried away in a whirlwind.

Then the enchantment was broken, and all the lords and ladies who had so long been transformed into birds and beasts returned to their

마법의 신을 신고서는, 괴물을 맞으러 갈 준비를 하였습니다. 산 정상에 도착한 잭은 불같은 두 개의 그리핀을 발견했으나 투명 외투 덕에 두려움 없이 그들을 통과했습니다. 잭이 그들을 벗어날 때 잭은 성문 위에 황금 나팔이 은사슬에 매달려있는 것을 보았고, 그 아래 다음과 같은 글자가 새겨져 있는 것을 보았습니다.

이 나팔을 부는 사람은 누구든
곧 거인을 물리치고
검은 마법을 깨리라.
그리하여 모든 사람이 행복해지리라.

이 글을 읽자마자 잭은 나팔을 불었습니다. 그러자 성은 바닥까지 흔들렸으며, 거인과 마법사는 혼돈에 휩싸였습니다. 그들은 자신들의 지배가 끝났다는 것을 알고는, 엄지를 깨물고 머리카락을 잡아 뜯었습니다. 거인이 자신의 곤봉을 잡으러 허리를 구부렸을 때, 잭은 한 방에 그의 머리통을 깼습니다.

마법사는 허공으로 올라가 소용돌이 바람을 타고 사라졌습니다. 그러자 그가 걸었던 마법이 모두 깨졌습니다. 오랫동안 그곳에서 새와 짐승들로 변신해 있었던 군주와 숙녀들은 본래 자신들의 모습을 찾았고, 성은 구름 연기 속으로 사라졌습니다.

일이 마무리된 후 갈리강투아의 머리는 아서왕의 궁전으로 이송되었습니다. 잭은 다음 날 군주와 숙녀들과 함께 왕의 궁전으로 왔습니다. 용맹에 대한 보상으로 왕은 공작의 딸을 잭과 결혼시겼습니다. 그늘은 결혼했고, 온 왕국은 결혼 소식에 기뻐하였습니다. 게다가 왕은 잭에게 아름다운 영지가 딸린 귀족의 성을 하사했고, 그곳에서 잭은 부인과 함께 엄청난 행복을 누리며

proper shapes, and the castle vanished away in a cloud of smoke. This being done, the head of Galligantua was likewise, in the usual manner, conveyed to the Court of King Arthur, where, the very next day, Jack followed, with the knights and ladies who had been delivered. Whereupon, as a reward for his good services, the king prevailed upon the duke to bestow his daughter in marriage on honest Jack. So married they were, and the whole kingdom was filled with joy at the wedding. Furthermore, the king bestowed on Jack a noble castle, with a very beautiful estate thereto belonging, where he and his lady lived in great joy and happiness all the rest of their days.

여생을 살았습니다.

HENNY-PENNY

One day Henny-penny was picking up corn in the cornyard when--whack!--something hit her upon the head. "Goodness gracious me!" said Henny-penny; "the sky's a-going to fall; I must go and tell the king."

So she went along and she went along and she went along till she met Cocky-locky. "Where are you going, Henny-penny?" says Cocky-locky. "Oh! I'm going to tell the king the sky's a-falling," says Henny-penny. "May I come with you?" says Cocky-locky. "Certainly," says Henny-penny. So Henny-penny and Cocky-locky went to tell-the king the sky was falling.

They went along, and they went along, and they went along, till they met Ducky-daddles. "Where are you going to, Henny-penny and Cocky-locky?" says Ducky-daddles. "Oh! we're going to tell the king the sky's a-falling," said Henny-penny and Cocky-locky. "May I come with you?" says Ducky-daddles. "Certainly," said Henny-penny and Cocky-locky. So Henny-penny, Cocky-locky and Ducky-daddles went to tell the king the sky was a-falling.

So they went along, and they went along, and they went along, till they met Goosey-poosey, "Where are you going to, Henny-penny, Cocky-locky and Ducky-daddles?" said Goosey-poosey. "Oh! we're going to tell the king the sky's a-falling," said Henny-penny and Cocky-locky and Ducky-daddles. "May I come with you," said Goosey-poosey. "Certainly,"

암탉 페니

암탉 헤니-페니가 옥수수밭에서 옥수수를 쪼아먹을 때, 머리 위로 무엇인가 가 떨어졌습니다.

"제발 절 구원해 주세요. 하늘이 무너져 내리는 군요. 얼른 가서 왕께 알려 야겠어요." 암탉 페니는 말했습니다.

그녀는 길을 따라 갔고, 길을 따라 갔고, 길을 따라 가다가 수탉 코키라키를 만났습니다.

"헤니페니! 어디 가?" 코키라키가 물었습니다.

"아, 왕께 하늘이 무너지는 중이라고 알리러 가는 중이야." 헤니페니는 말했 습니다.

"같이 갈까?" 코키라키가 말했습니다.

"그래." 헤니페니는 말했습니다.

그래서 헤니페니와 코키라키는 왕에게 하늘이 무너져내리고 있다는 말을 하러 갔습니다.

그들은 길을 걷고 걷고 걷다가, 오리 더키대들을 만났습니다.

"너희들 어디 가니?"

"아, 우리는 하늘이 무너지고 있다는 말을 하러 왕을 만나러 가는 중이야." 둔은 대답했습니다.

"나도 같이 갈까?" 더키대들이 말했습니다.

"좋아." 그들은 대답했습니다. 그래서 헤니페니, 코키라키, 더키대들은 왕에

said Henny-penny, Cocky-locky and Ducky-daddles. So Henny-penny, Cocky-locky, Ducky-daddles and Goosey-poosey went to tell the king the sky was a-falling.

So they went along, and they went along, and they went along, till they met Turkey-lurkey. "Where are you going, Henny-penny, Cocky-locky, Ducky-daddles, and Goosey-poosey?" says Turkey-lurkey. "Oh! we're going to tell the king the sky's a-falling," said Henny-penny, Cocky-locky, Ducky-daddles and Goosey-poosey. "May I come with you? Henny-penny, Cocky-locky, Ducky-daddles and Goosey-poosey?" said Turkey-lurkey. "Why, certainly, Turkey-lurkey," said Henny-penny, Cocky-locky, Ducky-daddles, and Goosey-poosey. So Henny-penny, Cocky-locky, Ducky-daddles, Goosey-poosey and Turkey-lurkey all went to tell the king the sky was a-falling.

So they went along, and they went along, and they went along, till they met Foxy-woxy, and Foxy-woxy said to Henny-penny, Cocky-locky, Ducky-daddles, Goosey-poosey and Turkey-lurkey: "Where are you going, Henny-penny, Cocky-locky, Ducky-daddles, Goosey-poosey, and Turkey-lurkey?" And Henny-penny, Cocky-locky, Ducky-daddles, Goosey-poosey, and Turkey-lurkey said to Foxy-woxy: "We're going to tell the king the sky's a-falling." "Oh! but this is not the way to the king, Henny-penny, Cocky-locky, Ducky-daddles, Goosey-poosey and Turkey-lurkey," says Foxy-woxy; "I know the proper way; shall I show it you?" "Why certainly, Foxy-woxy," said Henny-penny, Cocky-locky, Ducky-daddles, Goosey-poosey, and Turkey-lurkey. So Henny-penny, Cocky-locky, Ducky-daddles, Goosey-poosey, Turkey-lurkey, and Foxy-

게 하늘이 무너지고 있다는 말을 하러 갔습니다.

그들은 걷고 걷고 걷다가 거위 구시푸시를 만났습니다.

"너희들 어디 가니?" 구시푸시가 물었습니다.

"우린 왕께 하늘이 무너지는 있다는 걸 알리러 가."

"나도 갈까?" 구시푸시가 물었습니다.

그들은 "그래."라고 말했습니다. 그래서 헤니페니, 코키라키, 더키대들, 구시푸시는 왕께 하늘이 무너저내린다는 말을 하러 갔습니다.

그들은 걷고 걷고 걷다 칠면조 터키러키를 만났습니다.

"너희들 어디 가니?" 터키러키가 물었습니다.

"우린 하늘이 무너진다는 것을 말하러 왕한테 가는 중이야." 그들은 말했습니다.

"나도 갈까?" 터키러키가 물었습니다.

"그래 터키러키야." 그들은 말했습니다. 그래서 헤니페니, 코키라키, 더키대들, 구시푸시, 터키러키는 왕에게 하늘이 무너진다는 말을 하러 갔습니다.

그들은 걷고 걷고 걷다가 여우 팍시왁시를 만났고, 팍시왁시는 그들에게 "너희들 어디 가니?"라고 물었습니다.

"우리는 왕한테 하늘이 무너지고 있다는 말을 하러 가는 중이야." 그들은 말했습니다.

"이 길은 왕한테 가는 길이 아닌데, 내가 길을 알아. 내가 길 가르쳐줄까?" 팍시왁시가 말했습니다.

"그래, 팍시왁시." 그들은 말했습니다.

그래서 그들은 모두 하늘이 무너져 내린다는 말을 하러 왕에게 갔습니다. 그들은 길을 걷고 걷고 걷다가 아주 좁고 어두운 구멍에 닿았습니다. 이것은

woxy all went to tell the king the sky was a-falling. So they went along, and they went along, and they went along, till they came to a narrow and dark hole. Now this was the door of Foxy-woxy's cave. But Foxy-woxy said to Henny-penny, Cocky-locky, Ducky-daddles, Goosey-poosey, and Turkey-lurkey: "This is the short way to the king's palace you'll soon get there if you follow me. I will go first and you come after, Henny-penny, Cocky-locky, Ducky daddles, Goosey-poosey, and Turkey-lurkey." "Why of course, certainly, without doubt, why not?" said Henny-Penny, Cocky-locky, Ducky-daddles, Goosey-poosey, and Turkey-lurkey.

So Foxy-woxy went into his cave, and he didn't go very far but turned round to wait for Henny-Penny, Cocky-locky, Ducky-daddles, Goosey-poosey and Turkey-lurkey. So at last at first Turkey-lurkey went through the dark hole into the cave. He hadn't got far when "Hrumph," Foxy-woxy snapped off Turkey-lurkey's head and threw his body over his left shoulder.

Then Goosey-poosey went in, and "Hrumph," off went her head and Goosey-poosey was thrown beside Turkey-lurkey. Then Ducky-daddles waddled down, and "Hrumph," snapped Foxy-woxy, and Ducky-daddles' head was off and Ducky-daddles was thrown alongside Turkey-lurkey and Goosey-poosey. Then Cocky-locky strutted down into the cave and he hadn't gone far when "Snap, Hrumph!" went Foxy-woxy and Cocky locky was thrown alongside of Turkey-lurkey, Goosey-poosey and Ducky-daddles.

But Foxy-woxy had made two bites at Cocky-locky, and when the first

곽시왁시가 사는 동굴의 입구였습니다.

하지만 곽시왁시는 나머지 친구들에게 "이것은 왕의 궁전으로 가는 지름길이야. 너희들이 나를 따르면 곧 목적지에 닿을 수 있어. 내가 앞장설 테니 너희들은 따라와, 얘들아." 라고 말했습니다.

"당연하지, 왜 안 그러겠니." 그들은 말했습니다.

그래서 곽시왁시는 동굴로 들어갔고, 얼마 안 가 몸을 돌렸습니다. 그들이 오는 것을 기다리기 위해서였지요.

터키러키가 제일 먼저 어두운 동굴 구멍으로 들어갔습니다.

"어흥!"

곽시왁시는 터키러키의 머리를 덥석 물고 몸통을 자신의 왼쪽 어깨 위로 넘겼습니다. 다음 구시푸시가 동굴 안으로 들어갔습니다.

흠! 소리와 함께 그의 머리가 사라지고 몸은 터키러키 옆에 던져졌습니다. 더키대들은 뒤뚱거리며 동굴로 내려왔고, 흠, 소리와 함께 더키대들의 목은 사라지고 몸통은 터키러키와 구시푸시 옆에 던져졌습니다.

다음으로 코키라키가 동굴로 들어왔습니다. 얼마 가지 않아, 흠, 소리와 함께 그의 머리는 사라지고, 몸통은 터키러키, 구시푸시, 더키대들 옆에 던져졌습니다.

하지만 곽시왁시는 코키라키를 두 번 물었고, 첫 번째 물은 것은 코키라키에게 상처만 주었을 뿐 그를 죽이지 못해, 그는 헤니페니에게 소리쳤습니다.

헤니-페니는 집으로 달려갔고, 왕에게 하늘이 무너진다는 말을 하지 못했습니다.

217

snap only hurt Cocky-locky, but didn't kill him, he called out to Henny-penny. So she turned tail and ran back home, so she never told the king the sky was a-falling.

CHILDE ROWLAND

Childe Rowland and his brothers twain Were playing at the ball, And there was their sister Burd Ellen In the midst, among them all.

Childe Rowland kicked it with his foot
And caught it with his knee;
At last as he plunged among them all
O'er the church he made it flee.

Burd Ellen round about the aisle
To seek the ball is gone,
But long they waited, and longer still,
And she came not back again.

They sought her east, they sought her west,
They sought her up and down,
And woe were the hearts of those brethren,
For she was not to be found.

So at last her eldest brother went to the Warlock Merlin and told him all the case, and asked him if he knew where Burd Ellen was. "The fair Burd Ellen," said the Warlock Merlin, "must have been carried off by the

귀공자 로우랜드

귀공자 로우랜드와 그의 두 형제는 공놀이를 하며 즐거운 시간을 보내고 있었습니다. 거기에는 누이인 버드 엘런도 있었습니다.

귀공자 로우랜드는 발로 공을 찼습니다.
그리고 무릎으로 그것을 잡았습니다.
마침내 그것이 그들 가운데로 떨어질 때
그는 그것을 교회 위로 날려버렸지요.

버드 엘런은 복도 주변을 돌아다녔습니다.
사라진 공을 찾으러
오래, 오래 기다렸지만
그녀는 돌아오지 않았지요.

그들은 동쪽에서 그녀를 찾았고, 서쪽에서도 찾았습니다.
그들은 위아래로 그녀를 찾았어요.
형제들의 마음은 비통했습니다.
그녀가 다시 오지 않았기 때문이지요.

마침내 그녀의 오빠는 마법사 멀린을 찾아가 자초지종을 이야기하고 버드 엘런이 어디있는지를 물었습니다.

"요정들이 아름다운 버드 엘런을 데려갔다. 왜냐하면 그녀는 교회를 태양과

fairies, because she went round the church 'wider shins'--the opposite way to the sun. She is now in the Dark Tower of the King of Elfland; it would take the boldest knight in Christendom to bring her back."

"If it is possible to bring her back," said her brother, "I'll do it, or perish in the attempt."

"Possible it is," said the Warlock Merlin, "but woe to the man or mother's son that attempts it, if he is not well taught beforehand what he is to do."

The eldest brother of Burd Ellen was not to be put off, by any fear of danger, from attempting to get her back, so he begged the Warlock Merlin to tell him what he should do, and what he should not do, in going to seek his sister. And after he had been taught, and had repeated his lesson, he set out for Elfland.

But long they waited, and longer still,
  With doubt and muckle pain,
But woe were the hearts of his brethren,
  For he came not back again.

Then the second brother got tired and sick of waiting, and he went to the Warlock Merlin and asked him the same as his brother. So he set out to find Burd Ellen.

But long they waited, and longer still,
  With muckle doubt and pain,

반대 방향으로 돌았기 때문이지. 그 아이는 지금 엘프랜드 왕의 검은 탑 안에 갇혀있다. 그 애를 데려오려면 기독교 세상에서 가장 용감한 기사가 필요하다." 멀린이 말했습니다.

"그 애를 데려올 수 있다면, 제가 가겠습니다. 안 그러면 그 일을 망칠 거예요." 오빠가 말했습니다.

"가능하다. 하지만 그가 해야할 일을 제대로 알지 못한다면, 그 일을 행하는 남자나, 남자의 어머니는 고통스럽다." 마법사 멀린은 말했습니다.

버드 엘런의 큰 오빠는 위험이 두렵다고 해서, 누이를 데려오는 일을 지체하려하지 않았습니다. 그는 자신이 무엇을 해야 되는지, 무엇을 해서는 안 되는지를 말해달라고 청했고, 가르침을 받았습니다. 그는 그것을 반복해서 기억한 다음, 엘런을 찾으러 떠났습니다.

그들은 오래오래 기다렸습니다
큰 고통과 의심 속에서
엄마와 형제의 마음은 고통뿐이었습니다
그가 다시 오지 않기 때문에.

둘째 오빠도 기다림에 지쳐 마법사 멀린을 찾아가 그의 형과 같은 청을 했습니다. 그리고 그는 버드 엘런을 찾아 떠났습니다.

그들은 오래오래 기다렸습니다
큰 고통과 의심 속에서
엄마와 형제의 마음은 고통뿐이었습니다
그가 다시 오지 않기 때문에.

And woe were his mother's and brother's heart,

For he came not back again.

And when they had waited and waited a good long time, Childe Rowland, the youngest of Burd Ellen's brothers, wished to go, and went to his mother, the good queen, to ask her to let him go. But she would not at first, for he was the last of her children she now had, and if he was lost, all would be lost. But he begged, and he begged, till at last the good queen let him go, and gave him his father's good brand that never struck in vain. And as she girt it round his waist, she said the spell that would give it victory.

So Childe Rowland said good-bye to the good queen, his mother, and went to the cave of the Warlock Merlin. "Once more, and but once more," he said to the Warlock, "tell how man or mother's son may rescue Burd Ellen and her brothers twain."

"Well, my son," said the Warlock Merlin, "there are but two things, simple they may seem, but hard they are to do. One thing to do, and one thing not to do. And the thing to do is this: after you have entered the land of Fairy, whoever speaks to you, till you meet the Burd Ellen, you must out with your father's brand and off with their head.

And what you've not to do is this: bite no bit, and drink no drop, however hungry or thirsty you be; drink a drop, or bite a bit, while in Elfland you be and never will you see Middle Earth again."

So Childe Rowland said the two things over and over again, till he knew them by heart, and he thanked the Warlock Merlin and went on

그들은 아주 긴 시간을 기다리고 기다렸습니다. 마침내 버드 엘런 형제의 막내인 귀공자 로우랜드도 누이를 찾으러 떠나고 싶어져, 착한 여왕인 어머니를 찾아가 떠나게 해달라고 청했습니다. 하지만 여왕은 허락하지 않으려 했습니다. 왜냐하면 그는 마지막 하나 남은 자식이어서, 만일 이 아들마저 잃어버리면, 그녀는 모든 것을 잃기 때문이었습니다. 하지만 그는 청하고, 청했습니다. 마침내 선한 여왕은 그가 가는 것을 허락하며, 한 번도 실패하지 않은 아버지의 훌륭한 검을 주었습니다. 아들이 허리에 검을 찰 때, 여왕은 승리를 안겨줄 주문을 검에 외웠습니다.

　귀공자 로우랜드는 선한 여왕이자 어머니에게 작별인사를 하고 마법사 멀린의 동굴로 갔습니다. "한 번만, 제발 한 번만, 여자의 아들이 버드 엘런과 그녀의 두 형제를 구할 수 있는지 알려주세요." 그는 말했습니다.

　"그러마. 두 가지 할 일이 있다. 간단한 듯 하지만 어려운 일이다. 하나는 해야 할 일이고 다른 하나는 해서는 안 될 일이다. 해야 할 일은 이것이다. 요정의 나라에 들어가거든 누가 말을 걸건, 버드 엘런을 만날 때까지는 아버지의 검을 들고 그들의 목을 베라. 네가 해서는 안 될 일은 이것이다. 아무리 배가 고프고, 아무리 갈증이 나더라도, 부스러기조차 먹지 마라. 떨어지는 물방울도 마시지 마라. 엘프랜드에서 떨어지는 물방울을 마시거나 부스러기를 씹으면 중간 세계에 다시 오지도, 그것을 다시 보지도 못할 것이다."

　귀공자 로우랜드는 그 두 가지를 외우게 될 때까지 계속해서 되새기고 되새긴 다음, 마법사 멀린에게 감사의 말을 전하고 길을 떠났습니다. 그는 계속 길을 걷고, 걷고, 걷고, 걸어서 막 먹이고 있는 엘프랜드 왕의 말 목동을 만났습니다. 공자는 불같은 그들의 눈을 보고, 그가 마침내 요정의 땅에 닿은 것을 깨닫게 된 것입니다.

his way. And he went along, and along, and along, and still further along, till he came to the horse-herd of the King of Elfland feeding his horses. These he knew by their fiery eyes, and knew that he was at last in the land of Fairy. "Canst thou tell me," said Childe Rowland to the horse-herd, "where the King of Elfland's Dark Tower is?" "I cannot tell thee," said the horse-herd, "but go on a little further and thou wilt come to the cow-herd, and he, maybe, can tell thee."

Then, without a word more, Childe Rowland drew the good brand that never struck in vain, and off went the horse-herd's head, and Childe Rowland went on further, till he came to the cow-herd, and asked him the same question. "I can't tell thee," said he, "but go on a little farther, and thou wilt come to the hen-wife, and she is sure to know." Then Childe Rowland out with his good brand, that never struck in vain, and off went the cow-herd's head. And he went on a little further, till he came to an old woman in a grey cloak, and he asked her if she knew where the Dark Tower of the King of Elfland was. "Go on a little further," said the hen-wife, "till you come to a round green hill, surrounded with terrace-rings, from the bottom to the top; go round it three times, widershins, and each time say:

Open, door! open, door!
And let me come in.

and the third time the door will open, and you may go in." And Childe Rowland was just going on, when he remembered what he had to do; so

그리하여 귀공자 로우랜드는 한 목동에게 물었습니다. "엘프랜드 검은 탑의 왕이 어디 있는지 아시오?"

"말할 수 없소. 그러나 조금만 더 가보시오. 그러면 소치는 목동을 만날 것인데, 그가 말해줄지도 모르오." 그는 말했습니다.

그리고 나서 한 마디 말도 더 하지 않고, 공자 로우랜드는 한 번도 헛되이 쓰인적 없는 선한 검을 뽑아 말목동의 머리를 베었습니다. 그리고 더 길을 가다가, 소목동을 만나 같은 질문을 했습니다.

"말해줄 수 없다. 하지만 더 걸어가면 닭치는 여자를 만날텐데, 그녀는 확실히 알아." 소목동은 말했습니다. 그의 대답을 듣고나서, 공자 로우랜드는 한 번도 헛되이 쓰인적 없는 자신의 선한 검을 들어 소목동의 머리를 벴습니다. 그는 길을 더 걸어 회색 외투를 입은, 닭치는 늙은 여자를 만났습니다. 그는 엘프랜드 왕의 검은 탑이 어디 있는지 아느냐고 물었습니다. 닭치는 여자는 대답했습니다.

"조금 더 가봐. 아래서 꼭대기까지 계단으로 둘러싸인 둥근 초록 언덕이 나올 때까지 말이야. 그것을 세 번 돌아. 태양과 반대방향으로. 그리고 매번 이렇게 말하는 거야. '열려라 문! 열려라 문! 내가 들어가게.' 세 번째에 문이 열리면 들어가도 되겠지."

로우랜드 공자는 그냥 지나가려다 자신이 해야할 일이 생각났습니다. 그래서 그는 한 번도 헛되이 쓰인 적이 없는 검을 들어, 닭치는 여자의 목을 베었습니다.

그는 계속 길을 건너 위에서 아래까지 계단으로 되어있는 둥그런 초록 언덕에 닿아, 태양이 도는 방향과 반대방향으로 그곳을 세 번 돌며 말했습니다.

he out with the good brand, that never struck in vain, and off went the hen-wife's head.

Then he went on, and on, and on, till he came to the round green hill with the terrace-rings from top to bottom, and he went round it three times, widershins, saying each time:

Open, door! open, door!
And let me come in.

And the third time the door did open, and he went in, and it closed with a click, and Childe Rowland was left in the dark.

It was not exactly dark, but a kind of twilight or gloaming. There were neither windows nor candles, and he could not make out where the twilight came from, if not through the walls and roof. These were rough arches made of a transparent rock, incrusted with sheepsilver and rock spar, and other bright stones. But though it was rock, the air was quite warm, as it always is in Elfland. So he went through this passage till at last he came to two wide and high folding-doors which stood ajar.

And when he opened them, there he saw a most wonderful and glorious sight. A large and spacious hall, so large that it seemed to be as long, and as broad, as the green hill itself. The roof was supported by fine pillars, so large and lofty, that the pillars of a cathedral were as nothing to them. They were all of gold and silver, with fretted work, and between them and around them, wreaths of flowers, composed of what do you think?

"열려라, 문! 열려라, 문! 내가 들어간다."

세 번째에 문이 열려 그는 안으로 들어갔습니다. 문은 찰칵 소리를 내며 닫혔습니다. 귀공자 로우랜드만이 어둠 속에 홀로 남았습니다.

완전한 어둠은 아니었습니다. 황혼같은 희미한 빛이 있었습니다. 창문도 없었고, 양초도 없어서 벽과 지붕을 통해서가 아니라면 그 빛이 어디서 들어오는지 그는 알 수가 없었습니다. 투명한 바위가 둥그린 모양을 이루며 양은, 바위 등으로 뒤덮혀 있었고, 다른 밝은 색의 돌들도 있었습니다. 암벽이었지만 공기는 엘프랜드답게 사뭇 따뜻했습니다. 통로를 따라 조금 걷자 폭이 넓고 키가 큰 접이식 문이 약간 열려있는 것이 보였습니다.

그 문을 열었을 때, 그는 가장 놀랍고 신비한 광경을 보았습니다. 아주 크고 넓은 공간이 있었는데, 그 공간은 너무나 크고 넓어서 그 자체가 초록 언덕처럼 느껴졌습니다. 지붕을 지탱하고 있는 멋진 기둥은 아주 크고 높아서 대성당의 기둥은 비할 바가 못되었습니다. 기둥 둘레엔 꽃장식이 걸려있었는데 과연 어떤 꽃이었을까요? 거기엔 다이아몬드와 에메랄드, 그리고 온갖 종류의 보석이 다 들어있었습니다. 둥근 천장을 구성하는 핵심 보석은 다이아몬드와 루비, 진주였고, 다른 귀한 보석들이 포도송이처럼 뭉쳐있었습니다.

이 모든 것은 둥근 천장의 한가운데에 있었고, 바로 거기에 속이 비어 투명하고, 큰 진주로 만들어진 거대한 램프가 황금 사슬에 매달려 있었습니다. 그리고 이 램프 한가운데선 거대한 석류석이 끊임 없이 돌고 있었습니다. 이 공간 전체에 빛을 뿜어내는 것은 바로 이것이었는데, 마치 저무는 해가 내는 석양빛 같았습니다.

공간은 대단히 웅장하게 장식되어 있어서 한 쪽 끝에는 융단, 금, 은으로 만

Why, of diamonds and emeralds, and all manner of precious stones. And the very key-stones of the arches had for ornaments clusters of diamonds and rubies, and pearls, and other precious stones. And all these arches met in the middle of the roof, and just there, hung by a gold chain, an immense lamp made out of one big pearl hollowed out and quite transparent. And in the middle of this was a big, huge carbuncle, which kept spinning round and round, and this was what gave light by its rays to the whole hall, which seemed as if the setting sun was shining on it.

The hall was furnished in a manner equally grand, and at one end of it was a glorious couch of velvet, silk and gold, and there sate Burd Ellen, combing her golden hair with a silver comb. And when she saw Childe Rowland she stood up and said:

"God pity ye, poor luckless fool,
What have ye here to do?

"Hear ye this, my youngest brother,
Why didn't ye bide at home?
Had you a hundred thousand lives
Ye couldn't spare any a one.

"But sit ye down; but woe, O, woe,
That ever ye were born,
For come the King of Elfland in,

들어진 의자가 놓여있었습니다. 바로 거기서 버드 엘런은 은빗으로 황금 머리카락을 빗고 있었습니다. 귀공자 로우랜드를 보자마자 그녀는 일어나 말했습니다.

"이런, 불쌍한 바보같으니,
여긴 왜 온 거야?

막내 오빠가 여기 있다니.
왜 집에서 기다리지 않고?
목숨을 수십만 개 가졌더라도
한 개도 구할 수 없어.

하지만 여기 앉아, 슬프다, 슬프다
오빠가 태어난 것이
엘프랜드의 왕이 들어오면
오빠의 행운도 사라질 거야."

그들은 나란히 앉았습니다. 귀공자 로우랜드는 자신이 겪은 일을 다 말했습니다. 여동생은 두 명의 오빠들이 어떻게 검은 탑에 도착해, 엘프랜드의 왕의 마법에 걸려 죽은 듯이 무덤 속에 갇혀있는지를 모두 말했습니다. 이야기를 잠시 나누고 나자, 귀공자 로우랜드는 여행 때문에 허기가 느껴져, 마법사 멀린의 경고를 잊고 누이한테 배가 고프니 먹을 것을 달라고 청했습니다.

버드 엘런은 귀공자 로우랜드를 슬프게 바라보고는 머리를 흔들었지만, 그녀는 마법에 걸려있어서 오빠에게 경고를 할 수 없었습니다. 그녀는 일어나 밖으로 나갔고, 빵과 우유가 가득 든 그릇을 들고 들어왔습니다. 귀공자 로우

231

Your fortune is forlorn."

Then they sate down together, and Childe Rowland told her all that he had done, and she told him how their two brothers had reached the Dark Tower, but had been enchanted by the King of Elfland, and lay there entombed as if dead. And then after they had talked a little longer Childe Rowland began to feel hungry from his long travels, and told his sister Burd Ellen how hungry he was and asked for some food, forgetting all about the Warlock Merlin's warning.

Burd Ellen looked at Childe Rowland sadly, and shook her head, but she was under a spell, and could not warn him. So she rose up, and went out, and soon brought back a golden basin full of bread and milk. Childe Rowland was just going to raise it to his lips, when he looked at his sister and remembered why he had come all that way. So he dashed the bowl to the ground, and said: "Not a sup will I swallow, nor a bit will I bite, till Burd Ellen is set free."

Just at that moment they heard the noise of some one approaching, and a loud voice was heard saying:

"Fee, fi, fo, fum,

I smell the blood of a Christian man,

Be he dead, be he living, with my brand,

I'll dash his brains from his brain pan."

And then the folding-doors of the hall were burst open, and the King of Elfland rushed in.

랜드는 그릇을 들어 입술에 댄 채, 누이를 바라보고는 자신이 그곳에 온 이유를 기억해내었습니다. 그래서 그는 그릇을 바닥에 내던지고 말했습니다. "버드 엘런이 풀려날 때까지 한 모금도 마시지 않을 거야. 한 조각도 깨물지 않을 거야."

바로 그 순간, 그들은 누군가 다가오는 소리를 들었습니다.

"흠, 흐, 흐, 흠
기독교인의 냄새가 난다.
산자든 죽은 자든, 내 검으로
그의 머리를 박살낼 것이다."

동굴의 접이식 문이 활짝 열리더니 엘프랜드의 왕이 들어왔습니다.

"처라, 허깨비야, 할 수 있다면!" 귀공자 로우랜드는 이렇게 소리 지르고 한 번도 실패하지 않은 자신의 선한 검을 들고 왕에게 달려들었습니다. 그들은 싸우고, 싸우고, 싸워 마침내 로우랜드는 엘프랜드 왕의 무릎을 꿇렸고, 엘프랜드 왕은 항복하고 자비를 베풀어 달라고 말하였습니다.

"너에게 자비를 베풀겠다. 내 누이를 마법에서 풀어주고, 내 형제들을 살려 내고, 우리 모두를 자유롭게 한다면, 너를 살려주겠다." 귀공자 로우랜드는 말했습니다.

"좋아."

엘프랜드 왕은 말하며 일어나 서랍으로 가서는 피처럼 붉은 액체가 가득 들은 작은 약병 하나를 꺼냈습니다. 이것으로 그가 두 형제의 귀, 눈썹, 콧구멍, 입술, 손가락 끝을 문지르자, 그들은 즉시 살아났고, 그들의 혼이 나갔었지만 지금은 돌아왔다고 말했습니다. 엘프랜드 왕은 버드 엘런에게 무엇인가 속삭

"Strike then, Bogle, if thou darest," shouted out Childe Rowland, and rushed to meet him with his good brand that never yet did fail. They fought, and they fought, and they fought, till Childe Rowland beat the King of Elfland down on to his knees, and caused him to yield and beg for mercy. "I grant thee mercy," said Childe Rowland, "release my sister from thy spells and raise my brothers to life, and let us all go free, and thou shalt be spared." "I agree," said the Elfin King, and rising up he went to a chest from which he took a phial filled with a blood-red liquor. With this he anointed the ears, eyelids, nostrils, lips, and finger-tips, of the two brothers, and they sprang at once into life, and declared that their souls had been away, but had now returned.

The Elfin king then said some words to Burd Ellen, and she was disenchanted, and they all four passed out of the hall, through the long passage, and turned their back on the Dark Tower, never to return again. And they reached home, and the good queen, their mother, and Burd Ellen never went round a church widershins again.

였고, 그러자 그녀는 마법이 풀렸습니다.

그들 네 사람은 동굴에서 나왔습니다. 긴 복도를 지나고 그들은 어둠의 탑을 보려고 뒤를 돌아보았지만, 다시는 그리 가지 않았습니다.

자, 이제 그들은 집에 왔습니다. 그리고 어머니인 선한 여왕과 버드 엘런은 다시는 교회 주변을 태양의 반대방향으로 돌지 않았습니다.

MOLLY WHUPPIE

Once upon a time there was a man and a wife had too many children, and they could not get meat for them, so they took the three youngest and left them in a wood. They travelled and travelled and could see never a house. It began to be dark, and they were hungry. At last they saw a light and made for it; it turned out to be a house. They knocked at the door, and a woman came to it, who said: "What do you want?" They said:

"Please let us in and give us something to eat."

The woman said: "I can't do that, as my man is a giant, and he would kill you if he comes home." They begged hard. "Let us stop for a little while," said they, "and we will go away before he comes." So she took them in, and set them down before the fire, and gave them milk and bread; but just as they had begun to eat a great knock came to the door, and a dreadful voice said:

"Fee, fie, fo, fum,
I smell the blood of some earthly one.

Who have you there, wife?" "Eh," said the wife, "it's three poor lassies cold and hungry, and they will go away. Ye won't touch 'em, man." He said nothing, but ate up a big supper, and ordered them to stay all night.

몰리 후피

옛날에 자식이 너무 많은 부부가 살았습니다. 부부는 자식들을 먹일 고기가 넉넉하지 않아서, 나이 어린 세 자식을 숲에 버려 두었습니다. 아이들은 집을 찾아 걷고 걸었지만 찾을 수 없었습니다. 슬슬 어두워지고, 아이들은 배가 고팠습니다. 마침내 아이들은 희미한 불빛을 보고 그리로 걸어갔습니다. 그것은 집이었습니다. 아이들이 문을 두드리자 주인 여자가 나와 물었습니다.

"원하는 게 뭐야?"

"우리가 안으로 들어가게 해주시고 먹을 것을 주세요."

"안 돼. 내 남편은 거인이야. 그가 집에 돌아오면 너희들을 죽일 거야."

"잠시만 머물게 해주세요. 그가 오기 전에 떠날게요." 그들은 애원했습니다.

그래서 여자는 아이들을 집 안으로 들어오게 했고, 그들을 불가에 앉히고서는 빵과 우유를 주었습니다. 하지만 그들이 막 빵을 먹으려 할 때, 요란하게 문 두드리는 소리가 났고, 무시무시한 목소리가 들렸습니다,

"흠, 흐, 흐, 흠
세상 사람 피 냄새가 나."

"집에 누가 있소, 부인?" 거인이 물었습니다.

"음, 가난한 여자아이 셋이 춥고 배고파해요. 금방 갈거예요. 아이들 건드리면 안됩니다. 알았죠?" 거인은 아무 말도 하지 않았습니다. 거인은 엄청나

Now he had three lassies of his own, and they were to sleep in the same bed with the three strangers.

The youngest of the three strange lassies was called Molly Whuppie, and she was very clever. She noticed that before they went to bed the giant put straw ropes round her neck and her sisters', and round his own lassies' necks he put gold chains. So Molly took care and did not fall asleep, but waited till she was sure every one was sleeping sound.

Then she slipped out of the bed, and took the straw ropes off her own and her sisters' necks, and took the gold chains off the giant's lassies. She then put the straw ropes on the giant's lassies and the gold on herself and her sisters, and lay down.

And in the middle of the night up rose the giant, armed with a great club, and felt for the necks with the straw. It was dark. He took his own lassies out of bed on to the floor, and battered them until they were dead, and then lay down again, thinking he had managed fine. Molly thought it time she and her sisters were out of that, so she wakened them and told them to be quiet, and they slipped out of the house.

They all got out safe, and they ran and ran, and never stopped until morning, when they saw a grand house before them. It turned out to be a king's house: so Molly went in, and told her story to the king. He said: "Well, Molly, you are a clever girl, and you have managed well; but, if you would manage better, and go back, and steal the giant's sword that hangs on the back of his bed, I would give your eldest sister my eldest son to marry." Molly said she would try.

So she went back, and managed to slip into the giant's house, and crept

게 많은 저녁 식사를 하고는 그들에게 밤을 지내고 가라고 말했습니다. 거인에게는 딸이 셋 있었는데, 그들은 낯선 세 아가씨들과 한 침대에서 잠을 자게 되었습니다.

세 명의 낯선 아가씨들 중에 막내는 몰리 후피였고, 아주 영리했습니다. 막내는 모두가 잠들기 전에 거인이 새끼줄을 자신을 비롯해 언니들의 목에 두르고, 자기 딸들의 목에는 황금 사슬을 두르는 것을 보았습니다. 그래서 몰리 후피는 잠을 자지 않고, 모든 사람들이 잠이 들 때까지 기다렸습니다. 그런 다음 그녀는 침대에서 빠져나와 자신과 언니들의 목에 둘러있는 새끼줄을 벗기고, 거인의 딸 목에 있는 금사슬을 챙겼습니다. 그런 다음 그녀는 새끼줄을 거인의 딸들 목에 두르고, 황금 사슬은 자신과 언니들 목에 두르고 누웠습니다.

밤이 되자 거인은 거대한 곤봉을 들고 와서는 목에 두른 지푸라기를 더듬었습니다. 어두웠기 때문에, 거인은 자기 딸들을 침대에서 바닥으로 끌어내려서 죽을 때까지 그들을 내리치고는 자신이 제대로 일을 처리했다는 생각을 하며 누웠습니다. 몰리는 자신과 언니들이 그곳을 빠져나갈 시간이라는 생각을 하고 언니들을 깨워 조용히 집을 빠져 나왔습니다.

안전하게 집을 빠져 나온 후 그들은 달리고 달려, 아침이 될 때까지 쉬지 않고 달려, 거대한 집 앞에 멈췄습니다. 이것은 왕의 집이었고, 몰리는 안으로 들어가 왕에게 거인의 이야기를 했습니다.

왕은 말했습니다. "그래, 몰리, 영리하구나. 그리고 아주 잘했어. 하지만 더 살 하고 싶으면 돌이기ᄂ;더 침대 뒤에 걸려있는 거인의 검을 훔쳐라. 그러면 네 큰 언니를 내 큰 아들과 결혼시키겠다."

몰리는 한번 해보겠다고 말했습니다.

239

in below the bed. The giant came home, and ate up a great supper, and went to bed. Molly waited until he was snoring, and she crept out, and reached over the giant and got down the sword; but just as she got it out over the bed it gave a rattle, and up jumped the giant, and Molly ran out at the door and the sword with her; and she ran, and he ran, till they came to the "Bridge of one hair"; and she got over, but he

couldn't, and he says, "Woe worth ye, Molly Whuppie! never ye come again." And she says "Twice yet, carle," quoth she, "I'll come to Spain." So Molly took the sword to the king, and her sister was married to his son.

Well, the king he says: "Ye've managed well, Molly; but if ye would manage better, and steal the purse that lies below the giant's pillow, I would marry your second sister to my second son." And Molly said she would try. So she set out for the giant's house, and slipped in, and hid again below the bed, and waited till the giant had eaten his supper, and was snoring sound asleep. She slipped out, and slipped her hand below the pillow, and got out the purse; but just as she was going out the giant wakened, and ran after her; and she ran, and he ran, till they came to the "Bridge of one hair," and she got over, but he couldn't, and he said, "Woe worth ye, Molly Whuppie! never you come again." "Once yet, carle," quoth she, "I'll come to Spain." So Molly took the purse to the king, and her second sister was married to the king's second son.

After that the king says to Molly: "Molly, you are a clever girl, but if you would do better yet, and steal the giant's ring that he wears on his finger, I will give you my youngest son for yourself." Molly said she would try.

몰리는 돌아가, 거인의 집에 몰래 숨어들어갔고, 거인의 침대 아래로 기어 들어갔습니다. 거인은 집으로 돌아와 엄청난 저녁 식사를 한 다음 잠이 들었습니다. 몰리는 거인이 코를 골 때까지 기다렸다가, 침대 아래서 기어 나와 거인 위로 손을 뻗어 검을 손에 쥐었습니다.

하지만 몰리가 검을 가져오려할 때 검에서 달그락 소리가 나서, 거인은 벌떡 일어났으며, 몰리는 검을 들고 문으로 달려갔습니다. 몰리는 달리고 달려 머리카락 다리에 닿았고, 그 다리를 건넜으나, 거인은 건너지 못했습니다.

거인은 말했습니다. "넌 천벌을 받을 거야, 몰리 후피. 다시는 오지 마라."

몰리는 말했습니다. "아직 두 번이지, 칼. 나는 스페인으로 갈거야." 몰리는 검을 왕에게 가져다 주었고, 그녀의 언니는 왕의 아들과 결혼했습니다.

왕은 몰리에게 말했습니다.

"잘했다. 몰리. 하지만 더 잘하려면 거인의 베개 아래 있는 지갑을 훔쳐와야지. 그러면 나는 네 둘째 언니를 내 둘째 아들과 결혼시킬 것이다."

몰리는 한번 해보겠다고 말했습니다. 그녀는 거인의 집으로 갔습니다. 가서 집 안으로 숨어들었고, 다시 침대 아래 숨어, 거인이 식사를 하고 코를 골며 깊은 잠에 빠질 때까지 기다렸습니다. 거인이 잠들자, 몰리는 침대 아래서 나와 손을 거인의 베개 아래 넣고 지갑을 빼냈습니다. 그녀가 거길 빠져나오려 할 때 거인이 깨어나 그녀를 뒤쫓았습니다. 그녀는 달리고 달려 머리카락다리를 건넜으나, 거인은 건너지 못하고 말했습니다.

"천벌을 받아라, 몰리 후피, 다시는 오지 마."

"이제 한 번 남았어, 칼. 나는 스페인에 갈거야." 몰리는 지갑을 왕에게 가져다 주었으며, 그녀의 둘째 언니는 둘째 왕자와 결혼했습니다.

왕은 몰리에게 말했습니다.

So back she goes to the giant's house, and hides herself below the bed. The giant wasn't long ere he came home, and, after he had eaten a great big supper, he went to his bed, and shortly was snoring loud. Molly crept out and reached over the bed, and got hold of the giant's hand, and she pulled and she pulled until she got off the ring; but just as she got it off the giant got up, and gripped her by the hand, and he says: "Now I have catcht you, Molly Whuppie, and, if I had done as much ill to you as ye have done to me, what would ye do to me?"

Molly says: "I would put you into a sack, and I'd put the cat inside with you, and the dog aside you, and a needle and thread and a shears, and I'd hang you up upon the wall, and I'd go to the wood, and choose the thickest stick I could get, and I would come home, and take you down, and bang you till you were dead."

"Well, Molly," says the giant, "I'll just do that to you."

So he gets a sack, and puts Molly into it, and the cat and the dog beside her, and a needle and thread and shears, and hangs her up upon the wall, and goes to the wood to choose a stick.

Molly she sings out: "Oh, if ye saw what I see."

"Oh," says the giant's wife, "what do ye see, Molly?"

But Molly never said a word but, "Oh, if ye saw what I see!"

The giant's wife begged that Molly would take her up into the sack till she would see what Molly saw. So Molly took the shears and cut a hole in the sack, and took out the needle and thread with her, and jumped down and helped, the giant's wife up into the sack, and sewed up the hole.

"몰리, 넌 영리해. 하지만 네가 더 잘했다면 그가 손가락에 끼고 있는 반지를 훔쳤어야지. 그러면 나는 막내 아들을 너와 결혼시키겠다."

몰리는 해보겠다고 말했습니다. 그녀는 다시 거인의 집으로 갔고, 거인의 침대 아래 몸을 숨겼습니다. 얼마 지나지 않아 거인은 집에 와서는 엄청난 양의 저녁 식사를 한 후에 잠을 자러 갔고, 잠시 후에 요란하게 코를 골았습니다. 몰리는 침대 아래서 기어 나와 거인의 손을 잡고 거인의 손가락에서 반지를 뺐습니다. 하지만 반지가 손가락에서 빠져나오려는 찰나, 거인은 잠에서 깨 몰리의 손을 잡고 말했습니다.

"드디어 널 잡았다, 몰리 후피. 네가 나한테 한 것처럼 내가 너한테 아주 나쁜 일을 했다면 넌 나한테 어쩔건데?" 몰리는 말했습니다.

"나는 너를 자루에 넣고, 그 안에 고양이를 넣을 거야, 네 옆에 개를 두고, 실과 바늘, 가위도 하나 넣을 거야. 그리고 너를 벽에 걸어놓고, 숲으로 가서, 가장 두꺼운 나뭇가지를 골라 집으로 돌아와. 그리곤 너를 내린 다음 네가 죽을 때까지 두들겨 팰거야."

"그래, 몰리, 내가 널 그렇게 해주마." 거인은 말했습니다.

그래서 그는 자루를 가져다 몰리를 그 안에 집어넣고, 고양이와 개를 함께 넣고, 바늘과 실, 가위를 넣은 다음, 벽 높은 곳에 자루를 매달고는 나뭇가지를 찾으러 숲으로 갔습니다.

몰리는 노래했습니다. "내가 보는 것을 너도 보았더라면."

"뭘 보는 거야, 몰리?" 거인의 아내가 물었습니다.

몰리는 "이, 내가 보는 것을 당신도 보았더라면!"이라는 말만 했습니다.

거인의 아내는 몰리가 보는 것을 볼 수 있도록 자기도 자루에 들어가고 싶다고 애원했습니다. 그래서 몰리는 가위로 자루에 구멍을 냈고, 실과 바늘을

The giant's wife saw nothing, and began to ask to get down again; but Molly never minded, but hid herself at the back of the door. Home came the giant, and a great big tree in his hand, and he took down the sack, and began to batter it. His wife cried, "It's me, man;" but the dog barked and the cat mewed, and he did not know his wife's voice.

But Molly came out from the back of the door, and the giant saw her, and he after her; and he ran and she ran, till they came to the "Bridge of one hair," and she got over but he couldn't; and he said, "Woe worth you, Molly Whuppie! never you come again." "Never more, carle," quoth she, "will I come again to Spain."

So Molly took the ring to the king, and she was married to his youngest son, and she never saw the giant again.

집고는 자루에서 뛰어내려 거인의 아내가 자루로 들어가는 걸 도와준 다음, 구멍을 꿰맸습니다.

거인의 아내는 아무 것도 보지 못했고, 다시 내려가게 해달라고 말했습니다. 하지만 몰리는 신경쓰지 않고 문 뒤에 숨었습니다. 거인은 거대한 나무 한 그루를 손에 들고 집으로 왔습니다. 그는 자루를 내리고는 그걸 두들겨 팼습니다. 그의 아내는 외쳤습니다.

"나예요!" 하지만 개는 짖고 고양이는 야옹대, 그는 아내의 목소리를 알아듣지 못했습니다. 몰리는 문 뒤에서 나왔고, 거인은 몰리를 보았습니다. 거인은 몰리를 쫓았습니다. 둘은 달려 마침내 머리카락 다리에 닿았습니다. 몰리는 다리를 건넜고, 거인은 건너지 못했습니다. 거인은 말했습니다.

"천벌을 받아라, 몰리 후피, 다시는 오지 마."

"다시는 안 갈거야. 칼, 내가 스페인에 다시 갈까." 몰리는 말했습니다.

몰리는 왕에게 반지를 주었고, 그녀는 왕의 막내 아들과 결혼했습니다. 그녀는 다시는 거인을 보지 않았습니다.

THE RED ETTIN

There was once a widow that lived on a small bit of ground, which she rented from a farmer. And she had two sons; and by-and-by it was time for the wife to send them away to seek their fortune. So she told her eldest son one day to take a can and bring her water from the well, that she might bake a cake for him; and however much or however little water he might bring, the cake would be great or small accordingly, and that cake was to be all that she could give him when he went on his travels.

The lad went away with the can to the well, and filled it with water, and then came away home again; but the can being broken, the most part of the water had run out before he got back. So his cake was very small; yet small as it was, his mother asked him if he was willing to take the half of it with her blessing, telling him that, if he chose rather to take the whole, he would only get it with her curse. The young man, thinking he might have to travel a far way, and not knowing when or how he might get other provisions, said he would like to have the whole cake, come of his mother's malison what like; so she gave him the whole cake, and her malison along with it. Then he took his brother aside, and gave him a knife to keep till he should come back, desiring him to look at it every morning, and as long as it continued to be clear, then he might be sure that the owner of it was well; but if it grew dim and rusty, then for

래드 에틴

옛날에, 농부에게서 빌린 아주 작은 땅에서 살던 과부가 있었습니다. 그녀에게는 아들이 둘 있었는데, 시간이 흘러 두 아들을 독립을 시킬 나이가 되었습니다.

어느 날 그녀는 큰 아들에게 깡통을 하나 가져가서 우물에서 자신이 마실 물을 길어오라고 말했습니다. 그러면 자신은 아들이 먹을 케이크를 굽겠다고 말했습니다. 그리고 물을 많이 가져오거나 아니면 적게 가져오거나에 따라, 케이크는 커질수도 있고 작아질수도 있으며, 아들이 여행을 떠날 때 엄마가 해줄 수 있는 것은 오직 케이크뿐이라는 말까지 했습니다.

아들은 깡통을 들고 우물로 갔고, 물을 퍼 집으로 가져왔습니다. 그러나 통이 망가져, 집에 오기 전에 물은 거의 사라졌습니다. 그래서 케이크는 아주 작았고, 작긴 했지만 만일 케이크를 다 가져가길 원하면 아들은 엄마의 저주를 얻을지도 모르니, 케이크의 반을 엄마의 덕담과 함께 가져갈 것인지 물었습니다.

아들은 자신이 먼 길을 갈거라 생각하고, 언제 어떻게 먹을 것을 얻게 될지 모른다는 생각이 들었습니다. 아들은 엄마의 저주가 어떤 것이 될지 몰라도, 케이크를 다 가져가겠다고 말했습니다. 그래서 엄마는 아들에게 케이크를 전부 주며 저주도 함께 주었습니다

형은 동생을 불러, 동생이 매일 아침 칼을 보길 바라며, 그가 돌아올 때까지 잘 간직하라며 칼을 주었습니다. 그게 깨끗하게 유지되는 한, 형은 그 칼의

247

certain some ill had befallen him.

So the young man went to seek his fortune. And he went all that day, and all the next day; and on the third day, in the afternoon, he came up to where a shepherd was sitting with a flock of sheep. And he went up to the shepherd and asked him who the sheep belonged to; and he answered:

"The Red Ettin of Ireland
    Once lived in Ballygan,
And stole King Malcolm's daughter
    The king of fair Scotland.

He beats her, he binds her,
    He lays her on a band;
And every day he strikes her
    With a bright silver wand.
Like Julian the Roman,
He's one that fears no man.

It's said there's one predestinate
To be his mortal foe;
But that man is yet unborn,
And long may it be so."

This shepherd also told him to beware of the beasts he should next

주인이 잘 지내고 있다고 믿을 수 있지만, 칼에 때가 끼고 녹이 슨다면 분명히 그에게 나쁜 일이 생긴 거라고 말했습니다.

큰 아들은 자신의 행운을 찾아 나섰습니다.

그는 그날 종일 걸었고, 다음 날도 종일 걸었으며, 셋째 날 오후에 양치기가 양떼와 함께 앉아있는 곳에 닿았습니다. 그는 목동에게 가서 그 양은 누구 것인지 물었습니다. 그러자 그가 대답했습니다.

"아일랜드의 레드 에틴이지
한때 발리간에 살다
공정한 스코틀랜드의 왕인
말콤왕의 딸을 훔쳤지.

그는 공주를 구타하고, 결박하고
기계에 묶어
매일 때린다네
로마인 줄리안처럼,
그는 세상 누구도 두려워하지 않아.

전하는 말로는 예정된
그의 적이 있다는데
그는 아직 태어나지 않았고
지금의 일은 아주 오래 이어지겠지."

목동은 그에게 다음에 만날 야수는 그들이 지금까지 보아온 야수들과는 차원이 다른 종류이니 조심하라고 말했습니다.

meet, for they were of a very different kind from any he had yet seen.

So the young man went on, and by-and-by he saw a multitude of very dreadful beasts, with two heads, and on every head four horns. And he was sore frightened, and ran away from them as fast as he could; and glad was he when he came to a castle that stood on a hillock, with the door standing wide open to the wall. And he went into the castle for shelter, and there he saw an old wife sitting beside the kitchen fire.

He asked the wife if he might stay for the night, as he was tired with a long journey; and the wife said he might, but it was not a good place for him to be in, as it belonged to the Red Ettin, who was a very terrible beast, with three heads, that spared no living man it could get hold of. The young man would have gone away, but he was afraid of the beasts on the outside of the castle; so he beseeched the old woman to hide him as best she could, and not tell the Ettin he was there. He thought, if he could put over the night, he might get away in the morning, without meeting with the beasts, and so escape. But he had not been long in his hiding-hole, before the awful Ettin came in; and no sooner was he in, than he was heard crying:

"Snouk but and snouk ben,

I find the smell of an earthly man,

Be he living, or be he dead,

His heart this night shall kitchen my bread."

The monster soon found the poor young man, and pulled him from his

젊은이는 길을 갔고, 조금씩 조금씩 매우 무시무시한 괴물들을 보게 되었는데, 그 괴물은 머리는 둘이고, 하나의 머리에 뿔이 4개씩 달렸습니다. 그는 정말로 겁이 나 최대한 빨리 달아났습니다.

그는 문이 열려있는 작은 언덕 위의 성에 다다르자 몹시 기뻤습니다. 그는 묵을 곳을 찾아 성 안으로 들어갔고, 그곳에서 부엌 아궁이 옆에 앉아있는 노파를 보았습니다. 그는 노파에게 오랜 여행 때문에 지쳐서 그러니 하룻밤 묵을 수 있느냐고 묻자, 노파는 그래도 되지만 이곳은 그가 밤을 지내기에 좋은 곳은 아니라고 말했습니다. 왜냐하면 이곳은 레드 에틴의 집이며, 그는 머리가 세 개 달린 야수로, 그의 손아귀 안에 잡힌 사람은 한 명도 살아남지 못했기 때문이라는 것이었습니다.

젊은이는 거길 떠날 수도 있었지만, 성 밖에 있는 야들이 너무 무서워, 노파에게 에틴에게는 자신이 거기 있다는 말을 하지 말고 제일 안전한 곳에 자기를 숨겨달라고 말했습니다. 그는 하룻밤만 거기서 묵으면 다음 날 아침 야수와 부딪히지 않고서 그곳을 떠날 수 있을 거라는 생각을 한 것입니다. 탈출을 생각한 것이지요. 하지만 그가 숨을 곳을 찾아가자마자 무시무시한 에틴이 들어와 소리쳤습니다.

"쿵쿵 쿵쿵
인간의 냄새가 난다.
산 놈이건 죽은 놈이건
오늘 밤 나는 그의 심장을 먹어버릴테야."

괴물은 곧 불쌍한 젊은이를 발견하고, 그가 숨어있던 구멍에서 그를 끌어냈습니다. 그가 구멍에서 나오자마자 괴물은 그에게 세 가지 질문에 답을 하면

hole. And when he had got him out, he told him that if he could answer him three questions his life should be spared. So the first head asked: "A thing without an end, what's that?" But the young man knew not. Then the second head said: "The smaller, the more dangerous, what's that?" But the young man knew it not. And then the third head asked: "The dead carrying the living; riddle me that?" But the young man had to give it up. The lad not being able to answer one of these questions, the Red Ettin took a mallet and knocked him on the head, and turned him into a pillar of stone.

On the morning after this happened, the younger brother took out the knife to look at it, and he was grieved to find it all brown with rust.

He told his mother that the time was now come for him to go away upon his travels also; so she requested him to take the can to the well for water, that she might make a cake for him. And he went, and as he was bringing home the water, a raven over his head cried to him to look, and he would see that the water was running out. And he was a young man of sense, and seeing the water running out, he took some clay and patched up the holes, so that he brought home enough water to bake a large cake.

When his mother put it to him to take the half cake with her blessing, he took it in preference to having the whole with her malison; and yet the half was bigger than what the other lad had got.

So he went away on his journey; and after he had travelled a far way, he met with an old woman that asked him if he would give her a bit of his johnny-cake. And he said: "I will gladly do that," and so he gave her

목숨을 살려주겠다고 말했습니다. 첫 번째 머리가 말했습니다.

"끝이 없는 것, 그건 뭘까?"

젊은이는 답을 알 수 없었습니다. 두 번째 머리가 말했습니다.

"작을수록 위험한 것, 그건 뭘까?"

젊은이는 그것도 몰랐습니다. 세 번째 머리가 물었습니다.

"죽은 자들이 산자들을 데리고 다녀, 그게 뭔지 알아?"

그는 이 문제의 답도 알 수 없었습니다. 그가 한 가지 질문에도 대답을 못하자, 레드 에틴은 도끼를 가져다 그의 머리를 내리쳤고, 그는 돌기둥이 되었습니다.

다음 날 아침 동생은 칼을 꺼내보고, 그게 전부 녹슬어 있는 것을 깨닫고는 슬픔에 잠겼습니다. 그는 어머니에게 이제 자신도 길을 떠날 때라고 말하였습니다. 그러자 어머니는 케이크를 만들어줄 테니 우물에 가서 물을 길어오라고 말했습니다. 그는 통을 들고 우물로 가, 물을 길었습니다. 돌아오는 길에 그의 머리 위를 지나던 갈까마귀 한 마리가 조심하라고 소리를 질러, 그는 통에서 물이 새는 것을 보고는 진흙으로 구멍을 막고 케이크를 만들 수 있을 만큼 충분한 물을 가지고 집으로 돌아왔습니다. 엄마는 그에게 케이크 반쪽과 덕담을 가지고 가겠냐고 물었고, 그는 케이크를 모두 가져가는 대신 그 쪽을 택했습니다. 그가 택한 반쪽 케이크는 형이 가져간 전부보다 더 컸습니다.

그는 길을 떠났습니다. 한참을 걸은 후에 그는 케이크를 나눠달라는 노파를 만났습니다.

"기꺼이 드리지요."

동생은 한 쪽을 잘라주었습니다. 노파는 올바로 쓰기만 한다면 쓸모가 있을 거라며, 그에게 마법봉을 주었습니다. 그리고 나서 (알고보니) 요정이었던 노

a piece of the johnny-cake; and for that she gave him a magical wand, that she might yet be of service to him, if he took care to use it rightly.

Then the old woman, who was a fairy, told him a great deal that would happen to him, and what he ought to do in all circumstances; and after that she vanished in an instant out of his sight. He went on a great way farther, and then he came up to the old man herding the sheep; and when he asked whose sheep these were, the answer was:

"The Red Ettin of Ireland
  Once lived in Ballygan,
And stole King Malcolm's daughter,
  The king of Fair Scotland.

"He beats her, he binds her,
  He lays her on a band;
And every day he strikes her
  With a bright silver wand.
Like Julian the Roman,
He's one that fears no man.

"But now I fear his end is near,
  And destiny at hand;
And you're to be, I plainly see,
  The heir of all his land."

파는 그에게 닥칠 엄청난 일을 이야기해주었고, 그럴 경우에 그가 할 일을 말해주었습니다. 그 말을 마치고 나서 노파는 순식간에 사라졌습니다.

그는 다시 아주 먼 길을 걸었습니다. 걷다가 걷다가 그는 양을 돌보는 늙은 목동을 만나, 그 양들이 모두 누구의 것인지 물었습니다.

"아일랜드의 레드 에틴이지
한때 발리간에 살다
공정한 스코틀랜드의 왕인
말콤왕의 딸을 훔쳤지.

그는 공주를 구타하고, 결박하고
기계에 묶어
매일 때린다네
밝은 은색 마법의 지팡이로
로마인 줄리안처럼,
그는 세상 누구도 두려워하지 않아.

하지만 이제 나는 그의 종말이 오는 걸 느껴.
운명이 가까워진 거지.
그리고 그건 너인 것 같아, 내가 보기에
그의 전 재산을 물려받을 자."

부시부시한 야수들이 서있는 곳에 왔을 때 그는 멈춰서지도 달아나기도 않고, 그들 사이로 용감하게 뚫고 들어갔습니다. 한 야수가 입을 벌린 채 그를 삼키려고 으르렁거리며 다가오자 그는 마법봉으로 야수를 내리쳤습니다. 야

When he came to the place where the monstrous beasts were standing, he did not stop nor run away, but went boldly through amongst them. One came up roaring with open mouth to devour him, when he struck it with his wand, and laid it in an instant dead at his feet. He soon came to the Ettin's castle, where he knocked, and was admitted. The old woman who sat by the fire warned him of the terrible Ettin, and what had been the fate of his brother; but he was not to be daunted. The monster soon came in, saying:

"Snouk but and snouk ben,
I find the smell of an earthly man;
Be he living, or be he dead,
His heart shall be kitchen to my bread."

He quickly espied the young man, and bade him come forth on the floor.

And then he put the three questions to him; but the young man had been told everything by the good fairy, so he was able to answer all the questions. So when the first head asked, "What's the thing without an end?" he said: "A bowl." And when the second head said: "The smaller the more dangerous; what's that?" he said at once, "A bridge." And last, the third head said: "When does the dead carry the living, riddle me that?"

Then the young man answered up at once and said: "When a ship sails on the sea with men inside her." When the Ettin found this, he knew

수는 즉시 죽어 그의 발 아래 쓰러졌습니다.

그는 잠시 후 에틴의 성으로 가 문을 두드렸고, 안으로 들어갔습니다. 아궁이 옆에 앉아있던 노파는 무시무시한 에틴에 대해 경고하였고, 형의 최후를 말해주었습니다. 하지만 그는 굴하지 않았습니다. 곧 괴물이 들어와 말했습니다.

"쿵쿵 쿵쿵
인간의 냄새가 난다.
산놈이건 죽은 놈이건
오늘 밤 나는 그의 심장을 먹어버릴테야."

괴물은 즉시 그의 인기척을 알아채고 가까이 오라고 말했습니다. 괴물은 그에게 세 가지 수수께끼를 냈습니다. 하지만 그는 요정에게서 모든 이야기를 들었기에 세 가지 질문에 모두 답을 할 수 있었습니다.

"끝이 없는 것은 무엇이지?"

"밥그릇."

"작을수록 더 위험한 것은 무엇이지?"

"다리."

"죽은 자가 산자를 옮길 때는 언제이지?"

"배가 사람을 태우고 바다를 항해할 때."

동생이 모든 정답을 말하자 에틴은 무기력해졌습니다. 동생은 도끼를 들어 괴물의 세 머리를 내리쳤습니다. 그런 다음 그는 노파에게 왕의 딸이 있는 곳을 물었습니다. 노파는 그를 위층으로 데려갔고, 엄청나게 많은 방의 문을 열었으며, 모든 문에서 에틴이 잡아다 가둔 아름다운 여자들이 나왔습니다. 그

that his power was gone. The young man then took up an axe and hewed off the monster's three heads. He next asked the old woman to show him where the king's daughter lay; and the old woman took him upstairs, and opened a great many doors, and out of every door came a beautiful lady who had been imprisoned there by the Ettin; and one of the ladies was the king's daughter. She also took him down into a low room, and there stood a stone pillar, that he had only to touch with his wand, when his brother started into life. And the whole of the prisoners were overjoyed at their deliverance, for which they thanked the young man. Next day they all set out for the king's court, and a gallant company they made. And the king married his daughter to the young man that had delivered her, and gave a noble's daughter to his brother; and so they all lived happily all the rest of their days.

중 하나가 왕의 딸이었습니다.

왕의 딸은 그를 아래 방으로 데려갔습니다. 거기엔 돌기둥이 하나 있었습니다. 그가 기둥을 마법봉으로 건드리자 그의 형은 생명을 되찾았습니다. 모든 죄수들은 구조된 것이 기뻐 동생에게 감사의 말을 전했습니다.

다음 날 그들은 씩씩하게 왕의 궁전으로 갔습니다. 왕은 딸을 구출한 동생과 자신의 딸을 결혼시켰고, 귀족의 딸은 형과 결혼시켰습니다. 그리하여 그들은 평생 행복하게 살았습니다.

THE GOLDEN ARM

Here was once a man who travelled the land all over in search of a wife.

He saw young and old, rich and poor, pretty and plain, and could not meet with one to his mind. At last he found a woman, young, fair, and rich, who possessed a right arm of solid gold. He married her at once, and thought no man so fortunate as he was. They lived happily together, but, though he wished people to think otherwise, he was fonder of the golden arm than of all his wife's gifts besides.

At last she died. The husband put on the blackest black, and pulled the longest face at the funeral; but for all that he got up in the middle of the night, dug up the body, and cut off the golden arm. He hurried home to hide his treasure, and thought no one would know.

The following night he put the golden arm under his pillow, and was just falling asleep, when the ghost of his dead wife glided into the room.

Stalking up to the bedside it drew the curtain, and looked at him reproachfully. Pretending not to be afraid, he spoke to the ghost, and said: "What hast thou done with thy cheeks so red?"

"All withered and wasted away," replied the ghost, in a hollow tone.

"What hast thou done with thy red rosy lips?"

"All withered and wasted away."

"What hast thou done with thy golden hair?"

황금 팔

신붓감을 찾아 온 세상을 돌아다닌 남자가 있었습니다. 젊은 여자와 나이든 여자, 가난한 여자와 부유한 여자, 예쁜 여자와 수수한 여자를 다 만나보았으나, 자신의 마음에 꼭 맞는 사람을 못 만났습니다. 마침내 그는 젊고, 아름답고, 부유한 여인을 만났는데, 그 여인은 순금으로 된 오른 팔을 가지고 있었습니다. 남자는 그 여자와 바로 결혼했고, 자기처럼 운 좋은 남자는 없다고 생각했습니다. 그들은 행복하게 살았고, 비록 다른 사람들은 달리 생각해주길 바라고 있었지만, 그 무엇보다도 아내의 황금팔을 가장 좋아했습니다.

마침내 아내가 죽었습니다. 남편은 가장 검은 옷을 입고, 장례식에서 가장 슬픈 얼굴을 했습니다. 하지만 그는 한밤중에 일어나 시체를 파헤치고, 황금 팔을 잘랐습니다. 그는 보물을 숨기러 서둘러 집으로 왔고, 아무도 그 일을 알지 못할 거로 생각했습니다.

다음 날 밤, 그는 황금 팔을 베개 아래 두고 잠에 골아 떨어졌는데, 그때 죽은 아내의 유령이 방으로 미끄러져 들어왔습니다. 침대가로 다가온 유령은 커튼을 치고, 나무라듯이 그를 내려다보았습니다. 두려워하지 않는 척 하면서 그는 유령에게 말했습니다. "뭘 했길래 당신 뺨이 그렇게 빨개?"

"모든 게 시들고 사라졌어." 유령은 공허한 어조로 대답했습니다.

"당신의 장밋빛 입술은 어떻게 되는거야?"

"모든 게 시들고 사라졌어."

"당신의 금빛 머리카락은 어떻게 되는거지?"

"All withered and wasted away."

"What hast thou done with thy _Golden Arm_?"

"THOU HAST IT!"

"모든 게 시들고 사라졌어."

"당신의 황금 팔은 어떻게 되었지?"

"당신이 가져갔잖아!"

THE HISTORY OF TOM THUMB

In the days of the great Prince Arthur, there lived a mighty magician, called Merlin, the most learned and skilful enchanter the world has ever seen.

This famous magician, who could take any form he pleased, was travelling about as a poor beggar, and being very tired, he stopped at the cottage of a ploughman to rest himself, and asked for some food.

The countryman bade him welcome, and his wife, who was a very good-hearted woman, soon brought him some milk in a wooden bowl, and some coarse brown bread on a platter.

Merlin was much pleased with the kindness of the ploughman and his wife; but he could not help noticing that though everything was neat and comfortable in the cottage, they seemed both to be very unhappy. He therefore asked them why they were so melancholy, and learned that they were miserable because they had no children.

The poor woman said, with tears in her eyes: "I should be the happiest creature in the world if I had a son; although he was no bigger than my husband's thumb, I would be satisfied."

Merlin was so much amused with the idea of a boy no bigger than a man's thumb, that he determined to grant the poor woman's wish. Accordingly, in a short time after, the ploughman's wife had a son, who, wonderful to relate! was not a bit bigger than his father's thumb.

엄지 톰의 일대기

위대한 아써 왕자 시절에 멀린이라는 강력한 마술사가 살았는데, 그는 역사상 가장 아는 것이 많고 솜씨가 좋은 마술사였습니다.

이 유명한 마술사는 자기가 원하는 것으로 언제든 변신할 수 있어서, 거지로 변신하여 여기저기 떠돌다 너무 피곤한 나머지 농부의 오두막 앞에서 먹을 것을 청했습니다.

시골 농부는 그를 환영했고, 마음씨 착한 그의 아내는 이내 나무 그릇에 우유를, 큰 접시에 거친 빵을 담아 가져왔습니다.

멀린은 농부와 아내의 친절에 기뻤습니다. 하지만, 오두막 안의 모든 것이 단정하고 편안했지만, 부부가 매우 불행해 보인다는 것을 멀린은 알아챘습니다. 그래서 그는 부부에게 왜 그토록 고독하냐고 물었고, 그들이 자식이 없어서 비참하다는 것을 알게되었습니다.

여자는 눈에 눈물이 가득 고인 채 말했습니다.

"손톱만한 거라도 아들이 하나 있었다면 나는 세상에서 가장 행복한 여인이 되었을 거예요."

멀린은 손톱만한 사내아이에 관한 생각이 너무 재미있어서 가난한 여인의 소원을 들어주기로 했습니다. 그리하여 아주 잠시 후에 농부의 아내는 아들을 갖게 되었는데, 아버지의 엄지 보다 조금도 크지 않은 아이였습니다.

요정의 여왕은 작은 아이가 보고 싶어서 오두막으로 들어와 창가로 와서는, 농부의 아내가 침대 옆에 앉아 아이를 바라보며 신기해하는 모습을 보았습니

The queen of the fairies, wishing to see the little fellow, came in at the window while the mother was sitting up in the bed admiring him. The queen kissed the child, and, giving it the name of Tom Thumb, sent for some of the fairies, who dressed her little godson according to her orders:

"An oak-leaf hat he had for his crown;
His shirt of web by spiders spun;
With jacket wove of thistle's down;
His trowsers were of feathers done.
His stockings, of apple-rind, they tie
With eyelash from his mother's eye
His shoes were made of mouse's skin,
Tann'd with the downy hair within."

Tom never grew any larger than his father's thumb, which was only of ordinary size; but as he got older he became very cunning and full of tricks. When he was old enough to play with the boys, and had lost all his own cherry-stones, he used to creep into the bags of his playfellows, fill his pockets, and, getting out without their noticing him, would again join in the game.

One day, however, as he was coming out of a bag of cherry-stones, where he had been stealing as usual, the boy to whom it belonged chanced to see him. "Ah, ah! my little Tommy," said the boy, "so I have caught you stealing my cherry-stones at last, and you shall be rewarded

다. 여왕은 아이에게 입맞추고, 엄지 톰이라고 이름을 지어주고는, 요정을 불러 톰을 대자(godson)로 삼아 다음과 같이 옷을 입히게 하였습니다.

"정수리엔 참나무 잎사귀 모자를,
거미들이 짠 거미줄 셔츠에,
엉겅퀴의 솜털로 만든 웃도리,
새의 깃털로 만든 바지,
사과 껍질로 만든 스타킹,
엄마의 속눈썹으로 그걸 묶고,
신발은 생쥐가죽으로 만들어,
그 안은 솜털로 채워라."

톰은 아버지의 엄지 이상으로 자라지 않았는데, 아버지의 엄지는 보통 크기에 불과했습니다.

그는 자라면서 교활해지고 속임수로 가득했습니다. 톰이 다른 아이들과 놀만한 나이가 되었을 때, 버찌씨를 다 잃어버리면 친구의 가방 속으로 기어들어가 자기 주머니를 가득 채우고는, 아이들이 미처 눈치 채지 못하게 기어 나와서는 다시 놀이를 하였습니다.

어느 날 그가 늘상 그랬듯이 버찌씨를 훔쳐 가방에서 기어나올 때, 버찌씨 주인이 우연히 그를 보았습니다. 그는 말했습니다.

"아, 톰! 드디어 네가 내 버찌씨 훔치는 것 잡았다. 너는 도둑질한 벌을 받게 될기야."

버찌씨 주인은 주머니의 윗부분을 줄로 꽉 묶고는 가방을 심하게 흔들었습니다. 불쌍한 작은 톰의 다리와 허벅지, 그리고 몸통은 심하게 멍이 들었습니

for your thievish tricks." On saying this, he drew the string tight round his neck, and gave the bag such a hearty shake, that poor little Tom's legs, thighs, and body were sadly bruised. He roared out with pain, and begged to be let out, promising never to steal again.

A short time afterwards his mother was making a batter-pudding, and Tom, being very anxious to see how it was made, climbed up to the edge of the bowl; but his foot slipped, and he plumped over head and ears into the batter, without his mother noticing him, who stirred him into the pudding-bag, and put him in the pot to boil.

The batter filled Tom's mouth, and prevented him from crying; but, on feeling the hot water, he kicked and struggled so much in the pot, that his mother thought that the pudding was bewitched, and, pulling it out of the pot, she threw it outside the door. A poor tinker, who was passing by, lifted up the pudding, and, putting it into his budget, he then walked off. As Tom had now got his mouth cleared of the batter, he then began to cry aloud, which so frightened the tinker that he flung down the pudding and ran away. The pudding being broke to pieces by the fall, Tom crept out covered all over with the batter, and walked home.

His mother, who was very sorry to see her darling in such a woeful state, put him into a teacup, and soon washed off the batter; after which she kissed him, and laid him in bed.

Soon after the adventure of the pudding, Tom's mother went to milk her cow in the meadow, and she took him along with her. As the wind was very high, for fear of being blown away, she tied him to a thistle with a piece of fine thread. The cow soon observed Tom's oak-leaf hat,

다. 그는 고통으로 소리를 지르면서, 다시는 훔치지 않을 테니 나가게해달라고 애원을 했습니다.

얼마 후에는 이런 일이 있었습니다. 톰의 엄마는 푸딩 반죽을 만들고 있었습니다. 톰은 그게 어떻게 만들어지는지 너무 궁금해서 양푼의 가장자리로 기어올라갔다가 발이 미끄러지는 바람에, 머리부터 반죽에 빠지고 말았습니다. 엄마는 그것을 알지 못했고, 그를 휘저은 다음 푸딩 주머니에 넣고 그를 끓는 솥단지에 넣었습니다.

반죽은 톰의 입을 채워 그는 소리를 지를 수 없었는데, 물이 뜨거워지자 솥 안에서 발을 차고 아우성을 쳐서 엄마는 푸딩이 귀신들렸다는 생각에 그것을 솥에서 꺼냈습니다. 마침 그 집 주변을 지나던 가난한 땜장이가 푸딩을 집어들어 짐 속에 넣고는 길을 떠났습니다.

톰의 입에서는 반죽이 사라져 큰소리로 엉엉 울었습니다. 그 소리를 들은 땜장이는 너무 무서운 나머지 푸딩을 집어 던지고 달아났습니다. 바닥에 떨어질 때 푸딩은 산산조각 났고, 톰은 온 몸이 반죽으로 범벅이 된 채로 기어나와 집으로 갔습니다. 엄마는 애지중지하는 아들이 그런 꼴을 한 것을 보고 마음이 아파서 톰을 찻잔에 넣어 씻겼습니다. 그런 다음 그에게 입 맞추고 침대에 눕혔습니다.

푸딩 자루 속의 모험이 끝난 후, 톰의 엄마는 톰을 데리고 초원으로 우유를 짜러 갔습니다. 바람이 세게 불자, 그가 바람에 날려갈지도 모른다는 생각에 엄마는 가느다란 실로 톰을 엉겅퀴에 묶었습니다. 암소는 곧 톰의 참나무 잎사귀 모자를 보았고, 그 모양이 마음에 들어 톰과 엉겅퀴를 한 입에 삼켰습니다. 소가 엉겅퀴를 씹는 동안 톰은 소의 거대한 이빨이 무서웠습니다. 이빨이 자신을 산산조각 냈것같은 두려움을 느낀 톰은, 있는 힘껏 소리쳤습니다.

and liking the appearance of it, took poor Tom and the thistle at one mouthful. While the cow was chewing the thistle Tom was afraid of her great teeth, which threatened to crush him in pieces, and he roared out as loud as he could: "Mother, mother!"

"Where are you, Tommy, my dear Tommy?" said his mother.

"Here, mother," replied he, "in the red cow's mouth."

His mother began to cry and wring her hands; but the cow, surprised at the odd noise in her throat, opened her mouth and let Tom drop out.

Fortunately his mother caught him in her apron as he was falling to the ground, or he would have been dreadfully hurt. She then put Tom in her bosom and ran home with him.

Tom's father made him a whip of a barley straw to drive the cattle with, and having one day gone into the fields, he slipped a foot and rolled into the furrow. A raven, which was flying over, picked him up, and flew with him over the sea, and there dropped him.

A large fish swallowed Tom the moment he fell into the sea, which was soon after caught, and bought for the table of King Arthur. When they opened the fish in order to cook it, every one was astonished at finding such a little boy, and Tom was quite delighted at being free again.

They carried him to the king, who made Tom his dwarf, and he soon grew a great favourite at court; for by his tricks and gambols he not only amused the king and queen, but also all the Knights of the Round Table.

It is said that when the king rode out on horseback, he often took Tom along with him, and if a shower came on, he used to creep into his majesty's waistcoat-pocket, where he slept till the rain was over.

"엄마, 엄마!"

"어딨니, 톰, 톰!"

"여기요. 엄마! 소 입 안에 있어요."

엄마는 손을 비틀며 울었고, 자기 목구멍에서 나는 이상한 소리에 놀란 소는 입을 열고 톰을 뱉었습니다. 다행히 엄마는 톰이 바닥에 떨어지기 전에 앞치마로 톰을 잡았습니다. 안 그랬으면 톰은 크게 다쳤을 겁니다. 엄마는 톰을 가슴에 집어넣고 집으로 달려갔습니다.

톰의 아버지는 톰에게 소떼를 몰으라고 보리 지푸라기로 채찍을 만들어주었습니다. 톰은 그것을 들고 들에 갔다가 발이 미끄러지는 바람에 고랑 속으로 빠졌습니다. 그 위를 날고있던 갈까마귀는 톰을 낚아채 바다 위로 날아가서는 그를 바다에 떨어뜨렸습니다.

그가 바다에 빠지자마자 큰 물고기 한 마리가 톰을 삼켰고, 그 물고기는 곧 잡혀 와서 왕의 부엌으로 옮겨졌습니다. 요리를 하려고 생선의 배를 갈랐을 때, 모든 사람들은 그렇게 작은 아이를 처음 보고는 모두 놀랐고, 톰은 또다시 구조된 것에 기뻤습니다.

사람들은 톰을 왕에게 데려갔고, 왕은 그를 광대로 삼았으며, 톰은 곧 궁에서 큰 사랑을 받게 되었습니다. 톰은 속임수와 장난으로 왕과 왕비뿐만 아니라 원탁의 모든 기사들을 즐겁게했기 때문이지요.

왕이 말을 타고 나갈 때면 톰을 데리고 갔는데, 소나기라도 내리면 톰은 왕의 코트 주머니 속으로 기어들어가 비가 그칠 때까지 잠을 잔 적도 있습니다.

어느 날 왕은 톰에게 그의 부모에 대해서 물었습니다. 톰의 부모도 톰처럼 작은지, 잘 살고 있는지 궁금했기 때문입니다. 톰은 자신의 부모는 궁전의 어느 사람처럼 키는 크지만 가난하게 살고있다는 말을 했습니다. 이 말을 들은

271

King Arthur one day asked Tom about his parents, wishing to know if they were as small as he was, and whether they were well off. Tom told the king that his father and mother were as tall as anybody about the court, but in rather poor circumstances. On hearing this, the king carried Tom to his treasury, the place where he kept all his money, and told him to take as much money as he could carry home to his parents, which made the poor little fellow caper with joy. Tom went immediately to procure a purse, which was made of a water-bubble, and then returned to the treasury, where he received a silver threepenny-piece to put into it.

Our little hero had some difficulty in lifting the burden upon his back; but he at last succeeded in getting it placed to his mind, and set forward on his journey. However, without meeting with any accident, and after resting himself more than a hundred times by the way, in two days and two nights he reached his father's house in safety.

Tom had travelled forty-eight hours with a huge silver-piece on his back, and was almost tired to death, when his mother ran out to meet him, and carried him into the house. But he soon returned to Court.

As Tom's clothes had suffered much in the batter-pudding, and the inside of the fish, his majesty ordered him a new suit of clothes, and to be mounted as a knight on a mouse.

Of Butterfly's wings his shirt was made,

His boots of chicken's hide;

And by a nimble fairy blade,

Well learned in the tailoring trade,

왕은 톰을 자신의 금고로 데려갔고, 톰은 기뻐 깡충깡충 뛰었습니다. 톰은 즉시 물방울로 만든 지갑을 구해 금고로 돌아왔습니다. 그리곤 3페니 은화를 하나 받아 지갑에 넣었습니다.

우리의 작은 영웅은 그 은화를 등에 짊어지는데 약간의 어려움을 겪었습니다. 그러나 결국은 등에 짐을 지고 집으로 향했습니다. 집으로 가는 동안 그는 아무런 어려움도 겪지 않았으나, 길가에서 백 번은 쉬고, 두 번의 낮과 두 번의 밤을 지난 후에 안전하게 아비지의 집으로 왔습니다.

톰은 커다란 은화를 등에 짊어지고 48시간을 여행하였습니다. 어머니가 그를 맞으러 뛰쳐나오고, 그를 집 안으로 데리고 갔을 때, 그는 거의 죽을 만큼 지쳐있었습니다. 그러나 톰은 곧 궁정으로 갔습니다.

톰의 옷이 반죽으로, 물고기의 내장으로 많이 더럽혀져 있어서 왕은 그를 위해 새 옷을 지어주고 기사가 되어 생쥐 위에 앉히라고 명령했습니다.

나비의 날개로 만든 윗도리,
닭 껍질로 만든 장화,
유연한 요정의 가위로
옷 잘 만드는 장인이 옷을 지었네.
옷감을 주었네,
끄트머리에 바늘을 달아
그는 말쑥한 생쥐를 타고
당당하게 뽐내며 지나갔다네.

이런 옷을 입고 생쥐를 탄 그가 지나는 모습을 보는 것은 즐거운 일이었습니다. 톰은 왕과 귀족들과 함께 사냥을 다녔는데, 그들은 톰과 그의 당당한

His clothing was supplied.

A needle dangled by his side;

A dapper mouse he used to ride,

Thus strutted Tom in stately pride!

It was certainly very diverting to see Tom in this dress and mounted on the mouse, as he rode out a-hunting with the king and nobility, who were all ready to expire with laughter at Tom and his fine prancing charger.

The king was so charmed with his address that he ordered a little chair to be made, in order that Tom might sit upon his table, and also a palace of gold, a span high, with a door an inch wide, to live in. He also gave him a coach, drawn by six small mice.

The queen was so enraged at the honours conferred on Sir Thomas that she resolved to ruin him, and told the king that the little knight had been saucy to her. The king sent for Tom in great haste, but being fully aware of the danger of royal anger, he crept into an empty snail-shell, where he lay for a long time until he was almost starved with hunger; but at last he ventured to peep out, and seeing a fine large butterfly on the ground, near the place of his concealment, he got close to it and jumping astride on it, was carried up into the air. The butterfly flew with him from tree to tree and from field to field, and at last returned to the court, where the king and nobility all strove to catch him; but at last poor Tom fell from his seat into a watering-pot, in which he was almost drowned.

When the queen saw him she was in a rage, and said he should be beheaded; and he was again put into a mouse trap until the time of his

준마에 웃음을 터뜨렸습니다.

왕은 그의 연설에 크게 매료되었습니다. 톰이 자신의 테이블에 앉을 수 있도록 작은 의자를 하나 만들라고 명령했습니다. 또한 한 뼘 높이의 황금 궁전을 짓고, 1인치 폭의 문을 달아 그가 그 안에 살도록 했습니다. 왕은 그에게 여섯 마리의 작은 생쥐가 끄는 작은 마차도 주었습니다.

토마스 경한테 수여되는 명예에 분노한 왕비는 그를 망치기로 작정했습니다. 왕비는 왕에게 작은 기사가 자신에게 버릇없이 굴었다고 말했습니다.

왕은 급히 톰을 불렀으나, 왕실 사람들의 분노가 얼마나 위험한 것인지를 아는 그는 속이 빈 달팽이 껍질 속에 몸을 숨기고, 배고파 굶어 죽을 지경까지 그 안에서 누워있었습니다.

톰은 그렇게 누워있다가, 껍질 밖을 내다보았습니다. 그때 커다란 나비 한 마리가 자신이 은신해 있는 곳 가까이에 있는 것을 보고, 다가가 그 위를 덮쳤다가 허공으로 날아올랐습니다. 나비는 그를 업고 이 나무 저 나무 위를 날았고, 이 들판에서 저 들판으로 날아다니다가, 마침내 왕과 온 귀족이 그를 잡으려고 혈안이 되어있는 궁정으로 돌아왔습니다. 톰은 물병 속으로 떨어져 거의 익사할 지경이 되었습니다.

왕비는 톰을 보고 격노하여 그의 목을 쳐야한다고 말했고, 다시 한 번 그는 처형이 이루어질 때까지 쥐덫에 잡혀있었습니다.

그런데 쥐덫에 뭔가 살아있는 것이 잡힌 것을 본 고양이 한 마리가 줄이 끊어질 때까지 덫을 건드려 톰은 다시 살아났습니다.

왕은 다시 톰을 받아들였으나, 그것은 오래가지 않았습니다. 왜냐하면 어느 날 덩치 큰 거미가 그를 공격하였으니까요. 톰은 섬을 뽑아 격렬히 싸웠으나, 거미의 독을 피할 수는 없었습니다.

execution. However a cat, observing something alive in the trap, patted it about till the wires broke, and set Thomas at liberty.

The king received Tom again into favour, which he did not live to enjoy, for a large spider one day attacked him; and although he drew his sword and fought well, yet the spider's poisonous breath at last overcame him.

He fell dead on the ground where he stood,

And the spider suck'd every drop of his blood.

King Arthur and his whole court were so sorry at the loss of their little favourite that they went into mourning and raised a fine white marble monument over his grave with the following epitaph:

Here lies Tom Thumb, King Arthur's knight,

Who died by a spider's cruel bite.

He was well known in Arthur's court,

Where he afforded gallant sport;

He rode at tilt and tournament,

And on a mouse a-hunting went.

Alive he filled the court with mirth;

His death to sorrow soon gave birth.

Wipe, wipe your eyes, and shake your head

And cry,--Alas! Tom Thumb is dead!

그는 그 자리에 죽어 쓰러졌고, 거미는 그의 피를 모조리 빨아먹었습니다.

아써왕과 그의 궁정 전체는 그들이 총애하던 톰이 죽은 것을 슬퍼하여 조문을 갔고, 그의 무덤 위에 다음과 같은 비문을 적은 묘비를 세웠습니다.

아써왕의 기사 엄지 톰이 여기 잠들다
그는 거미의 잔인한 독에 죽었다
그는 아써의 궁정에서 유명했고
용기있게 장난을 쳤다
그는 경사진 곳을 달리고 경기에도 나갔다
생쥐를 타고 사냥도 했다
살아서는 궁정에 웃음을 채웠고
그가 죽자 곧 슬픔이 왔다
눈물을 닦고 머리를 흔들라
울어라, 맙소사, 엄지 톰이 죽었다!

MR. FOX

Lady Mary was young, and Lady Mary was fair. She had two brothers, and more lovers than she could count. But of them all, the bravest and most gallant, was a Mr. Fox, whom she met when she was down at her father's country-house. No one knew who Mr. Fox was; but he was certainly brave, and surely rich, and of all her lovers, Lady Mary cared for him alone.

At last it was agreed upon between them that they should be married. Lady Mary asked Mr. Fox where they should live, and he described to her his castle, and where it was; but, strange to say, did not ask her, or her brothers to come and see it.

So one day, near the wedding-day, when her brothers were out, and Mr. Fox was away for a day or two on business, as he said, Lady Mary set out for Mr. Fox's castle. And after many searchings, she came at last to it, and a fine strong house it was, with high walls and a deep moat. And when she came up to the gateway she saw written on it:

BE BOLD, BE BOLD.

But as the gate was open, she went through it, and found no one there. So she went up to the doorway, and over it she found written:

팍스 씨

  레이디 메리는 젊고 아름다웠습니다. 그녀는 오빠가 둘 있었고, 수를 헤아릴 수 없을 정도로 애인이 많았습니다. 그중에서 가장 씩씩하고 용감한 이는 팍스 씨로, 그녀가 시골 아버지 집에 내려갔을 때 그를 만났습니다. 그런데 팍스 씨가 누구인지는 아무도 몰랐습니다. 그녀의 모든 애인들 중에서 그는 정말로 용감했고, 진짜 부자였습니다. 레이디 메리는 혼자서 그를 돌보았습니다.

  마침내 그들은 결혼하기로 하였습니다. 레이디 메리는 팍스 씨한테 결혼하면 어디에서 살 것인지를 물었고, 팍스 씨는 자신의 성이 어디에 있는지, 어떤 모습인지를 설명해 주었습니다. 하지만 이상하게도 그녀에게도 오빠들에게도 함께 가서 성을 보자는 말은 하지 않았습니다.

  그래서 결혼식이 가까워진 어느 날, 오빠들은 집에 없고, 팍스 씨가 하루나 이틀을 출장을 다녀와야한다고 했을 때, 그녀는 팍스 씨의 성을 찾아 떠났습니다. 여러 곳을 찾아헤매다 그녀는 마침내 팍스 씨의 성에 도착했습니다. 담은 높고 해자는 매우 깊은, 아주 멋진 집이었습니다. 그녀가 성문에 다가갔을 때 거기엔 다음과 같은 글이 써있었습니다.

  대담하라. 대담하라.

  문이 열려 그녀는 안으로 들어갔고, 거기엔 아무도 없었습니다. 그래서 그

BE BOLD, BE BOLD, BUT NOT TOO BOLD.

Still she went on, till she came into the hall, and went up the broad stairs till she came to a door in the gallery, over which was written:

BE BOLD, BE BOLD, BUT NOT TOO BOLD, LEST THAT YOUR HEART'S BLOOD SHOULD RUN COLD.

But Lady Mary was a brave one, she was, and she opened the door, and what do you think she saw? Why, bodies and skeletons of beautiful young ladies all stained with blood. So Lady Mary thought it was high time to get out of that horrid place, and she closed the door, went through the gallery, and was just going down the stairs, and out of the hall, when who should she see through the window, but Mr. Fox dragging a beautiful young lady along from the gateway to the door.

Lady Mary rushed downstairs, and hid herself behind a cask, just in time, as Mr. Fox came in with the poor young lady who seemed to have fainted. Just as he got near Lady Mary, Mr. Fox saw a diamond ring glittering on the finger of the young lady he was dragging, and he tried to pull it off. But it was tightly fixed, and would not come off, so Mr. Fox cursed and swore, and drew his sword, raised it, and brought it down upon the hand of the poor lady. The sword cut off the hand, which jumped up into the air, and fell of all places in the world into Lady Mary's lap. Mr. Fox looked about a bit, but did not think of looking behind the cask, so at last he went on dragging the young lady up the stairs into the Bloody Chamber.

녀는 출입구로 걸어갔고, 그곳엔 이렇게 써 있었습니다.

대담하라, 대담하라, 하지만 지나치게 대담하지는 마라,

그녀는 계속 들어갔고, 마침내 넓은 방에 다달았습니다. 그녀는 넓은 계단을 올라 화랑의 문까지 왔는데, 거기엔 이렇게 써있었습니다.

대담하라. 대담하라. 하지만 지나치게 대담하지는 마라,
네 심장의 피가 차가워지지 않으려면.

레이디 메리는 용감한 여자였기에 문을 열었습니다. 과연 그녀는 무엇을 보았을까요? 거기엔 피범벅이 된 아름다운 여자들의 시체와 해골이 있었습니다. 레이디 메리는 그 무시무시한 곳을 빠져나올 시간이라고 생각했습니다. 문을 닫고 화랑을 지나, 계단을 내려온 다음, 큰 방을 나서려던 찰나에, 창문으로 팍스 씨가 성문 밖에서 아름다운 여자를 끌고 오는 것을 보았습니다.
레이디 메리는 아래층으로 달려내려가 팍스 씨가 기절한 듯한 여자를 끌고막 문에 들어서는 순간에 큰 통 뒤에 숨었습니다. 팍스 씨가 레이디 메리가있는 곳 가까이 왔을 때, 그는 자신이 끌고 오던 여자의 손가락에서 번쩍 하는 다이아몬드 반지를 보고 그것을 빼려고 애를 썼습니다. 하지만 반지가 꽉끼어 나오지 않자 팍스 씨는 욕을 하고 저주를 퍼부으며 칼을 뽑아 들어올리더니 여자의 손목을 잘랐습니다. 손은 허공으로 튀어 올랐다가 하필이면 레이디 메리의 무릎에 떨어졌습니다. 팍스 씨는 사라진 손을 잠시 찾았으나 통뒤에 있으리라는 생각은 못했습니다. 그는 젊은 여자를 끌고 위층으로 올라

As soon as she heard him pass through the gallery, Lady Mary crept out of the door, down through the gateway, and ran home as fast as she could.

Now it happened that the very next day the marriage contract of Lady Mary and Mr. Fox was to be signed, and there was a splendid breakfast before that. And when Mr. Fox was seated at table opposite Lady Mary, he looked at her. "How pale you are this morning, my dear." "Yes," said she, "I had a bad night's rest last night. I had horrible dreams." "Dreams go by contraries," said Mr. Fox; "but tell us your dream, and your sweet voice will make the time pass till the happy hour comes."

"I dreamed," said Lady Mary, "that I went yestermorn to your castle, and I found it in the woods, with high walls, and a deep moat, and over the gateway was written: BE BOLD, BE BOLD.

"But it is not so, nor it was not so," said Mr. Fox.

"And when I came to the doorway over it was written:

BE BOLD, BE BOLD, BUT NOT TOO BOLD.

"It is not so, nor it was not so," said Mr. Fox.

"And then I went upstairs, and came to a gallery, at the end of which was a door, on which was written:

BE BOLD, BE BOLD, BUT NOT TOO BOLD, LEST THAT YOUR HEART'S BLOOD SHOULD RUN COLD.

피의 방으로 들어갔습니다.

　그가 화랑을 통과하는 소리를 듣자마자 레이디 메리는 방을 빠져나와 성문을 지나 집으로 달려갔습니다.

　바로 다음 날이 레이디 메리와 곽스 씨의 결혼 계약이 이루어지는 날이어서 성대한 아침 식사가 준비되어 있었습니다. 곽스 씨는 레이디 메리의 맞은편에 앉았고, 그녀를 보자 이렇게 말했습니다.

　"오늘 아침은 왜 그렇게 창백해 보이나요. 내 사랑."

　"그래요. 지난 밤에 잠을 잘 못잤어요. 무서운 꿈을 꾸었거든요."

　"꿈은 반대래요. 하지만 무슨 꿈을 꾸었는지 말해봐요. 당신의 달콤한 목소리는 행복한 시간이 오게할 거예요."

　"어제 당신 성에 가는 꿈을 꾸었어요. 숲속에 있더군요. 담은 높고 해자는 깊은데 성문에 이렇게 쓰여 있었어요."

　대담하라. 대담하라.

　"아닌데요. 그러지 않았어요." 곽스 씨는 말했습니다.

　"내가 출입구에 이르자 그 위에 이렇게 써있더군요."

　대담하라. 대담하라. 하지만 너무 대담해서는 안된다.

　"아니에요. 그러지 않았어요." 곽스 씨는 말했습니다.

　"나는 위층으로 올라가 화랑으로 갔어요. 그 끝에 문이 하나 있었는데, 그

"It is not so, nor it was not so," said Mr. Fox.

"And then--and then I opened the door, and the room was filled with bodies and skeletons of poor dead women, all stained with their blood."

"It is not so, nor it was not so. And God forbid it should be so," said Mr. Fox.

"I then dreamed that I rushed down the gallery, and just as I was going down the stairs, I saw you, Mr. Fox, coming up to the hall door, dragging after you a poor young lady, rich and beautiful."

"It is not so, nor it was not so. And God forbid it should be so," said Mr. Fox.

"I rushed downstairs, just in time to hide myself behind a cask, when you, Mr. Fox, came in dragging the young lady by the arm. And, as you passed me, Mr. Fox, I thought I saw you try and get off her diamond ring, and when you could not, Mr. Fox, it seemed to me in my dream, that you out with your sword and hacked off the poor lady's hand to get the ring."

"It is not so, nor it was not so. And God forbid it should be so," said Mr. Fox, and was going to say something else as he rose from his seat, when Lady Mary cried out:

"But it is so, and it was so. Here's hand and ring I have to show," and pulled out the lady's hand from her dress, and pointed it straight at Mr. Fox.

At once her brothers and her friends drew their swords and cut Mr. Fox into a thousand pieces.

위에 이렇게 써있었죠."

  대담하라. 대담하라. 하지만 너무 대담해서는 안 된다. 당신 심장의 피가 차가워지지 않으려면.

"아니에요. 그러지 않았어요." 팍스 씨는 말했습니다.

"그리고 나서, 그리고 나서 나는 방문을 열었어요. 방엔 살해당한 불쌍한 여자들의 시체와 해골이 가득했어요. 모두 피범벅이 되어 있었죠."

"아니에요. 그러지 않았어요. 그건 신께서 금하신 일이에요." 팍스 씨는 말했습니다.

"그때 나는 화랑을 뛰쳐 나오고 막 계단을 내려오려는 찰나에 당신이 큰 방의 문쪽으로 부자이며 아름다운, 불쌍한 여자를 끌고 오는 꿈을 꾸었어요."

"아니에요. 그러지 않았어요. 그리고 그건 신이 금하신 일이에요." 팍스 씨는 말했습니다.

"나는 계단을 뛰어내려 갔어요. 나는 통 뒤에 숨었고, 당신이 젊은 여자의 손을 잡고 끌며 내 곁을 지났어요. 나는 당신이 여자의 손가락에서 다이아몬드 반지를 빼려는 것을 보았어요. 반지가 안 빠지자, 팍스 씨, 꿈 같은데, 당신은 반지를 가지려고 검을 빼 여자의 손을 잘랐어요."

"아니에요. 아니었어요. 그건 신이 금한 일이에요." 팍스 씨는 이렇게 말하고 자리에서 일어나며 뭔가를 말하려고 할 때 레이디 메리는 소리쳤습니다.

"하지만 그랬어요, 그랬어요. 여기에 손과 반지가 있어요."

  레이디 메리는 드레스에서 손을 꺼내 팍스 씨 쪽으로 내밀었어요.

  그녀의 오빠들과 친구들은 즉시 검을 뽑아 팍스 씨를 죽였답니다.

285

LAZY JACK

Once upon a time there was a boy whose name was Jack, and he lived with his mother on a common. They were very poor, and the old woman got her living by spinning, but Jack was so lazy that he would do nothing but bask in the sun in the hot weather, and sit by the corner of the hearth in the winter-time. So they called him Lazy Jack. His mother could not get him to do anything for her, and at last told him, one Monday, that if he did not begin to work for his porridge she would turn him out to get his living as he could.

This roused Jack, and he went out and hired himself for the next day to a neighbouring farmer for a penny; but as he was coming home, never having had any money before, he lost it in passing over a brook. "You stupid boy," said his mother, "you should have put it in your pocket."

"I'll do so another time," replied Jack.

On Wednesday, Jack went out again and hired himself to a cow-keeper, who gave him a jar of milk for his day's work. Jack took the jar and put it into the large pocket of his jacket, spilling it all, long before he got home. "Dear me!" said the old woman; "you should have carried it on your head." "I'll do so another time," said Jack.

So on Thursday, Jack hired himself again to a farmer, who agreed to give him a cream cheese for his services. In the evening Jack took the cheese, and went home with it on his head. By the time he got home

게으른 잭

옛날에 어머니와 함께 공유지에서 살던 잭이라는 아이가 있었습니다. 그들은 너무 가난했습니다. 늙은 어머니가 천을 짜면서 생계를 유지했지만, 게으른 잭은 더운 날은 햇볕을 쬐고, 추운 겨울에는 난로가에서 불을 쬐는 것 외에는 아무 일도 하지 않으려고 했습니다. 그래서 사람들은 그를 게으른 잭이라고 불렀어요. 잭의 엄마는 잭에게서 아무것도 기대할 게 없다고 생각했습니다. 어느 월요일, 엄마는 잭에게 만일 입에 풀칠할만한 일을 아무것도 하지 않는다면, 그를 집에서 내쫓겠다고 말했습니다.

놀란 잭은 밖으로 나가 옆집 농부에게서 1페니를 받고 화요일의 일자리를 얻었습니다. 하지만 한 번도 돈을 갖고 있었던 적이 없던 잭은 집으로 돌아오던 중에 개울을 건너다 그 동전을 잃어버렸습니다.

"멍청아, 돈은 주머니에 넣었어야지." 엄마는 화를 냈습니다. "다음엔 그렇게 할게요." 잭은 말했습니다.

수요일에 잭은 다시 집을 나가 암소 관리인에게서 일자리를 얻었습니다. 암소 관리인은 일당으로 우유 한통을 주었습니다. 잭은 통을 받아 웃도리의 가장 큰 주머니에 넣었고, 집에 도착하기 전에 우유를 모조리 흘렸습니다.

"아이고, 이놈아, 그건 머리에 이고 왔어야지."

"다음엔 그렇게 할게요."

목요일에 잭은 농부에게서 일자리를 얻었는데, 농부는 일당으로 크림치즈를 주셨다고 말했습니다. 저녁에 잭은 크림치즈를 머리에 이고 집으로 갔습

the cheese was all spoilt, part of it being lost, and part matted with his hair. "You stupid lout," said his mother, "you should have carried it very carefully in your hands." "I'll do so another time," replied Jack.

On Friday, Lazy Jack again went out, and hired himself to a baker, who would give him nothing for his work but a large tom-cat. Jack took the cat, and began carrying it very carefully in his hands, but in a short time pussy scratched him so much that he was compelled to let it go.

When he got home, his mother said to him, "You silly fellow, you should have tied it with a string, and dragged it along after you." "I'll do so another time," said Jack.

So on Saturday, Jack hired himself to a butcher, who rewarded him by the handsome present of a shoulder of mutton. Jack took the mutton, tied it to a string, and trailed it along after him in the dirt, so that by the time he had got home the meat was completely spoilt. His mother was this time quite out of patience with him, for the next day was Sunday, and she was obliged to make do with cabbage for her dinner. "You ninney-hammer," said she to her son; "you should have carried it on your shoulder." "I'll do so another time," replied Jack.

On the next Monday, Lazy Jack went once more, and hired himself to a cattle-keeper, who gave him a donkey for his trouble. Jack found it hard to hoist the donkey on his shoulders, but at last he did it, and began walking slowly home with his prize. Now it happened that in the course of his journey there lived a rich man with his only daughter, a beautiful girl, but deaf and dumb. Now she had never laughed in her life, and the doctors said she would never speak till somebody made her laugh. This

니다. 집으로 돌아올 때 쯤 크림치즈는 모두 엉망이 되어, 반은 흘러내리고 반은 잭의 머리카락에 엉겨 붙었습니다.

"이 바보 멍청아. 그건 손에 잘 들고 왔어야지."

"다음엔 그렇게 할게요."

금요일에 잭은 다시 밖으로 나가 빵집에서 일했고, 제빵사는 그에게 숫고양이 말고는 주지 않으려고 했습니다. 잭은 고양이를 받아 두 손에 조심스럽게 들고 왔으나, 얼마 안가 고양이가 손을 너무 할퀴는 바람에 그만 손에서 놓치고 말았습니다.

집에 돌아오자 엄마는 말했습니다.

"이 구제불능 바보야, 그건 줄을 묶어 끌고 왔어야지."

"다음엔 그렇게 할게요."

토요일에 잭은 푸줏간에서 일을 했고, 푸줏간 주인은 잭에게 양의 어깨죽지 살을 주었습니다. 잭은 고기를 받아 줄로 묶고는 흙길에서 끌고 왔습니다. 그가 집에 도착할 무렵에 고기는 완전히 망가졌습니다. 이번에 엄마는 참을성이 바닥나서, 다음날이 일요일이었기 때문에, 양배추로 저녁을 준비하다가 아들에게 말했습니다.

"이 돌대가리야, 그건 어깨에 지고 왔어야지."

"다음엔 그렇게 할게요." 잭은 말했습니다.

다음 월요일에 게으른 잭은 다시 집을 나가 소목장 관리인에게 고용이 되었습니다. 관리인은 수고했다며 잭에게 당나귀 한 마리를 주었습니다. 잭은 당나귀를 어깨에 지는 일이 어렵다는 것을 알았지만 결국 해냈고, 천천히 집으로 오고 있었습니다.

집으로 오는 길에 큰 부자의 외동딸에 아주 예쁘지만, 귀가 들리지 않고 말

young lady happened to be looking out of the window when Jack was passing with the donkey on his shoulders, with the legs sticking up in the air, and the sight was so comical and strange that she burst out into a great fit of laughter, and immediately recovered her speech and hearing. Her father was overjoyed, and fulfilled his promise by marrying her to Lazy Jack, who was thus made a rich gentleman. They lived in a large house, and Jack's mother lived with them in great happiness until she died.

도 못하는 여인을 만났습니다. 그녀는 평생 한 번도 웃어본 적이 없어서, 의사는 누군가 그녀를 웃게 만들 때까지 그녀는 말을 못 할거라고 말했습니다. 이 젊은 아가씨는 잭이 다리를 하늘로 뻗친 당나귀를 어깨에 지고 가는 것을 창문 밖으로 보고는, 그 모습이 너무나 웃기고 이상해서 큰 웃음을 터뜨렸습니다. 아가씨는 즉시 말하고 들을 수 있게 되었습니다. 아버지는 너무 기뻐 딸을 잭과 결혼시켰고, 잭은 부유한 신사가 되었습니다.

그들은 큰 집에서 살았고, 잭의 엄마도 죽을 때까지 그들과 함께 행복하게 살았습니다.

JOHNNY-CAKE

Once upon a time there was an old man, and an old woman, and a little boy. One morning the old woman made a Johnny-cake, and put it in the oven to bake. "You watch the Johnny-cake while your father and I go out to work in the garden." So the old man and the old woman went out and began to hoe potatoes, and left the little boy to tend the oven.

But he didn't watch it all the time, and all of a sudden he heard a noise, and he looked up and the oven door popped open, and out of the oven jumped Johnny-cake, and went rolling along end over end, towards the open door of the house. The little boy ran to shut the door, but Johnny-cake was too quick for him and rolled through the door, down the steps, and out into the road long before the little boy could catch him. The little boy ran after him as fast as he could clip it, crying out to his father and mother, who heard the uproar, and threw down their hoes and gave chase too. But Johnny-cake outran all three a long way, and was soon out of sight, while they had to sit down, all out of breath, on a bank to rest.

On went Johnny-cake, and by-and-by he came to two well-diggers who looked up from their work and called out: "Where ye going, Johnny-cake?"

He said: "I've outrun an old man, and an old woman, and a little boy, and I can outrun you too-o-o!"

옥수수빵[7]

옛날에 노부부가 어린 아들과 살고 있었습니다. 어느 날 아침 노파는 옥수수빵을 만들려고 오븐에 넣었습니다.

"엄마와 아빠는 밭에 일하러 나갈 테니 빵 잘 봐라." 엄마는 말했습니다.

노부부는 밖으로 나가 곡괭이로 감자를 캤고, 소년은 오븐을 지키려고 혼자 남았습니다. 하지만 소년은 오븐을 줄곧 지키지는 못했습니다. 한눈 팔고 있는 사이 갑자기 그는 이상한 소리를 들었습니다. 고개를 올려다보니 오븐 문이 열리고, 오븐에서 옥수수빵이 뛰어나와 열린 문으로 굴러갔습니다. 소년은 문을 닫으러 쫓아갔으나, 소년이 빵을 잡기 전에 너무나 빨리 문을 나가고 계단을 굴러 길로 나갔습니다. 소년은 빵을 잡으려 최대한 빨리 달리며 엄마, 아빠를 불렀고, 이 소동을 들은 그들은 곡괭이를 내던지고 빵을 쫓아가기 시작했습니다. 하지만 옥수수빵은 이들 셋을 훨씬 앞질러 달렸고, 곧 그들 시야에서 사라졌습니다. 그리하여 그들은 숨을 헐떡이며 강둑에 앉아서 쉬었습니다.

옥수수빵은 계속 뛰어, 일을 하다 위를 올려다본, 우물 파는 사람들에게 왔습니다. 그들은 물었습니다. "어디 가니, 옥수수빵아?"

"나는 할아버지도, 할머니도, 어린 애도 앞질렀어. 나는 당신도 앞지를 수 있어."

"그럴 수 있지. 그렇지? 어디 두고 보자."

그들은 연장을 내던지고 그를 쫓기 시작했습니다. 하지만 빵을 따라잡을 수

---
7 이 이야기는 현재 '달리는 생강 과자 이야기'로 널리 알려져 있다.

"Ye can, can ye? we'll see about that?" said they; and they threw down their picks and ran after him, but couldn't catch up with him, and soon they had to sit down by the roadside to rest.

On ran Johnny-cake, and by-and-by he came to two ditch-diggers who were digging a ditch. "Where ye going, Johnny-cake?" said they. He said:

"I've outrun an old man, and an old woman, and a little boy, and two well-diggers, and I can outrun you too-o-o!"

"Ye can, can ye? we'll see about that!" said they; and they threw down their spades, and ran after him too. But Johnny-cake soon outstripped them also, and seeing they could never catch him, they gave up the chase and sat down to rest.

On went Johnny-cake, and by-and-by he came to a bear. The bear said:

"Where are ye going, Johnny-cake?"

He said: "I've outrun an old man, and an old woman and a little boy, and two well-diggers, and two ditch-diggers, and I can outrun you too-o-o!"

"Ye can, can ye?" growled the bear, "we'll see about that!" and trotted as fast as his legs could carry him after Johnny-cake, who never stopped to look behind him. Before long the bear was left so far behind that he saw he might as well give up the hunt first as last, so he stretched himself out by the roadside to rest.

On went Johnny-cake, and by-and-by he came to a wolf. The wolf said:--"Where ye going, Johnny-cake?" He said: "I've outrun an old man,

없어, 곧 길가에 주저앉았습니다.

옥수수빵은 계속 뛰었습니다. 그는 얼마 있다 도랑을 파고 있는 두 명의 도랑치기한테 왔습니다.

"어디 가니, 옥수수빵아?" 그들은 물었습니다.

"나는 노인과 노파를 앞질렀고, 어린 아이도 앞질렀고, 두 명의 우물 파는 사람도 앞질렀어. 그러니 나는 너희도 앞지를 수 있을 거야."

"그럴 수 있지. 그럴까? 한번 두고 보자."

그들은 삽을 집어 던지고, 그를 쫓아 달렸습니다. 하지만 옥수수빵은 곧 그들을 모두 앞질렀고, 그들은 빵을 따라잡지 못할 것을 알고는 추적을 포기하고 앉아 쉬었습니다.

옥수수빵은 계속 달려, 곰에게 왔습니다.

곰은 말했습니다.

"옥수수빵, 어디 가니?"

"나는 노인을 앞질렀고, 노파도 앞질렀고, 아이도 앞질렀어, 그리고 두 명의 우물 파는 사람도 앞질렀고, 두 명의 도랑 파는 사람도 앞질렀지. 나는 너도 앞지를 수 있어."

"그럴 수 있지. 그럴까? 어디 한번 두고 보자."

곰은 으르렁거린 다음 자신의 다리가 할 수 있는 한 최대한 빨리 옥수수빵을 따라갔습니다. 하지만 빵은 한 번도 뒤돌아보지 않고 달렸습니다. 얼마 지나지 않아 곰은 너무 멀리 뒤쳐져서 사냥을 포기하는 게 낫다는 생각을 하고 길바닥에 뻗었습니다.

옥수수빵은 계속 달려 늑대를 만났습니다. 늑대는 말했습니다. "어디 가니, 빵?" 그러자 옥수수빵은 말했습니다.

and an old woman, and a little boy, and two well-diggers, and two ditch-diggers and a bear, and I can outrun you too-o-o!"

"Ye can, can ye?" snarled the wolf, "we'll see about that!" And he set into a gallop after Johnny-cake, who went on and on so fast that the wolf too saw there was no hope of overtaking him, and he too lay down to rest.

On went Johnny-cake, and by-and-by he came to a fox that lay quietly in a corner of the fence. The fox called out in a sharp voice, but without getting up: "Where ye going Johnny-cake?"

He said: "I've outrun an old man, and an old woman, and a little boy, and two well-diggers, and two ditch-diggers, a bear, and a wolf, and I can outrun you too-o-o!"

The fox said: "I can't quite hear you, Johnny-cake, won't you come a little closer?" turning his head a little to one side.

Johnny-cake stopped his race for the first time, and went a little closer, and called out in a very loud voice _"I've outrun an old man, and an old woman, and a little boy, and two well-diggers, and two ditch-diggers, and a bear, and a wolf, and I can outrun you too-o-o."_

"Can't quite hear you; won't you come a _little_ closer?" said the fox in a feeble voice, as he stretched out his neck towards Johnny-cake, and put one paw behind his ear.

Johnny-cake came up close, and leaning towards the fox screamed out:

I'VE OUTRUN AN OLD MAN, AND AN OLD WOMAN, AND A LITTLE BOY, AND TWO WELL-DIGGERS, AND TWO DITCH-DIGGERS, AND A

"나는 노인을 앞질렀고, 노파도 앞질렀고, 아이도 앞질렀어. 그리고 두 명의 우물 파는 사람, 두 명의 도랑 파는 사람, 곰도 앞질렀어. 나는 너도 앞지를 수 있어."

"그럴 수 있지. 그럴까? 어디 한번 두고 보자."

늑대는 으르렁거렸습니다. 그리곤 옥수수빵을 따라 질주했습니다. 옥수수빵이 너무 빨리 달리자 늑대 또한 그를 따라잡을 수 없다는 것을 알고는 주저앉았습니다.

옥수수빵은 계속 달리고 달려 울타리 구석에 조용히 앉아있는 여우에게 왔습니다. 여우는 일어서지 않은 채 날카로운 목소리로 소리 질렀습니다.

"옥수수빵, 어디 가니?"

"나는 노인을 앞질렀고, 노파를 앞질렀고, 아이도 앞질렀어. 나는 두 명의 우물 파는 사람, 두 명의 도랑 파는 사람, 곰, 늑대도 앞질렀어. 나는 너도 앞지를 수 있어."

여우는 머리를 한쪽으로 약간 돌리며 말했습니다.

"옥수수빵아, 뭐라 그러는지 안 들려. 조금만 가까이 올 수 없니?"

옥수수빵은 처음으로 멈췄습니다. 그리고는 여우한테 조금 더 가까이 가서 큰 목소리로 말했습니다.

"나는 노인을 앞질렀고, 노파를 앞질렀고, 아이도 앞질렀어. 나는 두 명의 우물파는 사람, 두 명의 도랑치는 사람, 곰, 늑대를 앞질렀어. 나는 너도 앞지를 수 있어."

"네 말 정말 안 들린다. 좀 더 가까이 오면 안 되니?"

여우는 목을 옥수수빵 쪽으로 뻗고, 손 하나를 귀 뒤에 대고는 희미한 목소리로 말했습니다.

BEAR, AND A WOLF, AND I CAN OUTRUN YOU TOO-O-O!"

"You can, can you?" yelped the fox, and he snapped up the Johnny-cake in his sharp teeth in the twinkling of an eye.

옥수수빵은 더 가까이 갔습니다. 그리고 여우 쪽으로 몸을 기울이고는 소리
쳤습니다.

"나는 노인을 앞질렀고, 노파를 앞질렀고, 아이도 앞질렀어. 그리고 두 명의 우물 파는
사람, 두 명의 도랑 파는 사람, 곰, 늑대를 앞질렀어. 나는 너도 앞지를 수 있어."

"너는 그럴 수 있지. 그럴까?"
여우는 깨갱하고는 눈 깜짝할 사이에 옥수수빵을 날카로운 이빨로 덥석 물
었어요.

EARL MAR'S DAUGHTER

One fine summer's day Earl Mar's daughter went into the castle garden, dancing and tripping along. And as she played and sported she would stop from time to time to listen to the music of the birds. After a while as she sat under the shade of a green oak tree she looked up and spied a sprightly dove sitting high up on one of its branches. She looked up and said: "Coo-my-dove, my dear, come down to me and I will give you a golden cage. I'll take you home and pet you well, as well as any bird of them all." Scarcely had she said these words when the dove flew down from the branch and settled on her shoulder, nestling up against her neck while she smoothed its feathers. Then she took it home to her own room.

The day was done and the night came on and Earl Mar's daughter was thinking of going to sleep when, turning round, she found at her side a handsome young man. She _was_ startled, for the door had been locked for hours. But she was a brave girl and said: "What are you doing here, young man, to come and startle me so? The door was barred these hours ago; how ever did you come here?"

"Hush! hush!" the young man whispered. "I was that cooing dove that you coaxed from off the tree."

"But who are you then?" she said quite low; "and how came you to be changed into that dear little bird?"

300

마르 백작의 딸

어느 좋은 여름 날 마르 백작의 딸은 성 안에 있는 정원으로 가, 혼자 춤추며 여기저기 돌아다녔어요. 그녀는 정원에서 놀 때 이따금씩 새들의 노래를 들으려고 걸음을 멈췄습니다. 그녀는 초록 잎이 무성한 참나무 그늘 아래 앉아 있다 위를 올려다 보았고, 분주한 비둘기 한 마리가 나뭇가지 높은 곳에 앉아 있는 것을 발견했습니다. 그녀는 새를 보며 말했습니다.

"비둘기야, 비둘기야, 이리로 내려와. 내가 황금새장을 줄게. 내가 널 집에 데려가서 다른 새들처럼 잘 돌봐줄게."

이 말을 하자마자 비둘기는 나뭇가지에서 내려와 그녀의 어깨 위에 앉았습니다. 그녀가 깃털을 쓰다듬어 주는 동안에 비둘기는 그녀의 목에 가만히 앉아 있었습니다. 그녀는 새를 자신의 방으로 데리고 갔습니다.

하루 해가 끝나고 밤이 왔습니다. 마르 백작의 딸은 잠을 자려다가 몸을 돌리자, 자기 옆에 잘생긴 남자가 서있는 것을 보았습니다. 그녀는 놀랐습니다. 왜냐하면 문이 몇 시간 동안 잠겨 있었기 때문이지요. 하지만 그녀는 용감한 사람이어서 물었습니다.

"여기서 무얼 하고 있는 것인가! 젊은이! 여기 와서 나를 이렇게 놀라게 하다니! 문이 아까부터 잠겨있었는데, 여기 어떻게 들어왔지?"

"쉿! 쉿! 나는 당신이 나무에서 데려온, 구구대던 비둘기입니다." 그는 조용히 말했습니다.

"그럼 대체 당신은 무엇이지? 어떻게 작고 예쁜 새로 변한 것이지?" 그녀는

"My name is Florentine, and my mother is a queen, and something more than a queen, for she knows magic and spells, and because I would not do as she wished she turned me into a dove by day, but at night her spells lose their power and I become a man again. To-day I crossed the sea and saw you for the first time and I was glad to be a bird that I could come near you. Unless you love me, I shall never be happy more."

"But if I love you," says she, "will you not fly away and leave me one of these fine days?"

"Never, never," said the prince; "be my wife and I'll be yours for ever. By day a bird, by night a prince, I will always be by your side as a husband, dear."

So they were married in secret and lived happily in the castle and no one knew that every night Coo-my-dove became Prince Florentine. And every year a little son came to them as bonny as bonny could be. But as each son was born Prince Florentine carried the little thing away on his back over the sea to where the queen his mother lived and left the little one with her.

Seven years passed thus and then a great trouble came to them. For the Earl Mar wished to marry his daughter to a noble of high degree who came wooing her. Her father pressed her sore but she said: "Father dear, I do not wish to marry; I can be quite happy with Coo-my-dove here."

Then her father got into a mighty rage and swore a great big oath, and said: "To-morrow, so sure as I live and eat, I'll twist that birdie's neck," and out he stamped from her room.

아주 작은 소리로 말했습니다.

"내 이름은 플로렌틴입니다. 어머니는 여왕이시고, 보통 여왕보다 더 높은 여왕이시고, 어머니가 마법과 주문을 알기 때문에, 내가 어머니의 말을 안 들어서 나를 낮에는 비둘기로 바꾸어 놓았어요. 하지만 어머니의 주문이 힘을 잃는 밤에는 원래의 모습을 되찾습니다. 오늘 나는 바다를 건너왔고 처음으로 당신을 보았어요. 그리고 당신 곁에 가까이 올 수 있어서 새가 된 게 기뻤어요. 당신이 나를 사랑하지 않아도, 나는 너 이상 행복할 수 없을 기예요."

"하지만 내가 만일 그대를 사랑한다면 날아가지 않고 내게 행복한 하루를 남겨줄 것인가?" 공주는 물었습니다.

"아니요. 아니요. 내 아내가 되어주세요. 그러면 나는 영원히 당신 거예요. 낮에는 비둘기로 밤에는 사람으로, 남편으로서 언제나 당신 곁에 있을게요." 왕자는 말했습니다.

그래서 그들은 비밀 결혼을 하고 성에서 행복하게 살았으며, 매일 밤 구구 비둘기가 밤에 플로렌틴 왕자로 변신하는 걸 아무도 몰랐답니다. 그리고 매년 그들은 더 이상 아름다울 수 없는 아들을 하나씩 낳았습니다. 그러나 아들이 태어날 때마다 플로렌틴 왕자는 아들을 등에 태우고 바다를 건너 어머니 여왕이 사는 곳으로 데려가 어머니에게 맡겼습니다.

7년이 지났고 그들에게 큰 문제가 생겼습니다. 마르 백작이 딸을 그녀에게 구애를 하러 온 지체 높은 귀족과 결혼시키려했기 때문입니다. 아버지는 그녀에게 압력을 넣었지만, 그녀는 말했습니다.

"저는 결혼하고 싶지 않아요. 저는 구구비둘기와 행복할 수 있어요."

아버지는 격노하며 엄청난 독설을 했습니다. "내일 나는 확실하게 그 새의 목을 비틀이 비릴 테다." 그리고 아버지는 그녀의 방을 나갔습니다.

"Oh, oh!" said Coo-my-dove; "it's time that I was away," and so he jumped upon the window-sill and in a moment was flying away. And he flew and he flew till he was over the deep, deep sea, and yet on he flew till he came to his mother's castle. Now the queen his mother was taking her walk abroad when she saw the pretty dove flying overhead and alighting on the castle walls.

"Here, dancers come and dance your jigs," she called, "and pipers, pipe you well, for here's my own Florentine, come back to me to stay for he's brought no bonny boy with him this time."

"No, mother," said Florentine, "no dancers for me and no minstrels, for my dear wife, the mother of my seven, boys, is to be wed to-morrow, and sad's the day for me."

"What can I do, my son?" said the queen, "tell me, and it shall be done if my magic has power to do it."

"Well then, mother dear, turn the twenty-four dancers and pipers into twenty-four grey herons, and let my seven sons become seven white swans, and let me be a goshawk and their leader."

"Alas! alas! my son," she said, "that may not be; my magic reaches not so far. But perhaps my teacher, the spaewife of Ostree, may know better." And away she hurries to the cave of Ostree, and after a while comes out as white as white can be and muttering over some burning herbs she brought out of the cave. Suddenly Coo-my-dove changed into a goshawk and around him flew twenty four grey herons and above them flew seven cygnets.

Without a word or a good-bye off they flew over the deep blue sea

"아, 아! 내가 떠날 시간이구나." 비둘기는 말하고, 창문틀로 뛰어오르더니 이내 날아가 버렸습니다. 그는 하늘을 날아 날아 바다를 건너, 어머니 성에 왔습니다. 그의 어머니인 여왕은 아름다운 비둘기가 그녀의 머리 위를 지나 성 벽에 앉을 때까지 밖에서 산책을 하고 있었습니다.

"무희들은 와서 춤을 추어라. 파이프 연주자들은 와서 파이프를 연주하여라. 왜냐하면 내 아들 플로렌틴이 여기 머물려고 왔다. 왜냐하면 이번엔 그가 아름다운 아들을 데려오지 않았기 때문이다." 여왕은 소리쳤습니다.

"아니에요, 어머니. 무희도 부르지 마시고 유랑시인도 부르지 마세요. 왜냐하면 내 일곱 아들의 어머니인 내 아내가 내일 결혼해요. 제겐 슬픈 날이기 때문입니다." 플로렌틴은 말했습니다.

"아들아, 뭘 어떻게 해줄까? 말해다오. 만일 내가 마법으로 할 수 있는 일이라면 그렇게 해주마." 여왕은 말했습니다.

"그러면 어머니 24명의 무희와 파이프 연주자들을 24마리의 회색 왜가리로 만들어 주세요. 그리고 제 일곱 아들은 일곱 마리의 고니로 만들어 주시고, 저를 참매와 참매의 지도자로 만들어 주세요." 플로렌틴은 말했습니다.

"안 된다, 안 된다. 아들아. 그럴 순 없어. 내 마법은 거기까진 못 미친다. 하지만, 오스트리(Oastree)의 여자 예언자인 내 스승께서는 나보다 더 잘 아실지도 몰라." 그녀는 말했습니다. 그녀는 서둘러 오스트리의 동굴로 갔고, 잠시 후에 아주 창백해져서 나오며 동굴에서 그녀가 들고 나온 불타는 약초에 대해 중얼거렸습니다. 그러자 갑자기 구구 비둘기는 참매가 되고, 그 주변에 24마리의 회색 왜가리가 모여들었고, 그들 위로 7마리의 어린 고니가 날았습니다.

작별 인사 한 마디 없이 그들은 짙푸른 바다 위를 날아갔습니다. 그들은 날

which was tossing and moaning. They flew and they flew till they swooped down on Earl Mar's castle just as the wedding party were setting out for the church. First came the men-at-arms and then the bridegroom's friends, and then Earl Mar's men, and then the bridegroom, and lastly, pale and beautiful, Earl Mar's daughter herself. They moved down slowly to stately music till they came past the trees on which the birds were settling.

A word from Prince Florentine, the goshawk, and they all rose into the air, herons beneath, cygnets above, and goshawk circling above all. The weddineers wondered at the sight when, swoop! the herons were down among them scattering the men-at-arms. The swanlets took charge of the bride while the goshawk dashed down and tied the bridegroom to a tree. Then the herons gathered themselves together into one feather bed and the cygnets placed their mother upon them, and suddenly they all rose in the air bearing the bride away with them in safety towards Prince Florentine's home. Surely a wedding party was never so disturbed in this world. What could the weddineers do? They saw their pretty bride carried away and away till she and the herons and the swans and the goshawk disappeared, and that very day Prince Florentine brought Earl Mar's daughter to the castle of the queen his mother, who took the spell off him and they lived happy ever afterwards.

고 날아 교회에서 결혼 잔치가 막 준비된 찰나에 마르 백작의 성에 닿았습니다. 제일 처음엔 병사들이 등장했고, 다음엔 신랑의 친구들이, 그다음엔 마르 백작의 신하들이, 그다음엔 신랑이, 그리고 마지막엔 창백하고 아름다운 마르 백작의 딸이 등장했습니다. 그들은 웅장한 음악에 맞춰 천천히 걸어 새들이 앉아있는 나무들을 지나게 되었습니다.

참매인 플로렌틴 왕자의 한 마디에 그들은 모두 허공으로 일어났습니다. 왜가리는 아래에, 어린 백조는 그 위에, 그리고 참매는 그들 위를 빙빙 돌았습니다. 결혼식에 모인 사람들은 그 광경에 모두 놀랐고, 그때, 왜가리들이 내려앉아 병사들을 흩어놓았습니다. 참매가 쏜살같이 내려와 신랑을 나무에 묶는 동안 어린 고니들은 신부를 보호하고 있었습니다. 곧이어 왜가리들은 모두 모여 하나의 깃털 침대를 만들었고, 어린 고니들은 자신들의 어머니를 그 위에 눕혔습니다. 갑자기 그들은 동시에 허공으로 날아올라 플로렌틴 왕자의 집으로 그녀를 안전하게 데려갔습니다. 이렇게 어수선한 결혼 피로연도 아마 없었을 것입니다. 결혼식에 참석한 사람들은 무엇을 했을까요? 그들은 아름다운 신부를 데려가 버리는 왜가리, 고니, 참매의 소행을 지켜보았습니다.

그날 밤 플로렌틴 왕자는 마르 백작의 딸을 여왕 어머니의 성으로 데려왔고, 어머니는 아들의 주문을 풀어주었습니다.

그 후 그들은 행복하게 살았답니다.

MR. MIACCA

Tommy Grimes was sometimes a good boy, and sometimes a bad boy; and when he was a bad boy, he was a very bad boy. Now his mother used to say to him: "Tommy, Tommy, be a good boy, and don't go out of the street, or else Mr. Miacca will take you." But still when he was a bad boy he would go out of the street; and one day, sure enough, he had scarcely got round the corner, when Mr. Miacca did catch him and popped him into a bag upside down, and took him off to his house.

When Mr. Miacca got Tommy inside, he pulled him out of the bag and set him down, and felt his arms and legs. "You're rather tough," says he;

"but you're all I've got for supper, and you'll not taste bad boiled. But body o' me, I've forgot the herbs, and it's bitter you'll taste without herbs. Sally! Here, I say, Sally!" and he called Mrs. Miacca.

So Mrs. Miacca came out of another room and said: "What d'ye want, my dear?"

"Oh, here's a little boy for supper," said Mr. Miacca, "and I've forgot the herbs. Mind him, will ye, while I go for them."

"All right, my love," says Mrs. Miacca, and off he goes.

Then Tommy Grimes said to Mrs. Miacca: "Does Mr. Miacca always have little boys for supper?"

"Mostly, my dear," said Mrs. Miacca, "If little boys are bad enough, and get in his way."

미아카 씨

토미 그림은 가끔은 착한 아이였고, 또 가끔은 나쁜 아이였습니다. 그가 나쁜 아이일 때는 정말 나쁜 아이였습니다. 그래서 그의 어머니는 이렇게 말했습니다. "토미, 토미, 착한 아이가 되거라. 거리에 나가지 말아. 안 그러면 미아카 씨가 널 데려갈 거야." 하지만 나쁜 아이일 때 토미는 거리로 나갔고, 어느 날, 그가 모퉁이를 채 돌기도 전에 미아카 씨는 그를 잡아 가방에 거꾸로 집어 넣어 자기 집으로 데려갔습니다.

토미를 집으로 데려간 미아카 씨는 그를 가방에서 꺼내 내려놓고는 팔다리를 만지며 말했습니다.

"너 조금 거칠구나. 하지만 내 저녁거리는 너뿐이다. 끓이면 맛이 나쁘진 않겠다. 아이고, 허브를 잊었네. 허브 없이 널 먹으면 쓰겠다. 샐리, 이리와 봐요, 샐리!" 미아카는 아내를 불렀습니다.

미아카 부인이 다른 방에서 나와 말했습니다. "왜요? 여보."

"여기 저녁에 먹을 어린 아이가 있어요. 내가 허브를 잊었어요. 허브 가지러 다녀오는 동안 아이를 잘 봐요." 미아카 씨는 말했습니다.

"알았어요, 여보." 미아카 부인은 말했고, 미아카 씨는 사라졌습니다.

그때 토미 그림은 미아카 부인에게 말했습니다. "미아카 씨는 항상 어린아이로 저녁 식사를 하나요?"

"거의 그렇단다, 얘야. 근데 만일 어린아이가 나쁘다면, 그는 망설이지." 미아카 부인은 말했습니다.

"And don't you have anything else but boy-meat? No pudding?" asked Tommy.

"Ah, I loves pudding," says Mrs. Miacca. "But it's not often the likes of me gets pudding."

"Why, my mother is making a pudding this very day," said Tommy Grimes, "and I am sure she'd give you some, if I ask her. Shall I run and get some?"

"Now, that's a thoughtful boy," said Mrs. Miacca, "only don't be long and be sure to be back for supper."

So off Tommy pelters, and right glad he was to get off so cheap; and for many a long day he was as good as good could be, and never went round the corner of the street. But he couldn't always be good; and one day he went round the corner, and as luck would have it, he hadn't scarcely got round it when Mr. Miacca grabbed him up, popped him in his bag, and took him home.

When he got him there, Mr. Miacca dropped him out; and when he saw him, he said: "Ah, you're the youngster what served me and my missus that shabby trick, leaving us without any supper. Well, you shan't do it again. I'll watch over you myself. Here, get under the sofa, and I'll set on it and watch the pot boil for you."

So poor Tommy Grimes had to creep under the sofa, and Mr. Miacca sat on it and waited for the pot to boil. And they waited, and they waited, but still the pot didn't boil, till at last Mr. Miacca got tired of waiting, and he said: "Here, you under there, I'm not going to wait any longer; put out your leg, and I'll stop your giving us the slip."

"소년 고기 외에 다른 먹을 건 없나요? 푸딩 없어요?" 토미는 물었습니다.

"아, 나 푸딩 좋아해. 하지만 나는 푸딩은 자주 못 먹어." 미아카 부인이 말했습니다.

"왜요? 우리 엄마는 오늘도 푸딩을 만드시는데요. 우리 엄마는 제가 말하면, 아줌마한테 푸딩을 나누어 주실거예요. 제가 뛰어가서 조금 가져올까요?" 토미 그림은 말했습니다.

"아이고, 넌 사려가 깊구나. 너무 시간 끌지 말고 저녁시간까지는 꼭 오너라." 미아카 부인이 말했습니다.

그래서 토미는 말처럼 달려갔고 너무 싱겁게 빠져나와서 무척 기뻤습니다.

토미는 한동안은 착한 아이가 되어서 거리의 모퉁이엔 가지 않았습니다. 하지만 그는 언제나 착할 수는 없었습니다. 어느 날 그는 다시 모퉁이에 갔습니다. 운이 그러려고 해서인지, 모퉁이를 돌자마자 미아카 씨가 그를 잡아 가방에 집어넣고는 그의 집으로 데려갔습니다.

집으로 돌아온 마아카 씨는 토미를 꺼내 놓고 말했습니다.

"아, 너는 나하고 내 부인한테 사기를 쳐서 저녁을 굶게 만든 최연소 사기꾼이구나. 그래, 이제 다시는 그런 짓 못하지. 내가 널 감시하겠다. 자, 소파 아래로 들어가! 내가 그 위에 앉아 물이 끓는 걸 지켜보겠다."

토미 그림은 소파 아래로 기어들어갔고, 미아카 씨는 그 위에 앉아 솥단지가 끓기를 기다렸습니다. 기다리고 기다렸지만 솥은 끓지 않았습니다. 그러다 기다림에 지친 미아카 부인이 말했습니다.

"너 거기 아래. 난 더 이상 못 기다려. 네 다리를 뻗어라. 더 이상 못 기다리겠다."

그래서 토미는 발을 뻗었고, 미아카 씨는 도끼를 가져와 그것을 잘라 솥에

So Tommy put out a leg, and Mr. Miacca got a chopper, and chopped it off, and pops it in the pot.

Suddenly he calls out: "Sally, my dear, Sally!" and nobody answered. So he went into the next room to look out for Mrs. Miacca, and while he was there, Tommy crept out from under the sofa and ran out of the door. For it was a leg of the sofa that he had put out.

So Tommy Grimes ran home, and he never went round the corner again till he was old enough to go alone.

집어넣었습니다.

갑자기 그가 소리쳤습니다.

"샐리, 여보, 샐리!"

하지만 아무도 대답이 없었습니다. 그는 부인을 찾으러 옆방으로 갔습니다. 이때 토미는 소파 아래서 기어 나와 도망을 쳤습니다. 왜냐하면 토미가 내민 것은 자신의 다리가 아니라 소파의 다리였기 때문이지요.

토미는 집으로 달려갔고, 혼자 다녀도 될만큼 충분히 자랄 때까지는 다시는 골목 모퉁이를 돌아 다니지 않았습니다.

WHITTINGTON AND HIS CAT

In the reign of the famous King Edward III. there was a little boy called Dick Whittington, whose father and mother died when he was very young. As poor Dick was not old enough to work, he was very badly off; he got but little for his dinner, and sometimes nothing at all for his breakfast; for the people who lived in the village were very poor indeed, and could not spare him much more than the parings of potatoes, and now and then a hard crust of bread.

Now Dick had heard a great many very strange things about the great city called London; for the country people at that time thought that folks in London were all fine gentlemen and ladies; and that there was singing and music there all day long; and that the streets were all paved with gold.

One day a large waggon and eight horses, all with bells at their heads, drove through the village while Dick was standing by the sign-post. He thought that this waggon must be going to the fine town of London; so he took courage, and asked the waggoner to let him walk with him by the side of the waggon. As soon as the waggoner heard that poor Dick had no father or mother, and saw by his ragged clothes that he could not be worse off than he was, he told him he might go if he would, so off they set together.

So Dick got safe to London, and was in such a hurry to see the fine

휘팅턴과 고양이

유명한 왕 에드워드 3세 시절에 딕 휘팅턴이라는 어린 남자아이가 있었는데, 딕이 아주 어렸을 적에 부모님은 돌아가셨습니다. 딕은 일할 수 있을 만한 나이가 아니었고, 형편은 너무 안 좋아서 거의 매일 저녁을 굶었고, 때로는 아침 식사도 하지 못했습니다. 마을 사람들도 모두 가난했기 때문에 딕에게 감자껍질이나 빵부스러기 말고는 줄 수 있는 게 없었습니다.

딕은 런던이라는 큰 도시에 관한 이상한 이야기를 많이 들었습니다. 그 당시 시골 사람들은 런던 사람들이 모두 다 멋진 신사와 숙녀들이라고 생각했고, 그곳 사람들은 하루 종일 노래하고 연주하며, 도로는 온통 금으로 포장이 되어있다고 생각했으니까요.

어느 날 머리에 종을 단 여덟 마리의 말이 끄는 마차가 딕이 서 있던 동네의 이정표 옆을 지나갔습니다. 딕은 이 마차가 멋진 도시 런던으로 간다고 생각했습니다. 딕은 용기를 내서, 마부한테 마차 옆에서 함께 걸어갈 수 있게 해달라고 청했습니다.

마부는 딕이 조실부모했다는 소릴 듣고는 그의 누더기 행색을 보았습니다. 그 꼴을 본 마부는 딕의 처지가 더 이상 나쁠 수가 없다는 생각이 들었지요. 마부는 딕에게 그러고 싶으면 그렇게 하라고 말했습니다. 그래서 그들은 함께 길을 떠났습니다.

그렇게 딕은 안전하게 런던에 도착했고, 금으로 뒤덮힌 도로를 보고싶어 서두르는 바람에 친절한 마부에게 감사의 인사를 할 겨를도 없었습니다. 그는

streets paved all over with gold, that he did not even stay to thank the kind waggoner; but ran off as fast as his legs would carry him, through many of the streets, thinking every moment to come to those that were paved with gold; for Dick had seen a guinea three times in his own little village, and remembered what a deal of money it brought in change; so he thought he had nothing to do but to take up some little bits of the pavement, and should then have as much money as he could wish for.

Poor Dick ran till he was tired, and had quite forgot his friend the waggoner; but at last, finding it grow dark, and that every way he turned he saw nothing but dirt instead of gold, he, sat down in a dark corner and cried himself to sleep.

Little Dick was all night in the streets; and next morning, being very hungry, he got up and walked about, and asked everybody he met to give him a halfpenny to keep him from starving; but nobody stayed to answer him, and only two or three gave him a halfpenny; so that the poor boy was soon quite weak and faint for the want of victuals.

In this distress he asked charity of several people, and one of them said crossly: "Go to work, for an idle rogue." "That I will," says Dick, "I will to go work for you, if you will let me." But the man only cursed at him and went on.

At last a good-natured looking gentleman saw how hungry he looked. "Why don't you go to work my lad?" said he to Dick. "That I would, but I do not know how to get any," answered Dick, "If you are willing, come along with me," said the gentleman, and took him to a hay-field, where Dick worked briskly, and lived merrily till the hay was made.

금으로 덮힌 길을 찾으려 여기저기를 빠르게, 분주하게 찾아 다녔습니다.

딕은 자기가 살던 마을에서 기니 동전을 세 번 보았는데, 그 동전 하나가 얼마나 많은 거스름돈을 내주는지를 기억했습니다. 그래서 그는 포장도로를 조금 떼어내 가지면 그가 원하는 만큼의 돈을 가질 수 있다는 것 외엔 아무 것도 생각하지 않았습니다.

불쌍한 딕은 지칠 때까지 뛰어다니며 친구인 마부를 잊어버렸습니다. 마침내 어둠이 내리고, 어떤 길을 돌아가도 보이는 것은 금이 아니라 흙 먼지뿐임을 알게된 잭은 어두운 모퉁이에 주저앉아 울다가 잠이 들었습니다.

어린 잭은 밤새 그 거리에 있었습니다. 다음 날 아침, 딕은 몹시 배가 고파 일어나 돌아다니며 만나는 사람 모두에게 반페니를 구걸했습니다. 굶어 죽지 않기 위해서였지요. 하지만 아무도 그의 말에 관심을 기울이지 않았고, 두세 사람만이 그에게 반페니를 주었습니다. 딕은 먹을 것을 제대로 먹지 못해 정말 허약해졌습니다.

딕은 이 절박한 어려움 속에서 구걸을 했습니다. 그런데도 그중 몇 사람은 차갑게 말했습니다.

"가서 일해, 게으른 악당아."

"저도 그렇게 하고 싶어요. 하지만 어떻게 일자리를 찾아야하는지 몰라요."

"일을 하고 싶다면 날 따라와."

지나가던 신사는 이렇게 말하고 그를 건초밭으로 데려갔습니다. 거기서 딕은 부지런히 일하고 건초가 만들어질 때까지 즐겁게 살았습니다,

그러나 딕은 일을 했음에도 자신의 처지가 전보다 나아지지 않는다는 것을 알게되었습니다. 그리곤 다시 굶어죽을 지경이 되어서, 부유한 상인 피트워렌 씨 집 앞에 눕게 되었습니다. 그때 마침 성격 나쁜 하녀가 그를 보았습니

After this he found himself as badly off as before; and being almost starved again, he laid himself down at the door of Mr. Fitzwarren, a rich merchant. Here he was soon seen by the cook-maid, who was an ill-tempered creature, and happened just then to be very busy dressing dinner for her master and mistress; so she called out to poor Dick:

"What business have you there, you lazy rogue? there is nothing else but beggars; if you do not take yourself away, we will see how you will like a sousing of some dish-water; I have some here hot enough to make you jump."

Just at that time Mr. Fitzwarren himself came home to dinner; and when he saw a dirty ragged boy lying at the door, he said to him: "Why do you lie there, my boy? You seem old enough to work; I am afraid you are inclined to be lazy."

"No, indeed, sir," said Dick to him, "that is not the case, for I would work with all my heart, but I do not know anybody, and I believe I am very sick for the want of food."

"Poor fellow, get up; let me see what ails you." Dick now tried to rise, but was obliged to lie down again, being too weak to stand, for he had not eaten any food for three days, and was no longer able to run about and beg a halfpenny of people in the street. So the kind merchant ordered him to be taken into the house, and have a good dinner given him, and be kept to do what work he was able to do for the cook.

Little Dick would have lived very happy in this good family if it had not been for the ill-natured cook. She used to say: "You are under me, so look sharp; clean the spit and the dripping-pan, make the fires, wind up

다. 요리 담당이었던 그녀는 때마침 주인님과 마님을 위해 저녁 준비를 하느라 몹시 분주했습니다.

"여기서 뭐하는 거야? 이 게으름뱅이야! 세상에 거지 말고 다른 건 없나? 당장 꺼지지 않으면 설거지물을 끼얹어 줄테다. 여기 네가 펄쩍 뛸만큼 아주 뜨끈한 물이 있거든!"

하녀는 불쌍한 딕을 보고 소리 질렀습니다.

바로 그때 피츠워렌 씨가 저녁 식사를 하러 집으로 왔습니다. 그리고는 더러운 누더기를 입은 소년이 문에 누워있는 것을 보고 말했습니다.

"애야, 왜 여기 누워있니? 너는 일할 수 있을만한 나이로 보이는데. 게으름 피우는 걸 더 좋아하는 게 아닌지 걱정이다."

"아니에요. 정말로 아니에요. 최선을 다해서 일을 하려고 해도, 아는 사람이 하나도 없어요. 그리고 지금은 음식을 못 먹어서 너무 아파요. "

"불쌍한 것, 일어나거라. 어디가 안 좋은지 한번 보자."

딕은 일어나려고 했지만 다시 누워버리고 말았습니다. 사흘 동안 아무것도 못 먹은 딕은, 거리에서 반페니조차 구걸할 수 없을 만큼 너무 약해져 일어설 수가 없었습니다. 친절한 상인은 그를 안으로 데려갔습니다. 덕분에 딕은 좋은 식사를 했고, 요리사를 돕는 일을 하며 지내게 되었습니다.

모든 게 좋아졌습니다. 단지, 성격 나쁜 요리사만 아니었더라면 딕은 이 집에서 행복하게 살수도 있었겠지요. 요리사는 늘 말했어요.

"너는 내 아래야. 그러니 잘 봐. 고기 굽는 꼬치와 고기 접시를 깨끗이 닦고, 불을 피워, 풀무[8]를 돌리고, 부엌일을 전부 해. 빠르게. 안 그러면--"

그녀는 딕에게 국자를 휘둘렀습니다. 그래요. 그녀는 폭력적이고 무례했습니다. 심지어 그녀는 고기 다지는 걸 너무 좋아해서, 다질 고기가 없을 때는

---

8 바람을 일으켜. 불의 강약을 조절하는 도구.

the jack, and do all the scullery work nimbly, or--" and she would shake the ladle at him. Besides, she was so fond of basting, that when she had no meat to baste, she would baste poor Dick's head and shoulders with a broom, or anything else that happened to fall in her way. At last her ill-usage of him was told to Alice, Mr. Fitzwarren's daughter, who told the cook she should be turned away if she did not treat him kinder.

The behaviour of the cook was now a little better; but besides this Dick had another hardship to get over. His bed stood in a garret, where there were so many holes in the floor and the walls that every night he was tormented with rats and mice. A gentleman having given Dick a penny for cleaning his shoes, he thought he would buy a cat with it. The next day he saw a girl with a cat, and asked her, "Will you let me have that cat for a penny?" The girl said: "Yes, that I will, master, though she is an excellent mouser."

Dick hid his cat in the garret, and always took care to carry a part of his dinner to her; and in a short time he had no more trouble with the rats and mice, but slept quite sound every night.

Soon after this, his master had a ship ready to sail; and as it was the custom that all his servants should have some chance for good fortune as well as himself, he called them all into the parlour and asked them what they would send out.

They all had something that they were willing to venture except poor Dick, who had neither money nor goods, and therefore could send nothing.

For this reason he did not come into the parlour with the rest; but Miss

불쌍한 딕의 머리와 어깨를 빗자루나 아니면 눈에 띄는 것이면 무엇이든지 집어 들고 때리곤 했습니다.

마침내 딕에 대한 요리사의 악행이 피츠워렌 씨의 딸인 앨리스에게 알려졌습니다. 앨리스는 요리사에게, 딕에게 친절하게 굴지 않으면 쫓겨날 거라고 경고했습니다.

요리사의 행동은 이제 조금 나아졌습니다. 하지만 이것 외에도 딕은 극복해야할 어려움이 하나 더 있었습니다. 그의 침대는 다락방에 있었는데, 바닥에 구멍이 너무 많아서 밤마다 들쥐와 생쥐들 때문에 고통을 겪었습니다.

한 신사는 딕이 구두를 닦아준 대가로 1페니를 주었고, 딕은 그걸로 고양이를 한 마리 사리라 생각했습니다. 다음 날 딕은 고양이를 데리고 있는 여자아이에게 물었습니다.

"그 고양이 1페니에 팔래?"

"그래, 이 고양이는 쥐를 끝내주게 잘 잡지만, 특별히 싸게 주는 거야."

딕은 고양이를 다락방에 숨기고 언제나 먹을 것을 조금 남겨다 고양이에게 주었습니다. 얼마 지나지 않아 그는 더 이상 쥐 때문에 고생하지 않았고, 매일 밤 조용히 편하게 잠을 잤습니다.

얼마 후 그의 주인은 항해할 준비를 하였습니다. 항해는 주인뿐만 아니라 집안의 모든 하인들도 큰 재산을 벌 수 있는 기회여서, 그는 관습대로 하인들을 모두 응접실에 불러 그들에게 무엇을 팔러 보낼 것인지를 물었습니다.

가난한 딕을 빼고 모두들 모험을 걸 것을 가지고 있었습니다. 딕은 돈도 없고 물건도 없었습니다. 그래서 배에 실어 보낼 것이 아무것도 없었습니다. 그래서 그는 응접실에 오지 않았습니다. 하지만 앨리스 양은 무엇이 문제인지

Alice guessed what was the matter, and ordered him to be called in. She then said: "I will lay down some money for him, from my own purse;" but her father told her: "This will not do, for it must be something of his own."

When poor Dick heard this, he said: "I have nothing but a cat which I bought for a penny some time since of a little girl."

"Fetch your cat then, my lad," said Mr. Fitzwarren, "and let her go."

Dick went upstairs and brought down poor puss, with tears in his eyes, and gave her to the captain; "For," he said, "I shall now be kept awake all night by the rats and mice." All the company laughed at Dick's odd venture; and Miss Alice, who felt pity for him, gave him some money to buy another cat.

This, and many other marks of kindness shown him by Miss Alice, made the ill-tempered cook jealous of poor Dick, and she began to use him more cruelly than ever, and always made game of him for sending his cat to sea.

She asked him: "Do you think your cat will sell for as much money as would buy a stick to beat you?"

At last poor Dick could not bear this usage any longer, and he thought he would run away from his place; so he packed up his few things, and started very early in the morning, on All-hallows Day, the first of November. He walked as far as Holloway; and there sat down on a stone, which to this day is called "Whittington's Stone," and began to think to himself which road he should take.

While he was thinking what he should do, the Bells of Bow Church,

를 알고는 그를 불러오라고 불렀습니다. 그때 그녀는 말했습니다.

"딕을 위해 제 돈을 내놓겠어요."

하지만 그녀의 아버지는 말했습니다. "안된다. 그 애 것이어야만 해."

이 말을 들은 불상한 딕은 말했습니다. "제가 가진 것이라고는 어린 여자아이한테서 쥐 때문에 산 고양이 밖에 없어요."

"고양이를 가져와라. 고양이를 보내자." 리츠워렌 씨는 말했습니다.

딕은 위층에서 고양이를 데려다 선장한테 주었습니다. 딕의 눈에 눈물이 가득했습니다.

"이제 밤에 쥐 때문에 잠을 잘 못자겠네요."

모여있던 사람들은 모두 딕의 이상한 물건에 웃음을 터뜨렸습니다. 딕이 안쓰러웠던 앨리스는 딕에게 다른 고양이를 사라고 약간의 돈을 주었습니다.

앨리스 양이 딕에게 보여준 남다른 친절 때문에 성격 나쁜 요리사는 딕을 질투하게 되었습니다. 그래서 요리사는 딕을 더 잔인하게 대했고, 고양이를 바다 건너 보낸 일을 놀렸습니다.

그녀는 물었습니다. "너는 고양이를 팔면 너를 때려줄 지팡이 하나 살 돈을 벌 수 있다고 생각하니?"

마침내 딕은 이런 식으로 자신을 괴롭히는 것을 더는 견딜 수 없어서 달아나야겠다고 생각했습니다. 그래서 그는 소지품을 챙겨 11월 1일, 성직자의 날 아침에 일찍 집을 나섰습니다.

그는 할로웨이까지 걸었고, 거기서 오늘날까지도 휘팅톤의 돌이라고 불리는 돌 위에 앉아, 어느 길로 가야할지를 고민하였습니다.

그가 무슨 일을 해야할지 고민할 때, 당시에는 6개에 불과했던 바우 교회의 종이 울렸습니다. 그 종소리는 그에게 마치 이렇게 말하는 듯하였습니다.

which at that time were only six, began to ring, and their sound seemed to say to him:

"Turn again, Whittington, Thrice Lord Mayor of London."

"Lord Mayor of London!" said he to himself. "Why, to be sure, I would put up with almost anything now, to be Lord Mayor of London, and ride in a fine coach, when I grow to be a man! Well, I will go back, and think nothing of the cuffing and scolding of the old cook, if I am to be Lord Mayor of London at last."

Dick went back, and was lucky enough to get into the house, and set about his work, before the old cook came downstairs.

We must now follow Miss Puss to the coast of Africa. The ship with the cat on board, was a long time at sea; and was at last driven by the winds on a part of the coast of Barbary, where the only people were the Moors, unknown to the English. The people came in great numbers to see the sailors, because they were of different colour to themselves, and treated them civilly; and, when they became better acquainted, were very eager to buy the fine things that the ship was loaded with.

When the captain saw this, he sent patterns of the best things he had to the king of the country; who was so much pleased with them, that he sent for the captain to the palace. Here they were placed, as it is the custom of the country, on rich carpets flowered with gold and silver.

The king and queen were seated at the upper end of the room; and a number of dishes were brought in for dinner. They had not sat long, when a vast number of rats and mice rushed in, and devoured all the meat in an instant. The captain wondered at this, and asked if these

"돌아가라 휘팅턴, 세 번의 런던 시장!"

"런던 시장!" 그는 생각했습니다.

"그래, 내가 어른이 되면 런던 시장이 되어, 멋진 마차를 타고, 그래, 런던 시장이 될 수만 있다면 난 무엇이든지 견딜 수 있어. 돌아가자. 그리고 내가 결국 런던시장이 될거라면, 늙은 요리사가 때리고 욕하는 거 신경 쓰지 말자."

딕은 돌아갔고, 운 좋게 집 안으로 들어갔으며, 늙은 요리사가 아래층으로 내려오기 전에 일을 시작했습니다.

이제 우리는 아프리카 해안으로 고양이 퍼스 양을 따라가 봅시다.

고양이를 실은 배는 오랜 시간 바다를 지나 순풍을 타고 바바리 해안에 닿았습니다. 거기 사는 사람들은 영국인들에게는 알려지지 않은 무어족뿐이었습니다. 선원들을 보려고 아주 많은 사람들이 몰려들었는데, 이유는 해안에 도착한 사람들이 그들과 피부색이 다르고, 그들을 정중하게 대해 만일 친해지면 그들이 배에 싣고 온 물건들을 살 수 있기 때문이었습니다.

이 모습을 본 선장은 그 나라의 왕에게 자신이 가져온 가장 좋은 물건의 목록을 보냈습니다. 왕은 크게 기뻐하며, 선장을 궁으로 불렀습니다. 궁에서 그들은, 그 나라의 관습대로 금과 은으로 꽃무늬가 수놓아진 비싼 카펫 위에 앉았습니다. 왕과 왕비가 방의 상좌에 자리를 잡고 앉자 음식을 담은 접시가 수도 없이 펼쳐졌습니다.

그들이 자리에 앉고 얼마 지나지 않아, 엄청나게 많은 들쥐와 생쥐가 몰려들어 순식간에 모든 고기를 먹어치웠습니다. 선장은 이 광경에 놀랐습니다. 그리곤 이런 야생동물이 불쾌하지 않느냐고 물었습니다.

"물론이죠. 아주 역겨워요. 왕은 이들을 물리칠 수 있는 이에게 자기 보물의

vermin were not unpleasant.

"Oh yes," said they, "very offensive, and the king would give half his treasure to be freed of them, for they not only destroy his dinner, as you see, but they assault him in his chamber, and even in bed, and so that he is obliged to be watched while he is sleeping, for fear of them."

The captain jumped for joy; he remembered poor Whittington and his cat, and told the king he had a creature on board the ship that would despatch all these vermin immediately. The king jumped so high at the joy which the news gave him, that his turban dropped off his head.

"Bring this creature to me," says he; "vermin are dreadful in a court, and if she will perform what you say, I will load your ship with gold and jewels in exchange for her."

The captain, who knew his business, took this opportunity to set forth the merits of Miss Puss. He told his majesty; "It is not very convenient to part with her, as, when she is gone, the rats and mice may destroy the goods in the ship--but to oblige your majesty, I will fetch her."

"Run, run!" said the queen; "I am impatient to see the dear creature."

Away went the captain to the ship, while another dinner was got ready.

He put Puss under his arm, and arrived at the place just in time to see the table full of rats. When the cat saw them, she did not wait for bidding, but jumped out of the captain's arms, and in a few minutes laid almost all the rats and mice dead at her feet. The rest of them in their fright scampered away to their holes.

The king was quite charmed to get rid so easily of such plagues, and the queen desired that the creature who had done them so great

절반이라도 줄거예요. 왜냐하면 쥐는 왕의 음식을 먹어치울 뿐만 아니라 방에서도 그를 공격 하거든요. 심지어 침대에도 쥐가 들끓어, 그가 잠을 잘 때는 쥐가 무서워서 경비가 선답니다."

선장은 기뻐서 벌떡 일어났습니다. 그는 가여운 휘팅턴과 그의 고양이가 생각났습니다. 왕에게 자신의 배에 이 해로운 것들을 당장이라도 물리칠 수 있는 동물이 있다고 말했습니다.

이 말을 들은 왕도 기뻐서 의자에서 일어나다 머리의 터번을 떨어뜨렸습니다. 왕은 말했습니다. "그걸 당장 가져오라. 이런 동물은 끔찍한 것이다. 그리고 만일 그것이 당신 말대로 쥐를 쫓아낸다면, 나는 당신 배에 금과 보석을 잔뜩 채워줄 것이다."

무역이 무엇인지를 아는 선장은 고양이가 가져다 줄 기회가 무엇인지를 알았습니다. 그는 왕에게 말했습니다.

"배에서 그것을 떼어놓는 것은 좋지 않습니다. 왜냐하면 그게 가버리면 배 안에 있는 생쥐와 들쥐가 물건들을 다 망가뜨릴 테니까요. 하지만 폐하의 뜻을 따라 그것을 가져오겠습니다."

왕비가 말했습니다. "얼른, 얼른. 그것을 빨리 보고 싶다."

또 한 번의 식사가 준비되는 동안 선장은 배로 갔습니다. 그는 고양이를 겨드랑이에 끼고 들쥐와 생쥐들이 식탁에 잔뜩 꼬여있을 때 돌아왔습니다. 그 모습을 본 고양이는 잠시도 지체하지 않고 선장의 겨드랑이에서 뛰어내려 불과 몇 분 사이에 거의 모든 쥐를 죽여 발 아래 두었습니다. 겁먹은 몇 마리 쥐는 허둥지둥 쥐구멍으로 사라졌습니다

왕은 오랜 골칫거리를 그렇게 쉽게 제거하는 것을 보고 반했습니다. 왕비도 마찬가지였지요. 왕비는 그렇게 멋진 일을 한 이를 한번 보고 싶으니 자기에

a kindness might be brought to her, that she might look at her. Upon which the captain called: "Pussy, pussy, pussy!" and she came to him. He then presented her to the queen, who started back, and was afraid to touch a creature who had made such a havoc among the rats and mice. However, when the captain stroked the cat and called: "Pussy, pussy," the queen also touched her and cried:

"Putty, putty," for she had not learned English. He then put her down on the queen's lap, where she purred and played with her majesty's hand, and then purred herself to sleep.

The king, having seen the exploits of Mrs. Puss, and being informed that her kittens would stock the whole country, and keep it free from rats, bargained with the captain for the whole ship's cargo, and then gave him ten times as much for the cat as all the rest amounted to.

The captain then took leave of the royal party, and set sail with a fair wind for England, and after a happy voyage arrived safe in London.

One morning, early, Mr. Fitzwarren had just come to his counting-house and seated himself at the desk, to count over the cash, and settle the business for the day, when somebody came tap, tap, at the door. "Who's there?" said Mr. Fitzwarren. "A friend," answered the other; "I come to bring you good news of your ship _Unicorn_." The merchant, bustling up in such a hurry that he forgot his gout, opened the door, and who should he see waiting but the captain and factor, with a cabinet of jewels, and a bill of lading; when he looked at this the merchant lifted up his eyes and thanked Heaven for sending him such a prosperous voyage.

게 데려와 달라고 말했습니다.

선장이 고양이를 불렀습니다.

"고양아, 고양아, 고양아!"

고양이가 선장에게 왔습니다. 선장은 고양이를 왕비에게 주었고, 왕비는 놀라 물러났고, 들쥐와 생쥐한테 크나큰 재앙을 일으킨 생물체를 만지길 두려워했습니다.

선장이 고양이를 쓰다듬으며 "야옹아, 야옹아!" 라고 불렀습니다.

왕비도 고양이를 만지고는 "자옹아, 자옹아!" 불렀습니다. 왜냐하면 왕비는 영어를 배운 적이 없었기 때문입니다.

선장은 고양이를 왕비의 무릎에 내려놓았고, 거기서 고양이는 갸르릉거리며 왕비의 손길을 받으며 놀다 잠이 들었습니다.

고양이의 능력을 직접 본 왕은 고양이가 마음에 쏙 들었나 봅니다. 게다가 왕은 그 고양이의 새끼들이 온 나라에 퍼지면, 온 나라가 쥐에게서 자유로와질 수 있다는 이야기를 들었습니다. 왕은 배에 실은 물건 전체를 선장과 흥정했고, 그 화물뿐만 아니라 고양이의 값도 시세의 10배를 쳐주었습니다.

선장은 항구를 떠나 순풍을 타고 행복한 항해를 마쳤습니다. 그는 영국으로 돌아와, 런던에 도착했습니다.

어느 날 아침 일찍 피츠워렌 씨가 자신의 회계사무소에 도착해 책상에 앉아 현금을 세고, 그날의 할 일을 정하고 있을 때였습니다. 똑똑똑 문 두드리는 소리가 났습니다.

"누구세요?" 피츠워렌 씨는 물었습니다.

"친구입니다. 당신의 배 유니콘에 관한 좋은 소식을 가져왔습니다."라고 문 뒤의 사람이 대답했습니다.

They then told the story of the cat, and showed the rich present that the king and queen had sent for her to poor Dick. As soon as the merchant heard this, he called out to his servants:

"Go send him in, and tell him of his fame; Pray call him Mr. Whittington by name."

Mr. Fitzwarren now showed himself to be a good man; for when some of his servants said so great a treasure was too much for him, he answered:

"God forbid I should deprive him of the value of a single penny, it is his own, and he shall have it to a farthing." He then sent for Dick, who at that time was scouring pots for the cook, and was quite dirty. He would have excused himself from coming into the counting-house, saying, "The room is swept, and my shoes are dirty and full of hobnails." But the merchant ordered him to come in.

Mr. Fitzwarren ordered a chair to be set for him, and so he began to think they were making game of him, at the same time said to them: "Do not play tricks with a poor simple boy, but let me go down again, if you please, to my work."

"Indeed, Mr. Whittington," said the merchant, "we are all quite in earnest with you, and I most heartily rejoice in the news that these gentlemen have brought you; for the captain has sold your cat to the King of Barbary, and brought you in return for her more riches than I possess in the whole world; and I wish you may long enjoy them!"

Mr. Fitzwarren then told the men to open the great treasure they had brought with them; and said: "Mr. Whittington has nothing to do but to

피츠워렌 씨는 너무 서두른 나머지 자신의 평소 방식을 잊고는 문을 열었고, 문 뒤에서 선장은, 보석상자와 화물인환증을 들고 있었습니다. 이것들을 본 피츠워렌 씨는 눈을 들어, 신께 감사했습니다.

그들은 고양이에 관한 이야기를 나누었고, 왕과 왕비가 가난한 딕에게 보낸 엄청난 선물을 보여주었습니다. 피츠워렌 씨는 이 말을 듣자마자, 바로 하인들을 불렀습니다.

"그를 불러와라. 그리고 그 애가 큰 명성을 얻었다는 말을 전해라. 지금부터는 그 아이를 휘팅턴 씨라고 불러라."

피츠워렌 씨는 착한 사람이었습니다. 왜냐하면 어떤 하인이 딕에게 너무나 큰 재물이 돌아간다고 말했으나, 그는 이렇게 대답했기 때문입니다.

"신께서 내가 그의 돈을 한 푼이라도 빼앗는 것을 허락하지 않으신다. 그 아이의 돈이다. 그래서 마지막 한 푼까지도 그가 다 가져야한다."

그는 딕을 부르러 보냈습니다. 그때까지도 딕은 요리사를 위해 매우 더러운 항아리를 닦고 있었습니다. 딕은 피츠워렌 씨가 자기를 부르는 줄을 알면서도, 회계사무소 안으로 들어가는 것을 사양했습니다.

"방은 깨끗한데, 제 신발은 더럽고 징이 많아서요."

하지만 피츠워렌 씨는 그에게 들어오라고 명령했습니다.

피츠워렌 씨는 그가 앉을 의자를 하나 가져오라고 말했고, 그래서 딕은 그들이 자기를 놀리는 거라고 생각하고 말했습니다.

"가난하고 멍청한 저를 놀리지 마세요. 제발, 저 일하러 다시 내려갈래요."

그러나 피츠워렌 씨는 이렇게 말했습니다.

"휘팅턴 씨, 우린 모두 당신을 진지하게 대하고 있어요. 그리고 나는 이 신사분들이 당신에게 가져온 것 때문에 진심으로 기쁩니다. 선장이 당신의 고

331

put it in some place of safety."

Poor Dick hardly knew how to behave himself for joy. He begged his master to take what part of it he pleased, since he owed it all to his kindness. "No, no," answered Mr. Fitzwarren, "this is all your own; and I have no doubt but you will use it well."

Dick next asked his mistress, and then Miss Alice, to accept a part of his good fortune; but they would not, and at the same time told him they felt great joy at his good success. But this poor fellow was too kind-hearted to keep it all to himself; so he made a present to the captain, the mate, and the rest of Mr. Fitzwarren's servants; and even to the ill-natured old cook.

After this Mr. Fitzwarren advised him to send for a proper tailor and get himself dressed like a gentleman; and told him he was welcome to live in his house till he could provide himself with a better.

When Whittington's face was washed, his hair curled, his hat cocked, and he was dressed in a nice suit of clothes he was as handsome and genteel as any young man who visited at Mr. Fitzwarren's; so that Miss Alice, who had once been so kind to him, and thought of him with pity, now looked upon him as fit to be her sweetheart; and the more so, no doubt, because Whittington was now always thinking what he could do to oblige her, and making her the prettiest presents that could be.

Mr. Fitzwarren soon saw their love for each other, and proposed to join them in marriage; and to this they both readily agreed. A day for the wedding was soon fixed; and they were attended to church by the Lord Mayor, the court of aldermen, the sheriffs, and a great number of the

양이를 바바리 왕에게 팔아서 내가 이 세상에서 소유하고 있는 것보다 더 많은 부를 가져왔어요. 나는 당신이 그것을 오래 즐겼으면 좋겠습니다."

피츠워렌 씨는 그들이 가져온 보물 상자를 열라고 말했습니다. 딕에게는 다음과 같이 말했습니다.

"휘팅턴 씨는 이 재물을 안전한 곳에 두는 일만 하시면 됩니다."

딕은 기뻐서 어쩔줄 몰랐습니다. 그는 주인에게 이것은 그의 친절에 빚진 것이기 때문에 원하는 만큼 재물을 가져가시라고 말했으나 피츠워렌 씨는 이렇게 말했습니다.

"아닙니다. 아니에요. 이건 전부 당신 것입니다. 나는 당신이 이 재물을 잘 쓸거라고 믿어요."

그다음 딕은 안주인에게, 그다음은 앨리스 양에게 자기 재산의 일부를 가져가라고 요청했으나 그들은 거절했고, 동시에 그가 큰 성공을 한 것에 대해 기쁘다고 말했습니다. 그러나 너무나 가난하고 착한 이 사람은 그 재산을 자신이 다 가지지 못하고, 선장, 항해사, 그리고 피츠워렌 씨 집안의 하인들, 심지어 마음씨 나쁜 요리사에게도 나누어주었습니다.

피츠워렌 씨는 이제 재산이 생긴 딕에게 좋은 조언을 해주었습니다. 그는 재단사를 불러 신사답게 옷을 입으라는 조언을 해주었습니다. 그리고는 딕이 더 잘 될 때까지 그의 집에 살라는 말도 해주었습니다.

휘팅턴 씨가 세수를 하고, 머리를 빗고, 삼각모를 쓰고, 멋진 양복을 입자, 피츠워렌 씨의 집을 방문하는 여느 젊은이만큼 잘생기고 품위가 있었습니다.

딕에게 친절하게 대하고 그를 안쓰러워했던 앨리스 양은 이제는 그를 자신의 연인으로 존경하게 되었고, 그럴수록, 의심의 여지 없이 휘팅턴 씨는 그녀를 위해 해줄 일이 뭘까를 생각하며, 가장 예쁜 선물을 해주곤 하였습니다.

richest merchants in London, whom they afterwards treated with a very rich feast.

History tells us that Mr. Whittington and his lady liven in great splendour, and were very happy. They had several children. He was Sheriff of London, thrice Lord Mayor, and received the honour of knighthood by Henry V. He entertained this king and his queen at dinner after his conquest of France so grandly, that the king said "Never had prince such a subject;"

when Sir Richard heard this, he said: "Never had subject such a prince."

The figure of Sir Richard Whittington with his cat in his arms, carved in stone, was to be seen till the year 1780 over the archway of the old prison of Newgate, which he built for criminals.

그들의 사랑을 알게 된 피츠워렌 씨는 그들에게 결혼을 제안하였습니다. 당연히, 그들은 동의했습니다. 결혼 날짜가 정해졌습니다. 결혼식엔 런던 시장, 시의원들, 경찰들, 런던의 부유한 상인들이 참석했고, 그들은 엄청난 피로연에 초대되었습니다.

전해지는 말을 들어보면, 휘팅턴 씨 부부는 엄청나게 화려한 삶을 살았고, 매우 행복했답니다. 그들은 자식도 몇 낳았습니다. 휘팅턴 씨는 런던의 주장관을 지냈고, 시장을 세 번 역임하여 헨리 5세에게 기사 작위를 받았습니다.

헨리 5세가 프랑스를 멋지게 정복한 후에 휘팅턴 씨는 왕과 왕비에게 만찬을 대접하였고, 왕은 말했습니다.

"이제까지 이런 신하를 가진 왕은 없었다."

리차드 경은 이 말을 듣고는 이렇게 말했습니다.

"이제까지 이런 왕을 가진 신하는 없었다."

돌에 새겨진, 고양이를 팔에 안고 있는 리차드 휘팅턴경[9]의 형상은 그가 죄수들을 위해 지은 뉴 게이트 감옥의 아치 위에 1780년까지 있었습니다.

---

9 딕 휘딩턴은 14세기에 영국에 살았던 실제 인물이다. 실제로 그는 세 번이나 런던 시장직을 역임하였고, 평생 자선활동을 하였다. 그가 자선활동을 위해 세운 재단은 아직도 남아 명맥을 이어오고 있다. 또한 과거 런던 시청으로 사용되었던 길드홀 벽에는 딕 휘팅턴의 석상이 그대로 남아 있다.

THE STRANGE VISITOR

A woman was sitting at her reel one night; And still she sat, and still she reeled, and still she wished for company.

In came a pair of broad broad soles, and sat down at the fireside; And still she sat, and still she reeled, and still she wished for company.

In came a pair of small small legs, and sat down on the broad broadsoles; And still she sat, and still she reeled, and still she wished for company.

In came a pair of thick thick knees, and sat down on the small smalllegs; And still she sat, and still she reeled, and still she wished for company.

In came a pair of thin thin thighs, and sat down on the thick thick knees; And still she sat, and still she reeled, and still she wished for company.

In came a pair of huge huge hips, and sat down on the thin thin thighs; And still she sat, and still she reeled, and still she wished for company.

In came a wee wee waist, and sat down on the huge huge hips; And still she sat, and still she reeled, and still she wished for company.

In came a pair of broad broad shoulders, and sat down on the wee weewaist; And still she sat, and still she reeled, and still she wished for company.

In came a pair of small small arms, and sat down on the broad broad

수상한 방문자

어느 날 밤 한 여자가 실패 옆에 앉아있었습니다. 여자는 조용히 앉아, 조용히 실패를 감고, 조용히 동무가 생기기를 소망했습니다.

곧 한 짝의 폭이 넓은 신발 바닥이 다가와 불가에 앉았습니다. 그리고 여자는 조용히 앉아, 조용히 실패를 감고, 여전히 동무가 생기길 소망했습니다.

곧 한 쌍의 작고 작은 다리가 와서는 넓고 넓은 신발 바닥 위에 앉았습니다. 그리고 여자는 조용히 앉아, 조용히 실패를 감고, 여전히 동무가 생기길 소망했습니다.

곧이어 두껍고 두꺼운 무릎이 와서는 작고 작은 다리 위에 앉았습니다. 그리고 여자는 조용히 앉아, 조용히 실패를 감고, 여전히 동무가 생기길 소망했습니다.

곧 한 쌍의 가늘고 가는 허벅지가 와서는 두껍고 두꺼운 무릎 위에 앉았습니다. 그리고 여자는 조용히 앉아, 조용히 실패를 감고, 여전히 동무가 생기길 소망했습니다.

곧 엄청나게 크고 큰 엉덩이가 와서는 가늘고 가는 허벅지 위에 앉았습니다. 그리고 여자는 조용히 앉아, 조용히 실패를 감고, 여전히 동무가 생기길 소망했습니다.

가늘고 가는 허리기 의 서는 크고 큰 엉덩이에 앉았습니다. 그리고 여자는 조용히 앉아, 조용히 실패를 감고, 여전히 동무가 생기길 소망했습니다.

한 쌍의 넓고 넓은 어깨가 와서는 가늘고 가는 허리 위에 앉았습니다. 그리

shoulders; And still she sat, and still she reeled, and still she wished for company.

In came a pair of huge huge hands, and sat down on the small small arms; And still she sat, and still she reeled, and still she wished for company.

In came a small small neck, and sat down on the broad broad shoulders; And still she sat, and still she reeled, and still she wished for company.

In came a huge huge head, and sat down on the small small neck.

"How did you get such broad broad feet?" quoth the woman.

"Much tramping, much tramping" (_gruffly_).

"How did you get such small small legs?"

"Aih-h-h!-late--and wee-e-e--moul" (_whiningly_).

"How did you get such thick thick knees?"

"Much praying, much praying" (_piously_).

"How did you get such thin thin thighs?"

"Aih-h-h!--late--and wee-e-e--moul" (_whiningly_).

"How did you get such big big hips?"

"Much sitting, much sitting" (_gruffly_).

"How did you get such a wee wee waist?"

"Aih-h-h!--late--and wee-e-e-moul" (_whiningly_).

"How did you get such broad broad shoulders?"

"With carrying broom, with carrying broom" (_gruffly_).

"How did you get such small small arms?"

"Aih-h-h!--late--and wee-e-e--moul" (_whiningly_.)

고 여자는 조용히 앉아, 조용히 실패를 감고, 여전히 동무가 생기길 소망했습니다.

작고 작은 한 쌍의 팔이 와서는 넓고 넓은 어깨에 앉았습니다. 그리고 여자는 조용히 앉아, 조용히 실패를 감고, 여전히 동무가 생기길 소망했습니다.

한쌍의 크고 큰 손이 와서는 작고 작은 팔 위에 앉았습니다. 그리고 여자는 조용히 앉아, 조용히 실패를 감고, 여전히 동무가 생기길 소망했습니다.

작고 작은 목이 와서 넓고 넓은 어깨에 앉았습니다. 그리고 여자는 조용히 앉아, 조용히 실패를 감고, 여전히 동무가 생기길 소망했습니다.

크고 큰 머리가 와서는 작고 작은 목 위에 앉았습니다.

"너는 어떻게 그렇게도 넓고 넓은 발을 가졌니?" 여자가 말했습니다

"많이 다녀, 많이 다녀."(퉁명스럽게)

"너는 어떻게 그렇게도 작고 작은 다리를 가졌니?"

"아아아아…. 늦어--그리고 위이이--물!"(투덜대며)

"너는 어떻게 그렇게 두껍고 두꺼운 무릎을 갖게 되었니?"

"기도 많이, 기도 많이."(경건하게)

"너는 어떻게 그렇게 가늘고 가는 허벅지를 갖게 되었니?"

"아아아아…. 늦어--그리고 위이이--물!"(투덜대며)

"너는 어떻게 그렇게 크고 큰 엉덩이를 가졌니?"

"많이 앉아, 많이 앉아."(퉁명스럽게)

"너는 어떻게 그렇게 가늘고 가는 허리를 가졌니?"

"아아아아 . 늦어--그리고 위이이--물!"(투덜대며)

"너는 어떻게 그렇게 넓고 넓은 어깨를 가졌니?"

"빗자루를 들고 다녀, 빗자루를 들고 다녀." (퉁명스럽게)

"How did you get such huge huge hands?"

"Threshing with an iron flail, threshing with an iron flail" (_gruffly_).

"How did you get such a small small neck?"

"Aih-h-h!--late--wee-e-e--moul" (_pitifully_).

"How did you get such a huge huge head?"

"Much knowledge, much knowledge" (_keenly_).

"What do you come for?"

"FOR YOU!" (_At the top of the voice, with a wave of the arm and a stamp of the feet._)

"너는 어떻게 그렇게 작은 팔을 가졌니?"

"아아아아…. 늦어--그리고 위이이--물!"(투덜대며)

"어떻게 너는 그렇게 크고 큰 손을 가졌니?"

"쇠 도리깨를 내리쳐, 쇠 도리깨를 내리쳐."(퉁명스럽게)

"너는 어떻게 그렇게 작고 작은 목을 가졌니?"

"아아아아…. 늦어--그리고 위이이--물!"(불쌍하게)

"너는 어떻게 그렇게 크고 큰 머리를 가졌니?"

"많이 알아. 많이 알아."(날카롭게)

"왜 왔어?"

"너 때문에!"(높은 목소리로, 팔은 흔들고 발은 구르며)

THE LAIDLY WORM OF SPINDLESTON HEUGH

In Bamborough Castle once lived a king who had a fair wife and two children, a son named Childe Wynd and a daughter named Margaret. Childe Wynd went forth to seek his fortune, and soon after he had gone the queen his mother died. The king mourned her long and faithfully, but one day while he was hunting he came across a lady of great beauty, and became so much in love with her that he determined to marry her. So he sent word home that he was going to bring a new queen to Bamborough Castle.

Princess Margaret was not very glad to hear of her mother's place being taken, but she did not repine but did her father's bidding. And at the appointed day came down to the castle gate with the keys all ready to hand over to her stepmother. Soon the procession drew near, and the new queen came towards Princess Margaret who bowed low and handed her the keys of the castle. She stood there with blushing cheeks and eye on ground, and said: "O welcome, father dear, to your halls and bowers, and welcome to you my new mother, for all that's here is yours," and again she offered the keys. One of the king's knights who had escorted the new queen, cried out in admiration: "Surely this northern Princess is the loveliest of her kind." At that the new queen flushed up and cried out.

"At least your courtesy might have excepted me." and then she

레이들리 벌레로 변한 공주

옛날에 뱀보로우 성에 아름다운 부인과 두 명의 자식을 가진 왕이 살았는데, 아들의 이름은 와인드 귀공자였고 딸의 이름은 마가렛이었습니다. 와인드 귀공자는 자신의 인생을 찾아 길을 떠났고, 그가 떠나고 얼마 지나지 않아 어머니가 죽었습니다. 왕은 오래도록 왕비의 죽음을 슬퍼하고 애도하였습니다. 그러던 어느 날 왕은 사냥을 하던 중에 우연히 아름다운 부인을 만나, 그녀에게 크게 반한 나머지 결혼을 결심했습니다. 그래서 그는 뱀보로우 성에 새로운 왕비를 데리고 갈 것이라는 전갈을 보냈습니다.

마가렛 공주는 어머니의 자리를 다른 사람이 차지한다는 소식에 그다지 즐겁지 않았지만, 불평하지 않고 아버지의 청을 들어주었습니다. 약속된 날이 왔고, 성문 아래서 그녀는 모든 열쇠를 계모에게 건네줄 준비를 하고 있었습니다. 곧 행렬이 가까워지고, 새 왕비는 마가렛 공주에게 다가왔습니다. 공주는 허리 굽혀 인사를 하고는 성의 모든 열쇠를 건네주었습니다. 공주는 얼굴을 붉힌 채 땅을 바라보고서는 이렇게 말했습니다.

"사랑하는 아버지, 아버지의 궁전에 다시 오신 것을 환영합니다. 그리고, 환영합니다. 새 어머니, 여기 있는 것은 전부 당신 거예요." 그리고 그녀는 열쇠를 건네 주었습니다.

새로운 왕비를 호위하고 온 기사 중의 한 사람이 감탄하며 소리쳤습니다. "이 북쪽의 공주는 분명 모든 공주 중에서 가상 아름답습니다! 이 말을 듣는 새 왕비는 얼굴이 벌게지더니 소리쳤습니다. "물론 네가 나를 예외로 한 걸

muttered below her breath: "I'll soon put an end to her beauty."

That same night the queen, who was a noted witch, stole down to a lonely dungeon wherein she did her magic and with spells three times three, and with passes nine times nine she cast Princess Margaret under her spell. And this was her spell:

I weird ye to be a Laidly Worm,
   And borrowed shall ye never be,
Until Childe Wynd, the King's own son
   Come to the Heugh and thrice kiss thee;
Until the world comes to an end,
   Borrowed shall ye never be.

So Lady Margaret went to bed a beauteous maiden, and rose up a Laidly Worm. And when her maidens came in to dress her in the morning they found coiled up on the bed a dreadful dragon, which uncoiled itself and came towards them. But they ran away shrieking, and the Laidly Worm crawled and crept, and crept and crawled till it reached the Heugh or rock of the Spindlestone, round which it coiled itself, and lay there basking with its terrible snout in the air.

Soon the country round about had reason to know of the Laidly Worm of Spindleston Heugh. For hunger drove the monster out from its cave and it used to devour everything it could come across. So at last they went to a mighty warlock and asked him what they should do. Then he consulted his works and his familiar, and told them.

"The Laidly Worm is really the Princess Margaret and it is hunger that

거야." 그리고 나서 왕비는 숨을 죽이고 말했습니다. "곧 그 애의 미모를 끝장
내야지."

그날 밤, 유명한 마녀였던 새 왕비는, 외떨어진 지하감옥으로 몰래 가서 마
법과 9개의 주문, 81번의 의식으로 마가렛 공주에게 주문을 걸었습니다.

레이들리 벌레가 되어라
너는 다시는 네 모습을 찾지 못할 것이다.
왕의 아들 귀공자 와인드가
휴로 돌아와 네게 세 번의 입맞춤을 할 때까지
너는 다시는 네 모습을 찾지 못할 것이다.

마가렛은 아름다운 아가씨로 잠 들었다가 레이들리 벌레로 깨어났습니다.
그녀의 시종들이 아침에 그녀를 치장하러 갔을 때, 그들은 몸을 휘감은 채 침
대 위에 누워있는 끔찍한 용 한 마리를 발견했습니다. 용은 감겨있던 몸을 풀
고 시녀들에게로 갔습니다. 하지만 시녀들은 비명을 지르며 달아났습니다.
레이들리 벌레는 기어서 휴, 혹은 스핀들스톤의 꼭대기에 닿았고, 그 주위에
몸을 감고 무시무시한 주둥이를 허공으로 향하고는 해를 쬐었습니다.

곧 온 나라에서 스핀들스톤 휴의 레이들리 벌레에 관한 이야기를 알게 되었
습니다. 왜냐하면 괴물은 배고픔 때문에 동굴에서 기어 나와 눈앞에 보이는
것은 모조리 먹어치웠기 때문이지요. 그래서 사람들은 강력한 마법사를 찾아
가 어떻게 해야할지를 물었습니다. 마법사는 사람들에게 다음과 같이 말했습
니다.

"레이들리 벌레는 사실은 마가렛 공주다. 그녀가 그런 행동을 하는 이유는
배가 고파서다. 그러니 암소 7마리를 준비해, 매일 해가 지기 전에 우유의 마

drives her forth to do such deeds. Put aside for her seven kine, and each day as the sun goes down, carry every drop of milk they yield to the stone trough at the foot of the Heugh, and the Laidly Worm will trouble the country no longer. But if ye would that she be borrowed to her natural shape, and that she who bespelled her be rightly punished, send over the seas for her brother, Childe Wynd."

All was done as the warlock advised, the Laidly Worm lived on the milk of the seven kine, and the country was troubled no longer. But when Childe Wynd heard the news, he swore a mighty oath to rescue his sister and revenge her on her cruel stepmother. And three-and-thirty of his men took the oath with him. Then they set to work and built a long ship, and its keel they made of the rowan tree. And when all was ready, they out with their oars and pulled sheer for Bamborough Keep.

But as they got near the keep, the stepmother felt by her magic power that something was being wrought against her, so she summoned her familiar imps and said: "Childe Wynd is coming over the seas; he must never land. Raise storms, or bore the hull, but nohow must he touch shore." Then the imps went forth to meet Childe Wynd's ship, but when they got near, they found they had no power over the ship, for its keel was made of the rowan tree. So back they came to the queen witch, who knew not what to do. She ordered her men-at-arms to resist Childe Wynd if he should land near them, and by her spells she caused the Laidly Worm to wait by the entrance of the harbour.

As the ship came near, the Worm unfolded its coils, and dipping into the sea, caught hold of the ship of Childe Wynd, and banged it off the

346

지막 방울까지 담아 휴 언저리에 있는 돌여물통에 가져다 주어라. 그러면 레이들리 웜은 다시는 나라에 문제를 일으키지 않을 것이다. 그러나 만일 너희들이 그녀가 원래의 모습으로 돌아오고, 그녀를 그렇게 만든 이를 벌주고 싶다면, 바다 건너에 있는 그녀의 오빠 와인드 공자를 데려와라."

사람들은 마법사가 시키는대로 했습니다. 그래서 레이들리 웜은 일곱 마리 암소의 젖을 먹고 살았고, 나라엔 아무 일도 일어나지 않았습니다.

와인드 공자는 동생의 소식을 듣고 그녀를 마법에서 구하고, 잔인한 계모에게 복수하겠다는 굳은 맹세를 했습니다. 그의 신하 33명도 그와 함께 맹세했습니다. 그들은 복수를 준비하며 긴 배를 한 척 만들었으며, 배의 용골은 마가목[10]을 사용했습니다. 준비를 마치고, 그들은 노를 저어 뱀보로우 성으로 향했습니다.

그러나 그들이 성에 다가올 때 계모는 마법의 힘으로 불길한 일을 예감하고, 자신과 친한 아기 도깨비들을 불러 말했습니다.

"와인드 공자가 바다를 건너오고 있다. 그가 육지에 상륙해서는 안 된다. 폭풍을 일으켜라. 아니면 배에 구멍을 내던지, 무슨 짓을 하든 배가 상륙하게 해서는 안 된다."

아기 도깨비들은 와인드 공자의 배를 맞으러 갔습니다. 배에 가까이 다가가서는 그들은 자신이 배에 대해 아무런 힘이 없다는 것을 알게 되었습니다. 왜냐하면 그 배의 용골이 마가목으로 만들어졌기 때문입니다. 그래서 그들은 마녀 왕비에게 돌아왔고, 왕비는 어찌해야할지 몰랐습니다. 왕비는 자신의 신하들에게 와인드 공지기 육지로 올라오면 그에게 저항하라고 명령하고는, 레이들리 웜이 항구의 입구 옆에서 기다리게 주문을 걸었습니다.

배가 다가오자, 웜은 감고 있던 몸을 풀고, 물 속으로 들어가서는 와인드 공

---

10 북유럽에서는 마가목에 잡귀를 내쫓는 힘이 있다고 믿었다.

shore. Three times Childe Wynd urged his men on to row bravely and strong, but each time the Laidly Worm kept it off the shore. Then Childe Wynd ordered the ship to be put about, and the witch-queen thought he had given up the attempt. But instead of that, he only rounded the next point and landed safe and sound in Budle Creek, and then, with sword drawn and bow bent, rushed up followed by his men, to fight the terrible Worm that had kept him from landing.

But the moment Childe Wynd had landed, the witch-queen's power over the Laidly Worm had gone, and she went back to her bower all alone, not an imp, nor a man-at-arms to help her, for she knew her hour was come. So when Childe Wynd came rushing up to the Laidly Worm it made no attempt to stop him or hurt him, but just as he was going to raise his sword to slay it, the voice of his own sister Margaret came from its jaws saying:

"O, quit your sword, unbend your bow,
　And give me kisses three;
For though I am a poisonous worm,
　No harm I'll do to thee."

Childe Wynd stayed his hand, but he did not know what to think if some witchery were not in it. Then said the Laidly Worm again:

"O, quit your sword, unbend your bow,
　And give me kisses three,

자의 배를 잡고 몸에 부딪혀 해안에서 멀어지게 했습니다. 와인드 공자는 부하들에게 세 번이나 용감하고 강하게 노를 저으라고 명령했지만, 매번 레이들리 웜은 배를 육지에서 멀어지게 했습니다. 그래서 공자는 배를 멈추라고 명령했고, 그것을 본 왕비는 왕자가 상륙을 포기했다고 생각했습니다.

그러나 포기하는 대신 왕자는 배를 부들 계곡으로 돌려, 안전하게 상륙했습니다. 왕자는 검을 들고 활을 당긴 상태로 계속해서 그의 상륙을 막는 무시무시한 웜과 싸우려 달려갔고 신하들이 뒤를 쫓았습니다.

그러나 와인드 공자가 상륙을 한 순간 레이들리 웜에 대한 마녀 왕비의 힘이 사라졌고, 왕비는 자기의 거처로 혼자 사라졌습니다. 도깨비도 신하도 그녀를 도울 수 없었는데, 이유는 그녀가 자신의 시간이 다가오는 것을 깨달았기 때문입니다.

와인드 공자가 웜에게 달려왔을 때 웜은 그를 멈추게 하거나 상처를 주려는 시도를 하지 않았고, 그가 검을 들어올리자 웜의 턱에서 여동생 마가렛의 목소리가 나왔습니다.

"오, 그 검을 멈춰요, 활을 놓아요.
그리고 내게 세 번의 입맞춤을 해주세요.
당신에게 아무런 해도 끼치지 않을게요."

와인드 공자는 활은 멈추었지만 나쁜 계략이 있을지도 몰라, 어떻게 해야할 시글 몰갔습니다
레이들리 웜은 다시 한 번 말했습니다.

"오, 검을 멈춰요, 활을 놓아요.

If I'm not won ere set of sun,

Won never shall I be."

Then Childe Wynd went up to the Laidly Worm and kissed it once; but no change came over it. Then Childe Wynd kissed it once more; but yet no change came over it. For a third time he kissed the loathsome thing, and with a hiss and a roar the Laidly Worm reared back and before Childe Wynd stood his sister Margaret. He wrapped his cloak about her, and then went up to the castle with her. When he reached the keep, he went off to the witch queen's bower, and when he saw her, he touched her with a twig of a rowan tree. No sooner had he touched her than she shrivelled up and shrivelled up, till she became a huge ugly toad, with bold staring eyes and a horrible hiss. She croaked and she hissed, and then hopped away down the castle steps, and Childe Wynd took his father's place as king, and they all lived happy afterwards.

But to this day, the loathsome toad is seen at times, haunting the neighbourhood of Bamborough Keep, and the wicked witch-queen is a Laidly Toad.

내게 세 번의 입맞춤을 해주세요.

해가 지기 전에 내 모습을 찾지 못하면

영원히 찾지 못할 거에요."

와인드 공자는 레이들리 웜에게 가서 첫 입맞춤을 했으나, 웜에겐 아무런 일도 생기지 않았습니다. 공자가 다시 한 번 입맞춤을 했고, 어떤 변화도 생기지 않았습니다.

왕자가 세 번째로 이 흉측한 것에 입 맞추자, 레이들리 웜은 쉿소리와 포효를 내며 뒤로 물러났다가 그 앞에 여동생 마가렛의 모습으로 나타났습니다.

와인드 공자는 동생에게 자신의 외투를 둘러주었고, 둘은 성으로 향했습니다. 왕자는 성에 도착해서, 마녀 왕비의 거처로 갔습니다. 왕비를 본 왕자는 마가목 가지로 마녀를 건드렸습니다. 가지가 몸에 닿자마자 마녀 왕비는 툭 튀어나온 두 눈에 쉭 소리를 내는 크고 못생긴 두꺼비가 될 때까지 쪼그라들고 쪼그라들었습니다. 그녀는 개골거리고 쉭쉭대다가 성의 계단 아래로 폴짝이며 내려갔습니다.

와인드 공자는 아버지를 대신해 왕이 되었고, 그들은 그 후 행복하게 살았다고 합니다.

그러나 오늘날까지도 징그러운 두꺼비는 뱀보로우 성 주변을 돌아다니다 가끔 사람들 눈에 뜨이곤 하는데, 바로 사악한 마녀, 왕비였던 레이들리 두꺼비입니다.

THE CAT AND THE MOUSE

The cat and the mouse
Play'd in the malt-house:

The cat bit the mouse's tail off. "Pray, puss, give me my tail." "No," says the cat, "I'll not give you your tail, till you go to the cow, and fetch me some milk."

First she leapt and then she ran,
Till she came to the cow, and thus began:

"Pray, Cow, give me milk, that I may give cat milk, that cat may give me my own tail again." "No," said the cow, "I will give you no milk, till you go to the farmer, and get me some hay."

First she leapt, and then she ran,
Till she came to the farmer and thus began:

"Pray, Farmer, give me hay, that I may give cow hay, that cow may give me milk, that I may give cat milk, that cat may give me my own tail again." "No," says the farmer, "I'll give you no hay, till you go to the butcher and fetch me some meat."

고양이와 쥐

고양이와 쥐가 보리창고에서 놀았습니다.

고양이는 쥐꼬리를 조금 물어뜯었습니다.
"고양이야, 제발, 내 꼬리 돌려 줘."
"싫어. 네가 소에게 가서 우유를 가져오지 않으면 네 꼬리 안 줄거야." 고양이가 말했습니다.

그래서 쥐는 벌떡 일어나 소에게 달려가 말했습니다,

"소야, 제발, 우유 좀 줘. 그거 고양이한테 갖다 주게, 그러면 고양이가 내 꼬리를 다시 줄거야." 그러자 소가 말했습니다. "농부에게서 건초를 얻어올 때까지는 네게 우유 안 줄거야,"

그래서 쥐는 벌떡 일어나 농부에게 달려가 말했습니다.

"농부 아저씨, 제발, 건초 좀 주세요. 그거 소에게 주면, 소가 내게 우유를 주고, 나는 그 우유를 고양이에게 줄거예요. 그러면 고양이가 내 꼬리를 다시 줄거예요."
"싫어. 난 네게 건초 안 줘. 네가 푸줏간 가서 고기 얻어올 때까지는." 농부

First she leapt, and then she ran,

Till she came to the butcher, and thus began:

"Pray, Butcher, give me meat, that I may give farmer meat, that farmer may give me hay, that I may give cow hay, that cow may give me milk, that I may give cat milk, that cat may give me my own tail again." "No,"

says the butcher, "I'll give you no meat, till you go to the baker and fetch me some bread."

First she leapt and then she ran,

Till she came to the baker, and thus began:

"Pray, Baker, give me bread, that I may give butcher bread, that butcher may give me meat, that I may give farmer meat, that farmer may give me hay, that I may give cow hay, that cow may give me milk, that I may give cat milk, that cat may give me my own tail again."

"Yes," says the baker, "I'll give you some bread,

But if you eat my meal, I'll cut off your head."

Then the baker gave mouse bread, and mouse gave butcher bread, and butcher gave mouse meat, and mouse gave farmer meat, and farmer gave mouse hay, and mouse gave cow hay, and cow gave mouse milk, and mouse gave cat milk, and cat gave mouse her own tail again!

가 말했습니다.

  그래서 쥐는 벌떡 일어나 푸줏간으로 달려가 말했습니다.

  "고기 아저씨, 고기 좀 주세요. 농부에게 갖다 주게요. 그러면 농부가 제게
건초를 주고, 그 건초를 소에게 가져다주면, 소가 저한테 우유를 줄 거예요.
그 우유를 고양이한테 가져다주면, 고양이가 제 꼬리를 다시 줄 거예요."

  "싫어. 난 네게 고기 안 줄거야. 네가 빵집에 가서 빵을 가져올 때까지는."
고기 아저씨가 말했습니다.

  그래서 쥐는 벌떡 일어나 빵집으로 달려가 말했습니다.

  "빵 아저씨, 제게 빵 좀 주세요. 그러면 그 빵을 고기 아저씨에게 가져다 주
고, 그러면 고기 아저씨가 제게 고기를 주지요. 그러면 나는 그 고기를 농부
아저씨에게 주고, 농부 아저씨는 제게 건초를 주지요. 저는 그 건초를 소에게
가져다주고, 그러면 소가 제게 우유를 줄거예요. 제가 그 우유를 고양이에게
가져다주면, 고양이가 제 꼬리를 돌려 줄거예요."

  "그래, 빵을 주마. 하지만 내 밥을 먹으면 난 네 목을 자를 거다." 빵 아저씨
가 말했습니다.

  빵 아저씨는 쥐에게 빵을 주었고, 쥐는 그 빵을 고기 아저씨에게 주고, 고기
아저씨는 생쥐에게 고기를 주고, 생쥐는 그 고기를 농부에게 주고, 농부는 생
쥐에게 건초를 주고, 생쥐는 건초를 소에게 주고, 암소는 생쥐에게 우유를 주
고, 생쥐는 우유를 고양이에게 주고, 고양이는 쥐의 꼬리를 돌려주었습니다.

THE FISH AND THE RING

Once upon a time, there was a mighty baron in the North Countrie who was a great magician that knew everything that would come to pass. So one day, when his little boy was four years old, he looked into the Book of Fate to see what would happen to him. And to his dismay, he found that his son would wed a lowly maid that had just been born in a house under the shadow of York Minster. Now the Baron knew the father of the little girl was very, very poor, and he had five children already. So he called for his horse, and rode into York; and passed by the father's house, and saw him sitting by the door, sad and doleful. So he dismounted and went up to him and said: "What is the matter, my good man?" And the man said: "Well, your honour, the fact is, I've five children already, and now a sixth's come, a little lass, and where to get the bread from to fill their mouths, that's more than I can say."

"Don't be downhearted, my man," said the Baron. "If that's your trouble, I can help you. I'll take away the last little one, and you wont have to bother about her."

"Thank you kindly, sir," said the man; and he went in and brought out the lass and gave her to the Baron, who mounted his horse and rode away with her. And when he got by the bank of the river Ouse, he threw the little, thing into the river, and rode off to his castle.

But the little lass didn't sink; her clothes kept her up for a time, and

물고기와 반지

옛날, 북쪽 나라에 앞으로 일어날 일을 모두 알 수 있는 강력한 마법사이자 위대한 남작이 살았습니다. 어느 날, 아들이 4살이었을 때, 남작은 아들에게 무슨 일이 일어날지 궁금해 〈운명의 책〉을 보고 있었습니다. 실망스럽게도 그의 아들은 요크 대성당 근방에서 막 태어난 신분이 낮은 여자아이와 결혼할 운명이었습니다. 남작은 그 여자아이의 아버지가 이미 다섯 아이를 낳았고, 너무나 가난한 것을 알고 있었기에 말을 타고 요크로 달려갔습니다. 여자아이 아버지의 집을 지날 때, 남작은 그가 슬픔에 갇힌 채 문 옆에 앉아있는 것을 보았습니다. 남작은 말에서 내려 그에게 갔습니다.

"무슨 일입니까, 착한 양반?" 그러자 남자가 말했습니다.

"예, 신사 양반, 사실, 저는 이미 다섯 아이가 있는데, 지금 여섯째가 태어났어요. 딸 아이죠. 대체 어디서 그 애들 배를 채울 빵을 구한답니까. 마음이 너무 아프답니다."

"낙담하지 마세요. 그런 문제라면 제가 도와드릴게요. 제가 그 막내 아이를 데려가지요. 그러면 당신은 그 아이 때문에 걱정하실 일이 없습니다." 남작은 말했습니다.

"너무나 감사합니다."

남자는 이렇게 말하고 안으로 들어가 갓난 아이를 데려와서는 남작에게 주었습니다. 남작은 아이를 안고 말을 달렸습니다. 우스강 강둑에 다다랐을 때 남작은 아이를 강물에 던지고 성으로 돌아왔습니다.

she floated, and she floated, till she was cast ashore just in front of a fisherman's hut. There the fisherman found her, and took pity on the poor little thing and took her into his house, and she lived there till she was fifteen years old, and a fine handsome girl.

One day it happened that the Baron went out hunting with some companions along the banks of the River Ouse, and stopped at the fisherman's hut to get a drink, and the girl came out to give it to them. They all noticed her beauty, and one of them said to the Baron: "You can read fates, Baron, whom will she marry, d'ye think?"

"Oh! that's easy to guess," said the Baron; "some yokel or other. But I'll cast her horoscope. Come here girl, and tell me on what day you were born?"

"I don't know, sir," said the girl, "I was picked up just here after having been brought down by the river about fifteen years ago."

Then the Baron knew who she was, and when they went away, he rode back and said to the girl: "Hark ye, girl, I will make your fortune. Take this letter to my brother in Scarborough, and you will be settled for life." And the girl took the letter and said she would go. Now this was what he had written in the letter:

"Dear Brother,--Take the bearer and put her to death immediately.

"Yours affectionately, Albert."

So soon after the girl set out for Scarborough, and slept for the night at a little inn. Now that very night a band of robbers broke into the inn, and searched the girl, who had no money, and only the letter. So they opened this and read it, and thought it a shame. The captain of the

하지만 어린 아이는 강에 가라앉지 않았습니다. 그녀의 옷이 한동안 아이를 물 위에 떠있게 해, 아이는 둥둥 떠내려가다 어부의 오두막 앞에서 물가로 밀려 올라왔습니다. 농부는 아이를 발견하고 불쌍히 여겨 집으로 데려왔고, 아이는 그 집에서 15세까지 살며, 아주 잘생긴 소녀로 컸습니다.

어느 날 남작은 동료들과 함께 우스 강변을 따라 사냥을 나갔다가 물을 얻어마시려고 어부의 집 앞에 멈췄습니다. 여자아이가 그에게 물을 주려고 나왔습니다. 그들은 모두 그녀의 아름다움을 알아보고 무리 중 하나는 남작에게 말했습니다. "남작, 당신은 운명을 읽잖아. 저 여자아이는 누구랑 결혼할 것 같아?"

"그런 것 쯤이야. 촌뜨기나 뭐 그런 애랑 결혼하겠지. 내가 저 아이의 별자리로 점을 쳐보지. 아이야 이리 와보렴. 태어난 날을 말해보려무나." 남작은 말했습니다.

"모릅니다. 어르신. 전 15년 전에 바로 여기 떠내려 오다 구조되었어요." 아이는 말했습니다.

그 말을 들은 남작은 아이의 정체를 깨달았습니다. 남작은 아이에게 이렇게 말했습니다.

"들어라, 애야. 내가 네게 행운을 주겠다. 이 편지를 스카보로우에 있는 내 형에게 가져다 주어라. 그럼 너는 평생 안정된 삶을 살 것이다."

그래서 아이는 편지를 받아 전달해 주겠노라고 말했습니다. 편지엔 이렇게 써있었습니다.

"친애하는 형, 이 편지를 가져온 아이를 바로 숙여.
형을 사랑하는 동생 알버트."

robbers took a pen and paper and wrote this letter:

"Dear Brother,--Take the bearer and marry her to my son immediately.

"Yours affectionately, Albert."

And then he gave it to the girl, bidding her begone. So she went on to the Baron's brother at Scarborough, a noble knight, with whom the Baron's son was staying. When she gave the letter to his brother, he gave orders for the wedding to be prepared at once, and they were married that very day.

Soon after, the Baron himself came to his brother's castle, and what was his surprise to find that the very thing he had plotted against had come to pass. But he was not to be put off that way; and he took out the girl for a walk, as he said, along the cliffs. And when he got her all alone, he took her by the arms, and was going to throw her over. But she begged hard for her life. "I have not done anything," she said: "if you will only spare me, I will do whatever you wish. I will never see you or your son again till you desire it." Then the Baron took off his gold ring and threw it into the sea, saying: "Never let me see your face till you can show me that ring;" and he let her go.

The poor girl wandered on and on, till at last she came to a great noble's castle, and she asked to have some work given to her; and they made her the scullion girl of the castle, for she had been used to such work in the fisherman's hut.

Now one day, who should she see coming up to the noble's house but the Baron and his brother and his son, her husband. She didn't know what to do; but thought they would not see her in the castle kitchen. So

아이는 곧 스카보로우를 향해 떠났고, 작은 여인숙에서 밤을 보냈습니다. 그런데 한밤중에 도둑떼가 여관에 침입해서는 여자아이의 소지품을 털었으나, 돈은 없고 편지 하나만 발견할 수 있었습니다. 그들은 편지를 뜯어 읽고는 민망하게 생각했습니다. 도둑의 우두머리는 펜을 들어 다음과 같은 편지를 썼습니다.

"친애하는 형- 이 편지를 가지고 가는 아이와 내 아들을 즉시 결혼시켜 줘.
　형을 사랑하는 동생 알버트."

두목은 편지를 여자아이에게 주고 떠나라고 말했습니다. 그래서 그녀는 스카보로우에 있는 남작의 형 집으로 갔습니다. 남작의 형은 고귀한 기사로, 그 집엔 남작의 아들이 머물고 있었습니다. 그녀가 남작의 형에게 편지를 건네자, 그는 즉시 결혼식 준비를 명령했고, 그들은 바로 그날 결혼식을 올렸습니다. 곧이어 남작은 형의 성에 왔다가, 그의 음모와 반대로 일이 이루어진 것을 보고 너무 놀랐습니다. 하지만 그는 거기서 포기할 사람이 아니었습니다. 그는 여자아이를 산책길에 데리고 나가, 벼랑으로 데려갔습니다. 둘이 있게 되자, 남작은 그녀를 절벽 아래로 밀어뜨리려고 하였습니다. 하지만 아이는 살려달라고 애원하며, 이렇게 말했습니다.

"전 아무 잘못이 없어요. 살려만 주신다면 시키는대로 다 하겠어요. 원하신다면 당신이나 당신 아들 모두 다시는 보지 않을 거예요."

소녀의 말을 들은 남작은 자신이 끼고 있던 금반지를 뽑아 바다에 던지며 이렇게 말했습니다.

"저 반지를 내게 가져올 때까지 내 얼굴 볼 생각을 하지 말아라." 남작은 그렇게 말하고 떠났습니다. 불쌍한 여자는 여기저기 떠돌다 큰 귀족의 성에 닿

she went back to her work with a sigh, and set to cleaning a huge big fish that was to be boiled for their dinner. And, as she was cleaning it, she saw something shine inside it, and what do you think she found? Why, there was the Baron's ring, the very one he had thrown over the cliff at Scarborough. She was right glad to see it, you may be sure. Then she cooked the fish as nicely as she could, and served it up.

Well, when the fish came on the table, the guests liked it so well that they asked the noble who cooked it. He said he didn't know, but called to his servants: "Ho, there, send up the cook that cooked that fine fish." So they went down to the kitchen and told the girl she was wanted in the hall. Then she washed and tidied herself and put the Baron's gold ring on her thumb and went up into the hall.

When the banqueters saw such a young and beautiful cook they were surprised. But the Baron was in a tower of a temper, and started up as if he would do her some violence. So the girl went up to him with her hand before her with the ring on it; and she put it down before him on the table. Then at last the Baron saw that no one could fight against Fate, and he handed her to a seat and announced to all the company that this was his son's true wife; and he took her and his son home to his castle; and they all lived as happy as could be ever afterwards.

앗고, 거기서 일을 하게 해달라고 청해 성에서 접시를 닦게 되었습니다. 그녀는 어부의 오두막에서 그런 일을 해본 적이 있었기 때문입니다.

그러던 어느 날 그녀는 그 귀족의 성으로 남작과 남작의 형, 그리고 남편인 남작의 아들이 들어오는 것을 보았습니다. 그녀는 어쩔 줄 몰랐으나 부엌에 있으면 그들을 보지 않을 수 있다는 생각을 하였습니다. 그녀는 한숨을 쉬며 일을 하러 갔고, 그들이 저녁에 먹을 큰 생선을 손질했습니다. 생선을 가르자 그녀는 생선 안에서 반짝이는 뭔가를 보았는데, 여러분은 그게 무엇이라고 생각하세요? 그것은 스카보로우에서 남작이 절벽 아래로 던진 반지였습니다. 반지를 본 그녀는 몹시 기뻤습니다. 그녀는 아주 깔끔하게 생선을 요리해서, 식사에 내어놓았습니다.

생선이 식탁에 오르자 귀족들은 생선이 너무나 맛있다며 누가 요리를 했는지 물었습니다. 성의 귀족은 요리를 한 이가 누군지 모른다고 말하고 하인들을 불렀습니다. "여봐라, 이 멋진 요리를 한 요리사를 올려 보내라." 그들은 부엌으로 가 여자에게 위에서 그를 찾는다고 말해주었습니다. 그녀는 몸을 씻고 단장을 한 다음 엄지에 남작의 반지를 끼고 올라갔습니다.

홀에 모인 손님들은 젊고 아름다운 요리사를 보고 깜짝 놀랐습니다. 하지만 남작은 너무 화가 나 그녀에게 해를 가하리라 마음먹었습니다. 여자는 반지 낀 손을 앞으로 내밀고 남작에게로 가, 그 앞에서 반지를 테이블에 내려놓았습니다.

그때서야 비로서 남작은 세상 그 누구도 운명과 맞설 수 없다는 것을 깨달았습니다. 남식은 그녀에게 의자를 내 준 다음, 모두에게 이 여자가 아들의 진정한 짝이라고 선언했습니다. 그는 아들과 여자를 성으로 데려갔고, 그 후 그들은 행복하게 살았답니다.

THE MAGPIE'S NEST

Once upon a time when pigs spoke rhyme

And monkeys chewed tobacco,

And hens took snuff to make them tough,

And ducks went quack, quack, quack, O!

All the birds of the air came to the magpie and asked her to teach them how to build nests. For the magpie is the cleverest bird of all at building nests. So she put all the birds round her and began to show them how to do it. First of all she took some mud and made a sort of round cake with it.

"Oh, that's how it's done," said the thrush; and away it flew, and so that's how thrushes build their nests. Then the magpie took some twigs and arranged them round in the mud.

"Now I know all about it," says the blackbird, and off he flew; and that's how the blackbirds make their nests to this very day. Then the magpie put another layer of mud over the twigs.

"Oh that's quite obvious," said the wise owl, and away it flew; and owls have never made better nests since.

After this the magpie took some twigs and twined them round the outside.

"The very thing!" said the sparrow, and off he went; so sparrows make

까치 둥지

옛날에 돼지가 노래 부르고
원숭이가 담배 피고
암탉이 강해 보이려 코담배를 피고
오리가 꽥, 꽥, 꽥 거리던 시절에, 오!

하늘을 나는 모든 새들이 까치에게 와서 둥지는 어떻게 만드는지 알려달라고 말했습니다. 왜냐하면 까치는 둥지를 만드는 일에 있어서는 가장 영리한 새였기 때문입니다. 그래서 까치는 모든 새들을 자기 주변에 둘러앉히고 둥지 만드는 법을 보여주었습니다. 우선 까치는 진흙을 가져다 원형 케이크처럼 동그랗게 만들었습니다.

"아, 그렇게 하는 거군요." 이렇게 말하고 개똥지빠귀는 날아갔습니다. 그래서 개똥지빠귀는 그런 둥지를 만들었습니다.

까치는 나뭇가지를 몇 개 가져다 진흙 속에 동그랗게 둘렀습니다.

"아, 알겠어요." 검은 새[11]는 그렇게 날아갔고, 검은 새는 자신들의 둥지를 그렇게 만들었습니다.

까치는 잔가지 위로 진흙층을 한 번 더 올렸습니다.

"어머, 이젠 확실히 알겠어요." 지혜로운 올빼미가 날아갔고, 그 후 올빼미는 그보다 더 좋은 둥지는 만들지 못했답니다.

그 후 까치는 나뭇가지를 몇 개 집어다 바깥에 둘렀습니다.

---

11 유럽에 주로 서식하는 개똥지빠귀과의 새.

rather slovenly nests to this day.

Well, then Madge Magpie took some feathers and stuff and lined the nest very comfortably with it.

"That suits me," cried the starling, and off it flew; and very comfortable nests have starlings. So it went on, every bird taking away some knowledge of how to build nests, but, none of them waiting to the end. Meanwhile Madge Magpie went on working and working without, looking up till the only bird that remained was the turtle-dove, and that hadn't paid any attention all along, but only kept on saying its silly cry "Take two, Taffy, take two-o-o-o."

At last the magpie heard this just as she was putting a twig across. So she said: "One's enough."

But the turtle-dove kept on saying: "Take two, Taffy, take two-o-o-o."

Then the magpie got angry and said: "One's enough I tell you."

Still the turtle-dove cried: "Take two, Taffy, take two-o-o-o."

At last, and at last, the magpie looked up and saw nobody near her but the silly turtle-dove, and then she got rare angry and flew away and refused to tell the birds how to build nests again. And that is why different birds build their nests differently.

"바로 그거네." 참새는 날아갔습니다. 그래서 참새는 지금까지 느슨한 둥지를 짓고 있습니다.

그런 다음 까치는 깃털과 다른 재료를 몇 개 더 가져다 둥지 안에 두르고 아주 편안한 둥지를 만들었습니다.

"나한테 딱 맞는 집이야." 찌르레기가 날아갔고, 그래서 찌르레기는 아주 안락한 둥지를 만들었습니다.

그렇게 된 것입니다. 모든 새들은 둥지 짓는 방법에 관한 약간의 지식을 얻고는 날아가 버렸습니다. 그 사이 까치는 열심히 계속 집을 짓다 위를 올려다보고 멧비둘기가 혼자 남아있는 것을 보았습니다. 하지만 비둘기는 집짓는 일에는 손톱만큼도 관심을 보이지 않고는 바보같이 "두 개 집어, 태피, 두우 개⋯." 소리만 냈습니다.

까치는 잔가지 하나를 둥지에 가로질러 놓을 때 멧비둘기의 소리를 듣고는 말했습니다. "하나면 돼."

하지만 멧비둘기는 계속해서, "두 개 집어, 태피, 두우우 개⋯." 말했습니다.

까치는 화가 나서 말했습니다. "하나면 된다고 했잖아."

그래도 멧비둘기는 여전히 "두 개 집어. 태피. 두우우 개." 말했습니다.

마침내, 정말 마침내, 까치는 위를 올려다보고는, 자기 주변엔 멍청한 멧비둘기 한 마리만 남아있는 것을 알았습니다. 까치는 너무나 화가 나서 날아가 버렸고 다시는 새들한테 둥지 짓는 법을 알려주지 않았습니다. 새들이 서로 다른 둥지를 갖게된 이유는 바로 이 때문입니다.

KATE CRACKERNUTS

Once upon a time there was a king and a queen, as in many lands have been. The king had a daughter, Anne, and the queen had one named Kate, but Anne was far bonnier than the queen's daughter, though they loved one another like real sisters. The queen was jealous of the king's daughter being bonnier than her own, and cast about to spoil her beauty. So she took counsel of the henwife, who told her to send the lassie to her next morning fasting.

So next morning early, the queen said to Anne, "Go, my dear, to the henwife in the glen, and ask her for some eggs." So Anne set out, but as she passed through the kitchen she saw a crust, and she took and munched it as she went along.

When she came to the henwife's she asked for eggs, as she had been told to do; the henwife said to her, "Lift the lid off that pot there and see." The lassie did so, but nothing happened. "Go home to your minnie and tell her to keep her larder door better locked," said the henwife.

So she went home to the queen and told her what the henwife had said. The queen knew from this that the lassie had had something to eat, so watched the next morning and sent her away fasting; but the princess saw some country-folk picking peas by the roadside, and being very kind she spoke to them and took a handful of the peas, which she ate by the way.

호두까기 케이트

옛날에 왕과 왕비가 살았습니다. 다른 많은 곳에서 그랬던 것처럼 말이지요. 왕에게는 앤이라는 딸이, 왕비에겐 케이트라는 딸이 있었습니다. 그들은 친자매처럼 서로 좋아했으나, 앤은 왕비의 딸보다 훨씬 아름다웠습니다. 왕비는 의붓 딸이 자신의 딸보다 더 예쁜 것을 질투해, 앤의 아름다움을 망칠 궁리를 했습니다. 왕비는 닭치는 여자의 조언을 구했고, 닭치는 여자는 왕비에게 앤을 다음 날 아침 공복 시간[12]에 보내라고 말했습니다.

다음 날 아침 일찍 왕비는 앤에게 말했습니다.

"얘야, 협곡에 사는 닭치는 여자에게 가보렴. 가서 계란을 좀 구해오렴."

앤은 집을 떠났고, 부엌 옆을 지나다 빵부스러기를 줍고는 길을 걸으며 먹었습니다.

닭치는 여자에게 온 앤은 계모가 시킨대로 계란을 달라고 했고, 그러자 닭치는 여자는 말했습니다.

"저기 항아리 뚜껑을 들어 보세요." 앤은 그렇게 했지만 아무 일도 일어나지 않았습니다.

"집에 가서 왕비에게 식품창고를 잘 잠그라고 하세요."

그래서 앤은 집으로 돌아와 왕비에게 닭치는 여자가 한 말을 전했습니다. 이 말을 들은 왕비는 앤이 무어가를 먹었다는 것을 알았고, 다음 날 아침 그녀를 지켜보다 다시 아침 공복에 보냈습니다. 길을 가던 공주는 시골 사람 몇이 길가에서 배를 줍는 것을 보았습니다. 그들이 아주 친절하게 굴며 말을 걸

---

12 아직 음식을 먹지 않은 시간

When she came to the henwife's, she said, "Lift the lid off the pot and you'll see." So Anne lifted the lid but nothing happened. Then the henwife was rare angry and said to Anne, "Tell your minnie the pot won't boil if the fire's away." So Anne went home and told the queen.

The third day the queen goes along with the girl herself to the henwife. Now, this time, when Anne lifted the lid off the pot, off falls her own pretty head, and on jumps a sheep's head. So the queen was now quite satisfied, and went back home.

Her own daughter, Kate, however, took a fine linen cloth and wrapped it round her sister's head and took her by the hand and they both went out to seek their fortune. They went on, and they went on, and they went on, till they came to a castle. Kate knocked at the door and asked for a night's lodging for herself and a sick sister. They went in and found it was a king's castle, who had two sons, and one of them was sickening away to death and no one could find out what ailed him. And the curious thing was that whoever watched him at night was never seen any more. So the king had offered a peck of silver to anyone who would stop up with him. Now Katie was a very brave girl, so she offered to sit up with him.

Till midnight all goes well. As twelve o clock rings, however, the sick prince rises, dresses himself, and slips downstairs. Kate followed, but he didn't seem to notice her. The prince went to the stable, saddled his horse, called his hound, jumped into the saddle, and Kate leapt lightly up behind him. Away rode the prince and Kate through the greenwood, Kate, as they pass, plucking nuts from the trees and filling her apron

었고, 그들은 앤에게 두 손 가득 배를 주어 길을 걸으며 배를 먹었습니다.

앤이 닭치는 여자의 집에 왔을 때 닭치는 여자는 말했습니다.

"저 항아리 뚜껑을 들어보세요. 거기에 무언가 있을 거예요."

그래서 앤은 뚜껑을 들었으나 아무 것도 없었습니다. 그러자 닭치는 여자는 몹시 화를 내며 앤에게 말했습니다.

"가서 왕비에게 불이 꺼지면 솥이 안 끓는다고 전하세요."

세 번째 날 왕비는 앤과 함께 닭치는 여자에게 갔습니다. 이번엔 앤이 항아리 뚜껑을 들자 그녀의 예쁜 머리가 떨어져나갔고, 그 위로 양의 머리가 달라붙었습니다.

왕비는 기뻐하며 집으로 돌아갔습니다. 하지만 왕비의 딸 케이트는 좋은 린넨 천을 가져다 앤의 머리에 둘러주었고, 앤의 손을 잡고 그들의 운명을 찾아 집을 떠났습니다.

그들은 걷고, 걷고, 걸어 어떤 성에 닿았고, 케이트는 문을 두드리고 자신과 아픈 자매가 하룻밤 묵게 해달라고 청했습니다. 성 안으로 들어간 그들은, 그곳이 두 아들을 둔 왕의 성이라는 걸 알았습니다. 두 아들 중 하나는 병 때문에 죽어가고 있었고, 아무도 그 원인을 몰랐습니다. 더 이상한 일은 밤에 병든 왕자를 지켜본 사람은 이후로는 다른 사람의 눈에 띄지 않는다는 점이었습니다. 그래서 왕은 왕자와 밤을 지내는 사람에게 엄청난 양의 은을 주겠다고 제안했습니다. 매우 용감한 케이트는 자신이 밤에 왕자와 함께 있겠다고 나섰습니다.

지정까시는 모든 일이 순조로웠습니다. 하지만 12시 종이 치자 병든 왕자는 일어나 옷을 입고 아래층으로 내려갔습니다. 케이트가 뒤를 따라갔으나 왕사는 눈치채지 못했습니다. 왕자는 마굿간으로 가서, 말에 안장을 올렸고, 시냥

with them. They rode on and on till they came to a green hill. The prince here drew bridle and spoke, "Open, open, green hill, and let the young prince in with his horse and his hound," and Kate added, "and his lady him behind."

Immediately the green hill opened and they passed in. The prince entered a magnificent hall, brightly lighted up, and many beautiful fairies surrounded the prince and led him off to the dance. Meanwhile, Kate, without being noticed, hid herself behind the door. There she sees the prince dancing, and dancing, and dancing, till he could dance no longer and fell upon a couch. Then the fairies would fan him till he could rise again and go on dancing.

At last the cock crew, and the prince made all haste to get on horseback; Kate jumped up behind, and home they rode. When the morning sun rose they came in and found Kate sitting down by the fire and cracking her nuts. Kate said the prince had a good night; but she would not sit up another night unless she was to get a peck of gold. The second night passed as the first had done. The prince got up at midnight and rode away to the green hill and the fairy ball, and Kate went with him, gathering nuts as they rode through the forest. This time she did not watch the prince, for she knew he would dance and dance, and dance.

But she sees a fairy baby playing with a wand, and overhears one of the fairies say: "Three strokes of that wand would make Kate's sick sister as bonnie as ever she was." So Kate rolled nuts to the fairy baby, and rolled nuts till the baby toddled after the nuts and let fall the wand,

개를 부르고는 안장에 뛰어올랐습니다. 케이트는 가볍게 그의 뒤에 올라탔습니다. 왕자와 케이트는 말을 타고 초록 숲을 지났고, 숲을 지날 때 케이트는 나무의 열매를 따서 앞치마에 채웠습니다. 그들은 말을 달리고 달려 초록언덕까지 왔습니다.

초록언덕에서 말의 고삐를 당기며 왕자는 말했습니다. "열려라, 열려라, 초록언덕아. 젊은 왕자가 말과 사냥개와 함께 안으로 들어가게 해다오."

그러자 케이트는 말했습니다. "그의 뒤에 있는 숙녀도 들여보내줘."

초록언덕은 즉시 열렸고, 그들은 안으로 들어갔습니다. 왕자는 불이 환하게 켜진 장엄한 방 안으로 들어갔고, 왕자를 둘러싼 많은 아름다운 요정들은 왕자를 춤추게 하였습니다. 그 사이 케이트는 그들 눈에 띄지 않고 문 뒤에 숨어있었습니다. 거기서 케이트는 왕자가 더 이상 춤을 출 수 없어 소파에 쓰러질 때까지 쉬지 않고 춤추는 것을 보았습니다. 왕자가 지쳐 쓰러지면 요정들은 그에게 부채질을 해주며 깨워 그를 다시 춤추게 만들었습니다.

마침내 새벽닭이 울자 왕자는 성급히 말에 올라탔습니다. 케이트도 말에 올라탔고, 그들은 성으로 달렸습니다. 아침 해가 뜰 때 그들은 돌아왔습니다. 케이트는 불가에 앉아 열매를 깠습니다. 케이트는 왕자가 밤을 잘 지냈다고 말했고, 많은 황금을 받지 않는다면 더 이상 왕자 곁에서 밤을 지낼 수 없다고 말했습니다. 두 번째 밤도 첫 번째 밤처럼 지났습니다.

왕자는 한밤중에 일어나 말을 타고 초록언덕과 요정들의 무도회에 갔습니다. 케이트는 그와 함께 갔고, 말이 숲을 지날 때 열매를 땄습니다. 이번에 그녀는 잉끼기 게속 춤을 출 것을 알아, 왕자를 지켜보지 않았습니다. 그녀는 아기 요정이 마술봉을 가지고 노는 것을 보았고, 한 요정이 하는 물 몰 엇들엇습니다.

and Kate took it up and put it in her apron. And at cockcrow they rode home as before, and the moment Kate got home to her room she rushed and touched Anne three times with the wand, and the nasty sheep's head fell off and she was her own pretty self again. The third night Kate consented to watch, only if she should marry the sick prince. All went on as on the first two nights. This time the fairy baby was playing with a birdie; Kate heard one of the fairies say: "Three bites of that birdie would make the sick prince as well as ever he was." Kate rolled all the nuts she had to the fairy baby till the birdie was dropped, and Kate put it in her apron.

At cockcrow they set off again, but instead of cracking her nuts as she used to do, this time Kate plucked the feathers off and cooked the birdie. Soon there arose a very savoury smell. "Oh!" said the sick prince, "I wish I had a bite of that birdie," so Kate gave him a bite of the birdie, and he rose up on his elbow. By-and-by he cried out again:

"Oh, if I had another bite of that birdie!" so Kate gave him another bite, and he sat up on his bed. Then he said again: "Oh! if I only had a third bite of that birdie!" So Kate gave him a third bite, and he rose quite well, dressed himself, and sat down by the fire, and when the folk came in next morning they found Kate and the young prince cracking nuts together. Meanwhile his brother had seen Annie and had fallen in love with her, as everybody did who saw her sweet pretty face. So the sick son married the well sister, and the well son married the sick sister, and they all lived happy and died happy, and never drank out of a dry cappy.

374

"그 봉으로 세 번만 치면 케이트의 자매 앤을 전처럼 아름답게 만들 수 있을 텐데."

케이트는 나무 열매를 굴려 아기 요정이 봉을 버리고 나무 열매를 줍게 만들었습니다. 케이트는 봉을 집어 앞치마에 넣었습니다. 새벽닭이 울자 그들은 집으로 돌아왔고, 케이트는 자기 방으로 들어서자마자 앤에게 달려가 봉으로 세 번 건드렸습니다. 그러자 추한 양 머리가 떨어지고 앤은 예전의 아름다운 모습을 찾았습니다.

세 번째 밤에 케이트는 병든 왕자와 결혼할 수 있다면 그를 밤새 지켜보겠다고 말했습니다. 모든 것이 지난 이틀과 똑같이 진행되었습니다. 이번에 아기 요정은 새를 가지고 놀았고, 케이트는 요정이 하는 말을 들었습니다.

"저 새를 세 번 먹으면 왕자는 예전처럼 돌아갈 텐데."

케이트는 자신이 갖고 있는 열매를 전부 아기요정에게 굴렸고 아기요정은 새를 떨어뜨렸으며, 케이트는 새를 집어 앞치마에 넣었습니다.

새벽닭이 울 때 그들은 그곳을 떠났으나, 전처럼 열매를 깨뜨리는 대신에 케이트는 새의 깃털을 뽑아 요리했습니다. 곧 맛있는 냄새가 풍겼습니다.

"아, 저 새를 한 입 먹고 싶다." 아픈 왕자가 말했습니다.

케이트는 그에게 새 고기를 한 입 주었고, 그는 팔꿈치에 몸을 의지할 수 있었습니다. 잠시 후에 그는 다시 소리쳤습니다.

"저 새를 한 입 더 먹고 싶어."

케이트는 그에게 새고기를 한 입 먹게 했고, 그러자 그는 침대에 일어나 앉았습니다 왕자는 다시 말했습니다.

"새를 한 입 더 먹을 수 있나면!"

케이트는 그에게 세 번째로 새를 한 입 주었습니다. 그러자 그는 일어나, 옷

을 입고, 불가에 앉았습니다.

다음 날 아침 사람들은 케이트와 왕자가 함께 나무열매를 까고 있는 모습을 보았습니다. 그 사이 왕자의 다른 형제는 앤의 사랑스런 얼굴을 본 다른 모든 사람들처럼 그녀를 보고 사랑에 빠졌습니다. 그래서 병든 아들은 건강한 여자와 결혼했고, 건강한 아들은 병든 여자와 결혼했습니다. 그들은 몹시 풍족하게 살았으며, 모두 행복하게 살다 죽었습니다.

THE CAULD LAD OF HILTON

At Hilton Hall, long years ago, there lived a Brownie that was the contrariest Brownie you ever knew. At night, after the servants had gone to bed, it would turn everything topsy-turvy, put sugar in the salt-cellars, pepper into the beer, and was up to all kinds of pranks.

It would throw the chairs down, put tables on their backs, rake out fires, and do as much mischief as could be. But sometimes it would be in a good temper, and then!--"What's a Brownie?" you say. Oh, it's a kind of a sort of a Bogle, but it isn't so cruel as a Redcap! What! you don't know what's a Bogle or a Redcap! Ah, me! what's the world a-coming to?

Of course a Brownie is a funny little thing, half man, half goblin, with pointed ears and hairy hide. When you bury a treasure, you scatter over it blood drops of a newly slain kid or lamb, or, better still, bury the animal with the treasure, and a Brownie will watch over it for you, and frighten everybody else away.

Where was I? Well, as I was a-saying, the Brownie at Hilton Hall would play at mischief, but if the servants laid out for it a bowl of cream, or a knuckle cake spread with honey, it would clear away things for them, and make everything tidy in the kitchen. One night, however, when the servants had stopped up late, they heard a noise in the kitchen, and, peeping in, saw the Brownie swinging to and fro on the Jack chain, and saying:

힐튼의 냉정한 총각

옛날에 힐튼 홀에, 당신이 아는 그 어떤 브라우니[13]와도 대조가 되는 브라우니가 살았습니다. 밤에 하인들이 잠을 자러 가고나면 이 녀석은 모든 것을 뒤집어 놓고, 소금 창고에 설탕을 쏟아 붓고, 맥주에 후추를 넣고, 온갖 장난을 다 했습니다. 그는 의자를 던지고, 테이블을 뒤집어 놓고, 불씨를 긁어내는 등 온갖 나쁜 짓을 했습니다. 하지만 가끔 온순할 때도 있었는데, 그때는 "브라우니야 무슨 일이니?"라는 말을 들을 수 있을 정도였습니다.

브라우니는 유령 같은 존재로, 빨간모자만큼 잔인하지는 않습니다. 뭐라고요? 브라우니나 빨간모자가 뭔지 모른다고요? 오, 맙소사! 세상이 어떻게 되려고 그걸 몰라요? 물론 브라우니는 반은 사람이고 반은 도깨비인 작고 우스꽝스러운 존재로 귀가 뾰족하고 뒤에 털이 나 있지요. 보물을 땅에 묻을 때 사람들은 갓 잡은 새끼 염소나 새끼 양의 피를 그 위에 뿌리는데, 더 확실한 방법은 살아있는 동물을 함께 묻는 것으로, 그러면 브라우니가 그걸 지켜보고 다른 사람들을 겁줘 쫓아내지요.

나는 어디에 있었을까요? 그래요, 말하자면, 힐튼홀에 사는 브라우니는 나쁜 짓을 하지만 만일 하인들이 크림 한 그릇을 내주거나 꿀 바른 주먹케이크를 하나 주면 브라우니는 그들을 위해 물건을 정리하거나 부엌에 있는 것들을 요 끄지리 정돈해 줄수도 있어요. 하지만 어느 날 밤, 하인들이 늦게까지 일을 하다 부엌에서 시끄러운 소리가 나, 몰래 들여다 보았나니, 브라우니는 가죽 사슬 위에서 앞뒤로 몸을 흔들며 이렇게 말하죠.

---

13 밤에 남 몰래 집안 일을 거드는 요정

"Woe's me! woe's me!

The acorn's not yet

Fallen from the tree,

That's to grow the wood,

That's to make the cradle,

That's to rock the bairn,

That's to grow to the man,

That's to lay me.

Woe's me! woe's me!"

So they took pity on the poor Brownie, and asked the nearest henwife what they should do to send it away. "That's easy enough," said the henwife, and told them that a Brownie that's paid for its service, in aught that's not perishable, goes away at once. So they made a cloak of Lincoln green, with a hood to it, and put it by the hearth and watched.

They saw the Brownie come up, and seeing the hood and cloak, put them on, and frisk about, dancing on one leg and saying:

"I've taken your cloak, I've taken your hood;
The Cauld Lad of Hilton will do no more good."

And with that it vanished, and was never seen or heard of afterwards.

"무서워라, 무서워.

도토리는 아직

나무에서 떨어지지 않았네

나무가 되고

요람이 되고

사내아이를 달래어 줄

어른이 될

나를 늙게할

오, 무서워라, 무서워라!"

그들은 가난한 브라우니를 측은하게 여기게 되었습니다. 그래서 그들은 가장 가까이 사는 닭치는 여자에게 그를 멀리 보내려면 어떻게 해야하는지를 물었습니다.

"쉬운 일이죠." 닭치는 여자는 브라우니가 봉사의 대가로 썩지 않는 것을 받으면 즉시 사라진다고 알려주었습니다. 그래서 그들은 황록색 외투에 모자를 달아 난롯가에 두고 지켜보았습니다. 그러자 브라우니가 왔고 모자달린 외투를 보고는 그것을 입고, 깡충깡충 뛰다 한 다리로 춤을 추며 말했습니다.

"나는 네 외투를 입었어, 네 모자를 썼어.

힐튼의 차가운 총각은 더 이상 착한 일은 안 할게."

그는 사라졌고, 다시는 돌아오지 않았습니다.

THE ASS, THE TABLE, AND THE STICK

A lad named Jack was once so unhappy at home through his father's ill-treatment, that he made up his mind to run away and seek his fortune in the wide world.

He ran, and he ran, till he could run no longer, and then he ran right up against a little old woman who was gathering sticks. He was too much out of breath to beg pardon, but the woman was good-natured, and she said he seemed to be a likely lad, so she would take him to be her servant, and would pay him well. He agreed, for he was very hungry, and she brought him to her house in the wood, where he served her for a twelvemonths and a day.

When the year had passed, she called him to her, and said she had good wages for him. So she presented him with an ass out of the stable, and he had but to pull Neddy's ears to make him begin at once to ee--aw! And when he brayed there dropped from his mouth silver sixpences, and half crowns, and golden guineas.

The lad was well pleased with the wage he had received, and away he rode till he reached an inn. There he ordered the best of everything, and when the innkeeper refused to serve him without being paid beforehand, the boy went off to the stable, pulled the ass's ears and obtained his pocket full of money. The host had watched all this through a crack in the door, and when night came on he put an ass of his own

당나귀, 테이블, 막대기

잭이라는 소년은 아버지의 난폭한 행동 때문에 집에서 지내는 것이 불행했습니다. 그는 달아나 큰 세상에서 자신의 행운을 찾아보기로 결심했습니다.

그는 달리고 달려, 더 이상 달릴 수 없을 때까지 달리다, 나뭇가지를 줍고 있는 작은 노파 앞에 멈췄습니다. 그는 미안하다는 말을 할 수 없을 정도로 숨이 찼으나, 여자는 성격이 좋았습니다. 그가 사내아이 같으니 데려가 하인으로 삼고, 보수도 잘 주겠다고 노파는 말했습니다. 그는 너무 배가 고팠기 때문에 그러기로 했고, 여자는 숲 속에 있는 집으로 그를 데려갔으며, 아이는 거기서 노파를 위해 열두 달과 하루를 일했습니다.

한 해가 지나자 노파는 그를 불러, 임금을 많이 주겠다고 말했습니다. 그러면서 노파는 그에게 마굿간의 나귀를 한 마리 주었습니다. 나귀의 입을 벌리게 하려면 나귀의 귀를 잡아당기기만 하면 되었습니다. 그리고 나귀가 히이소리를 내면 그 입에서 6펜스 은화, 반크라운, 기니 금화가 떨어졌습니다.

총각은 자기가 받은 임금에 아주 흡족했고, 말을 달려 여관에 닿았습니다. 여관에서 그는 모든 것을 최고급으로만 주문했고, 그러자 여관주인은 선불을 요구했습니다. 소년은 마굿간으로 갔고 나귀의 귀를 잡아당겨 주머니를 돈으로 가득 채웠습니다. 여관 주인은 이 모든 과정을 문틈으로 몰래 보고는, 밤이 되자 소년의 나귀를 자신의 것과 바꿔치기 했습니다. 잭은 그런줄도 모르고 다음 날 아침 아버지의 집으로 갔습니다.

그의 집 근처에 외동딸을 데리고 사는 가난한 과부가 있었습니다. 처녀와

for the precious Neddy of the poor youth. So Jack without knowing that any change had been made, rode away next morning to his father's house.

Now, I must tell you that near his home dwelt a poor widow with an only daughter. The lad and the maiden were fast friends and true loves; but when Jack asked his father's leave to marry the girl, "Never till you have the money to keep her," was the reply. "I have that, father," said the lad, and going to the ass he pulled its long ears; well, he pulled, and he pulled, till one of them came off in his hands; but Neddy, though he hee-hawed and he hee-hawed let fall no half crowns or guineas. The father picked up a hay-fork and beat his son out of the house. I promise you he ran. Ah! he ran and ran till he came bang against the door, and burst it open, and there he was in a joiner's shop. "You're a likely lad," said the joiner; "serve me for a twelvemonths and a day and I will pay you well.'" So he agreed, and served the carpenter for a year and a day. "Now," said the master, "I will give you your wage;" and he presented him with a table, telling him he had but to say, "Table , be covered," and at once it would be spread with lots to eat and drink.

Jack hitched the table on his back, and away he went with it till he came to the inn. "Well, host," shouted he, "my dinner to-day, and that of the best."

"Very sorry, but there is nothing in the house but ham and eggs."

"Ham and eggs for me!" exclaimed Jack. "I can do better than that. Come, my table, be covered!"

At once the table was spread with turkey and sausages, roast mutton,

총각은 금세 친구가 되었고 진실한 사랑을 나누게 되었습니다. 하지만 잭이 결혼을 하겠다고 말하자, 아버지는 이렇게 말했습니다.

"여자를 먹여 살릴 돈이 생길 때까지는 안 된다."

그러자 잭은 "아버지, 저 돈 있어요."라고 말하고는 나귀에게 가서 길다란 귀를 잡아당겼습니다. 그는 귀를 당기고, 당기고, 귀 하나가 떨어져 나갈 때까지 당겼으나, 나귀는 동전 한 잎도 떨구지 않았습니다. 아버지는 쇠스랑을 들고 아들을 두들겨 패서 쫓아냈습니다. 그는 도망치고, 도망치고, 도망치다가 문에 부딪혔고, 문이 열렸습니다. 그곳은 가구점이었습니다.

"너는 괜찮은 아이 같구나. 우리 가게에서 열두달 하고 하루 일하면 돈을 잘 쳐줄게." 가구공은 말했습니다. 그래서 그는 가구공을 위해 일 년 하고 하루를 일했습니다.

"이제 네게 임금을 주겠다." 가구공은 그에게 식탁을 하나 내밀며, 이 식탁은 말만하면 된다고 말했습니다.

"식탁아, 음식을 준비해." 가구공이 말하자 식탁 위엔 즉시 먹을 것과 마실 것이 가득 생겼습니다.

잭은 식탁을 등에 지고 걷다 여관에 도착했습니다. "자, 주인장, 저녁 식사 주시오. 최고급으로."

"좋아요. 하지만 여긴 햄과 계란 말고는 없어요."

"햄과 계란뿐이라고! 식탁아, 이리 와 음식을 내놓아라."

식탁 위에는 즉시 칠면조와 소시지, 구운 양고기, 감자, 채소가 차려졌습니다. 나. 여관 주인은 눈이 번쩍했으나, 아무 말도 하지 않았습니다.

그날 밤 여관주인은 다락에서 잭의 것과 비슷한 식탁을 하나 꺼내 잭의 식탁과 바꿔치기 했습니다. 잭은 아무것도 모르고 다음 날 아침 쓸모없는 식탁

potatoes, and greens. The publican opened his eyes, but he said nothing, not he.

That night he fetched down from his attic a table very like that of Jack, and exchanged the two. Jack, none the wiser, next morning hitched the worthless table on to his back and carried it home. "Now, father, may I marry my lass?" he asked.

"Not unless you can keep her," replied the father. "Look here!"

exclaimed Jack. "Father, I have a table which does all my bidding."

"Let me see it," said the old man.

The lad set it in the middle of the room, and bade it be covered; but all in vain, the table remained bare. In a rage, the father caught the warming-pan down from the wall and warmed his son's back with it so that the boy fled howling from the house, and ran and ran till he came to a river and tumbled in. A man picked him out and bade him assist him in making a bridge over the river; and how do you think he was doing it?

Why, by casting a tree across; so Jack climbed up to the top of the tree and threw his weight on it, so that when the man had rooted the tree up, Jack and the tree-head dropped on the farther bank.

"Thank you," said the man; "and now for what you have done I will pay you;" so saying, he tore a branch from the tree, and fettled it up into a club with his knife. "There," exclaimed he; "take this stick, and when you say to it, 'Up stick and bang him,' it will knock any one down who angers you."

The lad was overjoyed to get this stick--so away he went with it to the

을 등에 지고 집으로 갔습니다.

"아버지, 이제 저 결혼해도 될까요?"

"벌어먹일 형편이 될 때까지는 안 된다." 아버지는 말했습니다. "여기 보세요."잭은 소리쳤습니다. "아버지 저는 제가 원하는 것은 모든지 차려내는 식탁이 있어요."

"어디, 한번 차려봐라." 아버지는 말했습니다.

아들은 방 한가운데 식탁을 두고는 음식을 내놓으라고 명령했으나, 헛수고였습니다. 식탁은 그냥 그대로 있었습니다. 화가 난 아버지는 벽에서 뜨거운 냄비를 집어 들고는 아들의 등에 댔고, 아들은 견딜 수 없어 강물에 뛰어들 때까지 달렸습니다. 한 남자가 그를 물에서 꺼냈고, 그는 잭에게 강 위에 다리 만드는 일을 도와 달라고 말했습니다. 그는 어떻게 그 일을 했을까요? 그는 강 위에 나무를 하나 놓았습니다. 그래서 잭은 나무 꼭대기에 올라 자기 체중으로 나무를 눌렀고, 그때 남자는 나무의 뿌리를 파내고, 잭과 함께 나무를 건너편 강둑으로 쓰러뜨렸습니다.

"고마워요. 당신 수고에 대한 답례를 할게요." 그렇게 말하고 남자는 나무에서 가지를 하나 뜯어내 칼로 다듬어 곤봉을 만들었습니다.

"여기요. 이 막대기를 가져요. '막대기야 일어나 그를 쳐라.' 이렇게 말하면 당신을 화나게 하는 이를 때려줄 거예요."

잭은 이 막대기가 생겨 몹시 기뻤습니다. 그는 막대기를 가지고 여관으로 갔고, 여관 주인이 나타나자마자 "막대기야, 일어나 그를 쳐라!"라고 외쳤습니다. 그 막에 곤봉은 그의 손아귀에서 벗어나 늙은 여관주인이 바닥에 구르며 신음 소리를 낼 때까지 그의 등을 두들기고, 머리를 치고, 그의 팔을 멍들게 하고, 그의 갈비뼈를 간지럽혔습니다. 잭은 그에게서 나귀와 식탁을 받아

inn, and as soon as the publican, appeared, "Up stick and bang him!" was his cry. At the word the cudgel flew from his hand and battered the old publican on the back, rapped his head, bruised his arms tickled his ribs, till he fell groaning on the floor; still the stick belaboured the prostrate man, nor would Jack call it off till he had got back the stolen ass and table. Then he galloped home on the ass, with the table on his shoulders, and the stick in his hand. When he arrived there he found his father was dead, so he brought his ass into the stable, and pulled its ears till he had filled the manger with money.

It was soon known through the town that Jack had returned rolling in wealth, and accordingly all the girls in the place set their caps at him. "Now," said Jack, "I shall marry the richest lass in the place; so tomorrow do you all come in front of my house with your money in your aprons."

Next morning the street was full of girls with aprons held out, and gold and silver in them; but Jack's own sweetheart was among them, and she had neither gold nor silver, nought but two copper pennies, that was all she had.

"Stand aside, lass;" said Jack to her, speaking roughly. "Thou hast no silver nor gold--stand off from the rest." She obeyed, and the tears ran down her cheeks, and filled her apron with diamonds.

"Up stick and bang them!" exclaimed Jack; whereupon the cudgel leaped up, and running along the line of girls, knocked them all on the heads and left them senseless on the pavement. Jack took all their money and poured it into his truelove's lap. "Now, lass," he exclaimed, "thou art the richest, and I shall marry thee."

낼 때까지 계속해서 늘씬하게 그를 두들겨 팼습니다.

그는 몽둥이를 손에 쥐고, 식탁을 어깨에 지고, 나귀를 타고 집에 갔습니다. 집에 도착하니, 아버지가 죽어있었습니다.

그는 나귀를 마굿간에 두고, 여물통을 가득 채울 돈이 나올 때까지 나귀의 귀를 잡아당겼습니다.

잭이 부자가 되어 돌아왔다는 이야기가 곧 마을에 퍼져 그곳의 소녀들은 모두 잭에게 마음을 두었습니다.

"나는 이제 여기서 제일 부유한 여자와 결혼할 생각입니다. 그러니 여러분은 내일 아침 앞치마에 자신의 돈을 모두 가지고 우리 집 앞으로 모이세요."

다음 날 아침 도로엔 금과 은을 담은 앞치마를 앞으로 내민 여자들로 가득 찼습니다. 하지만 잭이 좋아하는 여자는 그들 가운데 없었습니다. 그녀는 금도 은도 없었기 때문입니다. 그녀가 가진 것은 구리돈 두 냥이 전부였습니다.

"물러나시오, 당신은 금도 은도 없으니 나머지 사람들과 따로 서요." 잭은 그녀에게 퉁명스럽게 말했습니다. 그녀는그의 말을 따랐고, 눈에서 눈물이 흘러 내렸고, 그것은 다이아몬드가 되어 그녀의 앞치마를 가득 채웠습니다.

"일어나 저들을 쳐라."

잭이 소리치자 곤봉이 튀어올라 여자들이 서있는 줄을 따라가며 머리를 때렸고, 그들은 놀라 사방으로 달아났습니다. 잭은 그들이 흘린 돈을 모두 주워 애인의 앞치마에 담아주었습니다.

"자, 아가씨. 당신이 제일 부자니 나와 결혼합시다." 잭은 말했습니다.

FAIRY OINTMENT

Dame Goody was a nurse that looked after sick people, and minded babies.

One night she was woke up at midnight, and when she went downstairs, she saw a strange squinny-eyed, little ugly old fellow, who asked her to come to his wife who was too ill to mind her baby. Dame Goody didn't like the look of the old fellow, but business is business; so she popped on her things, and went down to him. And when she got down to him, he whisked her up on to a large coal-black horse with fiery eyes, that stood at the door; and soon they were going at a rare pace, Dame Goody holding on to the old fellow like grim death.

They rode, and they rode, till at last they stopped before a cottage door. So they got down and went in and found the good woman abed with the children playing about; and the babe, a fine bouncing boy, beside her.

Dame Goody took the babe, which was as fine a baby boy as you'd wish to see. The mother, when she handed the baby to Dame Goody to mind, gave her a box of ointment, and told her to stroke the baby's eyes with it as soon as it opened them. After a while it began to open its eyes. Dame Goody saw that it had squinny eyes just like its father. So she took the box of ointment and stroked its two eyelids with it. But she couldn't help wondering what it was for, as she had never seen such a

요정의 연고

　구디 부인은 아픈 사람을 돌보고 아이들을 돌보는 유모였습니다. 어느 날 그녀는 한밤중에 깨어나, 아래층으로 내려갔다가 눈이 작고 사시[14]인 괴상하고 추한 노인을 보았습니다. 노인은 구디 부인에게 자기 부인이 너무 아파 아이들을 돌볼 수 없으니 와 달라고 말했습니다. 구디부인은 노인의 모습이 마음에 들지 않았지만 일은 일이었습니다. 부인은 물건을 챙겨 노인에게 갔습니다. 노인은 문 앞에 서있던 불같은 눈을 가진 석탄처럼 검은 말 위에 구디 부인을 휙 싣고는 놀랄만한 속도로 달려갔습니다. 구디 부인은 필사적으로 노인을 붙들었습니다.

　그들은 달리고 달려 어떤 오두막 집 앞에 멈췄습니다. 말에서 내린 그들은 안으로 들어갔고, 집안에선 여자가 침대에 누워있었고, 주변에선 아이들이 뛰어놀았습니다. 여자 옆에는 예쁘게 생긴 활달한 아기가 하나 있었습니다.

　구디 부인은 누구라도 갖고 싶을만큼 예쁜 아이를 안았습니다. 아기를 구디 부인에게 건넨 아이의 어머니는 구디부인에게 연고 한 통을 주고는, 아이가 눈을 뜨자마자 그것을 아이의 눈에 발라달라고 말했습니다. 잠시 후에 아이는 눈을 떴고, 부인은 아이의 눈이 아버지의 눈처럼 사시안인 것을 알았습니다. 그래서 구디부인은 연고를 아이의 두 눈꺼풀에 발랐습니다. 하지만 그녀는 연고를 바르고 사팔뜨기가 나은 것을 한 번도 본적이 없어서 이게 무슨 소용일까 생각했습니다. 그래서 그녀는 다른 이들이 자신을 보지 않을 때 연고를 자신의 오른쪽 눈에 문질렀습니다.

14　낮잡아 부르는 말로 '사팔뜨기'라는 단어가 있다. 유럽에서는 이런 눈을 불길하다고 여기는 미신이 있었다.

thing done before. So she looked to see if the others were looking, and, when they were not noticing she stroked her own right eyelid with the ointment.

No sooner had she done so, than everything seemed changed about her. The cottage became elegantly furnished. The mother in the bed was a beautiful lady, dressed up in white silk. The little baby was still more beautiful than before, and its clothes were made of a sort of silvery gauze. Its little brothers and sisters around the bed were flat-nosed imps with pointed ears, who made faces at one another, and scratched their polls.

Sometimes they would pull the sick lady's ears with their long and hairy paws. In fact, they were up to all kinds of mischief; and Dame Goody knew that she had got into a house of pixies. But she said nothing to nobody, and as soon as the lady was well enough to mind the baby, she asked the old fellow to take her back home. So he came round to the door with the coal-black horse with eyes of fire, and off they went as fast as before, or perhaps a little faster, till they came to Dame Goody's cottage, where the squinny-eyed old fellow lifted her down and left her, thanking her civilly enough, and paying her more than she had ever been paid before for such service.

Now next day happened to be market-day, and as Dame Goody had been away from home, she wanted many things in the house, and trudged off to get them at the market. As she was buying the things she wanted, who should she see but the squinny-eyed old fellow who had taken her on the coal-black horse. And what do you think he was

연고를 바르고 나자마자 주변의 모든 것이 다르게 보였습니다. 오두막은 멋지게 꾸며져 있었고, 침대에 누워있는 엄마는 하얀 실크옷을 입은 아름다운 귀부인이었습니다. 작은 아기는 전보다 더 아름다웠고, 아이의 옷은 얇은 은색 거즈로 만든 것이었습니다. 아기의 침대 주위에 있던 형제와 누이들은 코가 납작하고 귀가 뾰족한 아기 도깨비들로, 그들은 서로 얼굴을 찡그리고 앵무새를 할퀴었습니다. 가끔 그들은 아픈 아기의 귀를 털이 수북한 자신들의 앞발로 잡아당기곤 하였습니다. 그들은 모두 나쁜 짓에만 몰두해 있었고, 구디 부인은 자신이 개구쟁이 요정들의 집에 들어왔다는 것을 알았습니다.

하지만 그녀는 그 누구에게도 아무 말도 하지 않았고, 아이를 충분히 돌봐주었다고 생각했을 때, 노인에게 집으로 데려다달라고 말했습니다. 그래서 노인은 두 눈이 불같은, 석탄처럼 검은 말을 문으로 데려왔고, 그들은 최대한 빠른 속도로 달려 구디 부인의 오두막까지 왔습니다. 사팔뜨기 노인은 부인을 내려주고 감사의 말을 한 다음, 그녀에게 후하게 사례하고는 떠났습니다.

다음 날은 장날이어서 구디 부인은 집을 나왔습니다. 그녀는 필요한 물건을 사려고 터덜터덜 시장으로 갔습니다. 물건을 살 때, 그녀는 검은 말에 태워 그녀를 집까지 바래다주었던 사시 노인을 발견했습니다. 노인은 시장에서 무엇을 하고 있었을까요? 그는 매대 마다 돌아다니며 물건을 골랐는데, 한곳에서는 과일을, 다른 곳에서는 계란을 고르는 식이었습니다. 하지만 노인에게 관심을 보이는 사람은 아무도 없었습니다.

구디 부인은 누구를 아는척 하는 사람이 아니었으나 그렇게 후한 고객에게 말을 걸지 않고 지나치면 안 된다는 생각을 했습니다. 그래서 그녀는 노인에게 다가가 정중하게 인사를 하고는 말했습니다. "선생님, 부인과 아이는 잘

doing? Why he went about from stall to stall taking up things from each, here some fruit, and there some eggs, and so on; and no one seemed to take any notice.

Now Dame Goody did not think it her business to interfere, but she thought she ought not to let so good a customer pass without speaking. So she ups to him and bobs a curtsey and said: "Gooden, sir, I hopes as how your good lady and the little one are as well as----"

But she couldn't finish what she was a-saying, for the funny old fellow started back in surprise, and he says to her, says he: "What! do you see me today?"

"See you," says she, "why, of course I do, as plain as the sun in the skies, and what's more," says she, "I see you are busy too, into the bargain."

"Ah, you see too much," said he; "now, pray, with which eye do you see all this?"

"With the right eye to be sure," said she, as proud as can be to find him out.

"The ointment! The ointment!" cried the old pixy thief. "Take that for meddling with what don't concern you: you shall see me no more." And with that he struck her on her right eye, and she couldn't see him any more; and, what was worse, she was blind on the right side from that hour till the day of her death.

지내지….”

하지만 그녀는 말을 끝맺지 못했습니다. 왜냐하면 우스꽝스러운 노인이 놀라 뒷걸음질 치고는 부인에게 이렇게 말했기 때문입니다.

“아니! 오늘 날 보네요.”

“예, 당신이 보여요. 하늘의 태양처럼 분명히 보여요. 게다가 오늘은 물건을 사시느라 바쁘시네요.” 부인은 말했습니다.

노인은 이렇게 물었습니다. “아, 너무 많이 보시네요. 그래, 지금 어느 쪽 눈으로 보시나요?”

“오른쪽 눈이요.”

여자는 그를 알아본 것을 자랑스럽게 생각하며 말했습니다.

“연고! 연고!” 늙은 요정은 소리쳤습니다

“당신과 상관없는 일에 나서네요. 당신은 더 이상 날 보지 못할 거요.”

이렇게 말하고 노인은 그녀의 오른 쪽 눈을 쳤고, 그녀는 더는 노인을 볼 수 없었습니다. 설상가상으로 그날부터 그녀는 오른쪽 눈이 보이지 않았습니다.

THE WELL OF THE WORLD'S END

Once upon a time, and a very good time it was, though it wasn't in my time, nor in your time, nor any one else's time, there was a girl whose mother had died, and her father had married again. And her stepmother hated her because she was more beautiful than herself, and she was very cruel to her. She used to make her do all the servant's work, and never let her have any peace. At last, one day, the stepmother thought to get rid of her altogether; so she handed her a sieve and said to her: "Go, fill it at the Well of the World's End and bring it home to me full, or woe betide you." For she thought she would never be able to find the Well of the World's End, and, if she did, how could she bring home a sieve full of water?

Well, the girl started off, and asked every one she met to tell her where was the Well of the World's End. But nobody knew, and she didn't know what to do, when a queer little old woman, all bent double, told her where it was, and how she could get to it. So she did what the old woman told her, and at last arrived at the Well of the World's End. But when she dipped the sieve in the cold, cold water, it all ran out again. She tried and she tried again, but every time it was the same; and at last she sate down and cried as if her heart would break.

Suddenly she heard a croaking voice, and she looked up and saw a great frog with goggle eyes looking at her and speaking to her.

세상 끝 우물

옛날에, 아주 좋은 시절에, 내가 살던 시대도 아니고, 당신이 살던 시대도 아니고, 그 어떤 사람이 살던 시대도 아니던 그런 시절에, 어머니를 여읜 여자아이가 살았습니다. 아이의 아버지는 재혼을 했습니다. 계모는 의붓딸이 자기 보다 더 예뻤기 때문에 그녀를 미워했고, 너무나 잔인하게 굴었습니다. 그녀는 의붓딸에게 하인의 일을 모조리 시켜, 한시도 쉴 틈을 주지 않았습니다. 어느 날 계모는 그녀를 없앨 생각을 하고는 그녀에게 체를 건네며 이렇게 말했습니다.

"세상 끝에 있는 우물에 가서 물을 길어. 여기에 물을 가득 담아 집으로 가져와라. 안 그러면 너에게 화가 닥칠 것이다."

그녀는 자신이 세상 끝 우물을 찾을 수 없다고 생각했습니다. 그리고 그 우물을 찾더라도 어떻게 체에 물을 가득 담아 올 수 있겠어요?

그녀는 집을 떠났고, 길에서 만나는 모든 사람에게 세상 끝 우물이 어디에 있는지 물었습니다. 하지만 우물의 존재를 아는 사람은 아무도 없었고, 그녀는 어찌할 바를 몰랐습니다. 그때 허리가 완전히 꼬부라진 기이한 작은 노파가 우물이 있는 곳과 그곳에 가는 방법을 알려주었습니다. 그녀는 노파가 알려준 대로 따랐고, 마침내 세상 끝에 있는 우물에 닿았습니다. 하지만 물은 너무나, 너무나 차가웠고, 체를 물에 담그자 물은 다 빠져나갔습니다. 그녀는 체에 물을 담으려고 했으나 아무리 애를 써도 물은 채워지지 않았습니다. 마침내 그녀는 주저앉아 가슴이 미어지도록 울부짖었습니다.

397

"What's the matter, dearie?" it said.

"Oh, dear, oh dear," she said, "my stepmother has sent me all this long way to fill this sieve with water from the Well of the World's End, and I can't fill it no how at all."

"Well," said the frog, "if you promise me to do whatever I bid you for a whole night long, I'll tell you how to fill it."

So the girl agreed, and then the frog said:

"Stop it with moss and daub it with clay,

And then it will carry the water away;"

and then it gave a hop, skip and jump, and went flop into the Well of the World's End.

So the girl looked about for some moss, and lined the bottom of the sieve with it, and over that she put some clay, and then she dipped it once again into the Well of the World's End; and this time, the water didn't run out, and she turned to go away.

Just then the frog popped up its head out of the Well of the World's End, and said: "Remember your promise."

"All right," said the girl; for thought she, "what harm can a frog do me?"

So she went back to her stepmother, and brought the sieve full of water from the Well of the World's End. The stepmother was fine and angry, but she said nothing at all.

That very evening they heard something tap tapping at the door low down, and a voice cried out:

"Open the door, my hinny, my heart,

그러다 갑자기, 그녀는 끼익 소리를 들었습니다. 소리 나는 곳을 올려다보니 두 눈이 툭 튀어나온 커다란 개구리 한 마리가 그녀를 내려다보며 말했습니다.

"무슨 일이에요, 아가씨?"

"오, 제발, 제발. 계모가 내게 세상 끝 우물로 가서 체에 물을 가득 담아오라고 시켰어요. 근데 아무리해도 체에 물이 모아지지 않아요."

"그래요. 당신이 오늘 하룻밤 동안 내가 시키는 것은 무엇이든지 하겠다고 약속하면 내가 체에 물을 채우는 법을 알려드릴게요."

그녀는 동의했고, 개구리는 말했습니다.

"이끼를 덮고 진흙을 바르세요. 그러면 물을 담아 갈 수 있어요."

개구리는 폴짝 폴짝 뛰어 세상 끝 우물 속으로 풍당 뛰어들었습니다. 그녀는 이끼를 찾느라 주변을 두리번거렸고, 체의 아래쪽에 이끼를 두르고 그 위에 진흙을 퍼바르고는 다시 한 번 체를 세상 끝 우물에 담갔습니다. 그러자 이번에는 물이 새지 않았고, 그녀는 우물을 떠나려고 몸을 돌렸습니다.

그때 개구리가 세상 끝 우물에서 뛰어나와 말했습니다. "약속했잖아요."

"좋아요."

그녀는 '개구리가 나한테 무슨 해를 끼치겠어?'라고 생각했기 때문에 이렇게 대답한 것입니다.

그녀는 세상 끝 우물의 물을 체에 가득 담아 계모한테 갔습니다. 계모는 물은 좋아했지만 딸에게는 화가 나, 아무 말도 하지 않았습니다.

마로 그날 저녁 사람들은 문 아래쪽을 두드리는 소리와 커다란 목소리를 들었습니다.

Open the door, my own darling;

Mind you the words that you and I spoke,

Down in the meadow, at the World's End Well."

"Whatever can that be?" cried out the stepmother, and the girl had to tell her all about it, and what she had promised the frog.

"Girls must keep their promises," said the stepmother. "Go and open the door this instant." For she was glad the girl would have to obey a nasty frog.

So the girl went and opened the door, and there was the frog from the Well of the World's End. And it hopped, and it skipped, and it jumped, till it reached the girl, and then it said:

"Lift me to your knee, my hinny, my heart;

Lift me to your knee, my own darling;

Remember the words you and I spoke,

Down in the meadow by the World's End Well."

But the girl didn't like to, till her stepmother said "Lift it up this instant, you hussy! Girls must keep their promises!"

So at last she lifted the frog up on to her lap, and it lay there for a time, till at last it said:

"Give me some supper, my hinny, my heart,

Give me some supper, my darling;

"문 열어 주세요, 내 애인, 내 사랑
 문 열어 주세요, 내 연인
 당신과 내가 나눈 이야기를 기억해요
 세상 끝 우물 초원에 앉아서."

 "대체 저건 뭐니?" 계모가 물었습니다. 여자아이는 개구리와 한 약속을 전부
이야기 했습니다.
 "약속은 지켜야지. 가서 당장 문을 열어라."
 계모는 의붓딸이 추한 개구리의 말에 복종해야하는 것에 기뻤습니다.
 여자아이가 문을 열자, 세상 끝 우물에서 만난 개구리가 있었습니다. 개구
리는 폴짝거리며 말했습니다,

 "나를 네 무릎 위에 올려주세요, 내 사랑, 내 사랑.
 나를 네 무릎 위에 올려주세요, 내 연인
 당신과 내가 나눈 이야기를 기억해요
 세상 끝 우물 초원에 앉아서."

 하지만 아이는 계모가 "개구리를 무릎에 올려. 당장! 바람난 계집애야, 약속
은 지켜야지."라고 말할 때까지는 그렇게 하고 싶지 않았습니다.
 마침내 그녀는 개구리를 들어 무릎 위에 올려놓았고 잠시 앉아있던 개구리
는 말했습니다.

 "밥 좀 주세요, 내 사랑, 내 사랑
 저녁밥 좀 주세요, 내 연인

401

Remember the words you and I spake,

In the meadow, by the Well of the World's End."

Well, she didn't mind doing that, so she got it a bowl of milk and bread, and fed it well. And when the frog, had finished, it said:

"Go with me to bed, my hinny, my heart,

Go with me to bed, my own darling;

Mind you the words you spake to me,

Down by the cold well, so weary."

But that the girl wouldn't do, till her stepmother said: "Do what you promised, girl; girls must keep their promises. Do what you're bid, or out you go, you and your froggie."

So the girl took the frog with her to bed, and kept it as far away from her as she could. Well, just as the day was beginning to break what should the frog say but:

"Chop off my head, my hinny, my heart,

Chop off my head, my own darling;

Remember the promise you made to me,

Down by the cold well so weary."

At first the girl wouldn't, for she thought of what the frog had done for her at the Well of the World's End. But when the frog said the words over again, she went and took an axe and chopped off its head, and lo!

당신과 내가 나눈 이야기를 기억해요

세상 끝 우물 초원에 앉아서."

그래요, 그녀는 그런 것은 괜찮았습니다. 그래서 그릇에다 우유를 담아 빵과 함께 가져와서 개구리에게 주었습니다. 개구리는 밥을 먹고 말했습니다.

"나랑 잠자러 가요, 내 사랑, 내사랑

나랑 잠자러 가요, 내 애인

당신과 내가 나눈 이야기를 기억해요

지쳐서, 차가운 우물가에서 한 이야기를."

하지만 그녀는 계모가 "약속한 것을 지켜라. 여자아이들은 약속을 반드시 지켜야 한다. 네가 한 말을 지켜. 안 그럴거면 나가. 저 개구리랑 같이."라고 말할 때까지 그러고 싶지 않았습니다.

그래서 그녀는 개구리를 집어 방으로 갔고, 개구리를 가급적 자기에게서 멀리 떨어뜨려놨습니다. 그런데, 막 해가 떠오르려고 할 무렵 개구리는 이렇게 말했습니다.

"내 머리를 베어내요, 내 사랑, 내 사랑

내 머리를 베어내요, 나의 연인아,

네가 한 약속을 기억해요

차가운 우물 옆에서, 너무 지쳐서 한 약속을."

그녀는 개구리의 말을 들으려하지 않았습니다. 왜냐하면 그녀는 개구리가

and behold, there stood before her a handsome young prince, who told her that he had been enchanted by a wicked magician, and he could never be unspelled till some girl would do his bidding for a whole night, and chop off his head at the end of it.

The stepmother was that surprised when she found the young prince instead of the nasty frog, and she wasn't best pleased, you may be sure, when the prince told her that he was going to marry her stepdaughter because she had unspelled him. So they were married and went away to live in the castle of the king, his father, and all the stepmother had to console her was, that it was all through her that her stepdaughter was married to a prince.

세상 끝 우물에서 자신에게 해준 것을 생각했기 때문이죠. 하지만 개구리가 자꾸 재촉해서 그녀는 도끼를 가져다 개구리의 머리를 내리쳤습니다. 오! 여길 보세요! 잘생긴 왕자가 그녀 앞에 서있어요!

그는 사악한 마법사가 자신에게 마법을 걸어놨고, 그 마법은 한 여자가 밤새도록 자신의 청을 들어주고 마지막에 자신의 머리를 내리칠 때까지는 깨지지 않는 주문이라는 이야기를 했습니다.

계모는 추한 개구리 대신에 젊은 왕자가 나타난 것을 보고 너무나 놀랐고, 왕자가 의붓딸이 자신의 주문을 깨뜨렸기 때문에 그 딸과 결혼하겠다는 말을 하자 기분이 정말 좋지 않았습니다. 그들은 결혼을 하고 아버지인 왕의 성으로 갔습니다.

계모는 딸에게 그녀가 왕자와 결혼을 할 수 있었던 것은 자기 덕이라는 말을 했습니다.

MASTER OF ALL MASTERS

A girl once went to the fair to hire herself for servant. At last a funny-looking old gentleman engaged her, and took her home to his house. When she got there, he told her that he had something to teach her, for that in his house he had his own names for things.

He said to her: "What will you call me?"

"Master or mister, or whatever you please sir," says she.

He said: "You must call me 'master of all masters.' And what would you call this?" pointing to his bed.

"Bed or couch, or whatever you please, sir."

"No, that's my 'barnacle.' And what do you call these?" said he pointing to his pantaloons.

"Breeches or trousers, or whatever you please, sir."

"You must call them 'squibs and crackers.' And what would you call her?"

pointing to the cat. "Cat or kit, or whatever you please, sir."

"You must call her 'white-faced simminy.' And this now," showing the fire, "what would you call this?"

"Fire or flame, or whatever you please, sir."

"You must call it 'hot cockalorum,' and what this?" he went on, pointing to the water.

"Water or wet, or whatever you please, sir."

주인님 중의 주인님

한 여자아이가 하녀 일자리를 찾아 시장에 갔습니다. 마침내 우스꽝스러운 얼굴의 나이 많은 신사가 그녀를 고용하여, 집으로 데려갔습니다. 집에 도착하자 남자는 여자에게 가르칠 것이 있다고 말했습니다. 왜냐하면 그의 집에서는 그가 만들어 부르는 물건의 이름이 있었기 때문입니다.

그는 여자아이에게 말했습니다. "너는 나를 어떻게 부를 거니?"

"주인님이나 선생님이요. 아니면 원하시는 호칭을 말해주세요." 그녀가 말했습니다.

그는 말했습니다. "너는 나를 주인님 중의 주인님이라고 불러." 그리고 침대를 가리키며, "이건 뭐라고 부를래?"

"침대 아니면 긴 의자요. 아니면 원하시는 호칭을 말해주세요."

"아니다. 그건 내 코집게다. 그리고 넌 이것들은 뭐라고 부를래?" 그는 바지를 가리키며 말했습니다.

"반바지 아니면 긴 바지요. 아니면 원하시는 호칭을 말해주세요."

"너는 이 바지들을 폭죽이나 크래커라고 불러."

그는 고양이를 가리키며 말했습니다.

"너는 고양이를 뭐라고 부를래?"

"고양이나 새끼 고양이요. 아니면 원하시는 호칭을 말해주세요."

"너는 이것을 하얀 얼굴이 시미니라고 붐디아힐다. 그리고 너 이거는 뭐라고 부를래?" 그는 불을 가리키며 말했습니다.

407

"No, 'pondalorum' is its name. And what do you call all this?" asked he, as he pointed to the house. "House or cottage, or whatever you please, sir."

"You must call it 'high topper mountain.'"

That very night the servant woke her master up in a fright and said:

"Master of all masters, get out of your barnacle and put on your squibs and crackers. For white-faced simminy has got a spark of hot cockalorum on its tail, and unless you get some pondalorum high topper mountain will be all on hot cockalorum." .... That's all.

"불, 혹은 불꽃이요. 아니면 원하시는 호칭을 말해주세요."

"너는 이것을 뜨거운 건방진 작은 남자라고 불러. 그리고 이건?" 그는 물을 가리켰습니다.

"물, 혹은 축축하다, 아니면 원하시는 호칭을 말해주세요."

"아니다. 이것의 이름은 폰달로럼이다. 너는 여기 있는 것을 뭐라고 부를 거니?" 그는 집을 가리켰습니다.

"집 아니면 오두막. 아니면 원하시는 호칭을 알려주세요."

"너는 이것을 지붕이 높은 산이라고 불러."

바로 그날 밤, 그 하녀는 공포에 질려 주인을 깨우며 말했습니다.

"주인님 중의 주인님, 코집게에서 나와 폭죽과 크래커를 입으세요. 왜냐하면 하얀 얼굴의 시미니가 꼬리에 뜨거운 건방진 작은 남자의 불꽃이 닿아 만일 당신이 지붕이 높은 산에 폰달로럼을 얻지 못하면 모든 것이 뜨거운 건방진 작은 남자가 될 거예요."

그것이 전부였습니다.

THE THREE HEADS OF THE WELL

Long before Arthur and the Knights of the Round Table, there reigned in the eastern part of England a king who kept his Court at Colchester. In the midst of all his glory, his queen died, leaving behind her an only daughter, about fifteen years of age, who for her beauty and kindness was the wonder of all that knew her. But the king hearing of a lady who had likewise an only daughter, had a mind to marry her for the sake of her riches, though she was old, ugly, hook-nosed, and hump-backed.

Her daughter was a yellow dowdy, full of envy and ill-nature; and, in short, was much of the same mould as her mother. But in a few weeks the king, attended by the nobility and gentry, brought his deformed bride to the palace, where the marriage rites were performed. They had not been long in the Court before they set the king against his own beautiful daughter by false reports.

The young princess having lost her father's love, grew weary of the Court, and one day, meeting with her father in the garden, she begged him, with tears in her eyes, to let her go and seek her fortune; to which the king consented, and ordered her mother-in-law to give her what she pleased. She went to the queen, who gave her a canvas bag of brown bread and hard cheese, with a bottle of beer; though this was but a pitiful dowry for a king's daughter. She took it, with thanks, and proceeded on her journey, passing through groves, woods, and valleys,

우물 속의 세 머리

아써와 원탁의 기사들이 존재하기 훨씬 이전에, 영국 동부를 지배하던 왕의 궁전은 콜체스터에 있었습니다. 왕이 최고의 영광을 누리던 시기에 왕비가 사망하며, 열다섯 살쯤 되는 외동딸을 남겼습니다. 그녀는 너무나도 아름답고 친절해 사람들에게 경이로움을 안겨주었습니다. 하지만 왕은 자기처럼 딸 하나만 두고 있다는 어떤 부인에 관한 이야기를 들었습니다. 그녀가 나이도 많고 외모가 추하고, 매부리코에, 곱추 등을 가졌음에도 그녀의 재산이 탐나 결혼을 결심했습니다.

그녀의 딸은 누런 피부에 행실이 좋지 않았고, 질투심으로 꽉 찼으며, 천성이 나빴습니다. 한 마디로 엄마를 그대로 빼다박은 것이었습니다. 몇 주 후 왕은 귀족과 신사들의 호위를 받으며 이 기이한 신부를 궁으로 데려와 결혼생활을 시작했습니다. 나쁜 모녀가 궁정 생활을 시작하고 얼마 지나지 않아 그들은 온갖 거짓말로 왕이 자신의 딸을 미워하게 만들었습니다.

왕의 사랑을 잃은 어린 공주는 궁정생활에 지쳐, 어느 날, 정원에서 아버지를 만나 눈물을 글썽이며 궁전을 나가게 해달라고 간청했습니다. 왕은 그녀의 청을 들어주었습니다. 왕은 계모인 왕비에게, 공주에게 주고 싶은 것을 주라고 명령했습니다. 공주는 왕비를 찾아갔고, 왕비는 갈색 빵과 단단한 치즈, 맥주 한 병이 들어있는 가방을 건넸습니다. 이것은 왕의 딸이 받기엔 너무나 옹색한 물건이었습니다. 그러나 공주는 기쁜 마음으로 이것을 받고, 길을 떠나 들과 숲과 계곡을 지나, 동굴 앞 바위 위에 앉아있는 노인을 만날 때까지 걸었

till at length she saw an old man sitting on a stone at the mouth of a cave, who said: "Good morrow, fair maiden, whither away so fast?"

"Aged father," says she, "I am going to seek my fortune."

"What have you got in your bag and bottle?"

"In my bag I have got bread and cheese, and in my bottle good small beer. Would you like to have some?"

"Yes," said he, "with all my heart."

With that the lady pulled out her provisions, and bade him eat and welcome. He did so, and gave her many thanks, and said: "There is a thick thorny hedge before you, which you cannot get through, but take this wand in your hand, strike it three times, and say, 'Pray, hedge, let me come through,' and it will open immediately; then, a little further, you will find a well; sit down on the brink of it, and there will come up three golden heads, which will speak; and whatever they require, that do." Promising she would, she took her leave of him.

Coming to the hedge and using the old man's wand, it divided, and let her through; then, coming to the well, she had no sooner sat down than a golden head came up singing:

"Wash me, and comb me,

And lay me down softly.

And lay me on a bank to dry,

That I may look pretty,

When somebody passes by,"

습니다 노인은 말했습니다.

"안녕, 예쁜 아가씨. 어딜 그리 빨리 가요?"

"할아버지, 제 인생을 개척하러 가고 있어요." 그녀는 말했습니다.

"가방하고 병에는 뭐가 들어 있어요?"

"제 가방엔 빵하고 치즈가 있고요. 제 병에는 맛있는 맥주가 조금 들어있어요. 좀 드셔보실래요?"

"그래. 물론이지." 노인은 말했습니다. 공주는 자기의 식량을 꺼내 노인에게 권했습니다. 노인은 그것을 먹고 감사의 말을 여러 번 하고는 말했습니다.

"네 앞에는 네가 통과할 수 없는 빽빽한 가시 울타리가 있다. 하지만 이 봉을 받아라. 그리고 세 번 치며 말해. '울타리야, 제발, 날 지나가게 해줘.' 그럼 즉시 통로가 생길거야. 그리고 나서 조금 더 걷다보면 우물을 만날 거다. 우물 가장 자리에 앉아. 그러면 세 개의 황금 머리가 솟아올라 말을 걸 것이다. 그들이 뭘 요구하더라도 그렇게 해줘라."

그녀는 노인과 작별을 하고 그곳을 떠났습니다. 공주가 울타리에 다가가서 노인의 요술봉을 사용하자, 울타리가 갈라졌고, 그녀는 그곳을 통과했습니다. 그리고 나서 우물에 닿아 가장자리에 앉자마자 황금 머리 하나가 솟아올라 노래를 불렀습니다.

"날 씻겨줘. 머리를 빗겨줘. 나를 부드럽게 눕혀줘. 나를 강둑에 눕혀 물이 마르게 해줘. 그래야 내가 예뻐 보여, 누군가 내 곁을 지날 때 말이지."

"그래." 그녀는 그것을 자신의 무릎에 데려와서는 은빗으로 머리를 빗겨주고, 앵초가 가득한 강둑에 눕혔습니다.

두 번째, 세 번째 황금머리가 올라와 똑같은 말을 했고, 그녀는 요구대로 해

"Yes," said she, and taking it in her lap combed it with a silver comb, and then placed it upon a primrose bank. Then up came a second and a third head, saying the same as the former. So she did the same for them, and then, pulling out her provisions, sat down to eat her dinner.

Then said the heads one to another: "What shall we weird for this damsel who has used us so kindly?"

The first said: "I weird her to be so beautiful that she shall charm the most powerful prince in the world."

The second said: "I weird her such a sweet voice as shall far exceed the nightingale."

The third said: "My gift shall be none of the least, as she is a king's daughter, I' ll weird her so fortunate that she shall become queen to the greatest prince that reigns."

She then let them down into the well again, and so went on her journey. She had not travelled long before she saw a king hunting in the park with his nobles. She would have avoided him, but the king, having caught a sight of her, approached, and what with her beauty and sweet voice, fell desperately in love with her, and soon induced her to marry him. This king finding that she was the King of Colchester's daughter, ordered some chariots to be got ready, that he might pay the king, his father-in-law, a visit. The chariot in which the king and queen rode was adorned with rich gems of gold. The king, her father, was at first astonished that his daughter had been so fortunate, till the young king let him know of all that had happened. Great was the joy at Court amongst all, with the exception of the queen and her club-footed daughter,

주었습니다. 그리고서 음식을 꺼내 저녁을 먹었습니다.

그러자 머리들이 서로서로 이야기를 했습니다.

"우리 요괴는 우리에게 이렇게 친절을 베푼 아가씨한테 뭘 해줄까?"

그러자 첫째가 말했습니다. "요괴인 나는 그녀가 너무 아름다우니까 세상에서 가장 강력한 왕자를 매혹시키게 할 거야."

둘째가 말했습니다. "요괴인 나는 그녀의 목소리가 너무 달콤하니 나이팅게일보다 아름다운 목소리를 줄거야."

셋째가 말했습니다. "내 선물은 그런 것이 아니야. 그녀는 공주이기 때문에, 요괴인 나는 그녀가 지금 나라를 통치하는 가장 강력한 왕자의 왕비가 되게 할 계획이야."

그녀는 그들을 다시 우물로 내려 보내고 계속 길을 걸었습니다.

얼마 가지 않아 그녀는 공원에서 귀족들과 사냥을 하는 왕을 만났습니다. 공주는 그를 피해 지나려했으나, 공주를 본 왕이 다가왔고, 그녀의 아름다움과 달콤한 목소리에 반해 지독한 사랑에 빠졌습니다. 왕은 결국 그녀를 유혹해 결혼을 하였습니다.

왕은 그녀가 콜체스터 왕의 딸인걸 알고는, 그의 장인을 한번 방문하려고 마차를 준비하라고 명령했습니다. 왕과 왕비가 탄 마차는 엄청난 양의 금덩이로 치장이 되었습니다. 그녀의 아버지인 왕은 처음엔 자신의 딸이 엄청나게 운이 좋은 것에 놀랐고, 젊은 왕이 그녀의 이야기를 전부 전하자 기뻐했습니다. 궁정의 모든 사람들이 기뻐했지만 왕비와, 뭉툭한 발을 가진 왕비의 딸은 기쁘지 않았습니다. 왕비의 딸은 질투심에 불타올랐습니다.

있있 유 기요 머고 춤을 추는 잔치가 며칠이나 이어졌습니다. 그리고 나서 그들은 아버지가 딸에게 준 지참금을 받아 궁을 떠났습니다.

415

who were ready to burst with envy. The rejoicings, with feasting and dancing, continued many days. Then at length they returned home with the dowry her father gave her.

The hump-backed princess, perceiving that her sister had been so lucky in seeking her fortune, wanted to do the same; so she told her mother, and all preparations were made, and she was furnished with rich dresses, and with sugar, almonds, and sweetmeats, in great quantities, and a large bottle of Malaga sack. With these she went the same road as her sister; and coming near the cave, the old man said: "Young woman, whither so fast?"

"What's that to you?" said she. "Then," said he, "what have you in your bag and bottle?" She answered: "Good things, which you shall not be troubled with."

"Won't you give me some?" said he.

"No, not a bit, nor a drop, unless it would choke you."

The old man frowned, saying: "Evil fortune attend ye!"

Going on, she came to the hedge, through which she espied a gap, and thought to pass through it; but the hedge closed, and the, thorns ran into her flesh, so that it was with great difficulty that she got through. Being now all over blood, she searched for water to wash herself, and, looking round, she saw the well. She sat down on the brink of it, and one of the heads came up, saying: "Wash me, comb me, and lay me down softly," as before, but she banged it with her bottle, saying,

"Take that for your washing." So the second and third heads came up, and met with no better treatment than the first. Whereupon the heads

곱추 공주는 이복 자매가 인생을 개척하러 나가 성공한 것을 알고는 똑같이 따라하고 싶었습니다. 그래서 엄마에게 자기의 생각을 말했고 엄마는 그녀에게 필요한 모든 것을 준비해주었습니다. 왕비는 비싼 옷과, 설탕, 아몬드, 사탕과자 등을 대단히 많이 준비했고, 아주 큰 병에 말라가 백포도주를 담았습니다. 이것들을 가지고 공주는 언니가 갔던 길을 똑같이 걸었습니다. 동굴 가까이 가자 노인이 말했습니다.

"젊은 여인아, 어딜 그리 서둘러 가시오?"

"무슨 상관이야?" 공주는 말했습니다.

"그럼, 네 가방과 병 안엔 무엇이 있소?" 그는 물었습니다.

"좋은 거. 당신은 신경 쓸 필요 없는 거."

"조금만 주시겠오?" 그가 말했습니다.

"싫어. 조금도 줄 수 없어. 이게 당신의 목구멍을 막히게 하지 않는다면."

노인은 얼굴을 찡그리며 말했습니다. "불행이 따르리라!"

길을 걷다가 그녀는 울타리를 만났고, 울타리 사이의 틈을 보고는 그곳으로 울타리를 통과하리라 생각했습니다. 하지만 울타리는 닫혔고, 가시가 그녀의 살을 뚫고 들어가는 바람에 너무나 힘겹게 울타리를 빠져나왔습니다. 그녀는 온 몸이 피범벅이 되어 씻을 물을 찾아 사방을 두리번거리다 우물을 보았습니다. 그녀는 우물 가장자리에 앉았고, 그러자 머리 하나가 솟아올라 전처럼 말했습니다.

"날 씻겨줘. 머리를 빗겨줘. 나를 부드럽게 눕혀줘. 나를 강둑에 눕혀 물이 마르게 해줘. 그래야 내가 예뻐 보여, 누군가 내 곁을 지날 때 말이지."

그녀는 병으로 그 머리를 치며 말했습니다. "목욕 대신에 이거나 받아."

consulted among themselves what evils to plague her with for such usage.

The first said: "Let her be struck with leprosy in her face."

The second: "Let her voice be as harsh as a corn-crake's."

The third said: "Let her have for husband but a poor country cobbler."

Well, she goes on till she came to a town, and it being market-day, the people looked at her, and, seeing such a mangy face, and hearing such a squeaky voice, all fled but a poor country cobbler. Now he not long before had mended the shoes of an old hermit, who, having no money gave him a box of ointment for the cure of the leprosy, and a bottle of spirits for a harsh voice. So the cobbler having a mind to do an act of charity, was induced to go up to her and ask her who she was.

"I am," said she, "the King of Colchester's daughter-in-law."

"Well," said the cobbler, "if I restore you to your natural complexion, and make a sound cure both in face and voice, will you in reward take me for a husband?"

"Yes, friend," replied she, "with all my heart!"

With this the cobbler applied the remedies, and they made her well in a few weeks; after which they were married, and so set forward for the Court at Colchester. When the queen found that her daughter had married nothing but a poor cobbler, she hanged herself in wrath. The death of the queen so pleased the king, who was glad to get rid of her so soon, that he gave the cobbler a hundred pounds to quit the Court with his lady, and take to a remote part of the kingdom, where he lived many years mending shoes, his wife spinning the thread for him.

두 번째, 세 번째 머리도 나왔지만 첫 번째 머리보다 더 나은 대접을 받지 못했습니다. 그러자 세 머리는 그들이 당한 일의 대가로 그녀에게 어떤 악행을 준비할지를 의논했습니다.

첫째가 말했습니다. "얼굴에 나병이 걸리게 하자."

둘째가 말했습니다. "목소리를 뜸부기 소리처럼 거슬리게 만들자."

셋째가 말했습니다. "가난한 시골 구두수선공을 남편으로 맞게 하자."

그녀는 마을이 나올 때까지 계속 걸었고, 장날이어서 많은 사람이 그녀를 보았습니다. 그리고 옴이 오른 얼굴과 끽끽대는 목소리를 듣고는 가난한 시골 구두수선공을 제외하고 모두 달아났습니다. 구두수선공은 조금 전에 늙은 은자의 구두를 수선해주었는데, 그 은자는 돈이 없어서 나병을 치료하는 연고 한 상자와 거친 목소리를 부드럽게 해줄 술을 한 병 주고 갔습니다. 구두수선공은 자비로운 행동을 하겠다는 생각에 그녀에게 다가갔습니다,

"나는, 콜체스터 왕의 의붓딸이야." 그녀는 말했습니다.

"좋아, 만일 내가 너의 원래 모습을 찾아주고, 얼굴과 목소리 둘을 다 치료해주면, 그 대가로 날 네 남편으로 받아줄래?" 구두수선공은 말했습니다.

"그래. 친구야. 온 마음을 다해 받아줄게." 그녀는 대답했습니다.

그래서 구두수선공은 그녀의 얼굴에 연고를 발라주었고, 그녀는 몇 주 후에 나았습니다. 그 후 둘은 결혼을 했고, 콜체스터 궁정으로 함께 갔습니다. 왕비는 딸이 가난한 구두수선공과 결혼한 걸 알고는 분노해 목매달아 죽었습니다. 왕은 그녀가 이렇게 빨리 제거되었다는 사실에 크게 기뻐하며, 구두수선공에게 부인을 데리고 왕국의 변두리로 가 살라며 백 파운드를 주었습니다. 구두수선공은 그곳에서 구두를 수선하며, 부인은 그를 위해 실을 뽑으며 살았습니다.